相思。藤

魚館幽話 之一

瞌睡魚游走——著

作者序

白雲生鏡裡，明月落階前

前些時候與一位十多年沒見過的老同學聚會，她得知《魚館幽話》成書的事，頗為意外地問我：「你明明喜歡舞文弄墨，當年怎麼不念文科，跑去念建築、設計呢？」

我愣了三十秒，然後回答她：「因為建築和設計可以最直接地改造世界。只是後來發現，原來文字也可以，不只是改造，甚至可以打造書中的大千世界，所以就把筆也撿起來了。」

「那麼你以後都走文學路子，老本行丟了不可惜嗎？」

「為什麼一定要放棄一樣呢？」

「都說一心不可二用，既然不棄本行，那你寫的書對你而言又是什麼呢？」

我想了想，指了指外面庭院裡的一處盆池。盆池鑿於地下，與地齊平，有蓮葉田田，有游魚逶迤，水平如鏡，倒映出一片藍天白雲的浮影，宛如青青苔痕間，偷來的一片天。

鑿破蒼苔地，偷他一片天。
白雲生鏡裡，明月落階前。

這是杜牧名為〈盆池〉的詩。身在繁華都市，朝九晚五的人們，每天都不可避免地跟隨著城市的快節奏高速運轉，哪怕再鍾愛的東西，久而久之也不免心生困怠。這就需要自我調節，時不時地抽離，才能避免原本喜歡的專業，墮落為純粹的工作。於是我在閒暇之餘為自己鑿下一隻盆池，這就是《魚館幽話》。

一切始於十年前的一次心血來潮，我用「瞌睡魚游走」的帳號在天涯蓮蓬鬼話裡開始連載《魚館幽話》。帳號很隨意，連載也很隨意，不曾有過人設和構架，就這麼「佛系」地開始了。最初只是信馬由韁地隨便寫寫，打發時間，就好像最初兩話的〈相思藤〉和〈雙生花〉。不想漸漸地，看的人多了，回覆留言也多了。書上的魚館是聚集各路神仙妖怪的忘憂之地，而《魚館幽話》的帖子就好像現實之中的一處酒館，也是各路朋友相聚的所在，一起聊聊時事和生活，發發牢騷和感慨，於是就有了〈忘情草〉和〈紫苔〉。

筆下的世界光怪陸離，故事就好像不經意間撒下的種子，有了自己的意識，等到了第五話〈鼉淚〉，我突然覺得，不應該像之前一樣隨意無序了，既然開了這個盆池，就該好好地打理養護，讓它真正成為一個不同於真實世界的完整體系，於是這個時候，一系列的問題第一次出現在腦海之中：

神祕的魚姬，她從何而來？

魚館四人組的相聚是偶然，還是必然？

那些各自獨立的故事，它們彼此有關係嗎？

……

這個時候，恰好因為本職工作的需要，接觸到了古代家具的相關資料，其中宋代黃伯思的《燕几圖》給了我不少啟發。「燕几圖」即是現代七巧板的原形，不同形狀的案几各自獨立，但又能相互拼合，變幻多樣，就好像《魚館幽話》裡的這些人和故事，它們可以是各自獨立的，也可以相互相關，互為因果。但它們結合在一起，則又對應著不同的大事件。於是從這個時候開始，《魚館幽話》有了自己的脈絡，草蛇灰線，在不經意的角落，藏著故事的主線，聚集成一個完整的世界。

幾年後它很幸運地成為鉛字，也成為了這十年來，對我而言很重要的一件事。通過它，我終於擁有了屬於自己，能生白雲，落明月，偷來一片天的那只盆池，它開鑿於繁忙的快節奏生活中，卻又擁有超越現實的浪漫與瑰麗。

得之幸甚。

謹以此書獻給父親楊德友先生、母親陶平女士、外婆雷瑤先女士。

二〇一八年五月七日，於重慶巴南。

目次

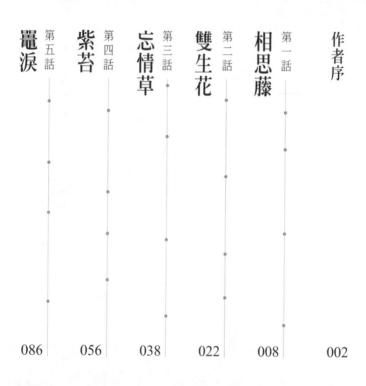

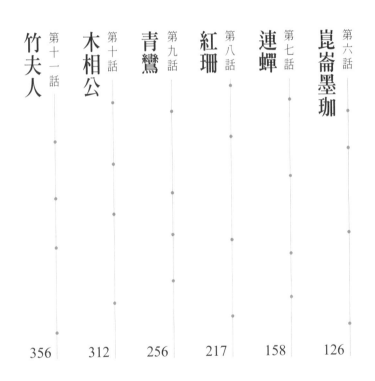

第一話

相思藤

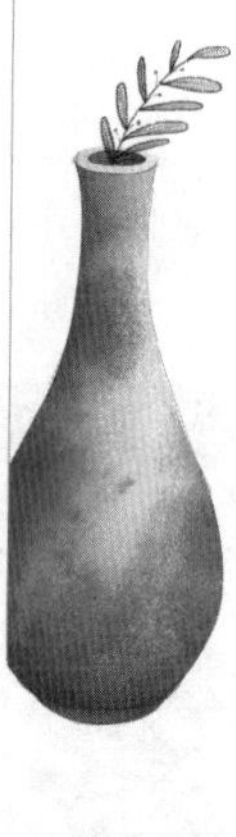

魚姬的酒館位於東京汴梁東市尾一個很不起眼的角落，幾丈見方的堂子，三張花梨木桌子、一個高高的陳木櫃檯、一排過於簡單的酒架上擺滿了大大小小的粗陶器皿。器皿裡都是酒，有的只裝得下一口水酒，有的卻可以塞得下一個昂藏七尺的壯漢。

當然，這裡做的是正當買賣，所以器皿裡全是酒，各種各樣的，香醇的、清冽的……不計其數。

櫃檯捲簾後的廚房還有各式下酒佳餚，只要是客人說得出的，這裡的廚房都做得出來，是以儘管店面裝潢頗為古樸，往來的酒客仍是絡繹不絕。

正當市的時候，老闆娘魚姬總是趴在那因年代久遠而顯得分外光滑的櫃檯後，偶而慵懶地將目光游向街面，看看外頭的別樣繁華。

這樣一個近似於簡陋的酒館難免會顯得有些冷清，特別是相對於對面的鎏金閣而言。鎏金閣是汴梁城中最有名氣的青樓，包攬了天下最嫵媚、最溫柔的姑娘。據說，就連當朝的徽宗皇帝也曾微服到此「體察民情」，留下過親筆題字。而後上至達官貴人，下至商賈走卒，都很樂意花銀子來瞻仰聖上墨寶，順道沾惹點皇氣。

所以，即使連日陰雨綿綿，對面鎏金閣的姑娘也照樣在樓上揮舞絲帕，招攬著來往的過客。雨點偶而濺濕了姑娘身上的紗衣，半點春色外露，不由得讓走在街上的男人們心猿意馬，不自覺地邁開兩條軟綿綿的腿兒走進這溫柔鄉。

當然，也有例外，比如撐著把油紙傘正立在街心上的那位。

這人立在那裡已經快兩炷香時間，呆望鎏金閣上的春光一片，許久才挪步向那邊走了兩步，又困惑地停下，最後走進酒館，順手收起紙傘，轉身道：「掌櫃的，一壺離喉燒。」

魚姬抬頭一笑，「我道是誰，原來是龍捕頭。」說罷起身燙了一壺酒水，送到桌邊，順手端出四色下酒小菜，「龍捕頭快三個月沒來，可是出公差去了？」

「不是快三個月，而是三個月零七天沒嘗過傾城魚館的佳餚美酒了。」龍捕頭就著瓶口深深吸了口氣，兩筆濃黑的眉毛登時舒展開去，喃喃道：「能夠回來喝到這樣的酒，真好。」

魚姬緩緩移回櫃檯後，呵呵笑道：「看這嘴甜的，莫不是又有什麼趣事？說出來解悶也好。」

龍捕頭苦笑一聲，「掌櫃的好興致啊，果真要聽？」

「當然了。」魚姬揚聲道，「如果說得精采，今天的酒錢就免了。」

龍捕頭微微歎了口氣，「好吧。那麻煩掌櫃的先坐穩了……。」

這個故事要從捕頭龍涯奉命追捕江洋大盜風麒麟開始說起。

三個月前，龍涯帶四名捕快與風麒麟於貴州苗嶺地界狹路相逢。兩人大戰三百回合，未分勝負，最後風麒麟遁入密林，龍涯等五人追將進去，卻失去了他的蹤影，加上地形不熟，東轉西轉地，最後迷失了方向。

這四名捕快本是兄弟，都姓李，按年歲大小分別是李大、李二、李三、李四，雖然功夫不怎樣，倒還算伶俐。五人在林子裡轉悠了一天一夜仍找不到出路，但林中的野兔、飛鳥也不少，以他們的身手倒也不至於挨餓。

第二天天亮，他們終於在密林深處發現一條小路，山路泥濘，一串淺淺的腳印一直延伸至深山。

那腳印很淺，又皆是前掌著地，料想是輕功絕佳之人所留。在這人跡罕至的地方，除了正在追捕的大盜風麒麟，不做第二人想。

所以，他們很小心地尾隨而去，為了以防萬一，龍涯在路邊的樹幹上一一做了記號。誰知走了大半天，沒有發現風麒麟，反而看到了一座苗人的山寨！

一根根原木封圍而成的牆上，蜿蜒著一層又一層的相思藤，遠遠望去青綠一片，煞是好看。

走到近處，便見著三五個苗家小姑娘在寨外追逐、遊戲，猶自拍著小手唱著：「喬木來，喬木來，藤無喬木隨風擺。喬木生，喬木生，藤抱喬木好生根。寂寥空度數世老，未若相思一載春……。」

龍涯等人久未見人煙，突然見了人家，心中自然欣喜，又見幾個孩子玩得正歡，正要上前相問卻突然吃了一驚。

因為那幾個孩兒居然容貌長得甚是相似，都是一般冰雪可愛，好像是一胎同胞所生。見龍涯等五人走近，小姑娘似乎是被嚇到，一個個快步奔進山寨，躲得遠遠地偷看。

山裡孩子怕生也很正常，只是個個目光灼灼，興奮多過新奇。

龍涯等人無心與孩童一般見識，逕自進寨想要尋人探問出山的路徑。

山寨不大，正中聳立著一座年代久遠的神殿，高高的破敗石階蜿蜒著大片大片的藤條，那神殿乍眼望去就像與無數藤蔓一起從地下破土而出，隱約透出幾分詭異。

神殿附近零星散布著茅舍和幾塊田地，田間幾個苗家女子正在侍弄田地，一見龍涯等人，紛紛放下手中活計，熱情地接待了他們。

偌大的寨子裡住著二十餘戶人家，約莫四十餘口人，大多是十來歲至二十四、五的年輕女子，個個生得嬌俏、嫵媚。此外便是先前見過的幾個幼稚女童和雞皮鶴髮的老嫗，全寨上下不僅沒有半個男人，就連二十五歲以上的青壯年女子也見不到一個。

最奇特的是，那些美貌女子也和那些女童一般——容顏相似，若非年齡不一，只怕也會被誤認為同胞所生。

龍涯等人雖然詫異，但女人們的熱情招待無疑讓人受寵若驚。這也很自然，倘若一個地方很長時間都只有一群女子聚居，突然來了幾名青年男子，必定一石激起千層浪，這裡就是如此。

龍涯向女人們打聽出山的路，卻被告知山間因氣候複雜，這幾日瘴氣瀰漫，人畜半點沾染不得。登高處抬眼一望，來時山路果然已經白霧瀰漫，就算過去也看不清道路。如此一來，幾人只得暫時在寨中盤桓數日，等迷霧散去再走。

逗留於此，最舒心的便是那李家四兄弟，他四人不比龍涯時時憂心上命差遣，難以放開懷抱。

想這苗寨中美女如雲，任憑你挑出一個都能將京城勾欄裡的姑娘比了下去。況且苗女多情，不比漢家女子矜持作態，自然是風情萬種。

龍涯見那幾人樂不思蜀，也懶得加以約束，只是此地種種不同尋常之處，確實也讓人不安。況且那走脫的盜賊說不定也在附近，於是宴罷離席便四處巡視一番。走出數十丈，還聽得到那喧囂鬧酒的調笑之聲。

步出苗寨，沿山寨木牆繞了一圈，林間的迷霧似乎更濃了，但山中夕陽餘暉依然透了進來，在木牆的層層藤壁上鍍上一片金邊。

如此拋開浮生，偷得半日閒暇，本是件愜意之事。

不過細細看來，那原木拼就的木牆倒是很奇特。每棵原木都是人腰粗細、樹皮龜裂、紋路密布，而每一棵之間卻無半個楔子、木釘，似乎只是豎直靠在一起，全憑外面纏繞生長的蔓藤固定牢靠。

再仔細看卻發現那蔓藤四處纏繞，只見蔓葉而不見其根，好像自原木內生出一般，只是勒得很緊，全都陷在樹皮裡，無怪乎木椿上裂痕道道，且顯出不同的扭曲裂紋。

龍涯正想湊近看看，卻聽得一個柔媚的女聲：「原來龍爺在這裡。」

循聲望去，正是先前席間坐在身旁的苗家姑娘沙蔓，於是頷首微笑答禮。「沙蔓來請龍爺回寨，這裡入夜後有很多野獸出沒。」聲甜人美，相信沒有幾個男人可以拒絕她的請求。龍涯想都沒想就隨她回去，由沙蔓安排住所休息。

異地而居，終是睡不踏實，歇至半夜，便聽得旁邊茅屋窸窸窣窣，似乎有人走動。龍涯習慣性地翻身掠到窗邊，只見李四鬼鬼祟祟自屋裡出來，一個人向那神殿走去；行不多時，暗地裡閃出一個窈窕身影，似乎是眾多苗女中的一個。兩人見了面，親暱地摟在一起，沿著臺階走向神殿。

深更半夜，孤男寡女自然是做不出什麼好事。大宋雖禮法森嚴，但這幾個哥們也都是時常在勾欄裡廝混的主，在這荒僻之地哪還有什麼顧忌？

「狗男女。」龍涯訕笑，啐了一口，也不理會，只是轉身回到床上，繼續睡。

過了兩個時辰，又聽得有人在敲旁邊的窗戶，想來又是些個難耐寂寞的美豔苗女。果然，窸窸窣窣一陣之後，就是一陣腳步聲響，似乎又是朝神殿方向而去。

龍涯暗笑，心想那李四還沒回來，又去了個急色鬼，兩廂撞見只怕是好看。事不關己，他懶得理會，索性一覺睡到大天亮。

早上起來神清氣爽，出門活動手腳，見外面田裡已經有不少人在勞作，沙蔓的裙襬納在腰間，露出一雙光潔、勻稱的玉腿，說不出的嬌媚。

龍涯的眼睛哪裡還移得開去，只是抄手靠在門柱上。

突然，沙蔓驚聲尖叫，在那田中蹦跳、掙扎，似乎遇到了什麼可怕的東西！

龍涯飛掠過去，一手挽住沙蔓縱身而起，只見沙蔓右腿鮮血淋漓，被什麼東西撕去了雞蛋大小的一塊皮肉！

只聽「吱」的一聲，土裡竄出一隻身長過尺的碩鼠，勢頭甚是凶猛！

龍涯的刀向來很快，一刀出手，那碩鼠登時身首異處，血水漫過田地，將泥土染成深褐色。

沙蔓驚魂未定，被其他苗女扶到一旁療傷，行至幾步之外卻又轉過頭來，臉上帶著莫名的神情，說不清是感激還是什麼。

龍涯目送沙蔓遠去，心想這等嬌柔的女子留在這荒僻之地，著實難為了她。正在胡思亂想，卻聽得背後一個蒼老而沙啞的聲音：「龍爺……吃早飯……。」

龍涯是習武之人，很少有人能這樣悄無聲息地出現在他背後，聽得這個詭異非常的聲音，不由心頭一顫，猛地回過頭去！

只見一張風乾橘子皮也似的老臉上，掛著一絲詭異的笑意，她正是這寨子裡最老的藤婆！

突然看到這樣一張老臉，很少有人不被嚇住的，龍涯倉皇應了一聲，卻聽得旁邊一陣竊笑。那幾個女童蹲在近處，相似的小臉上帶著同樣的譏誚敲神情，那眼神不知道為什麼讓人背後陰惻惻地，極不舒服！

龍涯雖然見怪，但也無意與幾個小孩子計較。再一轉頭，藤婆已經走遠了；看似顫巍巍，轉眼卻在十餘丈外！

龍涯定了定神，心想這裡處處透著古怪，終究不是久留之地，還是早點帶齊那四個跟班，另覓一條出山的路為好，於是他逕自走到那四個哥兒住的茅屋，開始叩門。

敲了許久，門緩緩打開，李大那張還沒睡醒的臉出現在門口。

「快叫你那幾個兄弟起來，有事做！」

「他們不是早就起來了嗎？」李大打了個呵欠，口裡冒出一股酒臭味，看來是昨晚飲過頭，宿醉未醒。

龍涯嫌惡地捂住鼻子，一把推開李大走進屋去，只見鋪開的竹板上散亂著些個官帽、外袍，那三人果然不在這裡。

「奇怪？難道那三廝昨晚出去了就沒回來？」龍涯心頭生疑，抓起榻上的官帽擲在李大身上，「趕快收拾妥當，再去尋那三個！」說罷，起身踱了出去，遠遠看到眾苗女在壩場上攤開桌子準備吃飯，再仔細一看，似乎是少了幾個人，想來便是那三個尋李四等人相會的苗女。

席間也無人談及失蹤的幾對男女，龍涯心知有古怪，卻不好相問，只是飯後帶了李大私下查訪，整整一天，依然無果。

這山寨位於密林正中，似乎只有來時的那條小路通向外面，林間白霧瀰漫，果然是出去不得！

入夜回到山寨，那群苗女依然如昨晚般熱情款待，對那幾人的下落依舊隻字不提。

李大不知頭兒的顧忌，也沒把兄弟失蹤的事放在眼裡，只顧與苗女們飲酒作樂，放浪形骸。龍涯隱約萌生不好的預感，在席間虛與委蛇一番便早早回房休息，打算天色盡黑再暗中查探。

果不其然，時過夜半，又有人在敲旁邊茅舍的門！

龍涯隱在窗後望出去，一個美貌女子叩開李大的門，兩人摟抱、親熱，說不出的輕憐蜜愛。李大本欲拉那女子進房，卻見那女子含羞掩口偷笑，遙指神殿。

不多時，李大便跟隨那女子向神殿走去！

龍涯疑心暗起，昨夜那三個不爭氣的東西挑那地方鬼混還可以說是為了避嫌，今晚那茅屋裡只有李大一人，實在沒有理由捨近求遠！

失蹤的幾個最後都是隨苗女去了神殿，雖然嬌滴滴的女子不可能對幾個練家子有什麼威脅，但是現在看來，那神殿裡似乎有古怪！

龍涯悄無聲息地尾隨在後，遠遠跟了過去，剛剛到了門口，便聽到一陣喘息、呢喃。很普通的石屋，壁上、頂上纏繞著許多粗細不一的藤蔓，正中的頂上開了個寬約一丈的空洞，一束慘白的月光投射進來，照亮了石屋正中央的圓形祭壇。祭壇上的兩人早已歡好成雙，兩具赤裸的身體彼此糾結，在這暗夜的月色下透出一片瘆人的蒼白！

這樣窺人隱私始終不好，龍涯雖然樂意觀賞這等活春宮，也不好再靠過去，只是遠遠打量著那神殿中的其他事物。

很奇怪，說是神殿，除了那個祭壇，根本就沒有供奉任何神祇，只在東面角落靠著三段一人高的原木，也和寨外木牆上的原木一般爬滿了相思藤，只是在中間高高鼓出一塊，遠遠望去就像是立著三支大大的紡錘。

此外也沒有什麼古怪。

聽得李大喘息漸沉，想是銷魂蝕骨，欲罷不能。龍涯暗笑，轉眼望去，只見那女子柔美、白嫩的胳膊正環在李大頸項，說不出的恩愛、纏綿。

突然，令人驚異的一幕出現了！

那女子嬌柔、勻稱的雙臂突然暴長數丈，變得蜿蜒、細長，如同藤蔓一般纏住了李大的脖子，繼而攀升而上，緊緊勒住李大全身！力道之大，居然讓李大半點動彈不得！

那女子的身體突然變成一片慘綠，腰腹等處也蔓延出藤條也似的東西，延伸速度驚人，眨眼之間已經將李大緊緊捆住，甚至無情地勒進了皮肉之中！

龍涯在殿外窺得這等可怕情景，不由得目瞪口呆。只見著那女子的雙腿也起了變化，彼此交錯、盤旋，一拔數丈高，牢牢攀在石頂之上，瞬息間已將李大倒吊在半空。

可憐李大一時未曾斷氣，卻半點聲音也發不出來，只是徒勞地挪動著。血水順著他身上的藤蔓、枝條而下，「啪嗒、啪嗒」滴在下方的祭壇上。

那女子的身軀早已不成人形，如同一個蛹般將李大緊緊包裹在內。李大溢出的血水無疑是滋養了蔓藤的生長，於是延蔓得越發密集，將李大包裹得越來越密，只露出一張驚恐、絕望、痛苦並扭曲的臉，且因為失去血氣而漸漸乾枯、黯淡！

很明顯的，李大已經死了，過程也不過轉眼之間。

任何人看到這等恐怖情景都不可能鎮定，龍涯也不例外。當他乍然醒悟，準備逃離的時候，背後傳來一個陰惻惻的聲音：「你看到了？」

龍涯猛地回過頭去，卻被來人先下手為強，一把推進了神殿！

當他站穩身回過頭去，只見藤婆佝僂的身影立在門口，說不出的陰森、恐怖。

「嘖嘖……等了六十多年，總算等到一個自己送上門的。」藤婆顫顫巍巍走了進來，一接觸到頂上投射下來的月光，登時喳喳作響，那蒼老之軀如同一大叢藤條四下散射開來，交錯織就一張藤網，向龍涯呼嘯而來！

龍涯仗著身手靈活，一一避過，那枝條一旦挨到地面，便生了根，又從地上生長而出，似乎是無窮無盡，不一會兒，整個大殿有一半都長滿了藤條，石門也早被封住！

龍涯無奈只得退向東面角落，到了近處才發現，角落裡那巨大紡錘狀的物體上，都有著一張恐怖的臉，雖然已經扭曲得不成形，仍依稀可辨，正是昨夜失蹤的李二、李三和李四。

很快地，那吊著的李大也會和他們一樣，變成這山藤包裹下的木頭！

此時此刻龍涯才想到，那天在原木木牆上看到的裂紋圖案是什麼，就和這些一樣，是一張張扭曲的人臉！

如此思慮之間，一條柔韌的粗藤已席捲而來，緊緊縛住了他的雙腿，伸縮之間便將他拉得摔倒在地，然後一股巨力襲來，他不自覺地被拖向那片繁茂的藤蔓！

即使拔出鋼刀直插地下也無法制止倒滑之勢！

眼看藤網越來越近，突然一片刀光閃過，那粗藤登時斷裂開來，並帶出一陣懾人的嚎叫！

旁邊一隻手伸過來將他拉起，轉頭一看，卻是沙蔓！

沙蔓一手拉住龍涯，一手扯住一根屋頂倒垂下來的藤條，一盪而起，霎時兩人自頂上的洞口躍了出去，落在屋頂上。只聽得下方嘶吼連連，那糾結的藤條似乎想要自空洞噴湧而出，卻始終衝不出來。

「你放心，只要在神殿裡現了形，除非能成功轉生，不然她永遠都出不來。」沙蔓怔怔望著下方蔓延的藤條，眼裡泛起一絲悲哀。

「你們究竟是什麼……？」

「不知道。」沙蔓搖頭，茫然道，「很久以前我們就在這裡了。一生二十五載，如果不能在二十五歲前尋著喬木依託轉生，就會和藤婆一般形容枯槁，難以再尋到可以依託的喬木。」

「可是他們是人，不是什麼喬木！」龍涯沉聲道，「我那四個下屬……。」一時悲憤於胸，卻說不下去了。

「他們已經是喬木了。女人如絲蘿，男人如喬木，不得這般纏繞，何來相思無盡？」沙蔓淡淡說道，「很快就有姊妹轉生了，然後不斷重複，生生世世皆逃不出這一輪迴。縱使是早已厭倦這般宿命，卻是無可奈何……。」她聲音輕柔，在龍涯聽來卻有說不出的落寞。

「你為什麼救我？」龍涯顫聲問道。卻見沙蔓撩起裙襬露出那勻稱的小腿，右腿上還有一塊雞蛋大小的疤痕，正是白天被碩鼠噬咬的傷處，不想這一天時間就已結疤，只是那疤痕呈墨綠色，就像蔓藤植物的斷口。

「你快走吧，不然就來不及了。」沙蔓抬手遙指寨外那條隱在密林深處的小路，「出了寨就不要回頭，閉著眼走，出了林子才可以睜眼。」

下面的茅屋大多亮起了燈火，想來已經驚動了不少人。

龍涯知道此時不走，等人都出來了就再也出不去了，於是縱身自屋頂一躍而下，快步奔到寨門口。驀然回過頭去，只見立於屋頂的沙蔓在月色下溫婉如仙子，眼波流轉處依稀透出幾分了悟。她對他微微一笑，旋身落入神殿之內。

然後，他看到那神殿中又蜿蜒出許多青藤，和先前藤婆的藤蔓糾纏在一起，將神殿的大門緊緊封住！

沙蔓在他眼前化成了青藤，從此再也沒有了那個聲音輕柔的女子。

龍涯茫然立在那裡，看著苗女們自四面八方奔向神殿，發出絕望的嘶叫。他回過神來，邁步向那小路奔去，閉著眼睛，不停追問自己：「她為什麼如此……？」

這夜特別漫長，等到閉著的眼睛感應到光線時，他已經回到了兩天前的路口，那路邊的樹幹上還留著他入林之前留下的記號，但早已斑駁、開裂，刀口布滿了浮土，似乎在那裡已經不止兩天。

回顧身後那條煙霧密布的小路，泥濘的地面上浮現許多規則或殘缺的腳印，有他的、李家四兄弟的，還有之前無數不為人知的行人腳印，都是朝著密林深處而去。

唯獨他的腳印是從林中蜿蜒而出。

龍涯跌坐於地，呆望著那條神祕小路，迷惑著種種的疑惑，耳邊似乎又響起了那日聽女童們所唱的歌：

喬木來，喬木來，藤無喬木隨風擺。
喬木生，喬木生，藤抱喬木好生根。
寂寥空度數世老，未若相思一載春……。

龍涯說罷自酒壺中斟了一杯離喉燒，正要送到唇邊，卻又突然停住，沉聲道：「等到我尋著方向出了苗嶺，回到鎮上，才知道外面的世界已經過了兩個多月，而我在山中其實也只有兩天多而已。」

魚姬微微一笑，自酒架上取出一盞小巧玲瓏的白玉瓶，移步桌邊，「山中方一日，世上已千年，也難怪龍捕頭身涉其中而不自知。」她伸手自龍涯手中取出酒盞，一揚手便將酒水傾向街面，「聽了這麼精采的故事，光請龍捕頭喝離喉燒似乎太不夠意思了。」說罷，將白玉瓶中的酒漿斟入酒盞，放在桌上。

那杯中酒水青翠欲滴，龍涯輕抿一口，只覺滿口纏綿，迂迴之中更帶幾分苦澀。

「這是什麼酒？」

魚姬含笑將白玉瓶放在桌上，徐徐移回櫃檯後，「這酒……就叫相思。」

龍涯聞言心中一動，取過酒瓶一看，只見白皙、透光的玉瓶中浸著一小段纖細的青藤，襯出一汪動人的幽碧。

第二話

雙生花

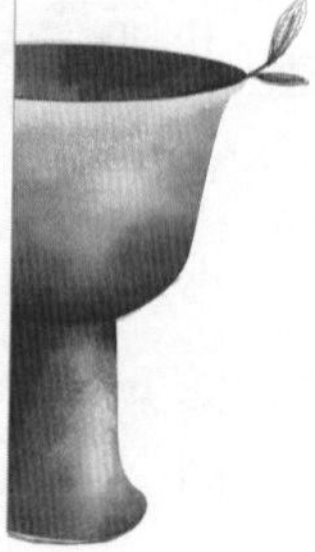

鹿臺崗離開封不過百里，只是一片人跡罕至的樹林，林間某些角落裡，殘存著一些斷垣殘壁，零星散落在草間的破碎琉璃瓦片上，依稀還透露著舊日的繁華。

這裡曾經有世間最豪華的宮闕、最惑人的美人、最無道的君王，然而一切都流失在時間的洪流裡，統統化做了塵土，只有兩千年前那把燃盡一切繁華的火，在世人心頭留下一點點回憶。

這裡的一草一木三皮都很熟悉，因為從出世到現在，他在這片林子裡已經住了幾百年。對一隻妖狐而言，幾百年的光陰實在算不了什麼，或許再這樣混個幾百年，他也可以和先輩一樣功德圓滿，在天庭謀得一席之地，得享人間香煙。但前提是，他必須看守好那密林深處的一株妖花，直到傳給下一代。

花名雙生，傳說是一代妖姬妲己伏誅之前的眼淚所化，秉承天地忿怨之氣所生，絕非尋常之物。如果將人的貼身之物埋在根下，誠心禱告，求得一夜花開，再摘花而食，就可以獲得與之相似的容貌，恍若雙生，甚至從此與此花同壽，不老不死。

當然，知道這些的人不多，所以三皮的日子過得很悠閒，每日按例巡視一番後，通常是捏著縮地成寸的口訣去到百里之外的開封找樂子。

作為一隻將會位列仙班的狐狸，傷天害理的事情是不能做的，但狐性所定，戲弄世人的劣根性總是難改，免不了要做些偷雞摸狗的勾當。

只是，夜路走多了通常會遇到鬼。比如上個月在一家小酒館偷酒喝，卻不知怎麼會醉得一塌糊塗，結果現出本相，讓人給擒住，吊了一夜，直到替人家洗了三天盤子，還扣下一條尾巴才讓離開。

這等丟人的事情他當然不會到處去說，只是定期要回去打雜抵酒債來贖回尾巴，卻也讓人無可奈何。更要命的是，每次去他都會忍耐不住再要一壺那裡的美酒，就這樣，欠的酒債如同滾雪球，越滾越大。

所以每次看到那老闆娘的笑臉，三皮總是忍不住想著會不會是讓人給下了套子。這對向來以精明見稱的妖狐而言，確實有些傷自尊，然而，事已至此也別無辦法，唯有退一步想，反正閒著也是閒著，就當是打發時間也好。

但是這活有時候也不輕鬆，尤其是有人在那酒館擺了三天流水席之後。三皮耷拉著累得快要抽筋的兩隻爪子回到洞府，攤在青石床上，暗自咒罵那無良的老闆娘。好在這幾天的勞苦終於還清了前債，回來的路上，他早已無數次賭咒發誓不再靠近那酒館三里地之內，以免再受荼毒。

三皮翻了個身，打算補一覺，卻聽得外面林間沙沙作響，不由得歎了口氣，心想，那傢伙三天一鬧，當真是風雨無阻。無奈起身掠了出去，剛出洞口，頓覺一道勁風自上而下，直取頂門！三皮一閃落在五丈之外，揶揄道：「看來今年的桃花挺旺……。」

金光一閃，跳出個鵝黃衫子的少女，大約十五、六歲年紀，明眸俏顏卻微含怒氣，「死狐狸精，又在鬼扯些什麼？」

「我說的是事實，你每隔三天便來糾纏一次，那個……嘿嘿，還真有點不好意思。」三皮細長的眼睛幾乎瞇成兩條縫，心裡美得開了花。

半個月前，這隻叫明顏的貓妖曾到這林子來盜雙生花，失手被擒。三皮見她生性率直，也沒有為難她，小小戲弄一番便放她離去，此後那明顏每隔三天就來闖林，這回已經是第五次了。

說也奇怪，那貓不過百餘年道行，自然不是他的對手，若是尋常妖怪，失敗一、兩次也就知難而退了，而這般一再失手卻照樣捲土重來的的確少見。

明顏見他這般調侃，哪裡按捺得住，亮出手中鋼爪飛躍而起，只想狠狠抓那痞子狐狸幾下，但還未撲到三皮面前，突然聽得一陣狂躁的犬吠！

世上的貓沒有不怕狗的，明顏大驚之下登時現出原形飛撲上樹，四隻爪子深深摳進樹幹，直嚇得瑟瑟發抖！

這般狼狽地盤踞樹上半晌之後，聽得樹下那狐狸哈哈大笑，明顏才知道又上了那狐狸的惡當，於是鬆開爪子恢復人形，一雙碧泠泠的眼睛直瞪，幾乎要冒出火來。

三皮心頭暢快非常，正覺這丫頭很是有趣，突然見那丫頭眼中閃過一絲狡黠，手一揚，一圈雪白的套索脫手而出，如同一條凶猛異常的白蟒，飛捲而至！

起初三皮不以為意，不料那繩索像是有生命一般，飛速翻捲，三皮躲閃不及，登時被綁得嚴嚴實實，如同端午節的粽子一般。

三皮心頭一沉，想要運氣掙斷繩索，誰知那繩索並非尋常物事，柔韌非常，任憑他如何掙扎，也只是縛得更緊而已。如此一來，三皮不由得心頭大駭，心想，那丫頭不知道從哪弄來這玩意，好生厲害！

掙扎之間，那貓妖明顏早已笑嘻嘻自樹上躍下，撿了根樹枝在他背上捅了捅，就像在耍弄一條毛蟲一般。

很不幸的是，這隻可憐的毛毛蟲是他。

「知道厲害了吧？這可是蜃鬚煉就的捆龍索，便是那深海裡的蛟龍也照樣擒得住，何況只是你這臭狐狸。」明顏笑得很是得意，本想好好作弄他一番，又突然想到正事要緊，於是起身直奔密林深處，奔出兩步，回過頭來喝道：「等會再回來收拾你！」只留下三皮哭笑不得，卻又無可奈何地趴在地上，看著她越跑越遠。

明顏矯捷地穿過樹枝間隙向林中跑去，只覺得越深入林子，周圍就越黑暗，四周還瀰漫著腐爛枝葉的味道。起初她還不時聽得林間的鳥聲蟲鳴，到後來卻漸漸歸於沉寂。

她向來膽子不大，但是一想到悲戚的木家二老，卻彈跳得越來越快。

她本是無牽無掛的妖怪，百餘年間，從蒙昧到入道，百年修行只為有朝一日可以脫離輪迴之苦。這是每個妖怪都夢寐以求的，只是要達到卻很難。

在靈臺未開前要避開種種天敵，修養延壽很難，在脫胎換骨的時候要避開雷霆天劫更難。

她知道天劫將至，所以才離開清修之地，遁入紅塵凡世，希望可以憑藉人氣庇佑躲過劫數。

那個時候，她遇到了木夫子一家。木夫子是東市清水書院的先生，為人謙厚儒雅，深受坊間尊敬。老兩口年事已高，膝下唯有一個女兒名叫屏雁，年方十四，秀麗、溫婉，老兩口待她如珠如寶，一家人和樂融融。

或許是貪戀人世的溫情，明顏不由自主地留在木家，日夜陪伴木家二老和屏雁，日子也算過得逍遙自在，而她幾乎已經淡忘了雷霆天劫的事。

直到那一天，屏雁小姐帶了她上白馬寺進香。回程途中遇上了旱天驚雷，拉車的驢子不堪驚嚇，狂奔不止，卻將她和屏雁小姐一起顛下了驢車！

明顏一直畏懼的雷霆天劫因為屏雁的庇佑而度過，而屏雁卻已香消玉殞，這對年邁的木家老夫婦來說，無疑是滅頂之災。

而她……。

她沒有起死回生的能耐，但至少有一個辦法，那就是——借助那傳說中的妖花變成屏雁的容顏，也許就能緩解二老喪女之痛，報答救命之恩。而今幾經波折終於放倒了守花的妖狐，一直焦慮的心也可以放下了。

這般心事重重，不知不覺，面前的一切突然變了模樣——密林突然空出了一大塊灰白石地，大約十來丈見方，正中的一堆亂石叢中生長著一株低垂的植物。

無葉無枝，只是若干細細彎曲的根鬚糾結在一起，泛著幽幽的藍光，低垂的花萼如同在俯看冥冥眾生，細長交錯的花瓣如同一雙絕美的素手纏繞、相握；外面一層是極為蠱惑的妖紅，而中間卻是素白如雪，別樣風情。

這就是那傳說中不老不死的妖花——雙生！

明顏不由自主地呆立在幽暗中，目不轉睛看著這朵妖異、瑰麗的花，那幽幽的光似乎在不斷蠱惑她的心，泛起幾絲別樣的陰暗！

她深深吸了口氣，閉上眼睛定了定神，心想這花果然古怪，還是少看為妙。埋頭走到亂石叢中，移開碎石，露出根鬚，將從前屏雁的貼身香囊小心地放在根下，閉目默默禱告。

就在這個時候，她突然聽到一陣急促的腳步聲，正由遠及近。明顏慌忙起身，潛入黑暗的樹林中，心想莫不是那臭狐狸脫困而出了？索性等他到了近處直接敲暈，省得礙手礙腳。

不料，來人到了近處，並非那隻名叫三皮的狐狸。

那人全身都裹在一件破舊的長氅裡埋頭而行，根本就看不清楚臉，唯一可以確定的是，那是一個女人，因為那破舊長氅根本掩飾不住那人婀娜多姿的身段。

那女人走過明顏藏身的樹叢，目光落在石叢中的妖花上，霎時凝固了一般；片刻之後又顧不得碎石叢生，幾步踉蹌撲倒在碎石堆上，迫切地伸出手去。就在快要接觸到花莖的時候，她似乎突然想起了什麼，強行克制著自己的衝動，緩緩收回手來。

「天啊……天啊……。」她喃喃念叨著，那破舊大氅深深掩藏著她的臉，看上去有說不出的陰森。女人小心地自懷中掏出一把黃木梳子，仔細將它埋在花下，低聲禱告：「信女憐芳誠心叩首，望大仙恩賜仙物，助信女得換新顏……。」

明顏聽得不是很真切，想想自己費了不少心力才到達這裡，突然冒出這號人物來，倒是有點頭痛，正尋思著怎麼打發這個不速之客，突然一聲空響，一物自頭頂呼嘯而過！

還未反應過來，就聽得那個自稱憐芳的女人一聲悶哼，撲倒在碎石堆上，背後赫然插著一支三尺鐵箭。那箭勁力奇大，已然穿胸而過，將那個名叫憐芳的女子結結實實地釘在了地上！

林間傳來一陣低沉的笑聲，陰狠之中滿是快意。只見那陰暗處踱出一人，和那憐芳一般打扮，只是身材甚是魁梧，隔著大氅甚至可以清楚看出肌肉輪廓。

然而，那也是一個女人，而且是個容貌相當標緻的女人！只是她的身材比男人更男人，讓人望而生畏。

憐芳倒在自身血液所匯集的一片血腥之中，費力地轉過臉來。此時此刻，明顏終於看清了她的容貌，只是……恐懼更多了一層！

那也許已經不能算是人的臉了，枯槁、乾裂，深褐色的肌膚如同龜裂的老樹皮，一對瞪得滾圓的眼珠似乎要從眼眶裡滾出來，發出瘆人的光。

這張比鬼怪還要可怕的臉竟屬於這樣一個身材極度婀娜的女人——憐芳！

「是你……你還沒……。」憐芳的聲音在顫抖，似乎驚懼到了極點。

那個比男人還要男人的女人沉聲道：「我還沒死嗎？看來姊姊你很失望啊……。」她慢慢走到憐芳身邊，伸手握住那支穿透憐芳胸膛的長箭，嘴角浮起一抹殘酷的微笑，「姊姊很難受吧？茹芬幫姊姊拔出來……。」說罷，作勢要拔。

想這穿胸之箭要再拔出來只怕更讓人痛不欲生，說不定一下就要了人的性命。憐芳可怕的面龐更加扭曲、抽搐，那名叫茹芬的女人似乎存心要折磨於她，也不一下子拔出長箭，只是稍稍一提，痛得憐芳慘叫一聲，幾乎昏厥！

茹芬抓著憐芳的頭髮將她提起來，與自己面對面，臉上帶著快意，「姊姊一定想不通，為什麼整個寨子都燒光了，也看到了我的屍骨，我還能夠站在這裡和姊姊說話。」

憐芳怨毒的目光死死盯住茹芬的臉，已經沒有力氣說話。

茹芬面上露出幾分興奮的神情，興趣盎然地說下去：「因為燒死的人是阿寬，是那個搞得我們姊妹反目的阿寬。姊姊，你最愛的男人死在你的手上，而茹芬最愛的男人也替茹芬死了，現在咱們終於扯平了……。」

「賤人……你好狠心……。」憐芳的瞳孔猛地一縮，不知哪裡來的力氣，恨恨咒罵道。體內的血液依然不斷浸入身下的碎石堆，帶起幾絲麻痺。

「啪！」茹芬一巴掌搧在憐芳臉上，咬牙道：「再狠也狠不過你！你一心只想搶走阿寬，居然對自己的親妹子下蠱，讓我長成這般男不男、女不女！」

憐芳嗆了口血水，仰面乾笑，「那我這張臉……又……又是誰做的好事……？」說罷，氣息急促起來，猛烈抽搐幾下便不再動彈。

「我只是以牙還牙。」眼見憐芳斷了氣，茹芬早已分不清是悲是喜是怒是怨，她放開憐芳的屍體，跌坐一邊，呆坐半晌。

明顏雖然是個妖怪，眼前的一切殘酷景象卻讓她心底發寒，不知如何是好。

只聽那茹芬幽幽歎了口氣，喃喃道：「姊姊，你我一胞所出，本當一般無二才是，偏偏為了個男人搞得不人不鬼……這是何苦……？既然你已經去了，事情也應該了了。」

她自憐芳腰間取出一方羅帕，小心翼翼埋入雙生花下，再後退幾步，閉目叩拜，口中唸唸有詞：

「信女茹芬誠心叩首，是年為姊所害，男身女相，難立足人世，還望大仙恩賜吾姊之身……。」

明顏見狀，心想，自己費了這麼多工夫才找到雙生花，總不能就這樣給了這弒姊的惡人。這廂叫苦不已，卻突然覺得腳下一陣地動山搖，眼前一片紅光，定睛一看，卻是那高立石叢之上的雙生花正在舒展花萼，一片片原本糾結的細長花瓣如同一雙張開的手掌，再也不是紅白相間，而是一片妖異的血紅！

那茹芬眼見雙生花開，心想此番終可以了卻心願，正要伸手去摘，不料那花萼居然一分為四，如同一張可怕的嘴，一下子緊緊叼住了茹芬的手腕！

待茹芬感覺到不對勁時，一切已經遲了！

在茹芬淒厲的慘叫聲中，花莖上的根鬚毫不客氣地扎進了她的身體，又從鼻子、耳朵和口裡冒出，根鬚到處，鮮血瀝瀝而下，勢如生吞活剝一般！

明顏雖不喜其陰毒，但一個活人在面前遭受如此可怕的事，總是看不下去。正要上前幫忙，卻發現石叢中那憐芳的屍身大半已陷入了尖銳的碎石中，彷彿那裡只是虛浮的流沙，而非堅實的石灘！

茹芬的慘叫聲越來越大，只見她身上的肌膚裂開了許多長長的血口，在血液的流淌下，似乎有什麼東西要衝破那脆弱的皮囊，昭示人前一般。

終於，她胸膛裂開一條狹長的裂縫，而扒開那條裂縫的卻是一雙灰白的手，從身體裡面狠狠扒開，就像在黑暗中關得太久的人，嚮往外面的陽光天地一樣！

先是手，然後是手臂，接著是頭和腳，最後是身子。從她體內爬出來的女人，有著曼妙的身材和魔鬼一般的臉，睜開灰白沒有瞳孔的眼睛，發出淒厲的叫喊，赫然是那剛剛咽氣的憐芳！

身體被撕裂的茹芬依然沒死，只是眼睛早已沒了神采，變成了死一般的灰白。兩具慘澹得可怕的軀體彼此糾結在一起，正如當年兩人尚在母腹中一般，只是再也分不開去。

那妖豔的雙生花高高地立在兩人糾結的身體上，就像一位君臨天下的女王，高傲而殘忍。而那對姊妹已經成了女王座下的八腳怪獸，一如碩大的雙頭蜘蛛！

任何人看到這般恐怖的景象，都只會有一個決定，那就是盡快逃離。何況那頭八腳妖物已發現了明顏的存在，轉眼間便向著她藏身的位置撲了過來！

明顏本來就是隻膽小的貓，所以她逃得很快，這是貓的本能。

捕食血食也是這妖物的稟性，它沒打算放過這塊新鮮的血肉，於是八腳著地，緊追明顏而去！妖物所到之處，便是碗口粗的樹也如筷子般被折斷，還帶起一陣熾熱，將林中枯木一一點燃，不多時，已經匯成一片火海！

明顏逃出內林，只見那三皮依然被捆龍索所困，倒在地上動彈不得。明顏快步奔過，聽得後面怪物吼聲漸近，心想那狐狸雖然嘴賤了點，終不該餵了八腳怪，於是又快步奔了回去，伸臂扛了他就跑！

三皮如何不知情況凶險，心想，這般危急時她還記得回來救我，當真是難得。但是就這麼扛著跑也未免太笨了一點，於是清了清喉嚨：「那個……不如把我放下來一起跑還快點。」

「給我閉嘴！」明顏沒好氣地吼了一聲，腳下絲毫不敢怠慢。無奈扛著個人，到底是快不起來，而後面的妖物卻越追越近。

「那東西……怎麼辦？」明顏尋了棵合抱粗的高樹，一躍而上，將三皮放下，一時間沒了主意。

好在那妖物爬樹的本事不怎樣，只是被挨到的樹皮都開始劈啪作響，煙霧繚繞，若是拖得久了，只怕沒等它爬上來，就要燃成一堆烈火了。

雖然三皮沒有親眼看到事情的發生，但身為雙生花的守衛者，自然知道其稟性。

當年妖姬妲己受命女媧，迷惑紂王，亡其江山，只因一己私欲禍害了不少人，最終被推上斬妖臺，但始終心有不甘。這般怨憤之氣化為淚水墜落此地才有了雙生花，雙生花時時不忘脫困而出，報復世人；女媧本可將之毀去，奈何怨氣太重，有傷天和，所以在林中設下結界封印，並委派其後人供奉看守，希望能夠化解怨氣。雙生以花之形無法脫困，必須假手肉身，而那對邪惡的姊妹互相殘殺，血肉皆帶戾氣，正巧讓雙生花沾上，才會變成這種景況。

況且，三皮也知道，以自己的道行只怕不是那花的對手，聽得明顏念叨了幾句「怎麼辦」後，突然心頭靈光一閃，「你這捆龍索倒是個寶貝，不妨試試，只要暫時困住那妖物，我就有法子對付！」

「說的也是……但是，這是向人家借的，要是……。」明顏躊躇道，手裡卻已經捏了個「鬆」字訣。原本綁在三皮身上的繩索陡然鬆脫，盤回明顏手中。

「要是死在這裡，誰的東西都不用還了。壞了，損了，大不了咱去偷一條還你。」三皮活動了一下手腳，「等我出聲就放捆龍索。」說罷，一個翻身躍了下去！

那八腳妖物哪裡見得活物？它發出一聲尖厲的嘶叫，飛彈而起，淩空向三皮撲去，帶起一股刺鼻的腥味。

三皮見妖物來勢凶猛，慌忙一縱身，快速閃避開去。這時只覺得勁風奇大，炙熱非常，若是不小心讓它撲到，只怕登時烤得外焦內嫩。這一驚之下哪裡還敢停留，登時撒開兩條腿飛奔。

那怪自然緊跟過去，縱然八腳長短不一，跌跌撞撞，彈跳力卻甚是驚人，一個起落就是四、五丈，饒是三皮身手矯健，也好幾次險象環生！

一路狂奔，眼見洞府已在近處，三皮心念一動，飛身躍向洞口，一滾身進了廳內。

那怪自然是緊跟進去，張牙舞爪之間將洞門堵住，想要來個甕中捉鱉。

只可惜三皮是隻狐狸，狡兔尚有三窟，更何況是比兔子狡猾許多的狐狸。

眼見那妖物中計，三皮大吼一聲：「動手！」將身一縮，現出本相，赫然是頭通體雪白的銀狐，一縱身，已然從石洞頂上的窟窿中躍了出去！

那怪發覺上當，正要自洞口退出，早已來不及。只見那洞口張開了一張雪白的繩網，一觸之下便鋪天蓋地向那怪籠罩過來，迅即將那各自張揚的胳膊腿腳綁得嚴嚴實實！

想那妖物渾身熾熱難當，碰上這不過小指粗細的繩索卻偏偏無半點作用。它被縛成一團肉球，在地上翻滾、嘶叫，越是掙扎那細繩就勒得越緊，甚至嵌入皮肉，勒痕處泛起一連串猩紅的血泡，整個洞中都瀰漫著一股腥熱的焦臭，聞之作嘔。

「好傢伙，果然有用！」三皮早已恢復人形，手中更多了一把鋒利的長劍，瞄準那雙生花細細的花莖，一劍斬了下去！

只聽得一聲歇斯底里的狂吼，震耳欲聾，那雙生花應聲而落，一股深紫色的血水自斷口處噴湧而出，那堆糾結的畸形肉身如同稀泥般垮塌下來，最後化為一攤絳紫色的血。

三皮長長地舒了一口氣，抹了抹額頭上的汗水，那飄落在地的雙生花也漸漸凋零而慘澹。

這朵凋零，再過三、五、七年，又將有新的從那亂石中長出來，在這永生不死的結界中幽閉、禁錮下去，等待新的罪惡賜予它自由，或者洞徹了悟，得到最終的寬恕。也許，這就是它早已注定的宿命。

明顏滿面愁容地收回捆龍索，心事重重地撿起那凋零於地的雙生花，無言以對。

「為什麼你這麼在意這朵花？」三皮不解地問了一句。

明顏緊緊攥著那朵凋零的花，轉頭看了他一眼。一起出生入死過後，她也不再隱瞞，把事情原委說了一遍，末了歎了口氣：「可惜花也毀了，這可如何是好？」

「原來如此，那倒也不是沒有辦法。這殘花上還有些許殘存的妖力，要是使用得法，用這殘花入藥，雖不能不老不死，幾年內保持容貌也不是做不到。」

見明顏面露喜色，三皮又故意歎了口氣：「可惜花毀了，我的優差也沒了。現在洞府不能住了，林子也燒光了，是不是應該有人為我負責呢？」他故意露出幾分可憐的神情。

明顏心頭歡喜，見他說得可憐也不忍心，紅著臉低聲道：「如果實在沒有地方待了，大不了我先收容你一段時間，等你找到新窩……。」話沒說完，三皮的腦袋已經點得如搗米，一雙細長的眼睛瞇成兩條細縫，笑得既討好又嫵媚。

兩人並肩出了樹林，天邊夕陽餘暉正豔，三皮只顧跟隨明顏的腳步，心想，雖然這貓兒憨了一點，但是能夠如此與她一起走下去也是件美事……想著、想著，一路也沒在意方向和行程，等到跟她進了一座繁華城市，穿過似曾相識的街頭巷尾，來到一座樣式古樸的酒館前，才突然停住腳步。

「你就住在這裡？」三皮只覺得頭皮有些發麻，伸出袖子拭了拭額頭上豆大的汗珠，面容還有幾分抽搐。

「是啊。」明顏笑嘻嘻地遙指館內，「這酒館就是借我捆龍索的那位朋友所開。她很好客，等會兒一定請你喝好酒。」說罷，揚聲呼喚：「我回來——」話沒說完，卻被三皮一把捂住口，後面那個「了」字硬生生被堵在了口裡。

「那個……，」三皮乾笑道，「平安把你送回來，我也就放心了。突然想起還有點要緊事，先行一步……。」話音剛落，人已經消失在街尾。

翌日。

傾城魚館，和往常一樣，客人不算很多，只是每張桌子旁都坐著人。

「魚掌櫃，生意都應以誠信為本，怎的也興起這短斤少兩、白酒摻水的勾當？」木夫子的手因這月多的借酒澆愁而有些不穩，歎息連連道：「人心不古啊，人心……不古。」

魚姬微微一笑，自木夫子手中接過那酒瓶放在鼻尖嗅了嗅：「夫子切莫著惱，想是廚房的夥計送錯了酒水，馬上就給你換過……。」說罷，揚聲喚道：「明顏！」

櫃檯後的簾子應聲而開，一個俏麗、端莊的女孩兒含笑而出，手中捧著青花瓷壺，走到櫃檯邊對木夫子盈盈一笑，「酒能傷身，還是少飲的好。」

木夫子驚詫地睜大了眼睛，淚眼矇矓之中似乎看到女兒屏雁笑語嫣然，重返人間，「你……。」

魚姬目送明顏小心攙扶木夫子到一邊的酒座細心照料，轉身移到臨街的桌旁，笑嘻嘻地坐下，望著桌子對面那個正端著酒杯，面容有些抽搐的俊俏青年，輕聲道：「就算是用銀子買酒喝，也拜託你檢點一點，我這裡還要做生意呢。」說罷起身踱過那人身邊，悄悄伏身說了句：「你的尾巴又出來了。」

第三話

忘情草

年近歲末，京都的街市總是繁華的，大街上馬車、華轎絡繹不絕，街邊小販、貨郎們一聲聲吆喝，行人四下顧盼，大多在為臨近的年關置辦年貨。街面的間間酒肆傳出此起彼伏的鬧酒聲、嬉笑聲，就像是燒開的一鍋水。

午後客人漸漸少了一些，酒館裡也沒那麼繁忙。魚姬微瞇著眼，撥弄著櫃檯上的算盤，計算上午的進帳，不時抬起頭來招呼些個生熟客人，有時也揚聲催促夥計下單上菜。生意上門自然是人多好辦事，廚房的事交給明顏總是省心不少，只不過那個自己找上門來跑堂抵酒債的三皮倒是個麻煩，少看一眼就會偷懶，還得防著他打酒缸的主意。若非他口甜舌滑會哄客人，催旺了不少生意，早就一頓棒子打將出去。不過，見他近日來嘻皮笑臉地圍著廚房轉悠，說不得這醉翁之意也不盡在酒。

「掌櫃的……。」一個溫婉的女聲將魚姬思緒喚了回來，魚姬抬頭一看，卻是住在後街、王秀才家的娘子。

說起那王秀才，倒是個混世的主兒，終日裡只知吟詩作對，要不就是和一班酸丁東遊西蕩、附庸風雅，全然不事生產。家中還有兩老和一個破落戶大哥，也都不是什麼好相與的人物。若非秀才娘子賢慧持家，家業早就敗了個乾淨。

這秀才娘子娘家姓崔，閨名絳妍，嫁入王家七年有餘，娘家還有個兄長在軍中做校尉，只是一年前南疆方臘作亂，朝廷調兵南征，這一去就全無音訊。

骨肉離散本已是人間慘事，何況兄長一去，更斷了接濟。幸虧秀才娘子有一雙巧手，平日裡除了做些針線繡品維持生計，也時常送些新鮮茶果、點心來魚姬的酒館裡寄賣。雖然只是多得點散碎銀兩，也可以給秀才多些閒錢傍身，不至於在人前丟了顏面。而秀才娘子自己卻是捉襟見肘，待自己甚是苛刻，望夫成龍之心拳拳，左右鄰里皆知，都道那王秀才幾世修來的福氣，才娶得如此賢妻。

「來啦。」魚姬起身笑迎，「昨個送來的一籃晚上就賣完了，我正尋思再央秀才娘子多做一籃，人就到了。」說罷，自抽屜裡取出兩吊錢放在櫃檯上。

崔絳妍輕輕放下竹籃，柔聲道：「全靠掌櫃的看顧。」她生性溫柔，話也不多，只是仔細收好錢，思量著有這兩吊錢就可以去東街蕭記布坊扯幾尺細布、秤幾斤棉花，給相公做件新襖過冬，至於自己身上那洗得有些褪色的衣裳，拾掇拾掇也可以再將就一年。

「都是街坊，說什麼看不看顧，以前崔大人可沒少照顧我這小店的生意……。」魚姬見崔絳妍面露幾分悲戚，忙攔住話頭：「哎呀，瞧這破嘴，都胡說些什麼。吉人自有天相，聽說亂已經平了，說不得再過個十天半月的，崔大人就回來了。」

崔絳妍心中酸楚，微微點點頭，「謝掌櫃的吉言……家裡還有些活計，我先回去了，明個多送些茶果來。」說罷，道了個萬福，轉身正要出門時，目光滑過對面鎏金閣，驀然一呆。

魚姬見她神色有異，順著她目光看去，只見那鎏金閣門外一對男女正相擁而入，勾肩搭背，神情甚是親密，那男子儒生打扮，背影竟有幾分眼熟！

「那不是王秀才嗎？」三皮的嗓門挺大，「那小娘是對面新到的姑娘，好像是叫芳兒……。」

崔絳妍心頭一緊，好像被一隻無形的手狠狠捏了一把，片刻之後搖頭強笑道：「小二哥愛說笑，相公一早就和書館的同窗去了西郊賞梅，怎會……？」

三皮的手裡不知道什麼時候在竹籃裡撈了個茶果，一邊朝嘴裡塞一邊含混不清地嘀咕：「我三皮的眼神可是出了名的準，那明明是……。」

「啪！」魚姬面色一沉，一巴掌拍在櫃檯上，斷喝一聲：「準什麼準？誰准你動這些茶果了？再不去幹活就扣你工錢，扒你的皮！」

眼見形勢不對，三皮趕忙點頭哈腰，正要退到廚房去，卻見明顏一臉幸災樂禍地倚在廚房門口，眼睛瞇成兩條細縫，閃過她身邊時還聽她低聲說：「我賭十個銅錢，掌櫃的還在惦記著你的狐皮圍巾。」此言一出，驚得三皮面色慘澹，埋頭賣力抹著桌子，頭也不抬。

明顏偷笑一聲，逕自走到櫃檯邊，魚姬揚聲道：「那傢伙就會胡說八道，秀才娘子別往心裡去，人有相似，看錯了也很正常……。」

崔絳妍心中惶恐，半晌才回過神來，苦笑道：「掌櫃的說的是……我家相公是讀書人，怎麼會……怎麼會去那種地方……？」言語之間，聲音微顫。

魚姬與明顏目送崔絳妍離去，彼此對望一眼。

「三皮沒有看錯，那王秀才好沒心肝，虧得秀才娘子這般為他辛苦張羅，他卻拿著老婆的血汗錢去孝敬青樓女子！」明顏眉頭微皺，對面青樓絲竹頻傳，此時卻覺著分外刺耳。

魚姬歎了口氣，「都說癡情女子負心漢，當真是一點不錯。」

「掌櫃的，你說秀才娘子到底清不清楚那個賤男人的所作所為？」明顏心中疑慮，總要問個清楚明白。

魚姬抬頭看看天，沉聲道：「知夫莫若妻，倘若連枕邊人的背影都認不出，那還叫什麼夫妻？」

明顏心頭火起，「那她怎可如此離去？要換成是我，早就上去痛打負心人！哪能由著那姦夫淫婦風流快活？」

魚姬搖搖頭，澀聲道：「情之一字，若是淺嘗即止，自然可以隨意取捨；若是情根深種，只怕是……唉，看來今晚又會變天……。」

「王秀才……。」

「王秀才……。」

「芳兒……。」

「芳兒……。」

三皮的聲音一直在崔絳妍腦海裡轉來轉去，就像一條可怖的毒蛇在心裡翻騰，帶起一股想要嘔吐的感覺，可偏偏什麼也吐不出來。

她跌跌撞撞地走在路上，面色蒼白，偶而有認識的街坊和她打招呼，也是置若罔聞。世間好像一片死寂，又好像紛紛煩煩地喧囂不已。

不知道過了多久，她停住了腳步，發現自己居然不知不覺回到了故居的宅子。這宅子是大哥當年升遷時置下的產業，在沒出閣之前，她很幸福地生活在這裡，雖然不見得如何富裕、奢華，也可以說是無憂無慮。

待字閨中，託庇於兄長，少有機會可以看到外面的繁華世界，所以她喜歡在後院盪鞦韆，喜歡晃蕩在半空時瞥見牆外的景色。

和王秀才初次遇見時也是這樣的黃昏，她悠然盪著鞦韆，然後聽到牆外他為自己吟哦的詩篇。

一切水到渠成，他向大哥提親，惶恐而誠懇。

大哥依依不捨地將她送去王家，一路吹吹打打，熱熱鬧鬧，只為成全最疼愛的小妹的小小任性和一生的幸福。

鳳冠霞帔，洞房花燭，璧人成雙。

由不解人事的少女，成為他羞澀的新娘，冠上他的家姓，一切都是那麼美滿，或許這已是她一生中最幸福的時刻。

儘管他的父母、兄長對於她的到來有幾分微詞，可是不要緊，有他的呵護、憐惜，無論怎樣艱難，她也可以維繫這個家，甚至低眉順眼地扮演好妻子、媳婦和弟妹的角色，照顧他和他的家人……。

維持一家人的生計，從最初的十指不沾陽春水，到而今的面面俱到。

七年光陰不只瘦削了臉龐、粗糙了十指、風霜了容顏，似乎夫妻的恩愛也在時間中漸漸淡化。她也曾經安慰自己，情到濃時反轉薄，卻漸漸發覺他回家的時間越來越少，甚至十天半月都不見人影。

她相信他是在書館刻苦攻讀，只為求取功名，光宗耀祖，封妻蔭子。

所以家境拮据了，她會努力賺錢養家；公婆詰難，大伯無理取鬧，她也可以無聲地忍耐，只為了傾心相待的那個他——她的丈夫。

既然彼此承諾了天長地久，自然要像大哥所祝福的那樣，白頭偕老，舉案齊眉。

然而，種種希望卻因那個熟悉的背影而突然崩塌、碎裂，「背叛」兩個字如同利刃直插心間，痛得她無法喘息。

一陣寒風吹過，單薄如她，顫抖得像風中落葉，一時間不知何去何從。

大哥不在這裡，空蕩的大屋不再是她的家了。她已經是王家的媳婦，擅自滯留娘家是不容於禮數的，她不能讓自己的丈夫被人在背後戳脊樑骨。崔絳妍緊了緊衣衫，呵了口氣溫暖那早已凍僵的手指，邁開疲憊的腳步，只是想著天快黑盡，須得回去為公婆、相公準備晚飯，無論那個被稱為相公的男人今晚是否會回來。

這般失魂落魄走過街頭，雖然是想著回家，卻不自覺又轉回了東市。

傾城魚館的幌子被門前的燈籠照得很亮，酒館裡還有些許酒客，隱約聽得一陣清音低唱，卻是魚姬手抱琵琶，明顏、三皮起舞助興；歌聲寥寥，舞影翩翩，自有一番逍遙快活。

崔絳妍心中紛紛煩煩，種種焦慮在心頭縈繞，隱隱約約只聽得幾句：「……拈花一笑看前塵，悲喜營營何亂心，萬般怨尤拋開去，兩兩相忘逍遙行……。」

崔絳妍悲戚地歎了口氣，心想，世事紛繁豈是想忘就可以忘掉，想放就可以放下的？魚姬手抱琵琶坐在魚館中，看著門外的崔絳妍失魂落魄地走過，不由得歎了口氣，搖了搖頭。

崔絳妍立在街頭，眼光落在鎏金閣那片燈紅酒綠上，耳中只聽見樓上的淫聲浪語，酒令猜拳。

「王公子，你說是我好，還是你家的娘子好？」一個嬌媚入骨的聲音不依不饒，作為一個深諳歡場之道的風塵女子，即使年紀尚輕，也一樣準確地把握著腔調。

「那還用問？」王秀才的聲音聽來已有七八分醉意，輕薄孟浪，「她怎配和你比……？芳兒是我的小仙女，笑一笑便是千樣嬌、百樣俏……哈哈，瞧這食指青蔥，又怎是那粗皮老枝能比……？」

她的手也許不再嬌嫩，可是它又是為了什麼而粗糙？為的只是將操勞所得，交付那負心人來博紅顏笑嗎？

聲聲誓言猶在耳，而那多情、溫柔的郎君懷裡卻已經換了一個人。難道她傾盡心血，得來的居然是如此結局？

長街寒夜再冷，又怎麼能夠冷過她此刻的心境？

崔絳妍呆立在樓下，猶如一座雕像。

「再來個『乳燕還巢』！」那個芳兒的聲音嬌得肆無忌憚，一隻犀角小矢在夜色中劃過一道冰冷的弧，沒有命中那立在圍欄邊的鎏金銅壺，反而從圍欄的空隙裡滑了出去，按照投壺之戲的規則，這一投非但是不中，還輸得離譜。

投壺之戲雖為風雅，不過在這煙花之地，輸贏獎懲自然另有一番法度，芳兒身上的衣衫已經輸得僅剩薄如蟬翼的一層，玉臂雪股就如籠在淡淡薄煙之中，唯有那貼身的水紅色肚兜隨著芳兒的嬌軀微顫，看得王秀才心癢難耐。

「不中……不中……。」王秀才熏熏然探出頭來，睜開惺忪的醉眼，想要找回那支失準的犀角小矢，放浪形骸的神情卻驀然凝固在那恬不知恥的臉上！

借著鎏金閣靡爛的燈光，他看到自己那悲憤的妻子額頭上一抹紅到妖異的血色，一時間驚駭起來，癱滑在地，連帶拉趴了那個得意非凡的芳兒。

就在他惶惶然不知所措的時候，聽到樓下眾人的驚呼。事實上，被砸中額頭的崔絳妍在看到他狼狽的神情後便頹然倒下，如同寒夜冬雪壓折的一枝白梅！

崔絳妍這一病就病了將近一個月，一開始王家人包括她那負心的丈夫在內心有愧疚，收斂了許多，王秀才即便要再去尋芳兒鬼混，也不好再通宵不回。何況她這一病，算是斷了家裡的營生，哪來許多閒錢去鎏金閣做火山孝子？

然而，再這樣下去卻是不成。

王秀才捂著臉，藏著、掖著，把書房的書搬到當鋪當了，換回一兩四錢銀子，心中尋思那娘兒們一倒，倒斷了錢糧，看這年關將至，別說過年，就是過活只怕也成問題。回到家中卻見老父、兄長眉飛色舞，似有計較，一問之下才知道，而今這家徒四壁卻另有一樁財路！

崔絳妍自歸家之後，有一段日子病得迷迷糊糊，待到清醒，卻悲戚不已，黯然神傷。雖然家中暫時由婆婆主持，病中要藥、要粥也只得強打精神自己來，幸虧平日裡與街坊結下善緣，眾人輪流看顧，人年輕，歇得足了自然慢慢好起來。思這人情冷暖，覺著這結髮夫妻還不如四周鄰居更近人情。

酒館生意不是很忙的時候，魚姬、明顏也時常煨了湯水去看那苦命女子，言語之間開解於她，只是這心病由心而生，心結不開也是枉然。時常有人陪伴，崔絳妍原本淒苦的心境也漸漸消淡了一些，有時候也可以看到那蒼白的臉上露出幾分微笑。

這天，崔絳妍身感疲憊，將身靠在床頭微寐，不知道過了多久，隱約覺得屋裡多了個人，在窸窸窣窣翻著什麼東西！

她一驚之下睜開眼睛，卻見那負心人正在窗前翻著梳妝匣。那匣子雖不貴重，卻是大哥幼時親手所雕，而今骨肉分離、生死不知，便是唯一的念想，難不成那不成氣的男人居然打這匣子的念頭？

「你在找什麼？」崔絳妍的聲音驚了王秀才，半晌，王秀才才訕笑著轉過頭來。

「沒有……我……在找梳子，你頭髮有些亂了，我想給你理一理。」或許有些男人天生就有騙女人的本事，尤其是對還愛著他的女人。儘管在旁人看來這是句蹩腳得有些過頭的謊話。

崔絳妍心中一動，依稀記起恩愛正濃時梳髮、畫眉的良辰美景，心裡早軟了下來，本要喝斥的話再也罵不出口。

「娘子，以前都是我不好……。」王秀才試探性地握住崔絳妍冰涼的手，柔聲道，「現在我好生後悔……只望娘子寬宏大量，給我一個補償的機會……。」

「你……你當真如此？」對崔絳妍而言，一切來得太突然，這些時日來的種種，她不敢去相信那薄情寡義的丈夫會突然洗心革面，然而心卻萬分期盼真情回歸。她要的不多，不求丈夫聞達於仕途，不求榮華富貴，她只要和丈夫相濡以沫，白頭到老，而今離她而去的幸福似乎又回到了身邊。

「千真萬確。」王秀才繼續在他那可憐的妻子面前兜售著誓言，「從今以後，我一定洗心革面，不再流連煙花之地，用心考取功名，善待娘子，遲些時候，再生幾個孩子，一家人和和美美地過日子……。」

「我道是誰，如此唱作俱佳，不去扮戲文真是可惜了。」明顏的語調很尖銳，話音剛落，早揭開門簾走了進來。對於一隻貓妖來說，走屋頂比走平路進大門要愜意許多，更何況是一隻脾氣比較暴躁的貓；若非早應承了別人不隨便暴露妖性，她早就上來將這無恥之人扯個粉碎，而今自然不會給他好臉色看了。

「你……！」王秀才本可理直氣壯斥責這擅自闖入的女子，然而這類小人在行詭祕事時通常都直不起腰身，此刻哪裡有主人家的底氣？再加上那少女眼中光芒灼灼，目光犀利，更讓他不敢逼視，只是埋頭轉了出去。

明顏放下手中的瓦罐，「掌櫃的叫我給妍姊姊送湯來，還特地吩咐要姊姊喝完，早點好起來。」

「煩勞二位了。」崔絳妍淡淡一笑，心中卻是悵然。明顏看出她心事，心想那賤男人不知道習得什麼妖法，鬼遮眼似的，偏偏讓這女子看不清他的真面目，如此被他蒙蔽只怕是後患無窮。正想如何點破，卻聽那人出了院子也未離去，只是和幾人在外面竊竊私語。貓的聽力本就遠比人靈敏，更何況以她的道行，三里內的言語都逃不出她的耳朵。三個男人和一個女人，準確地說是王家四口，此刻正在那裡商議一件事情。

明顏倒抽一口冷氣，心頭驀然火起，不假思索地將手指扣在崔絳妍右耳，捏了個「通」字訣。

一瞬間，崔絳妍只覺得萬籟俱寂，莫名驚詫間卻聽得一個熟悉的聲音，正是那剛剛和自己海誓山盟的丈夫。

「爹爹，大哥，我等骨肉至親，我又怎會把那房契私藏了？」言語之間甚是無辜。

「兒啊，娘知道你喜歡那個什麼方兒、圓兒，咱把房契拿到衙門過戶，再尋個買主把房賣了，你想娶她過門，咱就拿錢贖她出來……。」

「廢話，當然先頂下那豬肉攤來做！」王家長子那破鑼嗓子雖然壓低聲音，依然嘎嘎作響，「要不是老子想到那娘們娘家那老宅子，就你那豬腦袋還想得出別的路子不成？」

「都給我閉嘴。房契還沒拿到手上，幾口子倒開始內訌了。以前那娘們的大哥在吃皇糧，總得忌諱幾分，現在年多沒下落，定是死在外面了。而今只剩那半死不活的娘們，兒啊，你再找機會去繞一繞，只要把房契弄到手就休了她……。」王父的聲音透出幾分老辣，「善妒、無子、惡疾……哪一條都可以休她……。」

「真要休？」王母遲疑道，「瞧她那身板，說不得一下子就氣死了她，人命……。」

「婦人之見！」王父冷笑道，「死了就更好，到時候也就沒有人來爭這房契，落得乾淨……。」

崔絳妍霎時通體冰涼，身子一顫，軟倒在床上。她沒有想到，這些七年來朝夕相對的人居然懷有如此惡毒的心腸，一時間頓覺萬念俱灰。

「你……你怎樣？」明顏開始有些後悔將真相暴露，只怕這一下子就激死了她。但是瞞著不說，等到那班惡人奸計得逞，只怕更是萬劫不復。而今見她暈了過去，慌忙將手按在崔絳妍人中，一掐之下，崔絳妍方才緩過氣來，饒是心頭怨憤，眼神卻平靜了許多。

「明顏妹子，你不是拿了湯來嗎？」崔絳妍面上露出幾分淒苦笑容，蒼白而空洞。

明顏心頭忐忑，將湯舀了一碗遞到崔絳妍手中，「妍姊姊，你是不是當真沒事？我膽子小，你別嚇我……。」

「傻丫頭。」崔絳妍搖頭笑了笑，「你放心，我不會做傻事……。」她埋頭噙了一口熱湯，「湯很鮮，大概放了不少扇貝來熬吧！隆冬時節哪裡還有新鮮扇貝？」

明顏見她有心情關心熬湯的材料，心想應該沒有什麼大礙了，於是鬆了口氣，呵呵笑道：「這也沒什麼難的，只要是水裡的，掌櫃的都可以手到擒來……。」話一出口，驀然一凜，心想怎生如此大意，該說的、不該說的怎麼都說出來了？難道是和那大嘴巴狐狸待久了，也落下這話癆不成？

崔絳妍看出她的顧慮，淡淡一笑，「好妹子，你什麼也沒說，我也什麼都沒聽到；你們是什麼對我也沒有什麼分別，我只知道你們都是好人，這就夠了。」說罷，自床上坐起身來，「睡得久了，反倒沒有精神。我想回故居去看看，好妹子，你陪我去。」

明顏雖不明就裡，也不疑有他，只看著崔絳妍自衣櫃底翻出一件待字閨中時所穿的舊裳換上，對著銅鏡挽就雲鬟，薄施胭脂。銅鏡中儼然是當年好女兒顏色，只可歎這些年來居然為了一些無恥之尤，空辜負了花容月貌、大好年華。

故園的景色依舊，但早已物是人非，唯有園中鞦韆靜垂，小池畔的白梅依舊，香氣隱然。

崔絳妍纖巧的手指輕輕撫過枝頭青石，無處不在的是舊時的回憶。

「回家真好……。」崔絳妍輕輕歎了一聲，轉頭看了看圍牆窗扇外擠在一堆的四個黑影，雖然知道是那可鄙的一家人，也不去理會，逕自走到鞦韆旁。

那鞦韆雖然舊了卻依然溫潤。

「房契在大屋匾額後面。」崔絳妍的聲音很低，低得只有旁邊的明顏可以聽見。

然後她盪起了鞦韆，起伏於樹影、藍天之間，輕靈的身姿一如當年，縷縷青絲飛揚，更有輕笑如風。

牆外的王秀才悠悠想起多年前的那段良辰美景，心頭驀然浮起一絲悔恨，然而這遲來的良知卻渺小得一如荒漠中的一小片綠葉，轉瞬間就讓貪念淹沒。

崔絳姸的鞦韆越盪越高，拉就一個圓滿的弧。

當鞦韆甩到最高點的時候，她鬆開了雙手，就像一隻離籠的鳥，不顧一切擁抱自由。她的身子在空中劃過一道決絕的弧線，落入那半畝池塘，濺起一片水花！

「房契……房契！」王秀才瘋狂地攀進院來，後面跟著他家的另外兩個男人。他最年輕，所以動作最快，他飛快地衝向池塘，只想抓回那個堅決棄他而去的女人，拿回那張本不屬於他的房契，那樣，他才有足夠的錢繼續供養那銷魂蝕骨的方兒、圓兒、扁兒……。

池塘很淺，只可惜他找不到她了，就像她從來都沒有出現過似的。或許在她落入這水池的一瞬間，已像冰雪般悄悄融化，不著痕跡。

「房契！」他發狂地大叫，面容扭曲。漸漸地，扭曲的不僅僅是面容，還有他的身體，一如他體內扭曲交織的欲望。

王秀才露出甚是驚恐的表情，先前失控的狂叫戛然而止，取而代之的是一聲急促的驚呼：「咦？」而後緊張地瞪圓了眼睛，好像看到了什麼可怕的東西，那張大的口裡忽然爆發出一陣教人心驚膽戰的慘叫！

慘叫聲中，他的身體開始失控地左右搖擺，雙手亂揮彷彿在抗拒什麼，可是很明顯，他所抗拒的是全然無能為力的事物！

接下來，他的身體斜斜橫在水池中，開始朝著一個方向扭曲，從脖子到腳踝如同螺旋般層層糾結了一圈又一圈，條條因為拉伸而迸裂的創口乍然顯現，整個人如同一張正被一雙無形巨手用力擰乾的抹布！

隨著扭曲加劇，王秀才渾身的骨骼開始啪啪斷裂，粉碎的骨骼碎片不安分地從創口擠了出來，然而卻不見一滴鮮血，只有混沌、烏黑的膏狀物，肆無忌憚地流掛在那扭曲的身軀上！

初時他尚有掙扎、嘶吼的氣力，漸漸地，慘叫聲弱了下去，到後來變得如同瀕死無力的獸鳴，早已聽不出人的聲音。

偏偏這一過程進行得很慢、很慢，慢到足夠讓他品味這番難言的痛苦。

到後來，他的喉嚨再也發不出聲音，因為扭曲、爆裂的喉管已混在那烏黑的膏狀物中，無力的耷拉在他扭曲、變形的身體上！

而後那怪異的肢體不合常理地懸在水池之上，開始如同蠟一般熔化，啪嗒啪嗒地滴進水池，激起陣陣水花，灑在環伺池畔的王家父子身上！

那王家父子早已被眼見的驚悚景象嚇得呆若木雞，癱倒在池邊動彈不得。那混合著王秀才肢體的池水飛濺在兩人身上、臉上，如同滾燙的岩漿，瞬間燒出一個個銅錢大小的黑洞，遍布整張臉！

隨著王家父子的慘叫越來越瘆人，王秀才的殘肢已然全部落入水池，逐漸沉淪下去。

原本清亮的池塘變得烏黑不清，池水似乎泡出了他內心的陰暗。

牆外的老婦人撕心裂肺地哭號，但是得不到任何人的同情，殘餘的一生只能守著那兩個人不人、鬼不鬼的父子苟延殘喘。

明顏目瞪口呆地看著眼前發生的一切，突然心頭一顫。轉過身去，卻見魚姬神色淡然立於身後：「掌櫃的……莫非是你？」

魚姬搖搖頭：「按照陰司規矩，自殺而死的人不得輪迴，唯有以中陰身之態無數次重複死亡之時的種種苦況。這女子一生為情所困卻遭人背棄、謀算，倘若還要因此而受陰司懲罰，豈不更是淒涼？所以，昨日算出崔絳妍劫數難逃，我唯一可以做的就是烹製一盅可導人輪迴的湯，好在她亡故時打開輪迴之境讓她順利轉生，免得再遭不公之遇。」

明顏聞言，心中稍定，再看看那池渾濁的水：「為什麼那賤男人會受如此報應？」

魚姬淡淡一笑：「所謂魔由心生，若非那王秀才滿心貪念、惡念，對崔絳妍緊咬不放，自己闖進輪迴之境，又怎麼會被他心頭惡念招來的地獄道眾生拉進地獄呢？剛剛所受的只是一個開始，日後他要在地獄道中承受的折磨只會比剛才還要慘烈。倘有悔意，或許千百年後還有機會輪迴，轉生其他五道；倘若冥頑不靈，只怕生生世世都出不來了。」

明顏歎了口氣：「如此也是他咎由自取，與人無尤。可是掌櫃的，妍姊姊真的能順利轉生麼？」

魚姬笑而不語，只是遙望那花園中的水池。雖然王家父子的慘號聲仍不絕於耳，一番沉澱後，池子裡的水很快就恢復了清澈，似乎一切的事都未曾發生。只是那池邊新生了一圈不知名的緋色纖草，任是寒風凜冽，也帶著一絲決絕的驕傲。

除夕。

為犒賞凱旋的將士，朝廷將在皇城內燃放一場盛大的煙火，百姓紛紛奔相走告，聚到城門口等待，所以，東市上還開著門的店鋪很少。

魚姬早早打發了明顏、三皮這對歡喜冤家去看煙火，卻沒有關上店門。因為還有客人。

如此佳節，如此盛會，加上戰功顯赫，榮升副將，身沐皇恩……崔望月本當意氣風發才是，只是這一去經年，等到回來的時候，最疼愛的小妹卻是不在了。坊間流傳著無數版本的傳說，聞者無不唏噓秀才娘子的剛烈，無不痛恨王家的卑劣行徑。即使親眼看到王家受了應得的業報，一切都是枉然，他那可憐的小妹終究是不在了。

崔望月恨恨地灌著酒，男兒有淚不輕彈，唯有將一腔悲痛和酒嚥下，桌子上已然空了幾罈。「崔大人，你再這樣喝下去，只怕要把我這館裡所有的酒都喝乾了。」魚姬自架子上取過一個琉璃瓶和兩只琉璃盞，輕移到桌邊，「不如試試我新釀的酒。」

言語之間把盞淺斟，崔望月正要一飲而盡，卻聽魚姬笑道：「如此牛飲豈不糟蹋了美酒？對了，有位故人託我轉交一物給大人。」

「故人？」崔望月愴然一笑，心想，而今連小妹都不在了，哪裡還有什麼故人？他自魚姬手中接過那張已然泛黃的紙展開一看，卻是一張舊房契。

「這是……？」崔望月手一顫，那半盞酒在琉璃杯裡轉過一抹緋紅。這正是當年離家時囑咐小妹收好的房契。當時本是擔憂自己馬革裹屍，唯恐小妹從此無所依靠，不料如今卻顛倒了過來，一張舊紙轉了一個圈，又回到了自己手上。

「那人託我轉告大人，她已經放下一切，望大人莫再以她為念。」魚姬將面前的杯子也斟了半杯酒水，起身回到櫃檯後面，留下崔望月一人面對桌上的兩只杯子。外面的煙花怒放於漆黑夜空，絢爛非凡。

崔望月苦笑一聲，心想，這掌櫃的已是有心。舉杯傾盡，入喉只覺苦澀難當，猛一抬頭，只見忽明忽暗的流光絢彩中，一個清麗女子正掩袖飲下了另外一杯，眉宇之間盡是釋然的笑意。那正是他故去的小妹！

「妍兒！」崔望月心神激盪，站起身來，想要抓住眼前人，然而一切早已消逝於無形，原本苦澀的味道也在一瞬間轉為清洌、甘醇。

崔望月低頭望向酒杯，只見空杯中還留有一絲纖細的草絲，泛著微微的紅，他若有所思地坐下，喃喃道：「這酒叫什麼？」

魚姬的眼依然望著夜空中的瑰麗煙火，淡淡言道：「一字寄之曰——忘。」

第四話

紫苔

端午過後，雨水卻少，任憑頂上驕陽高懸，空氣也只是溫溫濕濕悶成一片。人們大多身感困乏，平日汴京城裡最熱鬧的街市也安靜了不少，只有賣酸梅瓜湯的些個小販不時扯著嗓子吆喝一聲。

魚姬倚在櫃檯邊上，徐搖羅扇，巴不得尋一大桶冰水泡上一泡，偏生這生意總離不得人。轉頭看看，只見三皮攤著四肢抱著個大瓦缸睡得正香，心想這痞懶狐狸倒是享受。正尋思一腳將他踹將起來，卻聽一邊呼哧、呼哧一陣細喘，原來是明顏攀在圍欄邊，也是一副無精打采的樣子。這也難怪，雖然是修行多年的妖精，但一身皮毛覆蓋，在這樣的季節難免會不好過。

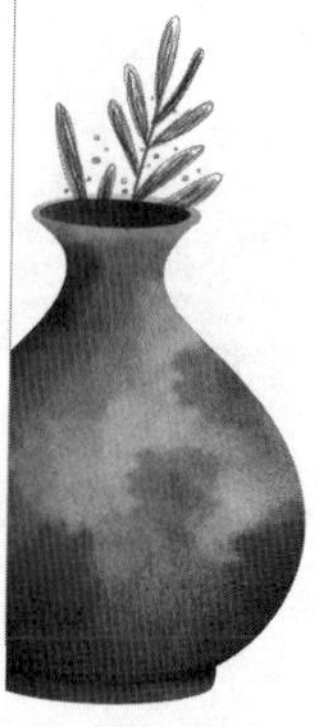

「掌櫃的……這般悶熱著實是吃不消了，不如暫時歇業幾天回山裡避避？」明顏長長呼了口氣，將手心貼在青石圍欄上，借石欄的冰涼散出體內的悶熱。

魚姬歎了口氣，「我也知道你們熱得難受。若是受不了，就回去住幾天，反正這等天氣客人也不多，我一個人也應付得過來。」

「掌櫃的不走，我也不走……。」明顏移步櫃檯邊，順便踢了三皮一腳。誰料三皮只是翻了個身，抱著另一個瓦缸繼續睡，連眼皮都懶得睜一下。明顏無奈，只得由他，取過架上的酒瓶細細擦拭，「我只是不明白，錢財於我等異類本無用，掌櫃的為什麼還執著於這店裡的營生？」

魚姬也不回答，只是笑笑，轉頭望向街心，見烈日當空，晒得街心一片晃眼的白。那街角轉過一個步履遲緩的人影，頂著把油紙傘，行到近處卻是個腰腹高隆的孕婦。她拎著個藤盒的右手還吃力地托著沉重的肚子，頗為淩亂的髮髻下是張微黑的臉，雖然汗水淋漓有些狼狽，眉目之間倒也算清秀。

「那不是太廟南街孫記藥材鋪的老闆娘菀娘嗎？」明顏揉揉惺忪睡眼，嘟囔道，「她不是快臨盆了嗎？怎麼大熱天的還出來收太陽過冬？」

「你認識她？」魚姬看了看那孕婦印堂，皺了皺眉頭。

「也不算認識。上月三皮說她家鋪子新進了一批山芝，我們就去看了看……。」明顏一時口快說漏了嘴，忙一把捂住，眼睛笑得眯成兩個月牙兒。

魚姬歎了口氣，「恐怕不只是看了看吧？看她那一身行頭也不是什麼富貴商賈，都是辛苦操持的營生，那批山芝讓你們兩個吸盡靈氣，人家渾然不知拿出來賣，說不得叫識貨的客人識破了，還不砸了人家的招牌？」

「這個……我倒沒想這麼多……。」明顏垂首嘟囔道，「都怪那隻臭狐狸……。」

魚姬心想，這時候倒是怪起別人來了。她搖了搖頭，拉開抽屜，取出一張百兩銀票，「先抽空去把那些山芝買回來。我等混跡人世，便要守人世的規矩，莫要貪一時之快種下孽因。」頓了頓，繼續說道，「這一百兩就從你們兩個的工錢裡扣除……。」

「又扣？」三皮不知道什麼時候醒了，「一個月也就一吊錢，五十兩要扣多久？」

「也不算太久……，」魚姬撥了撥算盤，「你再給我幹四十年活也就差不多了，反正你的壽命挺長，四十年也算不了什麼。」

三皮張了張嘴卻說不出話來。現在尾巴還押在別人手裡，只有忍一時風平浪靜，退一步海闊天空。索性又攤下去抱著酒缸，片刻便鼾聲陣陣。

魚姬也不去理會三皮，只是盯著那菀娘，面露幾分憂色。

「掌櫃的，下午我就把銀票送過去，你就別上心了。」明顏只道魚姬還為此事著惱，忙開口說道。

「只怕你將銀票送去，那菀娘也沒有多少時日享用……。」魚姬歎了口氣，「你不見那菀娘印堂隱隱泛出暗紫猩紅之氣？只怕近日會有血光之災……。」

明顏大吃一驚，心想，她一介商賈之婦，平日裡除了看店，一直都是深居簡出、平穩度日，怎會惹上飛來橫禍？

正在思慮之間，只見那菀娘突然停下腳步，身子微蹲，慢慢跌坐於地，似乎是腹中胎動，頗為痛楚。她左手的傘早已掉在地上，只是右手還抓著那藤盒，也不知道盒裡裝了什麼要緊的物事，劇痛之下也不捨得放手。

明顏因山芝之事有負於她，自然不能坐視不理，顧不得外面烈日如炙，便快步奔了過去，伸手將她攙扶起來，口裡問道：「這位嫂子可好？」

菀娘手撫腰腹，深呼幾口氣，腹中疼痛稍減，正要開口答謝，只覺得頂上烈日如火烤一般，頭部一陣眩暈，若非明顏從旁扶持，只怕已昏厥在地。饒是如此，菀娘依然緊拎藤盒，似乎那才是最重要的東西。

魚姬歎了口氣，自手邊酒壺裡斟了一杯酒水，揚手傾向半空。只見酒水遇光化為氣，不多時升至空中凝結成雲，頃刻之間細雨紛紛落下，籠罩在御街之上，登時暑氣盡消。

兩旁店鋪裡擁出不少人來，個個拍手叫好，皆道盼了許久終於盼到一場及時雨，只是眾人皆奇怪這雨只下在這條街，而旁邊街巷居然一滴沒有。

「翻手為雲，覆手為雨，好個妖怪！」一個清冽的女聲傳來。魚姬轉過頭去，只見店內靠窗的座頭上坐著個二十來歲的美貌女子——淺藍衫子，眉目之間頗有英氣；桌上橫著一把鏤雕桃木劍，靈光隱隱，一看便知絕非尋常之物。

魚姬淺淺一笑，「小店菜品還算豐富，就是沒有客官要的這兩樣酒菜，不妨換兩款小店的招牌小菜？」

那女子眼神犀利，只是微微瞟了瞟街心的明顏，再看了看櫃檯後三皮露出的半隻腳丫子，微微頷首道：「也好，就來個清蒸狸貓、炭烤狐狸也不錯。」

原本一直臥睡的三皮像是被踩到尾巴，「嗷」的一聲竄將起來，「找上門來了，大夥兒抄傢伙！」

魚姬暗地裡踩了三皮一腳，示意他收聲，三皮見狀，識相地退到後面，一揭簾子，閃進了廚房，整個堂子裡只剩魚姬和那女子兩人。

魚姬莞爾一笑，「小二不懂規矩，驚擾了客官，這壺桂花釀就當我替他向客官賠罪。」說罷托著托盤飄然而至，將斟滿酒水的白玉杯放在那女子面前。

那女子冷笑道：「明人不說暗話，我雖然看不出你是什麼來路，但和那狐妖、貓妖為伍的絕非常人！爾等異物混跡人世，究竟意欲何為？」

魚姬轉目望向桌上的桃木劍，「辟妖谷的誅邪劍極具靈性，如遇凶魔、惡妖便會嗆嗆作響，出鞘誅殺。怎麼換了幾代主人就昏聵起來，好壞不分，忠奸不辨了？」

那女子吃了一驚，心想，此妖果然來頭不小，難道真和這劍有什麼淵源不成？雖知面前乃是異物，卻未感一絲邪氣，難怪誅邪劍全無反應。難道她真是尋錯了對頭？

魚姬見其不言語，接著說道：「即便是妖，也是眾生一脈，只要未損天道，也不應一味打壓。你師傅瀟湘上人沒有教你嗎？」

「聽你言語，似乎與家師舊識。」那女子雖然性格激烈，嫉惡如仇，也知魚姬所言非虛。

「算不上舊識，只不過他還欠我五十兩酒錢。」魚姬笑道，「是否客官一併結帳？」

「啊？」那女子面露幾分窘然，下意識捏了捏錢包。魚姬微微一笑，「沒有那麼多嗎？那還是先欠著吧。」

那女子定定神，敵意盡釋，轉頭看看門外攙扶孕婦的明顏，見她神情關切，也不似凶殘之輩，再想那狐狸雖然有些孟浪，但也算知所進退，心中更是確定找錯了物件，於是拱手道：「在下辟妖谷第十七代傳人何栩，先前多有得罪，還望海涵，未知掌櫃的怎麼稱呼？」

魚姬擺手笑道：「不敢當，這裡的人都叫我魚掌櫃，若不怕落了俗套，叫我魚姊也好，小栩妹子。」

何栩拍手笑道：「甚好，甚好。沒想到小妹一番莽撞，居然結識了位姊姊。」

大概聽得風險已過，三皮的頭又自廚房簾子後伸將出來，「都不知道是幾千年的老妖精了，還捏著鼻子裝嫩，和個黃毛丫頭稱姊道妹，也不羞……。」

「剛剛小栩是想吃炭烤狐狸吧？」魚姬瞇眼衝著三皮一笑。沉默片刻，豆大的汗珠自三皮額頭徐徐而下，只聽「嗖」的一聲，他已消失在簾子背後，不知道已經遁地逃多遠了……。

魚姬原本也只是恐嚇兩句罷了，轉頭見明顏攙扶菟娘去得遠了，揮揮衣袖收了那場小雨。外面依舊明日當空，只是雨後空氣清新宜人，屋簷一角垂下一截七色彩虹，甚是喜人。

魚姬轉身自廚房端出酒菜款待何栩，酒過三巡方才開口問道：「適才小栩似乎是將我三人誤認為敵人，不知道此番可是接了什麼活計？」

「不瞞魚姊姊，小栩是奉師命外出遊歷，經過開封城郊聽聞有妖怪專害即將臨盆的孕婦，剖腹取胎，而今已傷了十餘條人命！」何栩言語之間神情激憤，「小妹四處尋訪都沒見異端，直到看到魚姊姊身邊兩位朋友身上發出的妖氣，才會一時魯莽……。」

「居然有這等事？」魚姬眉頭微沉，「姊姊在開封久居，倘若真有妖物為禍，只怕也瞞不過姊姊的眼睛，莫非是別有內情？不知道出了這等慘事，可曾報官？」

「窮鄉僻壤、尋常衙門官吏也是手足無措，民間傳得繪聲繪色，官府理不出頭緒，也只是作為懸案放在一旁。」何栩歎了口氣，「倘若官府信得過，也沒那麼多無頭公案、冤魂怨魄了。」

魚姬笑道：「小栩所言自有其事，但也不全然如此。我倒認識個些六扇門裡的朋友，說不定可以幫上忙。」

「如此甚好。」何栩頷首言道，「這樣一來，小妹還要在姊姊這傾城魚館裡叨擾幾日了。」

「那有何妨？」魚姬笑道，「魚館雖小，友人來訪自有安置之處，不過酒菜飯食可是要收銀子的，小本生意，饒恕則個。」

何栩笑道：「魚姊果然是生意人，一切聽憑魚姊安排。」

這般談笑投機，渾然不覺已是黃昏，魚姬起身掌燈，遠遠照見明顏回來，神色之間頗為抑鬱。

魚姬見狀，已然猜出了七八分，揚聲問道：「你這丫頭，莫非又是見著了什麼不平之事？」

明顏生性率直，哪裡藏得住話，聽魚姬相問，當下劈哩啪啦將白日裡的見聞說了一遍，只聽得何栩、魚姬柳眉微顰，唏噓不已。

原來，那菟娘這等烈日下還攜物出行是去北面金水坊為她相公孫步雲送飯。

說起她家相公，在這汴梁城裡也算小有名氣。孫步雲幾年前是汴梁城郊中牟縣保舉的秀才，奈何應試兩科都名落孫山，蹉跎了六年光陰。眼見仕途無望，家境日漸拮据，正逢鄉里藥商汪家說親，便應允了這樁親事，做了汪家的上門女婿。婚後四年，泰山駕鶴西歸，留下一間藥材鋪子。孫步雲知鄉下地方沒有多大作為，便關了鋪子，攜妻遷居汴梁，把變賣房產所得在太廟南街開了家孫記藥材鋪。

菟娘雖然無學識，倒也算賢慧，不但對背井離鄉毫無怨言，還恪盡婦道，照料相公衣食起居，甚至連汪家不外傳的醫經也一併託付相公，一心望夫成龍。

這孫步雲也是個聰明伶俐的人物，原本對藥材一竅不通，但得了汪家祖上傳下的藥經，日夜觀摩，居然學有所成，加上口舌伶俐，生意做得還算紅火，往來俱是稍有頭面的商家大夫，甚至拜入前御醫汪御醫門下，時常在汪御醫開的紫薇醫館行走觀摩，研究醫術。

汪御醫與當朝徽宗皇帝身邊的紅人大總管童貫私交甚篤，這在孫步雲看來，似乎是峰迴路轉，原本湮滅的仕途之念不覺又有幾分萌動。

卻說那汪御醫年屆七旬，膝下只有一掌上明珠，寵愛非常。

也算是巧合，那汪家大小姐閨名也是一個「菟」字。和菟娘不同的是，那汪家大小姐自幼養尊處優，通音律，擅詩文，更難得的是精通歧黃之術，深得父親真傳。

這般女子免不了有幾分傲氣，等閒男子難入法眼，挑挑揀揀地耽擱下來，年屆三十還待字閨中。

那孫步雲時常出入紫薇醫館，與那汪大小姐日漸熟稔。雖然汪大小姐尚大他幾歲，但駐顏有術，家境富裕，加上見識、氣度無不勝出家中糟糠，雖是同名同姓，卻是一個在天、一個在地。孫步雲有心借御醫之勢向上爬，傾慕之餘，對汪家小姐大獻殷勤，口甜舌滑，哄動春心。

兩人郎情妾意，便在醫館中也不避忌旁人，尤其菀娘懷孕之後，孫步雲更是肆無忌憚，時常流連醫館徹夜不歸。那汪家大小姐雖知其已有家室，奈何愛郎柔情蜜意，割捨不下，況且自己花季不待，又早將身子交付於他，唯有非君不嫁。

老御醫雖知長久下去必然有損愛女清譽，奈何兩人戀姦情熱，哪裡聽得進去。何況孫步雲信誓旦旦，絕不相負，老御醫也喜歡他這等伶俐的人物，到後來也是聽之任之，不再過問。

時間一長，難免有些個風言風語傳到坊間，最終落到了菀娘耳朵裡。

菀娘初時不信，然數月來相公的確時常不歸，言語冷淡無味，與前些年的夫妻恩愛判若兩人。

菀娘有孕在身，原本情緒就不穩定，加之心頭委屈難當，在家中尋孫步雲鬧了幾次。孫步雲越發覺得自家髮妻無理取鬧，只是個無知潑婦，對比那知書達理的汪家小姐，完全是雲泥之別，心中更確定了要下堂再娶的念頭。只是菀娘臨盆在即，暫無理由休棄，唯有先拖些時日，等孩子出世再作打算，於是在家收拾了洗換衣裳，直接搬去紫薇醫館，與新歡朝夕相對，當真是風月無邊。

菀娘激憤之餘漸漸冷靜，因擔憂相公就此離去傷了夫妻感情，於是在家準備了他最喜歡的飯菜，放在藤盒裡。顧不得外面天氣惡劣，自己身體不適，結果走到街上就差點暈了過去，若非明顏從旁扶持，只怕也到不了紫薇醫館。

誰料到了醫館，卻不見她相公的人影。館裡的夥計見菀娘被攙扶而來，又身懷六甲，只道是來求醫的急病人，於是未經通傳就讓菀娘、明顏兩人進去。剛入內館，遠遠就看到那孫步雲與汪家大小姐正黏作一堆，在那花園之中親暱調笑。

任憑哪個女人也沒辦法容忍丈夫背著即將臨盆的自己和別的女人偷情。眼見這般無恥行徑，菀娘心中莫大的委屈頓時化作滿腔怒火，顧不得自己懷有身孕，便上前和那對姦夫淫婦理論。

抓扯之間那汪大小姐臉上吃了幾巴掌，雙眼含淚，委屈非常。孫步雲一見哪裡捨得？心頭惱恨菀娘傷及新歡，更危及前程，也管不了菀娘有孕在身，蠻勁發作，硬將菀娘連拖帶扯地趕回家去！

見如此荒唐行徑，明顏哪裡按捺得住，於是上前伸手在孫步雲肩頭一按。以她數百年修行，普通人哪裡受得了這樣一下，只聽「喀嚓」一聲，孫步雲左肩鎖骨斷裂，頓時腳下一軟，癱在地上呻吟不止！

汪家小姐見愛郎受苦，心頭早慌如亂麻，高聲威嚇說要報官，治明顏傷人之罪。

明顏冷笑道：「要治姑奶奶的罪也不難，咱們先到官府問問私通有婦之夫又是何等罪狀？看看官府先抓誰？」

孫步雲深知事情鬧大不但顏面掃地，壞了汪大小姐的名聲，只怕今後都無法搭上大總管童貫這條平步青雲之路，枉費這一路來的心血和布署，於是強忍疼痛爬起身來勸住汪大小姐。

汪大小姐哪裡知道他轉的心思，只道愛郎心偏原配，心中又羞又惱，一氣之下直奔內堂，不多時已去得遠了。

這廂菀娘心中哀怨難當，雖惱恨相公不忠，見到他身體受創卻也心疼。即使知道明顏是看不過眼替自己出頭，也怕他再吃苦頭，損傷夫妻感情，便連忙向明顏討人情。

明顏見她這般情狀，心想到底只是她的家事，不好過問，於是逕自回了魚館。而今再說起當時的情形，難免會義憤填膺。

三人感歎一番，均覺得那菀娘甚是委屈。

「糟了，被那對賤人氣糊塗了，倒把正事耽擱了。」明顏突然想起，頓足道，「剛才我走得匆忙，忘了把銀票給她……。」

「也罷，反正你和她也有些淵源，過些時日再去探視也好。」魚姬言道，「見那菀娘印堂隱隱泛出暗紫猩紅之氣，只怕近日會有血光之災。你若能夠幫她化去災劫，遠比還她一百兩銀票要好。」

「魚姊的意思是……那菀娘當真會出事？」何栩沉思片刻，心念一動，「菀娘有孕在身，莫非和那城郊十餘起血案有關？」

魚姬歎了口氣，「凡事自有因果，若是惡因種下的惡果，只怕比起因來，要糟糕得多……。明顏你生性急躁，縱然是看不過去，也不要再隨意向凡人出手。須知六道眾生皆有其道，莫要壞了規矩。」

明顏聽得似懂非懂，口裡應了，心想，掌櫃的既然算出災劫，何不直接出手解決了，還說什麼因果。四下張望，卻不見了三皮，「再過會兒就打烊了，也不知道那痞子狐狸去了哪裡。」

魚姬、何栩相對一笑，也不言語，各自舉杯對飲。

何栩在魚館暫住，白日裡便在城郊繼續察訪，所幸這大半月來再無孕婦遇害，只是如此一來線索卻是斷了。那晚聽魚姬所言，似乎此事和那菀娘有關，於是不時隨明顏去那菀娘家附近探視。

菀娘依舊拖著有孕之身辛苦張羅家中內外事務，負心漢孫步雲雖傷勢未癒，依舊早出晚歸；不時口角之爭，也是孫步雲拂袖而去，到紫薇醫館過夜。正是只聞新人笑，哪知舊人哭，饒是菀娘萬般委屈，千般柔順，也只得落個空房獨守、孤燈相對的結果。幸有腹中孩兒相伴，稍稍慰藉，不然也不知這等日子如何挨得過去。

一幕幕只看得何栩、明顏連連搖頭，為菀娘不值。

這天又見孫步雲摔門而出，面有怒色，一路急行，直奔醫館，也不知有什麼急事。若是平日，菀娘多會跟將出來，哭泣挽留，這次卻全無動靜。

何栩與明顏擔心菀娘有事，去到門前一看，菀娘額角滴血，暈倒在桌邊，不知是讓那男人推的還是身重體弱不小心撞向桌角。

何栩來不及考慮許多，慌忙上前替菀娘止血，生怕傷及腹中胎兒。

明顏生平最恨人薄情寡義，見到這般情景更是按捺不住，哪裡還記得魚姬的勸誡。她想，上次的教訓到底是輕了，於是將身一躍，直奔紫薇醫館。

遠遠看到那孫步雲立於醫館後門外，旁邊還停了一乘小轎，四個轎夫正靠在樹陰下歇息。明顏見有人在場，不方便現身，於是捏了個隱身訣，附將過去。

不多時，見個老者自後門閃出來，正是汪御醫。只見他行色慌張，不似平日那般鎮定自若，快步上轎後便拉下轎簾。轎夫抬起了轎子，孫步雲埋頭跟在後面，一行人放著正街不走，轉背街、穿小巷，處處透著一股子鬼祟。

明顏原以為孫步雲拋下結髮妻子是來與新歡廝會，不想卻是如此，不由得疑心大起，於是悄沒聲息跟了過去，輕飄飄落在轎頂上。那些人俱是肉眼凡胎，哪裡看得到她。

一群人轉過幾個暗巷，停在一條深巷的巷尾。汪太醫下轎，孫步雲低聲吩咐那幾名轎夫將小轎抬到旁邊的巷子裡等候，隨即和汪太醫一起走到巷尾那戶人家的後門叩門。

明顏自然是跟了過去，那門上並無名牌，也不知是誰家府邸，但見影窗內的園林水榭俱是奢華無度，想來那宅子的主人定然非富即貴，來頭不小。

半晌，院內一家丁應門，開門請了汪、孫二人進去，關門前還左右觀望，好不謹慎。

轉過迴廊水榭，到了一處花廳。家丁招呼汪、孫兩人坐下，旁邊早有丫鬟奉茶伺候。明顏一翻身上了房檐，依舊隱身潛伏，打算一探究竟。

不多時，內堂轉出一人，錦衣博帶，三十上下，只是前額早禿，說不出的猥瑣。

汪太醫見了來人，慌忙起身見禮：「曹經略安好。」言形頗為諂媚。孫步雲也是個聰明人物，明白這位經略大人是關鍵人物，自然不會折了禮數。

寒暄幾句後那曹經略揮了揮手，示意旁邊的人退下，花廳中只剩他們三人。

「不知道汪太醫回元丹煉得如何了？」那曹經略想是打慣了官腔，言語盛氣凌。

「童大人那裡所剩不多，如不盡快補上，只怕大人會很不高興。」

汪太醫汗顏道：「實不相瞞，赤紫河車近日短缺，沒有這味藥材作引，實在沒辦法煉出回元丹……。」

曹經略面容微怒，「一直以來只需爾等尋得藥引，不必爾等親自取藥，而今卻只知無法，那留你們還有什麼用處？童大人一人之下萬人之上，為國殫精竭慮，需那回元丹滋補氣息，若是斷了丹藥，有什麼閃失，你們可擔待得起？」

「大人息怒。」孫步雲上前一步，「並非小人推脫，只是……。」

「只是什麼？」曹經略不耐煩地揮了揮手，「此事若是辦得好，自然有你的好處，若是砸了，也沒你的好果子吃！」

孫步雲見曹經略神色不善，顫聲道：「小人也知道藥引重要，只是近月來少有人延醫出診，就算有赤紫河車成熟，我們也無法得知……何況最近六扇門不知道為什麼查得很嚴……說是刑部簽發的公文。」

「刑部？」曹經略沉吟片刻，冷笑道，「刑部算什麼，一紙文書也不過是張白紙。」

孫步雲伏首道：「可是昨日京城第一名捕龍涯也親自到醫館察訪，便是普通的一味紫河車到貨，也有登記來歷、去向。並非我等不盡力，其中著實為難。」

明顏聽得此言，心念一動，紫河車是指婦人產子所脫落的胞衣，卻不知道加個「赤」字又是什麼東西？半月前掌櫃的倒是送了兩瓶好酒給龍捕頭，莫非為的是同一樁事情？

正思慮間，突然覺得一股惡寒，那門外又進來一人，卻是個中年道士，不知道為什麼，明顏一見到他就渾身不舒服。

那道士不似汪、孫二人般做小伏低，見了曹經略也只是拱拱手，「適才遇到點麻煩事，所以來得晚了，大人勿怪。」

曹經略笑道：「無塵道長言重了，剛才正討論藥引之事……。」

「貧道在外也聽到一些言語。」無塵沉聲道，「最近的確風聲頗緊，取藥之事只怕有些困難。」

曹經略哈哈大笑，「道長乃神人，區區幾個刑部捕快翻不起什麼大浪，又何必忌諱？待明日稟告童大人，收回那一紙公文，也是尋常事。」

無塵面色有幾分難看，「貧道對那捕快倒不如何忌諱，只是剛才在太廟南街孫記藥材鋪看到一隻上好的赤紫河車……。」說罷，耐人尋味地盯住跪伏一邊的孫步雲。

孫步雲頓時大汗淋淋，心跳如雷，白淨面皮轉作一片慘然。

「你不是說沒有嗎？」曹經略一聲暴喝，嚇得孫步雲身如篩糠，抖個不停。

「大人……大人恕罪……道長所見……是小人髮妻……。」孫步雲如何不知無塵的意思，雖然早厭煩了菀娘，但她腹中孩兒到底也是自己的親生骨肉，倘若被無塵剖腹取胎，必定一屍兩命……雖然一直以來替人做這有虧陰德之事，當真落到自己頭上，卻是知道害怕了。

明顏心頭一顫，豁然開朗，心明之後卻是一片惡寒。先前聽何栩言道孕婦血案，本以為是妖怪所為，不想居然是下面幾個惡人的行徑！

無塵無視孫步雲驚懼神色，繼續說道：「原本想要採藥，不想卻遇到個死對頭，鬥之不下，又恐著了痕跡，也只好先回這裡……。」話音未落，突然眼中精光暴漲，「什麼人？」

揚手之間，一道寒光直取梁上的明顏！

明顏沒想到那道人居然察覺到自己的氣息，躲閃不及，只覺得肩上一痛，卻是一隻寒鐵跗骨釘，頓時半身酸麻，現出原形，自簷上摔了下去。

「原來是隻貓妖。」無塵正想伸手擒她，明顏將身一滾避了開去，飛身撲將出去，一路狂奔！

無塵哪裡肯放她離去，手中桃木劍出鞘，快步追了出去！

明顏身體沉重，肩頭劇痛倒也罷了，此時每跑一步都覺得四肢發麻，也不知道那道士在跗骨釘上做了什麼文章，此刻若跑不出去，只怕一條小命就要葬送在這裡！

轉過迴廊，見到外面的水榭小橋。只要出得去，就有機會跑掉，可身子已然不聽使喚，只聽得後面腳步聲沉，更近一步！

就在此時，水塘池面如同撕裂般露出一條口子，裡面猛地伸出一隻雪白、纖細的手掌，按在明顏背上，未等她發出一聲叫喊，便將她拉下水去！

水面頃刻閉合，半點漣漪不現。在緊追而來的道人看來，受傷的貓妖似乎是憑空消失在這座橋上！

後面有人跟了上來，眾人見得這般情狀面面相覷，不知道如何是好。

無塵知道那貓妖已逃得遠了，也不以為意，轉頭看看還在發呆的孫步雲，「不知道在孫老闆看來，究竟是童大總管重要，還是髮妻重要？」孫步雲臉色慘白如紙，一時間不知道如何是好。

卻說明顏被那怪手拉下水去，正要張口呼叫，只覺得水流直往口裡灌，掙扎幾下，卻覺著口裡灌入的不是水，而是酒！

驀然身子一輕，眼前一亮，明顏發現自己正泡在一只大酒缸裡，將自己從酒缸裡拉出來的正是魚姬！

「掌……掌櫃的……。」明顏心頭一喜，知道是魚姬用分水換景之法救了自己，於是心一寬，頓時失去了知覺。

待到悠悠醒轉，自己正躺在房裡床上，肩上的傷已包紮妥當。魚姬坐在床頭，把玩著手裡那枚碧泠泠的跗骨釘。

「掌櫃的……。」明顏想坐起身來，奈何渾身無力，好似這個皮囊已不屬於自己。

魚姬眉頭微皺，「早跟你說過不要太過衝動，這下可吃苦頭了……。」說罷，取過床頭一碗清冽的酒水，將那只跗骨釘浸了進去。

說也奇怪，那跗骨釘一入水酒，頓時發出一陣淒厲的嬰孩啼哭聲，聽來分外瘮人。隨著陣陣啼聲，原本清澈的酒水居然飛快滲出一片渾濁的暗紅！

酒水在碗裡翻滾、奔湧，只是無論如何都沒辦法濺出半點來，到最後哭聲漸息，那碗酒水變成了絳紫色，總算是完全靜了下來。

明顏知道那跗骨釘有古怪，不料竟有這等異相，心中正有疑問，卻聽魚姬說道：「把它喝下去。」

「啊？」明顏露出幾分犯難的表情，「不是吧……？」

「你可知道那跗骨釘上有什麼東西？」魚姬歎了口氣，「要是你打算一輩子都這麼躺著，也可以不喝。」

「我喝，我喝……。」明顏吃她一嚇，也顧不了許多，自魚姬手上接過酒水，捏著鼻子灌下去，只覺得喉嚨裡滿是腥氣，說不出的難受。正想翻身嘔吐，突然發現身體一輕，不再像先前那般渾身無力。

「掌櫃的，這到底是怎麼回事？」明顏乾嘔兩聲，抬頭問道。

魚姬眉頭緊鎖，半晌，長長噓了口氣，「不知道你有沒有聽過煉血嬰？」見明顏滿臉茫然，接著說道：「玄門邪法中有一門煉魂術，專取未見天的嬰孩元神煉製，所得的血嬰秉承怨毒之氣，可供煉術人驅使，吸取敵人元神；害的人越多，血嬰就越厲害。你中的跗骨釘上便附有血嬰，若非你身為異物，又有這幾百年修為，只怕當時就了帳了……。」

明顏臉色變了變，「居然如此厲害？難怪我一看到那臭道士就渾身不自在。那些人根本是瘋了，居然用這麼陰損的法子！」說著，頓時叫苦連連，「掌櫃的，你叫我喝那酒水，豈不是連魔物也一併吞下了？」

魚姬搖頭道：「血嬰早被我的浣魂露洗滌，已無什麼危害。只是那血嬰是無辜嬰孩元神所化，身世可憐，只要你替它念經超度，也算是功德一件。」

明顏一聽念經，頓時如霜打的茄子一般，「要念經啊……不念……我是說，要是忘了，會怎麼樣啊？」

「也不會怎麼樣，最多它在你的五臟廟長住，什麼時候高興了就鬧騰、鬧騰。」魚姬轉頭看看天色，心想這貓兒不定性，吃這虧就算歷練，想來也會改改衝動的性子。

明顏無可奈何道：「也只好如此了，還真是請神容易送神難……最可恨的就是那群惡人，做下這等傷天害理之事，難道就不怕報應？」

魚姬冷笑道：「那赤紫河車的藥效不見得好過尋常紫河車，想是有人故意教唆，乘機收取嬰孩元神才是真。那群名利之徒為了向上爬，又有什麼做不出來？只是這般忙活下來，造下孽因，卻是替他人做嫁衣裳！」

明顏歎了口氣，「可惜那些孕婦和孩子，枉送了性命……想不到那些人壞起來比妖精還壞……糟了！那臭道士在打菟娘孩子的主意，會不會……。」

魚姬起身踱到窗邊，「那邊有小栩在，道士一時也占不到什麼便宜，我只是擔心有人利慾薰心，會做出可怕的事情來……。」

「掌櫃的，這事咱們得管管。」明顏心神激盪，跟了過去。

「管？怎麼管？你好好休息吧。要發生的始終都會發生，急也沒用。」魚姬長長歎了口氣，「要怎麼管才管得了暗藏的虎狼之心呢？」說罷，轉身掀開門簾，走出房去。

魚姬到了外堂，思量片刻，便打發個街邊的閒漢去金紫橋崔府跑一趟。目送那人走遠，就聽身後珠簾叮噹，知道是明顏按捺不住，「你又想做什麼？」

明顏腆著臉嬉笑道：「掌櫃的口裡說不管，一轉身就套足了交情。先找上刑部的龍捕頭，現在連兵部崔望月崔將軍也請將出來……。」

魚姬伸手撥了撥算盤，「那姓曹的經略相公之所以如此肆無忌憚，是因為背後靠山不小，唯有加以鉗制，才會有所收斂。」

「何必這麼麻煩？」明顏揚眉道，「不如……。」

魚姬抬眼看看明顏，「若是以暴制暴可以解決問題，那倒是簡單了。你百年修行不易，莫要因為一時衝動讓人記下一筆，誤了前程。」

明顏聞言，下意識看了看天，僅見天際落日餘暉，突然打了個寒顫，「掌櫃的，為什麼惡人行凶天不收，妖精未曾作惡卻還要怕天譴？」言語之間頗為不憤。

魚姬淡然一笑，「人有人道，妖有妖規，天道使然，不可逾越。世事原本如此，哪得許多公平可言。就是這京城之地，如無雞鳴狗盜之輩滋擾百姓，引得公門中人追緝，也顯不出大老爺勤政愛民。上仙要受世人香火，自然也要有所作為。」言畢，眼中儼然幾分譏誚之意。

明顏心頭茫然，沉默片刻，「掌櫃的，難道我們真的什麼都不做？」

魚姬輕歎一聲，「以你的性子，我說不管你可會聽？只要知所進退，不逾越天道，順其自然也就罷了。」

明顏不再言語，只是隱隱覺得掌櫃的心口不一，晦澀難懂。

接連幾日都相安無事。

街上時常見到公門中人往來奔走，便是入夜，汴梁城的守軍巡夜也頻密許多。孫步雲自那日再未歸家，莞娘不知自己尚處險境，只是心傷其無情，時時垂淚，容顏更見憔悴。

明顏傷勢漸好，不時去莞娘那裡探視，見其失魂落魄的模樣，更不忍心將實情告之，唯有心存僥倖，希望那孫步雲尚有一絲良知，不會為了榮華富貴對妻子下毒手。

這夜依舊酷暑難當，莞娘無心睡眠，獨自一人身處小院，思量之前的夫妻恩愛，再看眼前的淒涼、孤苦，不由得悲從中來，黯然淚下。

何栩自當日和那無塵對上一仗後，心憂菀娘母子安危，聽魚姬言語，知道菀娘臨盆在即，只要等到孩兒出世，自然就不怕那道士為禍，索性暫時留守孫記藥材鋪附近，暗中保護。此刻何栩藏身屋頂，見她這般情狀，心頭也覺懋悶。

正尋思是否要現身出言寬慰，就見牆外人影一閃，依稀是那日交手的道人！

「好賊道！」何栩清叱一聲，飛身直追而去，只見那人腳步甚快，直奔南門。

何栩見狀，哪會放他輕鬆離去，緊跟其後，追出半個時辰，南門城樓已在眼前。門前守軍見道人急奔而至，紛紛上前攔截喝問。

那無塵道人無奈停下腳步，後面的何栩追到近處，手中誅邪劍嗆嗆作響，似乎要自行出鞘！

何栩大驚，心想，上次交手時誅邪劍並無如此反應，那道士雖然邪惡，也是肉身凡胎，怎麼引得劍嘯？當下不敢大意，橫劍胸前。

那道人面色突然轉為赤紅，眉目之間說不出的猙獰，寬大道袍內頓時濃煙滾滾，片刻間便將自己完全籠罩其中，不見人形。濃霧中傳出陣陣撕心裂肺的嬰孩啼哭聲，更夾著一股濃烈的腥氣四下擴張！

周圍的軍士見此異相都驚得目瞪口呆，手裡抓著兵器，進也不是，退也不是。

就在此時，那腥臭的濃煙如同有生命一般橫掃而來，一名軍士躲閃不及，頓時被捲了進去，只聽濃煙中除了嬰孩啼哭，更有那軍士的慘呼聲！

何栩心知凶險，但也不能見死不救，手中的誅邪劍挽作一片劍花，寶劍到處，濃霧頓清，露出那軍士滿是驚懼的臉來！

雖是身不由己，他手中的鋼刀依然快如閃電，衝著何栩的頸項劈了下來！

何栩大驚，慌忙舉劍相迎，不料那刀上勁力奇大，一時居然招架不住！而那濃煙已如同長了眼睛一般，直向何栩罩下來！

在這千鈞一髮之際，忽聞一陣馬蹄聲響，旁邊閃出一柄銀槍，紅纓過處，帶起一道寒芒！

那槍桿以橫掃千軍之勢拍在軍士胸口，只聽「啪」的一聲，那名軍士頓時摔將出去，原本劈向何栩頸項的鋼刀也脫手而出，掉在地上！

何栩的誅邪劍不用抵禦鋼刀，自然不畏懼那近身的濃煙。旋身起舞，劍光如織，衣帶翩翩。

當她的劍衝破濃煙包圍時，那嬰孩淒厲的啼哭聲戛然而止，濃煙頓時消散，一張人形的黃紙飄搖而下，連帶一枚被斬作兩段的鋼釘。

「是傀儡！」何栩猛省，「糟糕！調虎離山！」

既是血嬰所附的傀儡，那真的惡道人只怕已在菟娘小院之中！

這裡離孫記藥材鋪有半個時辰的腳程，便是插上翅膀飛回去，只怕也來不及了！

「上馬！」何栩聞聲抬眼望去，只見一匹玄色駿馬四蹄踏雪，上面端坐著一位白袍將軍，鐵甲銀槍，威風凜凜，想必是適才為她解圍之人。

何栩不記得認識這等人物，躊躇片刻也顧不得許多，旋身落在馬背上。

「坐穩，抱緊了。」那將軍笑道，正要催馬前行時，突然身子一輕，已然從馬背上翻了下去！

將軍身手了得，一個翻身站穩身形，見得馬背上佳人莞爾一笑，一聲喝斥，駿馬人立而起，發足狂奔而去。

深深的夜色中一騎快如流星，遠處風中傳來一聲：「得罪——」

周圍的軍士看得呆了，半晌才圍了上來，「崔將軍，你的馬……。」

崔望月又好氣又好笑，「本將軍樂意借給人家，幾時輪到你們管？」心道這等過河拆橋的刁鑽女人也不知道怎生養成。

卻說莞娘在院中見到何栩飛身離去，不由得大吃一驚，本能地想要回房躲避，卻聽院外響起叩門聲。

莞娘猶自躊躇是否應門，就聽得自己相公的聲音。

莞娘雖恨他無情，思及腹中孩兒，也難以將之拒於門外，於是忍著腰身沉重，快步過去開門。一開門便見孫步雲埋首立在門外，身後還有一人，沒有掌燈，看不分明。

「你捨得回來了嗎？」莞娘心中哀怨，冷冷撂了一句，也不去理他，逕自轉身回屋。門外兩人也不言語，只是進院關門，跟了過去。

莞娘在燈下見自家相公面色慘白，身子微微發顫，身後還跟了個道士，不由得好生奇怪。

那日無塵無意間看到莞娘，本想下手，卻被何栩壞了好事。莞娘對自己遇險之事一無所知，自然不認識無塵，只覺得自家相公平日裡從不近僧道之流，不知為什麼突然帶了個道士回來。

「這位道長是……?」菀娘轉頭詢問孫步雲，卻見他臉色更加難看，不由心中慌亂，向後退了一步。驀然她身子一麻，頓時動彈不得!

「你要幹什麼?」菀娘頓時回過神來，見無塵陰惻惻的臉自眼前晃過，心中大駭，想要掙扎逃脫，卻哪裡動得了?

「相公!」菀娘沒有辦法，驚懼之下只是呼喚丈夫，希望他可以保護自己。可是，這個希望很快破滅了。

她的丈夫只是縮在角落，拉過袖子，遮住那張可鄙的臉。別說像個男人般站出來保護她了，此刻他抖得像一隻鵪鶉!

無塵自懷中取出一塊手帕塞在菀娘口裡，免得她高聲呼救，驚來旁人，然後將她移到床上。由於角度的關係，菀娘只能夠用眼角餘光看著自家相公發抖的身影。

無塵冷笑著自懷中摸出一個匣子，放在床頭，再取出一個羊脂玉瓶和一把鋒利的小刀。而後口中唸唸有詞，用刀熟練地割開她的襦裙，讓她高隆的腹部袒露在外。

菀娘又驚又羞，依稀覺察那道士是要對自己腹中的孩兒不利，不由得方寸大亂，淚眼中盡是乞求之意。

無塵對胎兒志在必得，又怎麼會放過她?一面蘸取玉瓶中的猩紅血水在菀娘腹部畫符禁錮嬰孩元神，一面緩緩舉刀。

「喵嗷!」一聲淒厲的貓叫驚破夜空，無塵只覺得臉上一痛，閃避開去卻發現床前多了一隻通體黃毛的貓，雙眼幽碧，寒光四射，頃刻間又化為一個怒目少女，手中匕首鋒利，正是明顏!

菀娘見得明顏，猶如溺水之人抓住一株救命稻草，心神激盪之下居然暈了過去！

「貓妖？」無塵冷笑道，「手下敗將居然還敢來送死？」

「是送你這個妖道去死！」明顏恨然道，話音未平，已然出手！

兩人鬥在一處，房中拳腳紛飛，家具早被砸了個稀巴爛。

論實力，無塵自然占上風，但明顏發起狠來也非等閒之輩，這般纏鬥下來，無塵倒是開始心慌了。

用傀儡調開勁敵，時間有限。適才用咒語禁錮元嬰，必定引發元嬰掙扎，若不能在三炷香內取胎，嬰孩要麼胎死腹中，要麼自產門出世，到那時便得物無所用了。

「孫步雲，你動手！」無塵偷了個空檔，將小刀扔在孫步雲面前，只驚得孫步雲面無人色。

「還在磨蹭什麼！」無塵見他沒有動彈，一面逼開明顏，一面厲聲喝道，「誤了時辰就要功虧一簣，你可吃罪得起？」

「你是不是人啊？那是你老婆和孩子！」明顏無法甩開無塵，氣急敗壞地喝道。然而似乎沒有任何作用。

她看到那個抖作一團的男人一邊顫抖，一邊慢慢爬過去撿那把罪惡的刀，驚慌失措的眼中更添了幾分孤注一擲！

是的，對他而言，老婆、孩子又算得了什麼？

那只是個粗鄙的村女，原本就配不上他。

有了經略大人和童大總管的提攜，以後有的是大好前程。

他可以再娶，可以娶汪大小姐，可以繼承御醫世家……。

他還年輕，孩子要生多少就可以生多少。

就算汪大小姐年紀大了，有了財勢，多得是女人給他生……。

這個粗鄙的婦人和她肚子裡的又算什麼？

孫步雲原本清秀的臉上露出一絲狠辣的笑意，一步一步挨到床邊，用廚子看案板上的菜的眼神看著妻子高高隆起的肚子。

「你瘋了？」明顏不敢相信自己的眼睛，卻疲於應付那極其狠辣的無塵道人。

一股陣痛，菀娘顫抖著睜開眼睛，她感覺得出孩子的躁動不安。

眼前是丈夫的笑臉，好久、好久都沒有看到過的笑臉，自從他把笑臉給了那個美麗、高貴的汪大小姐，已經許久不見。

「相公……。」菀娘滿足的微笑凝固在嘴角，她感到一道冰冷的寒氣刺入自己肚子的同時，丈夫的笑臉上籠罩了一片猩紅！

她聽到丈夫歇斯底里的笑聲，笑得像哭，甚至聽到肚裡孩子一聲撕心裂肺的慘叫！

「孩子……。」菀娘歎息般的聲音漸漸遙不可聞，圓睜的雙眼還在看著正在割裂自己身體的丈夫，看著他粗暴地把手伸進自己的肚子，抱出一團血肉模糊，然後空空的肚子像破舊的口袋一樣癟了下去。

孫步雲托起那個血肉模糊的嬰孩——他自己的孩子。是個女孩兒，小小的手、小小的頭，圓圓的肚子上破開了一個大口，竟是剛才刀子貫穿菀娘腹部之時，連嬰孩也一併貫穿！

這個還沒出世就被親父刺死的女嬰有著圓圓的大眼睛，和她母親一樣的，睜開的圓圓大眼睛。

眼睛在看他。

孩子的、妻子的，同樣圓圓的眼睛，都在看他。

孫步雲驀然身上一冷，手上無力，嬰孩滾落床榻，撞翻了床頭那個羊脂玉瓶，一大瓶猩紅的血漿噴灑在孩子身上，紅得發紫。

無塵聽得有異，轉過頭去，頓時驚駭萬分，「你做了什麼？」

只見那沾染在嬰孩屍體上的暗紫色血液正飛快地擴大，一時間根本分不出是混合了嬰孩和她母親身上的血液，還是那小小的羊脂白玉瓶在源源不斷流出暗紫色的血液來，抑或兩者皆有。

很快地，地面上已經匯成一大灘血泊，血泊中翻滾著無數氣泡，浮起來，又裂開去，每次裂開都發出咯咯的笑聲，嬰孩的笑聲！

紫色的血似乎永遠都流不盡，在地板上蔓延。

孫步雲的眼睛此刻也睜到很大、很圓，甚至眼角都裂開血口，他看到那紫色黏稠的血泊中，在一下一下湧動著什麼，感覺既笨拙又莽撞。他的心跳得很快，也怕得要命，可是他一點兒也動不了。

因為那血液已經蔓延到他的腳下，黏黏糊糊，就像黏住小蟲的蛛網一般柔韌，只是，像小蟲般被牢牢縛住的是他自己。

而後他看到一個個有著小手小腳的紫色嬰兒從血泊中浮現，揮舞著肉呼呼的胳膊，一步一步朝著他爬過來！

看到這些，孫步雲連手腳並用爬走的力氣也沒有了，他的身體很重、很重，就像渾身掛滿了鉛塊。唯一能做的就是癱倒在地上，無助地看著那些紫色嬰兒，一個接一個慢慢爬上他的身體，從腳慢慢爬上來，像是一瞬間，又像是過了一百年這麼久，每爬上來一點點，就覺得身子又冷了一分。

耳邊只聽到嬰兒嬌滴滴的笑聲和慘烈的嚎叫聲，只不過嚎叫的是他自己。

當紫色的血液爬到他喉嚨的時候，他悠悠想起幼時父親向他解釋他名字的由來：孫步雲，平步青雲……。

然後那一張張紫色小臉已經湊到了他的面前，帶著天真、稚嫩的微笑，張開布滿利齒的嘴，一口一口開始撕咬他的脖頸、面龐，扯下的肉塊還淌著他帶有溫度的血液，融進那一灘紫色的血泊中，帶起一陣頗為愜意、嬰兒獨有的滿足笑聲。

明顏和無塵早停止了打鬥，目瞪口呆地看著孫步雲全身布滿紫色的血液，如同一個巨大的破敗人偶，漸漸殘缺，露出皮肉包裹的森森白骨！

最為可怕的是，他還沒有死，非但沒死，對於疼痛的感知更是從來沒有過的準確、完整。而他無力掙扎，只有徒勞地看著自己被漸漸蠶食殆盡。

不過很快地，他看不到了，因為他的兩顆眼珠也被啄食掉了。

但是看不見也不妨礙他的感知，身體綿綿無盡的痛楚和耳邊那一陣陣天真無邪的嬰兒笑聲，已經滲入骨髓。

「小心！」明顏聽得一聲叫喊，身子一輕，原來是何栩及時趕到，把她拉出屋去！

那無塵見機稍慢，卻是來不及了，紫色的血液已經蔓延到他的腳下。

在淒慘的嘶叫聲中，無塵也和孫步雲一般，漸漸消逝在那灘黏稠的紫色血液之中，將血液的顏色染得更為渾濁。

何栩歎了口氣，抽出腰間的誅邪劍。明顏見狀，忙一把拉住她，「你要做什麼？」

何栩沉聲道：「這裡邪氣太重，只有一併淨化了……。」

「不行，菀娘和孩子都是無辜的，你用誅邪劍鎮邪，豈不是連她們也一併滅了？」明顏搖頭道。

何栩聲音中帶著幾分哽咽，「那也是沒有辦法的事，不能貽害無窮啊……！」

話音剛落，院內突然下起雨來，冷冷清清，瀰漫著淡淡的酒香。雨滴穿透屋頂，滴落血泊之中，點滴都是淒清。

「是掌櫃的。」明顏嘴角浮起一絲微笑，「浣魂露。」

夜色漸漸淡去，天邊已現曙光。

那片陰冷的紫色血泊早已乾涸，面上浮起一層鮮嫩的苔蘚，裹著清晨的露珠，閃著紫亮的光。

一片生機盎然。

誰也猜不到那片紫苔下隱藏著什麼樣的故事。

翌日。

魚姬的酒館人聲鼎沸，坐了不少客人。

明顏偷眼朝堂子裡看了看，低聲對魚姬說道：「掌櫃的，龍捕頭把手下的弟兄帶來了，崔將軍也把小的們帶來了，這是唱的哪一齣啊？」

魚姬偷笑道：「等會兒你就知道了。」

不多時，一個俊俏的女孩兒揭開珠簾走了出來，腰上繫了塊漂亮的圍裙，微紅的臉上帶著幾分羞澀。

「小栩怎麼穿成這個樣子？」明顏沉吟片刻，恍然大悟，「你……。」

「噓～～」魚姬自櫃檯下亮出半柄木劍，「這是抵押的酒債啊，昨晚的浣魂露可是下了老本呢……。」

何栩端著拖盤，走過一個青年男子身邊，聽著他有節奏地敲著酒杯，終於停下腳步。

他的臉上始終帶著促狹的笑容，低聲說道：「你還欠我一個人情呢……。」

第五話

竈淚

七月七，相傳是一年一度牛郎、織女鵲橋相會的日子。

是以每年的七夕乞巧，對於汴京的少女都是件相當重要的大事。

依照俗例，多是呼朋引伴約上幾個手帕交，在自家後院備下香案、瓜果、點心，焚香祝禱，而後將捕捉到的小小喜蛛收納在特定的小盒之內，倘若第二日打開小盒，看到喜蛛結網便謂之得巧。如果蛛網疏密圓正，便意喻身受織女眷顧，心靈手巧，蘭心慧質，更有望得一如意郎君。若是新嫁為人婦的少婦，也可借此機會向織女求得早生貴子的好意頭。

這一天，男人們自然不會去湊女人的熱鬧，因為，傳說這一天也是魁星爺生辰，魁星廟的大戲開鑼，自是精采非凡。當然，也有不圖熱鬧、只求功名的讀書人會挑這一天祭

拜主掌考運的魁星爺，希望求得庇佑，考運亨通，在來年的大試中一舉奪魁。

雖然只是平平常常的一天，但人們的希冀、憧憬各異，因而帶上了不一樣的色彩。而對孩兒們來說，這似乎不同尋常的一天，最大的盼頭就是——汴京街邊攤檔上賣的、名為「磨喝樂」的小泥偶。那磨喝樂大多是手持蓮葉、身著蓮葉裙，雖是土胚捏製，卻都做得肥肥胖胖，甚有福相，面上描彩更是精緻。一手抱上一個磨喝樂，一手抓上幾個油麵蜜糖的乞巧果子，便是孩兒們這天的行頭。

誰抱的磨喝樂更大、更精緻，誰家的乞巧果子更甘美、爽口，也成了孩兒們嬉笑、攀比的資本。汴京的街市上時時響起孩兒們稚嫩的童音，或嬉笑陣陣，或朗朗而歌。

「七月七，牛郎會織女，喜鵲架橋……。」

孩童拍著手，在街口唱謠、嬉戲，往來奔走。

明顏靠在門楣上呆望片刻，突然轉過頭去，「掌櫃的……。」

「啥？」魚姬眼睛依然盯著帳簿，手中算盤撥得飛快。半晌沒聽見明顏言語，放下手中的活計抬起頭來，卻發現明顏看著街邊嬉戲的孩童發呆。

「你沒問題吧？」魚姬翻了翻白眼，心想，自上回那痞懶狐狸被何栩驚走之後，便一直沒有回來，雖說還有一大筆酒錢未清，他這一去，館裡倒也沒那麼聒噪，反倒是這明顏丫頭開始不對勁了。

「沒……沒事。」明顏搖搖頭，回到櫃檯邊，「掌櫃的，今天晚上聽說是牛郎會織女呢。」

魚姬啞然失笑，「怎麼？你這迷糊丫頭也想學人家乞巧拜月求個好相公啊？」

明顏呵呵一笑，「那倒不是。可是掌櫃的，真有牛郎、織女鵲橋會的事情嗎？」

「當然有啊。」魚姬長長呼了口氣，伸了個懶腰，「挺難的，一年才見一次，各自守在天河兩岸，可望而不可及。不過都還算幸福了，至少可以遠遠看上一眼，已經好過很多人了。」

「還有人比他們更慘的嗎？」明顏問道。

魚姬愴然一笑，「當然，至少他們還有希望。」她起身自架子上取下一個琥珀瓶，就著兩只杯子斟上，順手遞了一只給明顏。

明顏看著杯中清到極致的酒水，嗅了嗅，卻全無半點酒味。「掌櫃的，怕是弄錯了吧？這是水，不是酒。」

魚姬笑笑，「嘗一口就知道了。」說罷將酒杯送到唇邊，淺淺嚐了一口。只見她眉頭微皺，片刻方才嚥下，眼中淚光隱隱。

「掌櫃的……，」明顏嚇了一大跳，「你沒事吧？」

魚姬淡淡一笑，「沒事，只是品出酒中真味，覺得有點感傷罷了。你也試一口。」

明顏嘟囔道：「我就不信喝酒會喝出淚來。」說罷一揚頭，將一杯酒都倒進口中。那酒水一入口，頓時翻騰不已，難受非常。明顏暗叫上當，張口要將酒水吐出來，不料魚姬伸手捏住她的腮幫，哪裡還吐得出去？

明顏只覺得那口酒水在喉舌之間衝撞往來，辛辣中更帶淒苦，好不容易下得喉頭，心頭卻不知為什麼悵然若失，不覺兩行熱淚滾滾而下。

魚姬鬆開手，掂起自己的酒杯，好整以暇地看著明顏用袖子抹淚花，唇邊浮起一抹淺笑。

好半天，明顏心情平復，方才開口問道：「這酒為什麼讓人喝了想哭？真是好生奇怪啊……。」

「也沒什麼好奇怪的。」魚姬懶懶地倚在櫃檯邊，把玩著手裡的琥珀瓶，看著瓶中所剩不多的酒水，幽幽歎了口氣，然後抬頭看看天邊的金色霞光，放下酒杯，「今兒過節，早些打烊，正好出去走走。」

明顏應了一聲，心想，莫非掌櫃的也打算去那葡萄架下聽牛郎織女的私房話不成？

夜色如水，繁星如綴。

魚姬拂袖滅了簷下一長排燈籠，留下旗帆旁的一盞，隱約照亮傾城魚館的招牌；轉頭見明顏快手快腳地封上門扉，眉目間盡是期待。

「走吧。」魚姬心知她是打定了主意要跟去，也懶得多說，右腕一翻，手裡多出一只琥珀瓶，遞給明顏，「酒快沒了，正好去取點回來。」

「哦。」明顏快步跟上魚姬，不時偷眼看看夜市的繁華景象，只見眾多情侶在街市遊歷穿行，歡聲笑語起伏跌宕，心想到底還是人間熱鬧。

魚姬與明顏順著御河而下，一路上也遇到不少少年情人在河畔對月談心，郎情妾意。好不容易到了一處暫無人煙的河堤，魚姬捏了個分水咒，只見那段原本恬靜的河面頓時一分為二，現出一個深邃的通道來。

明顏早見過這分水換景之法，見魚姬飛身躍入，也將身一縱跟了上去。雖未睜眼，也聽得周圍水流激盪，直到雙腳踩上實地，方才睜開眼來。

只見四周俱是芳草萋萋，夏蟲唧唧，更無半點人煙；暗黑天幕上的星河格外清晰，照得腳下乾涸的石溝一片銀白。

「這裡很美啊。」明顏歎道，沿著石溝向上走了好幾步，「掌櫃的，你不是說來取酒水嗎？這裡連水都沒有，又哪來的酒？」

魚姬淡淡一笑，「泉眼在上游，還有幾步路程。」說罷，踏著石溝裡的卵石向前行去。山間微風掠起幾片草浪，更有無數幽幽的螢火上下遊弋，恍若仙境。

明顏興沖沖地跑在前面，不時伸手去掬身旁的螢火蟲，再任由牠自手縫中逃逸，自得其樂。直到她不小心撞上一根堅硬、粗糙的石柱，才停了下來。

那石柱很奇怪，像是被人凌空斜斜深插入地，露出地面的部分也有一人高，表面早被雨水侵蝕得千瘡百孔。

「哎呀！什麼破石頭，好死不死地杵在這裡，想撞死人啊。」明顏不悅地嘀咕道，順便重重踢了一腳，卻撞得腳丫生痛，那看似破敗的爛石頭更硬過銅牆鐵壁。

魚姬搖了搖頭，心想，這丫頭的急性子大概一輩子都改不了。「還是算了吧，要是妖王矗刖的斷山鐧這麼容易就讓你踹斷了，你也不會留在我這裡。」

「妖王矗刖？」明顏眨了眨眼睛，「什麼人啊？很厲害？」

魚姬笑道：「這裡原來叫修羅澤，氣候陰濕，方圓五百里的妖魔精怪不計其數，能夠一方稱王的自然不差。」她移步繞石柱一周，伸手拍了拍那無比粗糙的礫石表面，「想不到過了一千年，斷山鐧還屹立不倒，難怪一路行來，方圓五百里還算太平。」

「這麼說來，那個叫鼉刖的是隻好妖了。」明顏問道，「可是，我怎麼從來沒聽過他的名字啊？他去哪裡了？得道成仙了？」

「成仙……？哈哈，成仙有什麼好？妖總想修成仙，殊不知天界冷清，哪裡比得世間逍遙自在。那群高高在上的神仙也不見得就逍遙、快活勝過芸芸眾生……。」魚姬歎了口氣，「也難怪，一千年前的事情了，那時候你還不知道在什麼地方呢。」

明顏哪裡明白魚姬話裡有話，只是垂首道：「掌櫃的總說成仙不好，可誰又不想成仙？不用躲躲閃閃地做妖精，不用怕終有一天老死重墮輪迴，還可以受世人尊重、供奉……，明顏只是隻微不足道的小妖，成仙只是個可望而不可及的夢罷了……。」

魚姬見她言語之間頗為抑鬱，伸手拍了拍她的肩膀，「路是自己走的，能否成仙並不重要。妖又如何？人間有句話叫『英雄不問出處』，只要所作所為光明磊落，就不比仙人卑微。便是妖王鼉刖也曾經只是個卑微的小妖，所以你也不用妄自菲薄。」

「小妖？」明顏聞言，抬起頭來，面上盡是不可思議的神情。

「沒錯，小妖。」魚姬喃喃道，星光月色下，那早已石化的斷山鐧似乎還在閃著熒熒白光。

他曾經只是五百里修羅澤裡最普通的一隻鼉。在身形尚未長成之前，他每天都過得很小心，因為，盤旋在沼澤上的老鷹很中意他那包裹在不堅固皮下的血肉，便是大一點的蝮蛇也可以輕鬆絞殺他，一飽口腹，甚至巨大的同類也是致命的威脅。他必須小心翼翼，用最快的速度獵取足以果腹的食物，再把自己深藏在泥漿之下，躲避無數天敵的獵殺。

這種戰戰兢兢的日子從他自蛋裡爬出來的那一刻開始，就一直沒有停歇過，儘管此時他的體形和力量早勝過幼時百倍。從最初捕食青蛙、蟲豸果腹，到不眠不休潛伏在泥沼之下，用他銅鐧一樣的巨尾將一頭強壯的花斑猛虎掃落泥沼，再一口咬碎猛虎的頭顱。

如果說有一樣沒變的，那就是弱肉強食的定律。

這樣不知道過了多少年，終於在一個月圓的夜晚，他突然發覺自己老樹似的皮甲開始發癢、鬆動，忍耐著劇痛在岸邊的礫石上磨礪之後，他從一直跟隨自己的那層厚甲中爬了出去，甚至可以像曾經見過的人一樣站立起來！

那一刻，懵懂如他也知道自己不再是一頭普通的鱷魚，而是修成人形的妖怪。

這個世界本無公平可言，有人生來顯貴，有人生來貧寒，便是妖物、精靈，也因出身分了三、六、九等。沒有顯赫的家族，沒有沾親帶故的仙家提攜，也並非什麼汲取天地靈氣、得天獨厚的靈獸，毫無疑問，他是最卑微的那一種，卑微到連名字都沒有。

他曾經見過修羅澤裡的妖王蛟戮出遊，是如何前呼後擁，招搖過市，如何勒令領地上的妖怪、精靈將各自辛苦修行的妖力上供，稍有不如心意，就被蛟戮一口吞下肚去。

蛟戮如此肆無忌憚，不光是他擁有強大的妖力，也因為他與龍王本是血親。有這層關係，眾妖就算不甘受他魚肉，也不敢相逆，要麼諂媚相侍，要麼遷居他處，剩下的多是深居簡出、戰戰兢兢，惶惶不可終日。所以他突然明白，在妖精的世界也一樣是弱肉強食。

他不要做別人口中的肉，也不屑趨炎附勢做妖王的走狗，所以他花在修行上的時間比其他妖怪多出一倍，除了覓食，他都藏身於巢穴中刻苦修行，讓自己變得足夠強大，不用仰人鼻息。

鼉刖，是一個記號，也是一種志向。他知道有朝一日，鼉刖的名字必然響徹妖界，不在蛟戮之下，儘管那時候他還不太懂什麼叫做抱負。

修行中根本覺察不出歲月的飛逝，幾百年過去，鼉刖的苦修也有所回報，功力增長，一日千里，終於有一天，他用自己的鱷尾煉就了一件稱手的兵器──鐧。

雖然來於自身，第一次使用的時候，他並不十分了解它的力量，舞到忘形，一鐧砸向修羅澤邊的山崖，結果一聲巨響，將山崖一分為二，當真是無可匹敵。在最初的驚訝咋舌之後，鼉刖給自己的兵器取了個名字叫「斷山鐧」，很是歡喜。

他並不知道那驚天動地的一鐧，不但砸斷了山崖，還驚動了蟄伏修羅澤深處的妖王蛟戮。

原本鼉刖一直深居簡出，蛟戮向來只知道享樂，也不知道有他這號人物，而今斷山鐧一出，鼉刖的實力可見一斑。一山不容二虎，妖王蛟戮自然容他不下。

往來相鬥幾次，一面鼉刖刻苦修煉日益精進，一面妖王蛟戮疏於修行；蛟戮雖略勝半籌，倒也傷鼉刖不得，任他全身而退。

如此一來，鼉刖之名在妖界聲名鵲起，群妖私下都道鼉刖年紀尚輕，而妖王已日漸老邁，假以時日，鼉刖必定能取蛟戮而代之，成為修羅澤的新妖王。此話傳到耳中，蛟戮更是恨之入骨，只是一時間也殺他不得，唯有變本加厲欺壓旗下的妖精，掠取妖力以供己用，再等待時機誅殺鼉刖。

時有小妖不堪蛟戮肆虐，偷跑來投奔鼉刖。然而鼉刖雖有揚名立萬之心，卻無自擁為王之念，早年刻苦修行只為自立自保，一身傲骨自然看不起以奴才自居的妖精，加上生性冷淡，對妖精們不予理睬，久而久之，群妖皆道其狂妄，無人敢去親近於他。

鼉刖也無他念，居於淺澤之中，不涉足蛟戮所居的深澤，每日仍是刻苦修行，閒暇在淺澤遊弋，雖形單影隻、煢煢孑立，日夜磨礪斷山鐧，有如多了個不說話的同伴，倒也自得其樂。他話也不多，一直以來，所見的活物不是他捕食的獵物，就是不同道的妖精，會不會說話也無關緊要。

他一心修行，不羈於外物，偶而出遊才發現，不知道什麼時候，在深澤與淺澤交界處的水面上多了一座水榭，枯竹搭建，紗簾低垂，也不知道裡面住了什麼人。只是在難得一見的晴天裡，可以看到擺在欄杆上的花盆裡，一株不知名的幽草裹著晶瑩剔透的露水，在陽光下青翠欲滴。

像修羅澤這樣的窮山惡水，多的是瘴氣、陰濕，能夠在這裡住的自然不是常人。

鼉刖雖不感興趣，時常路過也免不了多看一眼。不過很奇怪，以他的眼力，居然無法穿透那簾細紗，看清裡面的情形，只知道離水榭越近，水越清、越冷。

水至清則無魚，更養不出青蛙、蟲豸，實在不是覓食的好去處，況且這裡離蛟戮的水宮比較近，即使不太忌諱妖王，他也不願惹上不必要的麻煩。要填飽肚子，淺澤中也有不少美味的食物；對他而言，更為中意的是岸上血液有著溫度的獵物。

他喜歡和從前一樣，隱在岸邊的淺水中，靜靜等待耐不住乾渴的獵物到來，再出其不意一口撕裂對方的皮肉。

或許有些凶殘，但對一隻食肉、嗜血的鱷魚而言，只是遵從天性罷了。

然而，這一天性近來卻少有成功的時候，不知從什麼時候開始，來他巢穴附近淺灘喝水的動物少了很多，後來居然十天、半個月也看不到一隻。

鼉刖心中雖有疑惑，卻無人可解。這次一連等了三天才見到一頭花鹿，他心頭歡喜，只等牠走近了就將這送上門的鮮肉祭祀自己的五臟廟。

不料那花鹿還未靠近，旁邊蘆葦叢中突然射出幾粒石彈，驚得那花鹿掉頭就跑！到嘴的鮮肉任憑是誰也不會輕易丟棄，鼉刖心中著惱，現出人形，飛步直追，眼見那花鹿近在眼前，正要一把擒住，卻聽得背後有物破空而來！

鼉刖反手一抓，手裡捉住的是一枚堅硬的石彈，再猛地轉過身去，卻見一個綠衣少女正手執彈弓，隱在蘆葦叢中。這一恍神，那花鹿早一路狂奔，去得遠了。

「哪裡來的野丫頭？為何驚走本大爺的花鹿？」鼉刖心頭氣惱，面露猙獰。

那少女也不答話，見勢不對，轉身就跑。

鼉刖也未多想，下意識地緊追不放，兩人一追一逃，不多時已出了淺灘的蘆葦叢，上了岸邊斜坡。

那少女眼見鼉刖越追越近，驚慌之中將足一頓，頓時化為一道輕煙潛入土中。

鼉刖一把抓了個空，挖地三尺也不見那少女蹤影，心知是遇上了修煉成人的精怪，而今早已土遁遠逃，哪裡還抓得到？無端端讓人壞了口福也報復無門，鼉刖唯有自認倒楣。

自那之後，鼉刖便時常見到那少女在岸邊活動，每每有獵物到了淺灘，都被她使計驚走，鼉刖與她打過多次照面，每次都是眼看就要將她捉到又被她驚險逃脫，土遁而去，不知所蹤。

鼉刖一時也拿她無法，好在水中也有魚、蝦、螃蟹，倒不至於挨餓。

說來也是奇怪，這般追追逃逃，雖然沒了鮮美肉食，日子倒也不再似從前枯燥乏味。到了後來，似乎形成了習慣，矗刖一到清早就去那水邊候著，等那少女來攪局，象徵性地動動手將她逐開，第二天那少女又會如期而至。

這樣的日子持續了幾個月，當他在那少女的阻撓下依然捕食了一頭小鹿之後，第二天少女沒有出現，第三天、第四天也沒有出現。

無人攪局，矗刖應該高興才是，只是不知道為什麼，他反倒悵然若失、坐立不安。終於在第五天，他離開了沼澤，化為人形上了岸。

天性使然，向來少有遠離沼澤的時候，所以矗刖對沼澤外的山地並不熟悉，走出三里地便見前面一大片森林，茂密非凡，林邊立了一長排籬笆，蜿蜒而去，不見盡頭。有這麼一長排籬笆，難怪這些時日到澤邊喝水的動物如此之少。

矗刖了然於胸，順著籬笆前行，不多時，果然見那綠衣少女正在編葺籬笆，身邊還有一大堆山藤、竹篾。

矗刖暗自好笑，心想，要立一長排籬笆把整個林子都圍起來，只怕不用個十餘載也不成，這等辦法夠笨，卻也要些毅力才能做到。明知不可而為之，倒和自己先前閉門苦修的傻勁有幾分相似。

正考慮是否要現身嚇她一嚇，卻見一隻獐子一路跳躍，直沖籬笆而來，矗刖心想，果真運氣，偶而上岸也會碰到這樣的美味佳餚。

哪裡知道沒等那頭冒失的獐子蹦出籬笆，就見那綠衣少女握著竹篾一陣揮動，清叱一聲：「怎麼又是你這冒失鬼？上次才給你說過怎生又忘了？」

獐子哪裡懂得人言？吃她一嚇，頓時掉頭跑回林中。那少女面露幾分無奈，口裡嘀咕道：「老是想往那邊跑，難道就不怕做了鱷魚妖怪的點心？要是被吃了，就沒人可憐你了……。」

鼉刖心知她說的妖怪正是自己，弱肉強食本是天經地義，吃了就吃了，又有什麼好可憐的？原本平日對自己妖怪身分不是如何在意，而今聽她口氣，倒覺著有些刺耳。

只見那少女十指如飛，片刻不停地綁紮竹篾，想是鐵了心要斷他的食路口福，鼉刖心頭頗為著惱，心想，既然你認定本大爺是無惡不作的妖怪，索性便惡到底，待我先平了你這排破爛籬笆，再叫你好看！這廂打定主意正要出去，卻突然停了下來。

不是他突然改變了主意，而是覺察出四周妖氣森森，想是有不速之客來到。他素來不喜歡橫生事端，於是將身一閃，躲在一棵大樹之後，靜觀其變。

那少女也覺察出有些不對，放下手中的竹篾四下張望，屏息片刻，突然臉色一變，發足狂奔！

剛邁出兩步便見前方地面浮動，似乎地下有什麼東西正直沖過來，快如閃電！

那少女驚呼一聲，縱身而起，想要躍到樹上躲避，不料那地面一聲轟鳴，一段黑黝黝的物事自地面彈射而出，轉眼間將那少女的腰身纏住！那少女掙扎不得，頓時被扯得摔向地面，跌得七葷八素！

一陣妖異的怪笑聲中，一個頗為冶豔的婦人出現在裂開的地縫上方，墨色紗裙拖曳數丈，裙腳牢牢縛在那綠衣少女腰際。

鼉刖認得那婦人正是妖王蛟戮身邊的寵妾媚十一娘，這修煉千年的黑蛇精，原居於東海之濱，性本奸猾，自打搬來這修羅澤跟了妖王蛟戮後就越發凶殘，教唆蛟戮盤剝小妖的也是她。而今見她跑來與那黃毛丫頭為難，倒是有些奇怪。按理說，妖王手下嘍囉甚多，便是要向小妖收常例，也用不著媚十一娘親自動手。

正在疑惑之間，又聽媚十一娘嬌聲笑道：「小落妹子，自打你移居天界，咱們姊妹也有好幾百年不見了，怎生一見面就如此匆忙？」

那綠衣少女也不答話，見媚十一娘妖妖嬈嬈漸漸走近，面色變得幾分蒼白，身子微微發顫。

媚十一娘玩味著對方臉上的恐懼，慢悠悠繞著那名叫小落的少女轉了一圈，「嘖嘖，果然出落得一身靈氣……只是為何依舊如此不濟，全無半點仙家的能耐？」

鼂刖一旁聽得此言，心念一動，難怪總覺得那丫頭和一般精怪不同，莫非真如媚十一娘所言？但也不一定，若真是仙界中人，必定如傳聞中有靈珠護身，絕不可能讓一般妖怪欺近身來。先前與之相鬥，確實也是十分不濟，只有逃生之技而無招架之力，哪裡像是高高在上的仙家？

「你……你想怎樣？」小落顫聲問道，看著媚十一娘輕輕拈起自己的一束髮絲，閉目一嗅，更是驚得魂飛天外，「你……你……！」

「千年碧雩草，食之可青春永駐，返老還童。」媚十一娘幽幽歎了口氣，「何況妹子你還沾過天界的仙氣，沒准可以讓我家大王換鱗長角，化身真龍……你可別怪姊姊狠心呢……。」

「我呸！」小落啐了一口，怒目以對，「要吃就吃，少在這裡惺惺作態！」

媚十一娘也不著惱，笑得甚是嫵媚，「既然妹子這麼說，我也省了客套。隨我去見大王，說不定大王一時高興，留你一段根鬚也不一定。」

笑聲仍在，媚十一娘臉上早換了凶狠模樣，手裡現出一段手指粗的紅繩，將小落牢牢縛住，不耐煩地推搡了一把，「便是磨蹭也無用，走！」

那小落怒目以對，但肉在砧板，只有任人魚肉，被媚十一娘步步緊逼，向修羅澤水中走去。

媚十一娘心頭歡喜，近日妖王身邊多出幾個年輕貌美的妖姬，極盡邀寵之能事，如何及得她今日這般造化？這仙草之精煞是難得，獻與妖王自然可博歡心，遠遠強過以往費力督促眾小妖交納常例。

這般盤算著，自然喜不自勝，身在淺澤之中，心早飛回了深澤之下的妖宮。不料行到半路，突然覺得水面乍然渾濁，四周妖氣森森，卻是水下來了強敵！

媚十一娘暗叫聲大意，這修羅澤中妖魔沒有一千總有八百，個個都卯足了氣力討好妖王，可別叫個犯了紅眼病的將這寶貝劫了去，落得個為他人做嫁衣裳！

心念百轉之間，媚十一娘一把抓緊小落肩頭，一面四下打量水域。只見四面泥水渾濁，哪裡看得清楚？只是覺得水流漸平，似乎來人去得遠了。

媚十一娘正要舒一口氣，驀然聽得一片嘩啦水聲，轉過身去，只見一段水桶般粗細、枯木似的巨物正自頂門飛砸下來，表面棱刺戟張，無比犀利！

媚十一娘也不是好相與的人物，鬆開小落，將身一抖，亮出一把寒光閃閃的蛇形劍，揮劍直撩而上，誓要將來物揮作兩段！

那物原本直砸而下，行到半途突然變了方向，斜斜抽向一邊的小落，去勢不減。

小落早驚得面色慘白，又被紅繩五花大綁，哪裡避得開去？心道此番休矣！

不料那物近得身來，卻只是擦身而過，勁風凌厲，小落頓覺身上一輕，原本緊縛在身的紅繩早被截作幾段，自身上脫落下來。

小落心頭一喜，知道有高人相助，忙飛撲出去，展臂游向遠處的枯竹水榭。

媚十一娘哪裡捨得到手的寶貝逃了去，一聲尖嘯，現出原形——身長數丈，遍體黑鱗覆蓋，巴斗大的頭上一張血盆大口，紅信急吐，直紮入泥水之中，只見水面波浪滾滾，直向小落撲去！

眼見便要一口將小落吞下，突然蛇身一掙，數丈長的身軀已飛身而起，直摔向岸邊的土地！

只聽得哀呼一聲，媚十一娘重重摔在堅實的地面上，跌得七葷八素，現出人形後髮髻散亂，狼狽不堪。

媚十一娘咬牙切齒，張目一觀，只見泥漿中一道水線奔東南方而去，快如閃電，而遠處撲騰的小落已游至水榭，正攀著水中的竹梯而上。

媚十一娘識得那段剛猛無匹的「枯木」乃是一段鼉尾，自然猜到剛才出來攪局的就是盤踞這淺澤的鼉怪。以往聽傳聞也知道那鼉怪的厲害，只是沒想到那鼉怪居然敢來壞妖王的好事。若是爭食那千年碧雾草，卻為何放她離去？而今那鼉怪去得遠了，那丫頭卻不知為何不避走他處，反而躲進那破水榭？這五百里修羅澤是她蟄居之地，本就熟悉，不知道什麼時候多出這座簡陋的水榭來，若是有什麼厲害的人物在裡面，應該感應得出來才是。

雖是處處透著古怪，媚十一娘自恃千年道行，也沒把那破水榭看在眼裡，既然那攪局的鼉怪已去得遠了，也不必再避忌許多，索性鏟平那水榭，將那丫頭找出來。

媚十一娘先前在水裡吃了虧，小心了許多，也不走水路，只化做一道黑煙灌將過去，不多時又繞那枯竹水榭轉了一圈，化為人形，輕飄飄地落在水榭的露臺上。

正如她先前感覺的一樣，沒有察覺到一絲氣息，最奇怪的是，連先前逃進去的丫頭也似乎不在裡面。那幅薄如蟬翼的絹紗不知為何無法看透，只在水面微風的吹拂下不時掀起一角，露出裡面的家具擺設，全是枯竹造就，很是簡樸。

四周很靜，媚十一娘心頭卻莫名感覺幾分膽怯，正猶豫是否闖進去，就聽裡面一陣咳嗽，卻是個蒼老的女聲，咳得聲嘶力竭，似乎是病入膏肓。

「既然來了，為何不進來？」那個聲音很是沙啞、低沉，媚十一娘感覺既陌生又隱隱在哪裡聽過，驀然覺得甚是不妥，心頭發顫，第一反應便是縱身而起，落在遠處的水域裡，現出原形，飛速游向遠處！

直到拚力逃出三十里，媚十一娘方才覺著渾身酸軟乏力，恍如大病一場。

而水榭四周依舊清明，唯有風吹微漪層層相疊。

「她逃遠了。」小落纖纖素手掀開紗簾，極目遠眺，片刻後轉身言道。

「咳……咳……罷了，罷了。」水榭內的人艱難地咳嗽一陣，氣息漸緩方才抬起頭來，卻是雞皮鶴髮、滿臉皺紋的一個老嫗。許久，老嫗緩聲道：「那蛇妖絕非善類，小落，你下次出去可得多加小心……莫要遠離水榭，以免鞭長莫及……。」

小落順手放下紗簾，微微一笑，「煩勞姊姊擔心，小落加倍小心在意便是……姊姊今天覺得如何？身子可有起色？」

那老嫗歎了口氣，「比起前些時日已好過許多，此地瘴氣極重，正可補缺失靈珠之虛……相信假以時日，終會恢復……只是，而今還離不開這水榭，看到你遇險也無能為力……。」

小落柔聲道：「姊姊切莫如此，只怪自己學藝不精……話又說回來，今天看到附近的清明水域比之先前更寬出許多，若非姊姊的結界向外擴張，我也難以這麼快脫險。」

那老嫗搖頭歎息道：「你原本應該安居仙界修行，以期早日列入仙班，也不必跟著我來這險惡之地。」

小落淡淡一笑，「姊姊如此說話卻是見外了，你我姊妹數百年情誼豈是區區仙籍可比？小落本是跟隨姊姊寄居仙界，既然姊姊決心要走，小落也無留下之理。小落只是擔心……。」

那老嫗拍了拍小落肩膀，揚聲道：「自毀靈珠詐死避世之時便知今日結果，自輪迴不轉之後，這世間六道雖另立規則勉強維持，種種跡象卻是難以視而不見，更何況昔日故人一個個要麼行蹤成謎，要麼世間飄零，又如何可以心安理得做那金漆玉鑲的應聲蟲？雖然現在辛苦一點，若是順利度過這些時日，以後至少不必再縛手縛腳、違心行事……倒是你……。」

說到這裡，她風乾橘皮也似的臉上露出幾分憂色，「我算到你會有次大劫，可是而今法力缺失，算不出具體情形……近些時日如無必要，還是別再隨便出去涉險，等到我功力恢復也好保你周全。」言畢又是一陣咳嗽。

小落自桌上斟了杯茶水送到老嫗手邊，語氣反倒輕鬆自在，「若是天數所定，那也只有坦然受之，姊姊不必為小落勞神。」

老嫗歎了口氣，「雖然只在這裡待了幾個月，也知道周圍凶魔、惡妖層出不窮。加上那妖王傾軋，群妖為求自保，上行下效，層層剝削下去……此地僅五百里，但群妖的怨氣大得驚人。你也知道自己的來歷，剛才走了那蛇妖，只怕此後多事，總之萬事小心。」

小落點頭稱是，片刻突然言道：「姊姊，剛才危難之時幸好有隻妖怪出手相救，可見這裡的妖精也不全是那媚十一娘般的惡妖。」

老嫗頷首道：「那頭鼉怪道行尚淺，但根基頗厚，若是繼續修行下去，戒除殺念，相信前途一定不可限量。」

小落聞言，望向簾外遠處灰濛濛的一片水霧，嘴角浮起一絲微笑。

對於鼉刖而言，記憶中的修羅澤少有水霧消散、陽光普照的時候，而近日來修羅澤的天氣卻是一改往日的陰霾，飽餐一頓之後癱在岸邊晒晒太陽，自然是愜意非常。

沙地暖洋洋的，就連風也是暖洋洋的，暖風中傳來一陣陣清哨聲，說不上什麼韻律，只是透著說不出的生機。

他知道是她在堤岸的樹梢上吹草葉，嗚哩嗚哩……。

自從那日之後，再也沒有獵物靠近他的獵食圈，因為那個叫小落的丫頭每天都隱在那青翠的樹冠上，吹著嗚哩嗚哩的曲子。

他枕著自己的雙臂，在陽光下瞇縫著眼睛，可以看到她的綠色裙帶迎著暖風飄動。

也許他應該將她趕得遠遠的，免得因此走失了有著溫暖血肉的獵物，可是不知道為什麼，他竟沒有半點怒意，只想在這草葉聲中晒著太陽，暖暖地睡去。

暖暖地，就像從前還在那個埋在沙中的蛋裡一樣。

悠悠的草葉聲漸漸消停，鼍刖意興闌珊地睜開眼睛，「天還沒黑，為什麼不吹了？」

小落立在枝頭，隨著清風上下浮動，「我在看東西。」

鼍刖縱身落在樹冠上，本以為這一舉動必定將她嚇個半死，不料小落依舊頭也不回，只是遙指遠處的山道，娟秀的臉上帶著燦爛的笑容。

鼍刖與她並肩而立，順著她手指的方向看去，只見那崎嶇的山道上走著一個青年男子，胸前佩戴著大紅花球，牽著的老馬上還馱著一個頭蓋大紅蓋頭的女人。女人低垂著頭，任男人小心地扶著，生怕這坎坷路將她顛下馬背。

「老馬的肉不好吃。」鼍刖回想起從前捕食過商隊的腳力，半晌評價道，「還是驢肉好點。」

小落歎了口氣，「你怎麼只知道吃？難怪姊姊說你殺性重……。」

「妖怪殺性自然是重的。」鼍刖仰天一笑，「你每天壞我好事，難道不怕我吃你？」

小落抄手笑道：「要吃早就吃了，又怎麼會從媚十一娘手裡救我？何況……。」

鼍刖故意露出一口利齒，「何況什麼？」

「何況你又不吃素。」小落嘻嘻一笑，依舊轉頭看那山道上的男女。

鼍刖看她心無旁鶩的樣子，沒有半點畏懼，順著她的目光看去，卻見一陣山風捲飛了那女人頭上的大紅蓋頭，那個男人慌慌張張伸手去抓，結果抓了個空，在山道上追出幾步，神情頗為狼狽。

「有什麼好看的？」鼉刖平素少與人打交道，哪裡知道人間的婚嫁禮節，一時間玩心大起，揮袖一捲，頓起一陣妖風，將那原本要飄落在地的蓋頭捲了起來，片刻間已納入掌中。「就一塊破布，有什麼稀罕？還這般頂在頭上。」說罷一展蓋頭，直接搭在自己頭上，左右晃動，好不得意。

小落又好氣又好笑，伸手想要扯將下來卻被鼉刖躲了開去，無奈頓足嗔道：「人家新娘子才頂的紅蓋頭，你跟著摻和什麼？還不快還給人家。」

鼉刖咧嘴笑道：「偏生她頂得，我就頂不得？」

小落幾乎笑岔了氣，半晌才直起腰身，「女兒家出嫁才頂這紅蓋頭，你又不是女兒家，自然是頂不得。」

鼉刖認真思考了片刻，「原來頂塊破布、騎匹老馬就叫出嫁……出嫁了卻又如何？」

小落歪著頭看了他半晌，心想，也不知該誇他本性純良還是應該笑他沒見識，「想知道如何，何不把蓋頭還給人家，跟去看看熱鬧？」

鼉刖聞言，心說有理，手一揮，那蓋頭又飄飄搖搖乘風而去，落在遠處的山道上。只見那新郎官快步奔了過去，拾將起來拍打灰塵，回到新娘身邊，小心翼翼蓋在嬌妻頭上，牽了馬匹繼續上路，絲毫不曾覺察後面跟了兩個不請自來的喜客。

到了目的地，天色已然盡黑，想來這對新人都是貧苦出身，新婚大喜也只得偏居山中的舊屋一間，連個道賀的賓客也沒有。

羃刖心道，鬼影都沒一個，哪得什麼熱鬧可看？卻見小落在窗邊招手，於是跟將過去，看著兩人就著兩支紅燭叩拜天地，引頸交杯，偎在一起說著體己話兒，說不出的恩愛。想要繼續看下去，卻被小落紅著臉拉了離去，走出半里路方才聽小落搖頭歎息道：「都道人世繁華，想不到也有如此孤寂的，好在現在是璧人一雙，不再各自孤零、寂寞……。」

聽得孤零、寂寞四字，羃刖心頭沒來由地一緊，原本以為世間就是如此，孤零零來，孤零零去，從不覺得如何寂寞，而今卻覺著冷清非常，眼見月上樹梢，突然問道：「你可是要回去了？」

小落聞言，心念一動，一時間也不知如何回答。驀然，聽得身後幾聲慘呼，雖然相隔甚遠，卻是自那對新人的茅屋傳來！

「好重的血腥味！」羃刖目光一寒，轉頭見小落神色凝重，早快步奔將回去，於是將身一縱趕在前頭，片刻之間已到了茅屋外，眼見屋內燭火全無，腥氣大盛！

羃刖早知那對新人無幸，下手更無顧忌，鐵腕翻轉，亮出斷山鐗，撩撥間那不甚牢固的茅屋頓時散作幾片，泥灰、草屑紛飛，沙塵中露出一個瑟瑟發抖的身影，頭頂長耳雙垂，紅眼、板牙，卻是隻道行低微、尚未完全成形的兔精。

那兔精手裡捏了把匕首，正扯開那新郎的衣襟準備剖取心肝，乍然見到羃刖，早嚇得魂不附體。那新郎脖子上開了條口子，鮮血噴湧而出，地上早染紅了一大片，難怪血腥之氣甚重！

而那新娘倒在一邊，也不知是死是活。

「……大王饒命……饒……。」那兔精頗為伶俐，只道鼉刖為血食而來，慌忙扯過那新郎的身體，跪伏於地，「小的將這兩人獻給大王，只求大王念在小的修行不易，饒小的一條賤命……。」

鼉刖聞得腥氣，也覺著腹中飢腸轆轆。他素以血食為生，原本不用忌諱，但想起小落就在身後，知她不喜自己殺生，即便是捕食獐子、花鹿也要干涉，更何況是兩條人命。既然她覺得自己並非壞妖，終不能貪那口腹之欲，叫她小瞧了。

「休得胡言！」鼉刖沉聲喝道，「你這小小兔精何時開始開葷食肉，居然連害兩條人命？」

小落趕到近處，見鼉刖出手制住妖精，忙迎了上去，先檢驗那新娘，確認只是受驚過度昏厥過去，方自兔精手裡接過那新郎，點按穴位止住流血。饒是施救及時，也早已失血過多，氣若游絲。

那兔精只是一味磕頭求饒，顫聲言道：「大王明鑒，小的茹素為生，本不敢傷及人命，奈何為狼妖所逼，不得以才殺生上供，換得一時苟延殘喘……求大王垂憐……。」

鼉刖眉頭一皺，「可是沙堤南岸的狼妖？」

兔精伏地顫聲道：「……正是……大王聖明……。」

小落聞言抬頭問道：「莫非那狼妖來頭不小？」

鼉刖冷笑一聲，「也不過是個不入流的小妖罷，被澤裡的蛇妖逼得緊了，居然連這沒成形的兔精都拉來當狗腿用，當真是丟人。」說罷，順手收起斷山鐧，抄手而立，不屑中更帶幾分隱怒。

「蛇妖？可是那媚十一娘？」小落面色變了變。姊姊說，這五百里修羅澤中的妖怪層層盤剝而下，怨氣極重，今日一見果真如此慘烈。妖精們人人自危，就連這原本人畜無傷的兔子也被逼得做下這等凶殘之事，可見一斑。修羅澤有那惡蛟稱霸，只怕是無一日太平。

鼉刖微微頷首，轉頭看看那跪拜在地的兔精。這世間無不是弱肉強食，那新郎官時運不濟，只得白白送了性命，倒是這傷人性命的兔精不知如何處置。

思慮之間突然聞得一陣清香，寥寥落落，沁人心脾。轉頭看去，只見小落一手托起那新郎的脖子，另一隻手的手腕上早劃開一道口子，碧綠的血液正一滴一滴順著白皙得幾乎透明的手腕滴了下去，一滴一滴落在那新郎的傷口上。碧血所到之處創口生肌癒合，不多時那新郎原本蒼白的臉色恢復了幾分紅潤，呼吸也轉為順暢有力，反倒是小落的臉色漸漸蒼白，憔悴不堪。

鼉刖心中不解，「你與他並無淵源，何必損耗自身真元救他性命？當真是愚不可及！」言畢，心頭沒來由地升起幾分殺念，鐵掌一翻，扣住那兔精的兩隻耳朵將它擰了起來，一側頭，咬向那兔精脖子！

「住手！你幹什麼？」小落驚呼一聲，原本疲憊的臉上露出幾分驚詫。

鼉刖的牙齒已經觸到兔精的皮毛，突然半空停住，轉過頭去，「這兔精既然作惡，吃了他也沒什麼好抱歉的。」

「不可……！」小落吃力地站起身來，一把抓住鼉刖的手臂，「他也是逼不得已，好在沒傷人命，罪不至死……你若是吃了它，和那一干妖魔又有什麼區別？」

鼉刖目光灼灼，低頭看著小落亮如點漆的眸子，嘴邊浮起一絲譏誚的笑容，「我本來就是妖怪。」

「不一樣的。」小落臉上露出幾分焦慮的神情，驀然眼前一黑，身子斜斜軟倒下去。

鼉刖下意識地伸手攬住她，眉頭微鎖，眼神更多幾分耐人尋味。他順手將兔精擲向一邊，牙縫裡蹦出一個「滾」字。

小落再睜開眼睛時，天色已見魚白，四周也並非山間，而是平日裡逗留的澤邊，背靠那棵時常藏身的大樹，一抬頭就看到鼉刖仰臥在橫挑水面上的粗樹幹上，頭枕雙臂，口裡還叼著一段長長的蘆蒿。

「兔子和那兩個人呢？」小落扶著樹站起身來，雖然依舊有些腳步虛浮，比之當時已經精神許多。

「我吃了。」鼉刖滿不在乎地拍拍肚子。

小落露出幾分驚詫，片刻笑道：「你想騙人，可惜你的肚子很老實。」誠然，空空如也的肚子敲起來和鼓的聲音比較接近。

鼉刖哈哈大笑，「看來你也不是那麼笨，怎麼盡做蠢事？毫無關係的人你要救，原本就是給人吃的動物你也救，就連作惡的妖怪你也要放……。」

「命都只有一次，所以殺生是大惡。」小落言道，「姊姊說你資質不錯，若能修心養性，戒除殺念，日後前途無量……。」

「戒殺？」鼉刖猶如聽到最好笑的笑話般長笑一聲，「鼉刖生來就以血食為生，結果在手中的生靈何止千萬，就算吃齋、念佛也消除不了以往的殺孽，還有什麼前途可言？

難不成還可以修真練氣做神仙？」

小落一時語塞，片刻後說道：「佛家說，放下屠刀，立地成佛。你趕走兔精，救了兩條性命，已是莫大的功德。雖然仙佛不同宗，但向善之意卻是相通的。你已經修成人形，可以不像從前一般必須以血食為生，戒殺並非不可。」

鼉刖沉吟片刻，「你說的也有幾分道理。也罷，姑且應承你，不過有個條件。」

「什麼條件？」小落仰頭問道，眼中頗有喜色。

「只要你每天吹草葉給我聽，我就不在你眼前殺生。」鼉刖翻身躍下，眼神中盡是期許。

小落心念一動，唇邊浮起一絲喜悅，「君子一言……。」

「駟馬難追！」鼉刖接口。水澤盡頭晨曦絢爛，又是暖洋洋的一天。

和風，暖陽，草笛。

人生如此，還有什麼可求的？

山居歲月雖平淡，但彼此相伴不覺乏味，倏忽已過了數月。鼉刖果然依約戒殺，餐風食露，周圍的生靈也因此得以安寧。然而，以水榭周圍十里為界，深域中的爭鬥卻比之先前更加慘烈，妖王對眾小妖的盤剝變本加厲，致使不少小妖遷居淺域，託庇於鼉刖。

自與小落相識，鼉刖性情也平和不少，雖然對小妖們不理不睬，也不至於像從前一樣將之驅逐。

對妖王蛟戮而言，鼉刖無異於肉中刺、眼中釘，畏其勢力坐大，恨不能拔之而後快。無奈忌於鼉荆斷山鐧厲害，並無必勝把握，故而隱忍不發，只是更加不留餘地地盤剝小妖，希望增強妖力。

其實妖王蛟戮早已稱霸一方，本不用如此，但他心心念念想要化蛟為龍，得享仙緣。自從媚十一娘提過仙草小落，蛟戮更是時刻惦記，奈何小落從不離開那水榭十里範圍，就算每日離水上岸，也有鼉荆為伴，根本無從下手。

然而龍有龍道，蛇有蛇路，蛟戮有上進之心，自然也要在上面打主意。尤其在水族之首龍王面前更是獻足了殷勤，別說壽誕虛歲，就是尋常節氣也必備厚禮，以子侄相稱。

俗話說，拿人手短，吃人嘴軟，龍王收了禮數，自然對他頗為看重，加上本有的血脈淵源，倘若招安蛟戮，五百里修羅澤也歸水族麾下，實為雙贏，於是將天地受封之事應承下來，代為打通關節。

他人營營，與小落和鼉荆無關，只是每日逍遙世外，好不快活。

一日，適逢黃道吉日，只見祥雲浩渺，仙樂飄飄，而後隱隱靈光自沼澤深處頻頻發出。

小落本約了鼉荆，見此異象忙中途折回水榭，「姊姊，外面……。」

「是龍王。」老嫗移步窗邊，搖頭歎息，「那妖王果然有些手段，可以求得龍王親臨，想來已經得了封號和靈珠。」躊躇之間，忽然聽得一聲呼嘯，只見一道金光自沼澤深處飛升而上，轉眼隱入天際霞靄。

小落吃了一驚，心想，仙界靈珠怎麼可以交付給如此凶殘的妖怪？其行其性之惡，又豈會因為受了仙家封號就變了秉性？

「妖王得了仙家靈珠，功力必增，只怕頃刻之間就會發難，」老嫗沉吟片刻，「是非之地，不宜久留。」

「真的要走？」小落心繫鼉刖，知那妖王必定不會放過這眼中釘，正尋思如何示警，就聽老嫗言道：「那妖王雖得靈珠，但仍屬妖身，靈氣不純，想要完全吸納靈氣飛升仙界，一定要先長出角，化蛟為龍。小落，你再留在這裡，必然危險！」

小落自然明白老嫗所指，昔日媚十一娘擒她就是為討好妖王，而今妖王要想成龍，唯一的捷徑就是自己，若被妖王吞噬，必定永不超生，慘不可言。

老嫗見她猶豫，知其有所牽絆，「姊姊也知道你不捨得，奈何姊姊尚在重修真身，一步也離不開去，也不知道是否可以抵擋妖王之勢。速速帶上你的真身，走得越遠越好。」說罷，枯指一拈，手中多了一盆青翠欲滴的仙草。

小落接過花盆，心頭慌亂無措，卻不離去。

老嫗歎了口氣，捏了個驅風的口訣，霎時平地而起的一股旋風托起小落，飛旋而去。

老嫗目送小落隨風而去，心中稍定，遠眺沼澤深處，果然濁浪滔天，定是妖王出洞。既然小落已去，也沒必要和那妖王硬拼，於是使了個障眼法，幻化出一個人形傀儡，容貌與小落一般無二，再念動真訣，驅使那傀儡現身水榭之外，駕一葉扁舟沿岸徐徐而行。

妖王蛟戮靈珠在手，肆無忌憚，尤其惦記那可以使自己化身成龍的仙草之精，方才送走龍王，轉身就點齊手下小妖，氣勢洶洶而來，本想先毀去那來歷不明的水榭，吞食仙草之後再順勢格斃盤踞淺域的鼉怪，從此一統修羅澤，不料遠遠見那仙草之精出逃，尋思正好可以省些力氣，於是乘浪直追過去。

老媪見妖王中計，心中暗喜，作法驅使傀儡飛速逃逸，將群妖引向他處。

妖王蛟戮本以為唾手可得，不料到得近處，扁舟突然快如閃電向岸邊飛馳，料想這仙草乃土木之精，若是逃上岸，必定土遁而去，難覓蹤影，於是將身一抖，手臂暴長數丈，指爪戟張，自小落頂門扣了下去！

眼見就要得手，身旁乍現一柄黝黑的長鐧，來勢既快又狠！

蛟戮心知來人必定是那眼中釘，頓時惡向膽邊生，只想將鼉刖撕成碎片，一雪前恥。

兩人都是修行多年的異物，不差那通天徹地的本事，往來相鬥，修羅澤中頓時滔擁浪疾，眾小妖雖在周邊觀戰助威，也被兩人的真氣相激，震得顛三倒四，站立不穩。

二人本在伯仲之間，奈何妖王有仙家靈珠護體，鼉刖斷山鐧之力雖猛，卻卸去了十之七八，時間越長就越處劣勢，稍不留意，背心一寒，已被妖王利爪撕下一大塊皮肉，頓時鮮血噴湧而出。

妖王蛟戮得意非凡，正想好好折辱鼉刖一番，忽然一陣香風撲面，唯恐有詐，他慌忙跳出戰團。只見一個嬌小的身影一閃落在鼉刖身旁，正是仙草小落。

妖王大吃一驚，眼前貿然多出一個仙草之精，一時間真假難辨，只見先前追趕的那個正快步上岸，心道那個才是真的；為免有失，也顧不了受傷的鼉刖，一聲尖嘯，直取岸上的那個仙草小落！

眼見一擊得中，不料那仙草之精觸手而碎，手中只剩下一片巴掌大的鱗片，珠光流轉。

「糟糕！」妖王心知中計，轉過頭去，只見一道筆直的水線直射向遠處的枯竹水榭，卻是鼉刖現出原形，馱了小落突圍而出。

到嘴的鴨子飛了，任憑誰也嚥不下這口氣，更何況是暴虐成性的妖王蛟戮。當下妖王調遣小妖反撲而回，形成一個巨大的包圍圈，將水榭團團圍住！

說也奇怪，眾妖殺氣騰騰，奈何一接近水榭周圍就覺得渾身不自在，似乎那至冷至清的水中有什麼無形的阻隔，非但衝不進去，越靠近反而越乏力。雖然對妖王蛟戮影響不大，面對如此異象，他也不敢等閒視之。

小落扶了鼉刖避入水榭，見老嫗盤坐竹榻之上，拈指閉目，似乎已睡去。

「她是……？」鼉刖傷勢很重，眼見情況危急，竟還有人好整以暇地打坐休眠，實在是不合常理。

小落審視老嫗面龐，見其表情詳和，又見外面群妖為結界所阻不得入內，心中稍定，「這是我家姊姊，此時必定是用元神外化之術布下結界阻擋群妖。」言畢，發現那垂老面龐似乎比自己離去前豐潤不少，就連皺紋也淡化了許多。

小落心存疑竇，一時也沒頭緒，轉身檢查鼉刖背上的傷勢，只見一大片血肉模糊，深可見骨，心頭更是難受，「那妖王好生凶狠，居然下手這麼重……。」

鼉刖勉力笑道：「也不是……什麼了不起的傷……。」

「還在逞強。」小落咬咬嘴唇，眼圈有些紅了，「原本姊姊送我離開，再用傀儡術引開妖王，就是想避免不必要的傷亡，不料卻把你引了去……。」

鼉刖心念一動，沉聲問道：「你不是已經走了，還回來幹什麼？」

「我怕你……，」小落見鼉刖眼中盡是期盼之色，臉上微微一紅，改口道：「我是……我是擔心姊姊會有危險，所以才……。」

鼉刖如何不知道她言不由衷，若非惦記自己也不會甘冒奇險在妖王面前現身，心神激盪之餘居然忘了背後的傷，待到傷口抽搐，卻又痛楚萬分，身痛而心快活，著實是人生非常滋味。

小落哪裡忍心看他再受傷痛，不顧他的阻止，咬破中指，點滴青碧的血液落在鼉刖的創口之上。初時鼉刖唯恐此舉對小落有礙，尚有力氣反對，後來血液中的藥性發揮，生肌養血，人也很自然地枕著小落的膝蓋沉沉睡去。

小落流失不少血液，也覺疲憊、虛弱，然姊姊元神外化，鼉刖昏睡養傷，她也不敢休息。唯有強打精神，關注外面的動靜。

卻說妖王蛟戮不斷威逼麾下小妖逼近水榭，眾小妖懾於妖王暴虐，不得不拚死前行，奈何那水域中的無形之力絲絲侵入骨髓，微弱的妖力如同浸入水中的鹽塊一般，漸漸消逝。

眾小妖哀號四起，間雜慘叫數聲，被推在前面的幾隻小妖，妖力盡喪，現出原形，卻是些魚、蝦、螃蟹，在水中撲騰連連。

妖王蛟戮見狀，不由得怒火中燒，非但無退兵之念，更起爭鬥之心，越發高聲斥令眾妖進攻，不把眾妖的生死放在心上。

只可憐一干無辜小妖修行不易，而今被打回原形，再無妖力抵禦長久歲月侵蝕，掙扎片刻，均一命嗚呼，一時間水面浮屍無數。

也有些個小妖不願無辜喪命的，心存僥倖，倉皇出逃，卻被妖王蛟戮巨口一張，吸進肚內。

進退俱是死路，小落在水榭見外面慘狀，只覺遍體冰涼，猶如身處殺伐地獄，觸目驚心。

懷中鼉刖重傷昏睡，榻上的老嫗不知不覺間已變了模樣，原本衰老、乾癟的面頰豐盈如玉，似乎這一個時辰時光倒流，返老還童一般。

小落自然知道緣由，姊姊先前選定這濕瘴之地，就是為逐步吸取瘴氣，修補元神，然瘴氣有毒，只能循序漸進，先淨化再加利用，所以進展緩慢。而今妖王逼迫小妖來犯，小妖的妖力也來自濕瘴之氣，這般大量吸納，只怕不妙。

思量之間果然見姊姊原本安詳的面龐露出幾分痛楚，額頭的肌膚隱約出現絲絲裂縫，時開時合，猶如強弩之末，雖苦苦壓抑，卻不知還能支撐多久。

形勢凶險非常，小落心念此起彼伏，五內如焚。忽然，一聲長嘯，只見遠處的妖王蛟戮仰首朝天，一顆渾圓、光亮的金珠自口中升起。妖王蛟戮一心取勝，竟祭出了適才受天界誥封的仙界靈珠！

靈珠一現，水澤中頓時波浪滔天，數十丈高的水牆遮天蔽日，席捲著無數小妖、精怪向水榭直拍下來！

雖有結界庇護，這千鈞之力也壓得水榭嘎嘎作響，浪頭中的小妖哪裡受得住這無上神力，個個粉身碎骨，那小小水榭早被染成一片血紅！

一浪畢，一浪又起，自遠處席捲而來，而水榭下的水流卻飛快退去，露出泥濘的地面。

那浪頭越聚越高，似乎五百里修羅澤都積聚一路，來勢雖緩卻殺機重重，剩餘的小妖縱使再畏懼妖王蛟戮，也不敢立於危地，紛紛四散逃竄。妖王蛟戮也不阻攔，猶自手托靈珠，口中念動真訣。靈珠金光閃過，眾妖如同被施了定身咒般動彈不得，一面感覺身體漸漸乏力，一面惶恐地看著浪頭越推越近。

媚十一娘原本立於妖王蛟戮身邊觀戰，此刻也癱倒在地，看著蛟戮滿臉興奮、狂喜，大肆吸納眾妖溢出的妖力，如癲似狂，心頭驀然一寒，暗道，莫非大王連我也不想放過？她頓時萬念俱灰，只覺早知如此，何必當初，若非自己為博恩寵，打那小落的主意，也不會引來這五百里修羅澤的一場浩劫，更白送了自己性命……。

就在媚十一娘悔不當初之際，那水榭帷幕一開，一個綠衫身影出現在露臺之上，嬌顏慘白，步履無力，正是仙草之精小落！

妖王蛟戮眼見逼出仙草之精，不由哈哈大笑，收了神通，高聲喝問：「見識你家大王的霹靂手段，方知歸降否？」

小落面容憔悴，勉力提聲道：「我自知無幸，甘願歸降，但求大王開恩，莫要再作殺伐……。」

妖王蛟戮大喜，心想，那靈珠雖有無上神力，然而本王尚未化龍，駕馭之時方才需要大量吸收妖力，等吞了你下肚再對付水榭中人也好，免得滅光這修羅澤的妖怪，日後無人侍候反而不美。於是靈珠入腹，高聲吼道：「你既然歸降，本王也不需再勞心。自己過來，本王免你凌遲受苦！」

妖王收回靈珠，遠處巨浪平復，水面恢復如常，而周圍的小妖也得以苟延殘喘。眼見那綠衣小落步履蹣跚自水中蹚過，慢慢走向妖王，死裡逃生的小妖紛紛讓開道去，心中無不感念，見她慷慨赴死，或多或少有些不安。

卻說鼉刖傷重昏迷，恍忽間聽得小落在耳邊輕喚，睜眼卻見布帳、白牆，並非之前的水榭，仔細一看，居然是多日前救起那對新人的新房，綠衣小落坐在床頭，頭頂喜帕，而他的角度只能看到她含笑的菱角小嘴。

「小落……，」他起身抓住小落的手，「你沒事了？……妖王呢？」

小落輕笑一聲，「真是傻蛋，我倆大喜的日子，哪來什麼妖王、鬼王呢？」

鼉刖心頭一顫，雖然心中茫然，但也不由得欣喜若狂，「你……你肯嫁給我？」雖然憧憬過無數次與小落這般良辰美景，而今美夢成真，自然心中喜樂無限。

「那你願意麼？」小落悄聲問道。

「自然是一千個、一萬個願意。」鼉刖拉住小落的小手顫聲說道，「那你以後都會陪著我麼？」

小落蓋著喜帕的頭微微點了兩點，嬌嗔道：「蓋著這個玩意兒都悶死了，還不幫我揭了它？」

「哦……哦……！」鼉刖笨拙地應著，發覺手心裡全是汗，忙在腰上擦了擦，方才深深吸了口氣，緩緩揭開小落臉上的喜帕。四目相對，俱是溫馨、歡喜。

鼉刖貪看自己新娘的容顏，任小落緩緩引至桌邊。桌上有兩個杯酒，小落自己拈起一杯，把另一杯遞給了鼉刖，兩人合巹交杯，眼波交匯，說不出的旖旎、纏綿。

鼉刖只覺酒水入口清甜，看似一小杯，卻綿綿不絕，許久方才飲盡；入腹之後則有說不出的受用，就連背上的傷痛似乎也沒有感覺了，只是胸膛發熱，頭頂卻不知為何搔癢難耐！

「怪哉！」鼉刖驚詫非常，雙手按向頭顱，只覺得頭頂炙熱非常，似乎有一物要衝破頭皮鑽將出來！

他驚惶地抬頭看著面前的小落，正要詢問，只見鮮豔的喜帕翩然落地，微笑的小落如煙霧般消逝在眼前！

「小落！」鼉刖驚駭下高聲呼叫，發現自己正躺在地上，四周哪裡有什麼喜堂，依然是那間簡樸的枯竹水榭，旖旎風光只是南柯一夢。

和夢裡相同的唯有一點——小落已經不知去向。

而盤腿榻上閉目打坐的卻不再是雞皮鶴髮的老嫗，而是個二十出頭的年輕女子，容顏如玉，不似真人，額頭上密布細碎裂紋，似乎隨時都會裂成千萬微塵一般！

鼉刖面對眼前的變故，心頭驀然生出一絲難言的懼意，他惶恐地四下環顧，尋找小落的蹤影，哪裡還管妖王蛟戮是否盤踞在外。只是剛撩起水榭的帷幕，就覺得頭頂熱氣上衝，一陣劇痛，伸手一摸，卻發現頭頂多出一物，居然是一隻鋒利、尖銳的長角！

他居然會長角！

鼉刖不可置信地握住長角，下意識地撕開水榭的帷幕，眼前的一切如同鋼刀一樣插入他心頭！

他看到漂浮著妖怪殘肢的水域中，身形龐大的妖王蛟戮正張開血盆大口，將一個綠色的身影吸進腹中！

「小落——！」鼉刖發瘋似地衝了出去，身形如電，激起十丈高的水花！

妖王蛟戮正為吞噬仙草之精狂喜不已，就見一道飛射而來的水牆中紅光大盛，到得近處才發覺那是一雙血紅的怒目！

仇敵見面分外眼紅，更何況鼉刖親眼目睹妖王蛟戮吞噬小落，此番生死相搏比之當日勢力之爭更加凶險，拳腳、兵刃相鬥，每每兵器相抗，火星四濺，遮天蔽日。

一個自恃靈珠庇護，下手狠辣；一個痛失所愛，如癲似狂。

數百回合下來，各有損傷卻相持不下，到後來索性各自現出本相，糾纏、撕咬。蛟戮日子有功，早化身巨蛟，身長百丈，力大無窮。鼉刖雖不及其龐大，但機敏、矯健，更多出頭頂尖角相助，不落下風。

大澤之中濁浪滔天，呼嘯之聲震天動地，眾妖死裡逃生，逃避岸邊，個個戰戰兢兢，唯恐受池魚之殃。

蛟戮久戰不下，心中頗為焦躁，既已吞噬仙草之精，本當化身成龍才對，為何非但無神跡出現，對戰那低微的鼉怪還倍感吃力？越是犯嘀咕，就越覺得腹內翻騰不已，難受非常！

稍一遲疑，頓時空門大開，被鼉刖頭頂長角直穿胸口！

蛟戮吃痛，掙扎之際力大無窮，長尾擺處勁風淒厲，鼉刖躲閃不及正中腰腹，被掃得飛摔出去，砸在澤畔的山崖之上！

此傷雖重，鼉刖也顧不了許多，一心只想擊殺蛟戮，來得及救出被吞的小落，於是翻身又要撲出，卻見那妖王蛟戮嘶吼、呼嘯，在水中掙扎、沉浮，似乎瀕臨死亡！

鼉刖搖身一變，恢復人形，手中多了一把威力無匹的斷山鐧，雖腹、背俱有重傷，渾身浴血，也無損胸中的殺戮之意。

蛟戮將鼉刖掃飛，正要合身撲出將其絞殺，卻覺得腹中難受異常，似乎五臟六腑都被熔為一爐，當真是五內如焚。狂嘯、呼叫之餘，一物自腹中射出，竟是那顆天界靈珠！此刻靈珠早化為血紅，掉入水中，頓時水面如沸，捲起一道龐大的水龍捲直飛天際，就連那水中的枯竹水榭也被刮得支離破碎。一聲巨響，那靈珠發出耀眼的血光，碎為微塵，在泥水中消逝無形。

妖王蛟戮痛失靈珠，自知無回天之力，已存玉石俱焚之念，於是將心一橫，張開血盆大口，直撲岸上的鼉刖。

鼉刖見其來勢凶猛，閃身躲過，手中斷山鐧脫手而出，勢如閃電！

妖王蛟戮只覺喉頭一涼，鼉刖的斷山鐧已穿喉而過，將他死死釘在山崖之上！

蛟戮發出最後一聲哀鳴，聲震九霄，龐大的身軀重重摔打地面，地動山搖，最後口中噴出一大片黑色血漿，終於不再動彈。

眼見血漿中並無他物，先前又見識了靈珠的威力，鼉刖自知小落不可能復生，一顆心不由得沉了下去。百骸之中再無力氣，腹、背創口血如泉湧，鼉刖身子晃了晃，單膝跪地方才穩住身形，心中悲痛，卻是欲哭無淚。

四周塵埃落定，眾小妖唯唯諾諾靠將過來，遠遠拜服於地，七嘴八舌地奉承、阿訣，嘈雜一片。鼉刖似乎沒有聽見，心中空無一物，保持那樣的姿勢，怔怔發呆。

啪嗒，啪嗒……。

一陣細碎的腳步聲響起，漸漸來到鼉刖面前。

鼉刖心中泛起一陣奇異的感覺，不自覺抬起頭來，只見面前站著一個五、六歲的女童，赤腳著地，手上抱著一個被布蒙著的事物，身上胡亂裹著一件不合身的衣衫，看圖案花色，正是那水榭中老嫗所著服飾。

水榭已碎，老嫗自然無幸，何以衣服會穿在這女童身上？

只是，那又與他何干？

答應要永遠陪他的人不在了，再也聽不到她的笛聲了。

「你想活下去麼？」女童開了口，言語中無半點孩童的天真、爛漫。

鼉刖吸了吸鼻子，除了蛟戮屍身的血腥味，還聞得到自己身上的血腥味；血還在汩汩向外流，大概過不了多久，他也就和蛟戮一樣了。其實那樣也不錯，至少可以不用再去爭鬥求存了。

「你想活麼？」女童繼續問道。鼉刖本不想理會，不知道為什麼還是抬起頭來看了她一眼，繼而發現一件更為奇怪的事。女童身上沒有妖氣也沒有人的氣息，或者說，什麼也沒有，只是聽得見她的呼吸聲，看得到她的人，卻根本感應不到她的存在。

「你……是什麼？」若是平日，鼉刖必然會對這樣的未知之物有所忌諱，但此刻他已了無生念，也就直接開口問道。

「你可以叫我魚姬。至於我是什麼並不重要，重要的是我有辦法讓你繼續活下去，不至於傷重喪命。」女童蹲下身來，把手裡的事物小心放在地上，揭開包裹，卻是一盆白色的植株——雖然茂盛，卻無半點生機。「把這草吃下去，你就不會死。」

鼉刖的目光落在那盆白色幽草上，忽然，他面露驚詫，雙手捧起那花盆，顫聲道：「小落……這是小落……！」

自稱魚姬的女童稚氣面容微帶悲憫之色，「小落已經不在了，這只是她留下的法身，過不了多久也會枯萎。可以救你性命，相信她也會開心。」

「你胡說！」鼉刖早知小落無幸，但從旁人口裡說出來依然難以接受。心神激盪之下，創口更是血流如注。

魚姬見他這般傷心，雖然不忍，還是以實相告：「若非小落預先服下仙家劇毒——天人五衰，再引得妖王吞噬，毀去妖王腹中的天界靈珠，以你重傷初癒的狀況，如何一舉擊殺妖王蛟戮？」

鼉刖聞言，心中悲涼，沉默片刻，澀聲問道：「你知道得如此詳細，莫非……你就是水榭中那位老婦人？」

魚姬默然頷首。不料鼉刖右臂一伸，扣在魚姬手腕，「我聽小落說，你也曾服過『天人五衰』，既然你可存活至今，為何不救她？」

魚姬面色淒然，低聲道：「並非是我不救，而是當時元神外化，全力抵抗妖王來襲，已是強弩之末。小落知道妖王厲害，事先散去九成靈力助你煉就龍身，再服『天人五衰』與妖王同歸於盡。靈力一散，元神即散，就算不服『天人五衰』，也是救不回來……。」

鼉刖腦海激盪如五雷轟頂，驀然想起，夢境中飲下那杯連綿不絕的清冽酒漿，所獲的神角居然是小落以性命相贈，心中更是悲痛。他緩緩鬆開手掌，跌坐於地，喃喃唸道：「原來吞噬小落的不是蛟戮……而是我……。」

魚姬默默搖頭，這般情狀確實難以寬慰，只得柔聲道：「事已至此，你再傷心、難過也無補於事，不如先療傷，再完成小落留下的心願。」

鼉刖心中原本混沌難開，聽得魚姬言語，突然抬起頭來，「小落的心願？」

魚姬見他悲慟之中稍有振作，心中寬慰，「以你二人情誼，當知道她的心願為何。」

鼉刖思索良久，豁然開朗，左臂環抱花盆，勉力站起身來，自地上拔出那血跡斑斑的斷山鐧，步履蹣跚地走向澤畔那棵有著茂密樹冠的大樹。走過拜服於地的群妖身邊時，眾小妖誠惶誠恐地讓開道來，目送這五百里修羅澤的新妖王。

鼉刖走到樹下，深吸一口氣，大喝一聲。伴隨一陣地動山搖，碩長、突兀的斷山鐧已插入地面。眾妖為其氣勢所懾，紛紛拜服於地，鴉雀無聲。

鼉刖環顧四周，朗聲喝道：「從今以後，這五百里修羅澤不得再有恃強凌弱、層層傾軋之事，如有違背，本王的斷山鐧絕不相饒！」

群妖面面相覷，沉默良久，驀然爆發出一陣歡呼之聲。

魚姬立於妖群之外，默默看著鼉刖抱著花盆，緩緩靠在樹下，滿布血汙、傷痕的臉上緩緩出現兩道白痕，卻是淚水洗滌而成，而後帶著些許暗紅，滴落懷中幽草上，隱隱染作粉色。

魚姬心知鼉刖生性倔強，但事已至此，恐怕也無力回天。看著周圍群妖漸漸散去，她也不忍心繼續看下去，唯有默默轉身離去。

鼉刖輕撫幽草，仰頭深深吸了口氣。大亂已定，和風送暖，耳畔似乎又聽到那熟悉的草笛聲。

聽魚姬講完一千年前的舊事，明顏轉頭再看看風化的斷山錮後方，那流淌而出的幽泉，原來這就是妖王鼉刖的眼淚所化，心中不由感慨良多，「掌櫃的，那棵樹在哪裡？我想去看看當年小落和鼉刖的那棵樹。」

魚姬心中悲戚，搖頭歎道：「千年光陰，滄海桑田，哪裡還會留下？倘若當年鼉刖肯生存下去，說不定還會留在這裡守護那片修羅澤……。」

明顏沉默片刻，突然說道：「掌櫃的，你有沒有想過……也許他們還在這裡！」

「什麼？」魚姬不可置信地轉過頭來，莽莽荒原之中只有她與明顏兩人，夜風撫動遍野幽草，星光寂寥。

「掌櫃的，你聽聽。」明顏將手圍在耳畔，面帶微笑。

魚姬屏息靜氣，強壓下心中傷楚，側耳傾聽，只聽得泉眼流水潺潺；正感茫然之際，忽而又是風起，隱隱傳來嗚哩嗚哩的草笛聲，和流水聲相互應和。往日故地重遊都是心中悲切，從未有這等心境，而今聽明顏一提，豁然開朗，魚姬顫聲道：「這是……？」

「掌櫃的，你聽見了麼？」

「……聽見了。」魚姬含笑，面龐猶帶點點星光。

第六話

崑崙墨珈

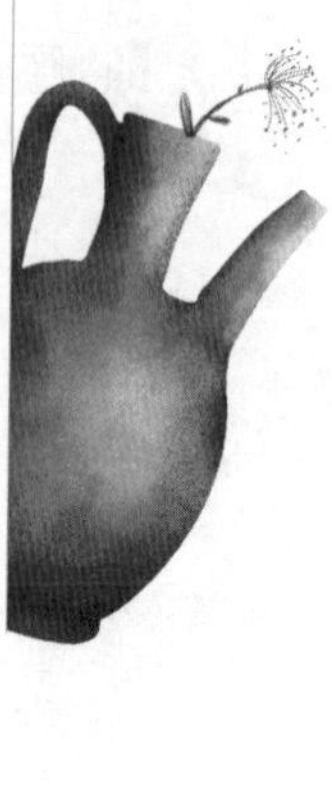

冬至。

汴京入夜，雖無朔雪風寒，然更深露重，街上早沒了行人。

魚姬待明顏放下門扉，關好店鋪，便吩咐她下去休息，自個兒移過櫃檯燈籠，摘下紗籠，用銀簪子挑了挑燈芯。那火苗晃了晃，燃得越發旺盛，店堂裡頓時亮了幾分。

明顏知道魚姬還要撥動算盤清一清白天的帳目，於是伸伸懶腰，穿過迴廊；行到半路就聽得院中藏酒的角落窸窣作響，心想，莫不是那痞懶狐狸又遁將回來打那酒水的主意？

正要高聲呼叫「抓賊」，卻聽後院外一陣人聲噪雜、腳步零碎，夾雜咣咣作響的銅鑼聲，在寒夜中分外刺耳，聽得仔細，喊的也是「抓賊」二字！

明顏不覺啞然失笑，心想，這臭狐狸倒是越活越回去了。正要開口奚落一番，就聽有人急促拍擊後院柴門，呼喝之聲很不耐煩。

「還不去開門？」魚姬不知何時已放下帳本立於她身後，卻是換了一襲睡裳，髮絲披散肩頭，一副已然就寢的模樣。

「哦。」明顏心中嘀咕，一面回應，一面走到門口拉開門上的木栓，門剛開出一條縫，就擠進幾條手持鋼刀、火把的大漢，看那身打扮，便知是衙門的差人。

最先進門的那個衙差好生無理，口裡喝斥：「閃開，閃開……！」順手一推，明顏一時沒有防備，差點摔著，心頭驀然火起，正要上前質問，就見門外陸陸續續擁進十來個衙差，都是鋼刀在手，舉高火把四處遊走、尋覓，似乎在找什麼人。

院落本不小，但一下子竄這麼多人進來，更顯擁擠不堪，加上火把密集，鋼刀雪亮，晃得院內亮如白晝！

適才推搡明顏的衙差想來早習慣官爺的架子，見魚姬立於一邊未有舉動，就粗聲喝問道：「你倆人大半夜的不睡覺，在這裡做什麼？」

明顏好氣又好笑，「這可是我們自家院子，你們半夜三更闖進來，倒還理直氣壯？」那衙差被搶白一番，好不著惱，高聲吼道：「好個牙尖嘴利的丫頭！我等乃是奉上命捉拿要犯，你二人在此諸多阻攪，可是想要包庇要犯？」言語呼喝之間似要上前動粗。

就在此時，一隻大手在他背後拍了拍，衙差氣焰囂張，猛地轉過頭去，「拍你娘的——」誰知看清身後之人，頓時矮了三分，即將爆出口的渾話立刻吞了下去，滿臉堆笑，點頭哈腰道：「頭兒，您老這邊請吶……。」

魚姬不覺啞然失笑，「好大的官威啊，龍捕頭。」

來人哈哈大笑，火光照出一張神采飛揚的臉來，正是這傾城魚館的常客，京城第一名捕龍涯。

龍涯帶笑抱拳，「見笑，見笑……。」一面走上前來，順便一腳踢在先前那衙差的屁股上。

那衙差吃痛，識相地閃到一邊，滿腹委屈，心想，不知為何馬屁總拍在馬蹄子上，討不了好處。

魚姬迎了上去，側身道了個萬福，含笑問道：「不知是何大事驚動了龍捕頭？」言語間聽得鄰家人聲鼎沸，響過幾聲瓦罐碎裂之聲，想來這巷子中的人家都讓衙差吵了個翻天覆地，雞犬不寧。

「適才丞相官邸鬧飛賊，有人見賊人逃到這片區就不見了蹤影，而今只是例行檢查。」龍涯見魚姬身著寢裝，青絲披散，渾然不似日間長袖善舞的精明模樣，在這深宵寒露中顯得溫婉、羸弱，楚楚可憐，不由心生憐惜，於是柔聲道：「平日裡都是在堂裡留戀，不想魚館的後門開在這巷子裡。都怪這班兄弟魯莽，驚擾了掌櫃的，這天寒地凍的，掌櫃的不妨先回房休息。」

魚姬何等伶俐的人兒，掩口一笑，「無妨，無妨，不知道我等可以幫上什麼忙？」

龍涯轉頭問詢，適才閃到一邊的衙差慌忙貼上前去，「這院子裡都看過，唯有角落裡那幾口大缸……。」

眾人目光均投向角落，見那幾口大缸口大肚圓，確實是藏身的好地方。

龍涯下意識地朝前走了幾步，正想揭開缸口的木蓋，明顏唯恐三皮躲在裡面，慌忙上前一步攔住，「且慢……！」

龍涯轉眼看了看明顏，捉狹一笑，「怎麼？莫非明顏妹子偷偷藏了個小情人在裡面不成？」

明顏臉上一紅，一時間居然不知如何應對。

魚姬啞然失笑，徐步上前，「龍捕頭休要拿我這妹子尋開心。那缸子裡封存的是新窖的離喉燒，明日正午才到開封的時間，時辰不到，走了酒氣，下次龍捕頭來可就拿不出好酒款待了……。」

龍涯哈哈大笑，連聲稱是。再四下看看，見手下眾人並無所獲，於是拱手道：「看來是無事，我等也要再去下條街查問。深夜相擾還請見諒，掌櫃的也請安歇，明日再來貴店叨擾。」說罷，示意手下離去。

眾人紛紛退出院外，明顏鬆了口氣，聽眾人走得遠了，方才關上院門，走到缸邊拍拍木蓋，「人都走了，還不出來？」

木蓋應聲而開，只是鑽出來的並非三皮，而是一夜行裝扮的蒙面男子。

「你是何人？」明顏失望之餘頗為惱怒，言語間自然不會客氣。

那男子看看兩人，摘下蒙面的黑布，雖是個二十四、五的青年男子，眉宇間卻有些滄桑。「在下風麒麟，多謝兩位代為隱瞞，後會有期！」說罷，自缸中翻出，正要提氣躍出牆外，就聽耳邊風聲呼嘯——一顆小石子擦臉而過，落在地上。

風麒麟立住身形，轉過身來，只見魚姬坐在酒缸之上，好整以暇地把玩著手中一件墨色玉佩，喃喃稱讚：「果然是塊寶玉。」

風麒麟大吃一驚，伸手探入懷中，頓時出了一身冷汗。貼身收藏之物果然已落到對方手上！

「你是何人？」風麒麟眉頭微皺。自己縱橫江湖多年，少遇敵手，能夠片刻間自懷中竊取寶玉的，自然不是一般人物。

魚姬淡淡一笑，「這塊寶玉甚是難得，拿來掛在店裡倒也大方得體。明顏，送客。」

「啊，合著你還想黑吃黑啊？」那風麒麟面色不太好看。明顏在一邊早已憋不住笑，心想，這小賊此番可是倒了大楣。

「那倒不至於，你這玉何處得來？如實相告或許還可以考慮還給你。」魚姬仔細端詳手中寶玉，臉色漸漸凝重。

風麒麟別無他法，只得據實以告：「此玉乃是盜自奸相蔡京府中，煩請姑娘歸還。」

魚姬冷笑一聲，「好個蔡京，凡夫俗子居然得取這等仙家靈物，也不知做了多少傷天害理之事！」

明顏聞言奇道：「不知這玉是何來歷？」

魚姬搖頭歎息，「此玉色澤如墨，觸手生香，本是崑崙山上玉精血氣結晶，尋常便是只有米粒大小的一顆，長期佩戴也可益壽延年。此玉佩渾然一體，歷經雕琢，也足有巴掌大，可見玉胚更是難得，若是玉精被剝取如此厲害，只怕性命不保……。」

風麒麟聽魚姬款款而談，說起這寶玉來歷，大有唏嘘、憐惜之意，心頭暫且一寬，上前抱拳道：「姑娘既知這寶玉來歷，煩請賜還，也好讓在下趕回崑崙，若是僥倖救得摯友性命，他日自當上門拜謝。」

「你那朋友就是這寶玉之精？」魚姬沉聲問道，雙目炯炯。風麒麟面色坦然，並非信口胡謅。

那男子點頭稱是，面露悲戚之色，「他的名字叫墨珈……。」

風麒麟本是江湖中名聲大噪的綠林大盜，走南闖北，四處做下不少案子，由於物件多是權貴、巨富，早已驚動官府，數年間高居懸賞榜首位。

整件事當從去年暮春時分說起，那時風麒麟被京城第一名捕龍涯千里追緝，大戰數百回合未分勝負，但龍涯刑部權杖在手，可調當地官衙協助，時間一長，風麒麟也覺難纏。為了結束這樣的僵持局面，風麒麟取道西南，一味朝那密林之地出逃，終於在貴州的苗嶺地界甩開緊咬不放的龍涯。

雖已脫險，風麒麟仍恐官府耳目眾多會露了痕跡，索性遁跡西北邊陲，一路優哉游哉，全當遊歷、散心，想等風聲不那麼緊了再作打算。

一路信馬由韁，不知不覺來到崑崙山地界。

崑崙乃是上古仙山，聚天地之靈氣，集乾坤之造化，山中頗多奇花異草、珍禽異獸、精靈神怪。

山中更是盛產寶玉，其中上上絕品玉色如墨、觸手生香。凡人若有幸得之，貼身收藏，則可病邪不侵，延年益壽。只是玉脈深藏山中，少有人取得，索得米粒大小的一顆，已是天大的運氣！

雖然只是細小如米粒，由山下專門收納玉石的玉商轉手而出，也值黃金萬兩。然而寶玉難求，也只是有價無市而已。

不過崑崙山中寶玉尚有羊脂、青白、煙青、翠青、糖玉等上品，上佳玉胚得能工巧匠精心琢磨，方能製成價值連城的精雕美玉。

是以無數玉商、玉販雲集崑崙，只需出低微酬勞，便可雇得當地鄉民入山發掘。

然而寶玉往往深藏山腹，包裹於花崗岩壁之中，若非覓得玉脈，人力不可能挖掘。倘若運氣尚佳，入得山腹中交織參差的溶洞，也有可能取得岩壁淺藏的玉石。

只是萬千溶洞峰迴路轉，進去很容易迷失方向，再走得深入一些，空間狹窄，轉身不易，明明前方尚有甬道卻無法深入。如若不慎，卡在石壁間動彈不得，又無外力相助，往往就此窒息而亡。

這採玉的行當自有風險，然民生艱難，也有不少人為一家老小鋌而走險，其中辛酸非旁人所能知曉。

入山採玉風險極大，倘若一家中的主要勞力折損山中，玉商賠付苦主的安家銀錢自然不少。精明的玉商更願意雇用十餘歲的孤兒入山採玉，孩童身形尚未長成，動作靈活，略為狹窄的洞穴也擠得進去。

待取得上好玉片，也可以欺其年幼，壓低價錢。

退一萬步，就算出不來，孤兒無依無靠，也省下不少撫恤費用。

無良奸商的如意算盤昭然若揭，只可惜崑崙地處吐蕃、大宋交界，時有戰亂、衝突，留下不少無父無母的孤兒。對他們來說，世道艱難，謀生更為不易，也只得任由奸商差遣。

山腹之中地貌險峻，許多採玉孩童三餐不繼，體力虧損，稍有不慎就摔落深淵，枉自丟了性命。此舉猶如祭祀山神一般，所以世人也把這類採玉孩童稱作「玉貢子」。雖時有玉貢子殞命深山不見回返，仍有不少無依無靠的孩童前仆後繼，際遇無奈也是時事造就。

風麒麟在崑崙山下的小鎮覓了一客棧住下，傍晚時分正於店堂用飯，就聽外面敲鑼打鼓，好不熱鬧，於是走到門口一看，只見街上人潮擁擠，簇擁著一個十二、三歲的少年。那少年衣衫襤褸，神情有些慌張，面對眾人熱情，不知所措。

風麒麟正覺蹊蹺，就聽得旁邊小二言道：「都說這小子死在山裡了，居然毫髮未傷地回來，真是命大……。」

言語間街口轉過十餘人，大多是短打打扮的壯年漢子。為首的一人高鼻深目，絕非中土人士，看其服飾，倒有幾分像是往來經商的波斯胡人。

一干人行色匆匆，行到近處，前面早被人群圍得水泄不通，那群短打漢子個個彪悍、精壯，一上去就連連推搡，高聲呼喝，周圍的人好像很畏懼這幫人，慌忙閃開，讓出條道來。

那波斯胡人腳步急促，到了先前那少年面前，大手抓住少年肩膀，神情甚是急切，「錢勒德，你是如何出來的？東西呢？」語調雖有幾分怪異，但發音清晰，看來也是久居中土之人。

名叫錢勒德的少年叫聲「湯老爺」，怯生生攤開手掌，髒兮兮的掌心上有米粒大小的一物，雖色濃如墨，卻閃爍別樣光華。此時夕陽仍在，餘暉耀眼，竟不能奪那物之光華！

眾人皆是眼前一亮，風麒麟昔日做下不少大買賣，自然識貨，認得那少年的手中之物正是崑崙山中的絕品墨玉！

被稱作湯老爺的波斯胡人眉飛色舞、手腳發顫地接過玉粒，嘴角翕動，口中唸唸有詞，全是波斯語言，想是激動萬分。不多時，忽然想起什麼似的，伸手拉了少年就走。

胡人身邊的跟班打起精神，一面驅趕圍觀眾人，一面護著胡人和少年揚長而去，轉瞬間已消失在街角。

風麒麟向來無寶不落，見得這種奇珍，焉有放過之理？於是若無其事跟了過去，打算一探究竟。

眼見那群人進了一處莊園——不外乎就是些毫不講究的磚牆、土堡，只是外牆高逾五丈，內外都是精悍漢子往來巡邏，守衛森嚴。

風麒麟暗罵一聲娘，只得閃在一邊，等到天色盡黑方才施展輕功，如同一隻奔走牆頭的野貓，神不知，鬼不覺，落在一處屋頂，再一翻身，已經倒掛簷頭，正好可以窺視屋內情形。

那屋子想必是胡人的帳房，格架、書桌、文房四寶、算盤具備。只見燈光下那波斯胡人正興高采烈地吩咐下屬準備工具，不多時又有手下來報，說又募集了三十名鄉勇、壯丁，詢問湯老爺是否要去前院看看。

湯老爺不耐煩地揮揮手，讓人給新來的人手發放衣物、工具，而後全安排在護院大房住下。只等天一亮，這些人就要由那名叫錢勒德的少年帶路，進山採玉。眼看事情準備停當，湯老爺自是眉飛色舞，一副躊躇滿志的模樣。

錢勒德立在那裡，神情頗為局促，不敢言語。

帳房客位上還端坐著一個鬚眉皆黃的番僧，起初尚且眼觀鼻、鼻觀心般靜坐入定，等到那胡人的手下一一退了出去，方才抬眼和那胡人嘰裡咕嚕言語一陣，而後拿出一把匕首來交給那被稱作湯老爺的波斯胡人。因為說的全是異族言語，風麒麟自是不懂，心想，怎生又冒出這麼個大和尚來？看他樣貌和那胡人倒是有幾分相似，若不是光著頭還穿這身行頭，一時間也不好分辨。

不過說來也不奇怪，異族人的樣貌和漢人大不同，都是高鼻深目，看起來也沒多大分別，難怪會覺得看上去都差不多，反之亦是如此。

湯老爺聽得番僧言語，嘴角露出幾絲笑意，起身走到錢勒德面前，將那匕首遞給錢勒德。風麒麟本想細聽，卻聽得腳步聲響，而後兩個巡夜護院自廊下走過，風麒麟擔心被護院發現蹤跡，於是將身隱在簷下，等到那兩人走得遠了，方才再次靠近窗邊繼續偷聽。

只聽得湯老爺對錢勒德說道：「巴舍爾聖僧的話你都記好了？這次的事情要是辦得好，自然不會虧待於你。這麼多年來我一直到處經商，沒有子女，很需要一個機靈、懂事的人來幫我打理生意。至於你是不是夠懂事，就要看你怎麼做了⋯⋯。」

錢勒德自然不會聽不出湯老爺的弦外之音，但拙於口齒，不知如何應對，只是跪地便拜。湯老爺哈哈大笑，將錢勒德扶起身來，吩咐他下去休息。

風麒麟掛在簷頭，等到下面眾人各自回房安寢，方才輕輕落在地上，以手中匕首挑開門閂，進了書房。一番翻箱倒櫃，沒找到先前那粒墨玉，反倒翻出一些銀票、碎銀。

風麒麟暗罵一聲晦氣，本想就此捲走銀錢，轉念一想，明日這班肥羊要入山採玉，索性混在人群中，反正那批新來的人也不少，根本不怕被人認出來。等採到寶玉，就來個黃雀在後，諒這班傻大個也不是自己的對手。

打定主意，風麒麟也不去動那銀錢，不動聲色地將屋中一切復位，小心關上房門，將身隱在牆角。

不多時，看到兩個護院巡邏到附近，風麒麟躡手躡腳跟將上去，一把捂住後面那人的嘴，掉轉手中匕首手把，重重敲在那人太陽穴上，瞬間已將他敲得昏厥過去。

風麒麟做慣這等行當，駕輕就熟，力道均準，尋常人挨得他這兩下，只怕得昏睡個兩、三天才醒當過來。

前面那個護院渾然不知同伴已被放翻，猶自朝前巡邏，幾步後便轉過牆角。

風麒麟見他去得遠了，忙將暈厥的護院拖到院角的馬廄背後，三下五除二，扒去他身上的護院服飾換上，順便搬來草料將那人遮了個嚴實，再抓把泥土在臉上抹了抹。

先前那護院走著，走著，發覺同伴不知去向，忙回身尋找，見風麒麟杵在馬廄，只道同伴在那裡小解，訕笑呼喝：「老子當你讓山貓叼了去，原來在此放黃湯……。」

風麒麟胡亂應了聲，兩人繼續巡邏，不多時，有人換班，便隨同伴去護院大房睡下，一夜無話。

三更時分，就聽那湯老爺在院子呼喊、催促，眾人聞聲而起，胡亂用了些糕點，就在湯老爺的帶領下魚貫而出，直奔崑崙山。

錢勒德睡眼惺忪、行動緩慢，湯老爺尋寶心切，恨不得生出翅膀直接上山去，時不時對其喝罵、踢打，錢勒德只好強打精神領著眾人翻山越嶺。

風麒麟塗黑面孔混在一干新人之中，雖不至於被人認了出來，唯恐節外生枝，是以故意磨磨蹭蹭走在最後。

初時天色昏暗，還需火把引路，走到半山腰，天色漸亮，四周青綠、蔥鬱，鳥語花香，更隱隱見到流泉、飛瀑，當真美不勝收。

風麒麟暗歎造化神奇，心想，也只得這等風水寶地才養得出那絕品美玉。料想不用多久就可以取得寶玉，心情更是舒暢非凡。

誰料一行人在山中轉悠了好幾個時辰，依舊沒找到錢勒德所說的藏寶地，眼看日已過午，湯老爺更是焦躁不安，不斷追問錢勒德地點所在。

那少年也是困惑非常，明明下山之時沿路留下記號，帶了這麼多人來卻是蹤跡難尋。無奈之下只好就地紮營，扯起帳篷，埋鍋造飯。湯老爺依舊不死心，一面斥責錢勒德沒記性，一面招呼護院四下尋找。幾十人分頭在山中搜索，可惜山高林深，除了驚擾山中飛鳥、野兔，別無所獲。

風麒麟跟著周圍幾人走了一圈，回到營地又見湯老爺揪住錢勒德訓斥，偶而聽到兩人說什麼玉精、烏有鄉、墨珈之類的字眼，依然不得要領。

初時尚且五人一隊，搜尋之餘還時時防備著山中猛獸，幾天下來倒也太平。只是一無所獲，湯老爺的臉色也就越來越難看。

折騰數日後，為擴大搜尋範圍，分工更為細化，改為兩人一組，向著深山逐步擴展範圍。

風麒麟眼見事無進展，心中焦慮，平日裡和眾人一道搜尋也分外賣力。

這天風麒麟和一護院結伴而行，因搜尋目標較往日更為遙遠，回程之時天色已然漸晚。

臨近懸崖，山路本就崎嶇難行，雖然點上火把照明，但山風凜冽，火炬搖曳不定，更顯得四野昏暗。那護院只是尋常壯漢，不像風麒麟自幼習武、耳聰目明，一路行來許久不見營地早就忐忑不安。聽暮色中鴞鳥、山獸怪叫幾聲，行動愈見浮躁、慌張，一腳踏空，失足墮下！

風麒麟原本走在前面，突然間身體失衡，卻是那護院墮下之時一手抓住風麒麟右腳！風麒麟未有防備，連帶摔了下去！只聽得耳畔風聲呼嘯，夾雜那護院的慘叫之聲，風麒麟心知凶險，雙手到處亂抓，只求可以搆著可攀之物保住性命！

天可憐見，風麒麟手臂果然搆到一些山崖藤蔓，暫時穩住身形。黑暗中聽得一聲沉悶響聲，那護院的慘叫聲戛然而止，想是撞到谷底，一命嗚呼！

風麒麟驚駭之下冷汗淋漓，緊緊抓住手裡的蔓藤不放。那山藤原本就不十分粗韌，適才救得風麒麟性命已是強弩之末，只聽一個脆響，山藤斷為兩截。風麒麟抓著手中半截藤條直摔下去，砸向地面！

未及慘呼，他只覺得右腿劇痛，半身酸麻，頓時天旋地轉，不省人事。

不知道昏迷了多久，風麒麟悠悠醒來，天色已然全亮。四周都是雜草、矮樹，那護院俯臥在不遠處，紅紅白白，血肉模糊，早就沒了性命。

風麒麟暗道僥倖，但稍稍動彈就痛徹心扉，好不容易坐起身來，只見右腿褲腿烏紅一片，想來已經摔折；陣陣劇痛襲來，一身早已汗濕！

抬頭仰望，這懸崖高逾百丈，先前墮落之處早隱在山間薄霧中，此番大難不死，當真是天大的運氣。他喘息幾聲，高聲呼喊，然而山谷空空，回聲激盪，在這深山老林中實在是微不足道。營地遠在十餘里外，不可能有人聽見他的呼叫。

風麒麟是見過風浪的人，求救不成當思自救。他伸手在腰間一摸，匕首尚在，心中稍稍平靜，心想，須得先行接好斷腿，再作打算。

他四下張望，瞥見旁邊不遠的矮樹，於是勉力爬將過去，用匕首砍下三根杯口粗的枝幹，再撕下衣襟結成布條，忍痛將斷腿扶正接合，並用枝幹夾穩，拿布條包裹纏定。一番辛勞、疼痛，總算處理停當，他另砍了一段長樹幹當做拐杖，總算勉力站了起來。但斷腿疼痛難耐，就算拐杖在手依舊行走困難，折騰了數個時辰方才走出數十丈，傷口扯動，血流不止。

風麒麟深知處境凶險，倘若多耗些時間，等到體力用盡，別說這條腿保不住，只怕性命也難保。這崑崙山如此巨大，定有不少豺狼虎豹，這個時候碰上，當真是避無可避。思慮及此，更是強打精神，一瘸一拐挪動腳步。

山中氣候原本就難以捉摸，適才還晴空萬里，轉眼間就風雨大作，電閃、雷鳴，瓢潑大雨澆得人寸步難行。

風麒麟本就受了重傷，哪裡還經得如此暴雨摧殘？好不容易覓得一棵枝葉茂密、環抱粗的大樹，便靠在樹下暫避。然而全身濕透，斷腿處被泥水一泡，越發痛楚難當，加上又累又餓，昏昏沉沉，性命已去了一大半！

雨一連下了好幾個時辰，終於漸漸消停。風麒麟昏昏沉沉睜開眼來，只覺得身上乍冷乍熱，他知曉是風寒借傷入體，凶險非常，卻無能為力。恍惚間想起前事種種，不由悔不當初；若非動了貪念來蹚這趟渾水，此刻應在城中吃喝玩樂，風流快活，也不至於落到如斯境地？

正在自怨自艾，突然聽得一陣哀鳴，似乎有什麼野物受了重創，正在垂死掙扎。

知道自己避無可避，風麒麟索性循聲望去，只見數丈開外的草叢中蜷著一團黝黑的物事，定睛一看，居然是一頭半大的長臂猿猴，牠一身毛色黑亮，只是右腿鮮血淋漓，陷在一隻鐵齒夾中動彈不得。鐵夾鏽跡斑斑，也不知道是多少年前留下的，或許安置鐵夾的獵戶早已作古。但這畜生不走運，踩中陷阱，脫不了身。

風麒麟重傷在身，流血過多，加上久未進食，早已飢腸轆轆，而今見那猿猴中了陷阱，動彈不得，不由得一喜，尋思上天待己不薄，這般絕境還送來果腹之物。於是抽出匕首，勉力挪了過去。

那猿猴見了風麒麟，越發驚恐，嗚咽、哀鳴不絕，似有哀求之意，一雙圓溜溜的眼睛淚眼汪汪。

見這般情狀，風麒麟沒來由地動了惻隱之心。牠也傷了右腿，這般畏懼、乞憐，便如現在的自己一般。就算宰了這畜生果腹，也依舊走不出這叢林莽莽，又何苦再傷條性命？

思慮至此，風麒麟趴在地上，將匕首插在一邊，伸手去扳那獸夾。鐵夾長年累月置於荒野，日晒雨淋之下機簧早已鏽蝕，風麒麟重傷又虛弱，哪裡有力氣將它扳開？幾番努力，早累得氣喘吁吁，頭暈眼花。

那黑猿甚通人性，知道風麒麟此舉是在救助自己，於是強忍疼痛，不再嘎嘎叫喊。

風麒麟趴在地上歇息片刻，突然想起旁邊的拐杖，於是扯過拐杖，插在鐵夾中間，全力一撬，那鐵夾終於受不住外力，「啪嗒」一聲斷為兩塊。

因為用力過猛，風麒麟只覺右腿鑽心之痛襲來，腦子裡「嗡」的一響，隨即又暈了過去！

待風麒麟再次悠悠醒來，只見夜幕繁星，已是晚上了。

此時腿上的傷口似乎沒那麼疼痛，他動了動手指，突然發現一隻毛茸茸的手掌在輕輕拍打他的臉。

眼前只見一雙圓圓的眼睛，卻是先前陷在獸夾中的黑猿。

風麒麟先是一驚，然後釋然。想來這黑猿也無惡意，要不然在昏迷之時，自己早就折在牠手上。

看到風麒麟醒來，黑猿似乎很是高興，兩隻手掌啪啪對拍，叫聲清越、歡快。

「你醒了？」一個甚是溫柔的聲音從身後傳來。風麒麟轉頭望去，只見星光下立著一個高約九尺的男子。他皮膚黝黑、發亮，一頭黑髮捲曲盤旋，軀幹上覆蓋著一層光滑、纖長的黑色鳥羽，在星光下灼灼生輝，乍然一看，還以為是裹著寬大的袍子。男子裸露的腳踝各套了幾個金環，右手戴著白色手套，上面星星點點綴滿了閃亮的寶石。

若是平時，風麒麟看到這樣一個人一定會驚詫萬分，甚至莫名敬畏，此時此刻風麒麟卻覺得很平靜，因為那個人面上帶著讓人感覺很舒適的微笑。

「你是……？」風麒麟緩緩站起身來，喃喃問道。此時他心中安詳，尤其是看到這個人的時候，腿上的疼痛似乎也漸漸消失了。

「我叫墨珈。」那男子笑了，眼睛大而明亮，黑白分明，微微一笑，露出幾顆潔白的牙齒，看起來既光芒萬丈，又帶著些許孩童的羞澀。

「泡泡不慎遇險，幸虧有你相救，我等不勝感激，故而冒昧邀請你到我們烏有鄉做客……。」墨珈戴著寶石手套的右手按在胸膛，微微彎了彎腰。風麒麟走南闖北，見識過不少風土人情，知道這是某些西域部族對待上賓的禮儀，不由得感到受寵若驚，慌忙抱拳還禮。

那黑猿咕咕歡叫幾聲，伸出手來拉住風麒麟的手掌，殷勤地打著手勢，示意風麒麟和他們一起去。

原來你叫泡泡？先前聽湯老爺和錢勒德那小鬼唧唧咕咕，難不成說的那個墨珈就是眼前這個神奇的男子？而那烏有鄉定然就是傳說中的藏寶地。一面思前想後，一面已經攙著黑猿泡泡的手朝前走去。

墨珈見他跟了上來，自然走在前面帶路。他們所到之處，樹木像是有了生命般紛紛讓開道來，走過之後則迅速恢復原狀。

一路行來，風麒麟驚奇地發現，不光是腿傷不再覺得疼痛，就連泡泡的腿也恢復了原狀，心中更確定自己所見的一切皆是神奇異象。

穿越大片樹林，沒過多久，眼前出現一片開闊的山谷平地。

只見那山谷綠蔭蔥蔥，繁花似錦，山石圓滑迴異。

種種不知名的植株、藤蔓相互糾結，沉甸甸的果實壓彎枝頭，幾乎垂到了地面。谷中尚有飛泉、流瀑，在星光下叮咚作響，萬千水花飛濺開去，隱入瀑布下的小水潭，不時有游魚躍出水面，更激起水花陣陣。許多野兔、山鹿、松鼠之類的小獸在林間悠然遊走，見來人居然也不驚走，自有一番恬靜、泰然。

風麒麟打小就在外闖蕩，嘗盡世間顛沛流離，而今遁入這化外仙境，聞到周圍馥鬱花香、果香，看到這絕美景色，幾乎懷疑自己身處夢中。

行到近處，只聽歡呼陣陣，迎面跑來孩童數十，見了墨珈和黑猿泡泡無不興高采烈。這些孩童大的十四、五歲，小的也不過八、九歲，個個面目豐盈，精力旺盛，雖然衣衫殘破，全然不似山下的市井小童般愁苦、無依。

墨珈微笑著，一一擁抱每個前來迎接自己的孩童，臉上盡是寵溺，儼然是一位慈愛的父親。

等到遣開所有孩童各自玩樂，墨珈方才轉過頭來招呼風麒麟。幾個孩童捧上瓜果，此時風麒麟方覺飢腸轆轆，便顧不上許多，放開肚子吃了個飽。

這山中之物無不靈氣沛然，就連尋常瓜果也遠比外界的甘甜、肥美。

風麒麟飽餐一頓，心中舒暢非常，與墨珈言語交談，方才知曉那群孩童俱是被差遣入山尋玉遇險的玉貢子。墨珈見他們命不該絕，就一一帶回這烏有鄉，慢慢治好傷勢。

玉貢子大多孤苦無依，身世堪憐，墨珈對他們視如己出，呵護有加。一大家子避世在這烏有鄉中，以山間果實、菌類為食，與林間飛鳥、靈獸為伴，渴了可飲山間甘泉，睏了自有山間溶洞遮風、擋雨，日子過得逍遙又自在。

山居歲月悠長，偶而有一、兩個思念山下的生活，離開烏有鄉，但被救回的孩童數目也是有增無減，不知不覺已有數十人之多。

平日裡追逐遊戲，快樂無憂，更以山中藤蔓、植株造就遊樂之所，可供攀爬娛樂。終日只聽得到眾孩童的歡聲笑語，而無外界俗世的愁雲慘霧。

風麒麟也欣然留下，與墨珈和眾孩童為伴，早將俗世之念拋在九霄雲外。誠然，有這等世外桃源，誰願意再去回想那刀口舔血的亡命生涯？

墨珈生性內斂，言語溫柔且能歌善舞。

清音寥寥，如同天籟絕響，吟唱間往往引得空中飛鳥群起盤旋、翱翔，黑猿泡泡不時起舞助興，引得眾人鼓掌喝采。

這般逍遙、快活的日子過得很快，轉眼間風麒麟已在烏有鄉盤桓十餘日，他與眾人相處得非常融洽，尤其已與墨珈、黑猿泡泡成知交，每日放歌、遊戲，或是談論以往見聞、逸事，甚是愜意、自在。

有時孩童頑劣，捉弄風麒麟、墨珈二人，二人也不以為忤，與眾孩童玩樂、嬉戲，無憂無慮。

一日，眾人在林間採摘野果，隱約聽到一陣啼哭之聲，風麒麟隨墨珈走出烏有鄉外層層遮罩的密林查看，只見一個瘦弱、單薄的少年趴在草叢中，腳上夾著一個獸夾，傷處皮開肉綻，鮮血淋漓，身邊則倒著一個竹簍，散出幾枚草菇。

風麒麟識得這片樹林正是先前救得黑猿泡泡的那片林子，想來這個少年是採菇途中不慎碰到陷阱。

這片林子蒼莽、幽深，人跡罕至，當日自己在此疲於奔命，許久不曾見得一個人影，若非僥倖遇到黑猿泡泡，只怕早就殞命於此！

那獸夾黑亮、犀利，並非年代久遠之物，難道數日間又有獵人入林新設陷阱？

風麒麟心中狐疑，未有舉動，只見墨珈歎息連連，快步上前，雙手扳住鐵夾，想要將其扳開，救出那個被困少年。那少年見人來，越發哀哀乞憐，但鐵夾堅固異常，居然紋絲不動。

風麒麟也不好袖手旁觀，走上前去，讓墨珈暫時讓在一邊，雙掌緊扣獸夾兩側，運氣雙臂，勁力急吐，斷喝一聲，鐵夾應聲而開！

一旁的墨珈面露驚歎之色，唯恐風麒麟支持不了多久，慌忙將少年的傷腿自鐵夾中拉了出來。

風麒麟雙手一鬆，將鐵夾拋到一邊，蹲下身去檢視少年傷處，發覺只是皮肉破損，並未傷及骨頭。適才接觸那鐵夾，將其扳開煞費力氣，可見機簧甚緊，咬合力驚人，便是山中猛獸陷入其中也不免骨折，這少年年幼、體弱，骨頭會比猛獸更硬不成？

風麒麟心中犯疑，轉身拾起那鐵夾，正要端詳仔細，卻聽墨珈語氣甚是驚訝，「小錢，怎麼是你？」

風麒麟心中一凜，定睛一看，那少年正是當日為湯老爺引路尋玉的玉貢子錢勒德。

「小鬼！」風麒麟知曉墨珈與湯老爺所尋的寶玉淵源極深，而今在這裡見到錢勒德，更覺事有蹊蹺，於是揪住錢勒德的衣襟將其提了起來，「你不是和湯老爺一起尋玉麼？來這裡作甚？」他久歷江湖，性情剛直，此刻疑慮重重，言語自然不客氣。

那錢勒德認得風麒麟身上的衣衫乃是湯老爺手下專用，見風麒麟言語不善，面色難看，不由驚懼交加，顫聲道：「沒有……不是……。」

墨珈見風麒麟突然變色，舉動粗魯，也是一驚，「風兄這是為何？有話好好說，別嚇著孩子。」

風麒麟見錢勒德閃爍其詞，疑心更盛，「墨兄有所不知，這小鬼與那專門販玉的波斯胡人為伍，勞師動眾耗在山裡，就是為了探尋烏有鄉中絕品墨玉，而今在此出現，多半有詭計。」

墨珈聽得風麒麟言語，心中雖有不安，也不忍心看那錢勒德吃苦，於是柔聲討饒：「風兄不必太過緊張，小錢只是個孩子，不妨先將他放下來，再好好詢問。」

那錢勒德見墨珈求情，慌忙哭泣告饒：「我早就沒有和湯老爺一起了，他老是打我、罵我……我進山來是採蘑菇的……。」

風麒麟也見過湯老爺打罵錢勒德，便半信半疑地鬆開手來。

有墨珈在身邊，錢勒德傷腿雖未復原，卻已不覺疼痛。那錢勒德甚是伶俐，見墨珈待自己頗為親厚，便抱住傷腿在地上翻滾、哭泣，那般可憐情狀便是鐵石心腸也看不下去，更何況是一向心善，見不得孩童悲苦的墨珈？

雖然從沒有選擇離開的人重新回到烏有鄉的先例，但在墨珈看來，錢勒德腿上帶傷，行走不便，把他放在這裡只怕會被山中野獸叼了去，唯有破例將他帶回去，治好傷再作打算。

風麒麟雖然不贊成，但畢竟客隨主便，不好置喙。何況這小鬼雖處處透著詭異，到底年幼，當真扔他在這裡自生自滅也是不合情理。

錢勒德一瘸一拐，墨珈本打算背他回去，風麒麟怕他耍花樣，主動上前言道：「兄弟皮糙肉厚，粗長一身蠻力，還是我來背比較穩當。」

錢勒德雖懼怕風麒麟，見墨珈首肯，只得趴在風麒麟背上，但不免渾身發顫，一顆心幾乎從腔子裡蹦躂出去。

風麒麟背著錢勒德，跟在墨珈身後穿越密林，回到烏有鄉。

一路上風麒麟聽錢勒德心跳如雷，想是萬分懼怕自己，若非其心不正，也不至如此。事已至此，總不能再將這小鬼扔將出去，唯有日後多加小心，料這小鬼也玩不出什麼花樣來。

錢勒德的歸來倒是叫烏有鄉眾孩童頗感意外，去而復返難免叫人心生芥蒂，大多孩童都有意無意疏遠於他，唯有墨珈不計前嫌，對他悉心照顧。不多時，錢勒德已經恢復如常，可自行在烏有鄉中行走，只是偶而瞟見風麒麟抄手立於遠處，目光森冷，不免有些惴惴不安，不敢直視。

是夜，眾人各自歇息，山野幽靜，只有流泉潺潺不絕。

月上中天，眾人的美夢卻被一陣狂暴的犬吠聲驚破，待各自出洞查看，只見烏有鄉外密林中人影幢幢，點點火光搖曳，呼喊聲、腳步聲、犬吠聲響成一片！

風麒麟暗叫一聲不好，潛身入林，只見密林薄霧中一條幽幽閃亮的細線在地上蜿蜒，長不見頭，而線尾則直通烏有鄉！

他蹲下身去，伸手一撚，卻是些細碎粉末，對著月色一看，俱是青碧之光，原來是暗夜可見的磷粉！

風麒麟霍然驚醒，背心早出了一身冷汗，難怪日間那小鬼不停發顫，原來並非完全是驚懼不安，而是暗中將磷粉抖落在地。

想這密林蒼莽，白天固然會惑於樹叢、植被密集，難以通過，到了漆黑夜晚，則只須順著地面的磷光沿路砍伐，就可以進入這化外仙境！

那小鬼果然是包藏禍心，而今外面人聲鼎沸，想必是湯老爺的人馬到了。

風麒麟急中生智，取出腰間匕首，自地上挖掘鬆軟泥土，將沿途的磷光一一掩埋，約莫走出半里地，就見前面林木遭人砍伐，頹然傾倒。風麒麟隱在一邊，只見來者人數眾多，比先前上山之時還要多出好幾倍！

風麒麟暗罵一聲，卻也無可奈何，只得飛身趕回烏有鄉報信。

見得墨珈，他眉頭深鎖，眾孩童無不驚恐萬分，唯獨不見了那始作俑者錢勒德！

風麒麟心中憂慮，卻見墨珈寬慰幼童，此時方知烏有鄉外尚有一道屏障，但林間薄霧，若非有人引路，則須心如赤子，方可看到近在咫尺的烏有鄉。難怪那班人馬已到谷口依舊原地踏步，無法入內。

不多時，只見寬闊的谷口火炬通明，站滿了人，粗略看來竟有三、四百人之眾，估計是湯老爺用重金將這鎮上的壯丁全都雇來，想來是對烏有鄉中的絕品墨玉志在必得！

烏有鄉眾人見外間人群個個躊躇滿志，表情興奮，更是心驚肉跳，相互擁抱藏於墨珈和風麒麟身後，他們不敢哭喊，只是低低抽泣，唯恐被數丈外的人聽見。

這山谷三面環山，只有密林一條出路，而今被湯老爺帶來的大隊人馬堵截，眾人早成甕中之鱉！

山谷中雖有溶洞若干，棲身尚可，無法藏身。而今要想逃出生天，唯有寄望於谷後的懸崖、峭壁；雖然有無數山藤垂下，可以攀爬而上，但那懸崖高約五、六十丈，谷中又都是小小孩童，哪來那麼好的身手、體力？只怕稍一不慎就要釀成慘劇。

黑猿泡泡早已順著長藤爬到崖上，揮舞著雙臂示意眾人上去。

墨珈也知敵人近在咫尺，再不疏散，遲早被外面的敵人攻了進來。與風麒麟商議後，唯有冒險攜帶眾孩童逃去山壁之上。墨珈雖有治癒傷患的過人之處，攀岩負重卻非長項，一次僅能背負一人，雖艱辛、勞累，依舊勉力向上。

風麒麟藝高人膽大，取長藤將兩小童綁在自己身上，前後各一，雙手緊握藤條，一路攀援而上，直到安全地將小童送上懸崖，又拉住藤條飛身躍下。

如此往復七、八次，已將較為幼小的孩童安全轉移到高處，谷中尚有十餘個年紀較大的孩童，墨珈和風麒麟兩人精疲力竭，依舊強打精神，苦苦支撐。

此時一陣山風吹來，風中帶有一股難聞的味道。

風麒麟吸了吸鼻子，臉色陡變，「是火油！那群龜蛋想燒死咱們！」話剛出口，只見密林方向漫過一片黑色的液體，山谷勢低，那火油順著坡度蜿蜒而下，好似有生命的魔物般，不緊不慢地逼近眾人！

「快，快！」墨珈焦急呼叫，一面呼喚周圍孩童躲避，一面背負孩童奮力攀爬。

風麒麟再次送得兩個孩童上崖，正準備轉身下去，舉目一望，只見遠處一片火海鋪天蓋地而來，卻是那湯老爺下令點燃了火油。火遇風勢，一發不可收拾，就連漫過火油的水潭表面也烈焰熊熊！

原本嬌豔無匹的花叢也被火焰燒作一片焦土！

谷中的孩童驚懼交加，紛紛哭泣、逃竄，墨珈一面要帶小童上崖，一面要護衛其餘驚惶的孩童，正是顧得了頭，顧不了尾。

好好一個世外桃源，如今竟然化作了烈焰地獄！

忽然之間，一個孩童撲到墨珈懷中，似乎甚是恐懼。墨珈眼見長藤就在身邊，來不及再將孩童綁紮好，只是轉過身軀讓那孩子爬到背上，正要攀爬，驀然見到那孩童的臉，不由大驚！

他背上的孩子居然就是那不知所蹤的錢勒德！

錢勒德神情古怪，興奮多於畏懼，右手一翻，手中多了一隻竹筒，轉眼間已經猛地將竹筒倒扣在墨珈頭頂！

墨珈只覺有腥惡之物劈頭蓋臉潑將下來，全身頓時疼痛難當，百骸之中全無力氣！

「巴舍爾聖僧說，澆了黑狗血，你這妖怪就跑不掉了。」錢勒德稚氣未脫的臉上帶著莫名的愉悅，「你不要怪我，湯老闆答應會收我做義子……。」在他心中，似乎託庇於湯老闆，就等於開啟了一扇通往幸福的門，安穩、妥帖，不再惶惶不安。

墨珈臉上露出悲憫、無奈的神情，緩緩倒在地上，看著眼前這個他親手救回、曾經當做自己孩子般疼愛過的孩子，從腰間抽出一把刀柄雕刻著古怪咒語的鋒利小刀！

在所有孩子的驚呼聲中，錢勒德將那把刀狠狠捅進了墨珈的胸膛！

一切都發生得太快，錢勒德已經抓住刀柄，猛地轉了一圈。

在墨珈痛苦的嘶吼聲中，一道血色的光自墨珈胸前創口噴射而出，滾落在地則凝結成一大塊閃著奇異光澤的墨色寶玉！

錢勒德欣喜若狂，顧不上一旁痛苦蜷縮的墨珈，扔下手中的小刀，飛奔過去拾起那塊無價寶玉，卻被寶玉炙熱的溫度燙了一下，於是他扯下半幅衣襟，包裹住那塊還帶著墨珈體溫的寶玉。

墨珈的臉一塊、一塊褪去顏色，原本黝黑的肌膚變得花花斑斑，修長的身軀蜷縮、顫抖，一身黑亮的羽毛也在紛紛脫落。

錢勒德抱著那塊玉，看著墨珈痛苦而狼狽的蛻變，忽然湧出一股難言的恐懼，大叫一聲後，轉身向谷口逃去！

谷口的迷霧不知何時已消逝無蹤，再也無所遮罩，周邊的人群飛快進入到這個曾經的世外桃源。

在躊躇滿志的尋寶者眼中，只看到倒在焦土中的墨珈，以及他身邊十餘個驚惶的孩童，周圍燃燒的熊熊烈焰映出稚氣面頰上的悲痛神色。

「嘖嘖嘖，看看這個鬼怪！」湯老爺玩味地俯視著蜷縮在地上的墨珈，看著那因為羽毛大面積脫落而接近赤裸的孱弱脊背，看著那一身黑白不勻的皮膚。「你這個黑鬼，以為變成人形就可以逃得性命麼？鬼怪就是鬼怪，今天我湯姆斯奈登就要為民除害！」說罷，手中皮鞭一揚，衝著那孱弱的身體抽了下去！

只聽一陣狂暴的嘶吼，一個黑影從天而降，揮舞著長臂向湯姆斯奈登撲了過去，鋒利指爪過處，湯姆斯奈登的臉頓時血肉模糊。原來是黑猿泡泡護主心切，奮不顧身地和湯姆斯奈登纏鬥在一起！

事發突然，所有人都驚呆了，半晌才有人撲將過去幫忙，用鐵叉、木棒將黑猿趕離湯姆斯奈登的身邊。湯姆斯奈登好不容易爬起身來，只覺得頭面火燒火燎般疼痛，伸手一摸，赫然發覺臉上的面皮讓黑猿撕去了一大塊！

湯姆斯奈登又痛又怒，抓過一把長獵叉，沒頭沒腦地向黑猿招呼過去，然而泡泡身形靈活，一一閃避開去，一個翻身又落在一邊，張口怒吼，犬齒畢露，形貌凶暴非常！

墨珈身邊的孩童突然醒悟過來，抓起地上的石頭擲向湯姆斯奈登和那些入侵烏有鄉的惡徒。

泡泡與孩童的反擊終於激怒了狡猾、凶殘的湯姆斯奈登，他高呼道：「這些小鬼都是山裡的精怪，和那個黑鬼是一路貨色！唯有殺光他們才可以還一方太平，才可以採得寶玉，大家發財！」

入山尋寶皆只為財，眾人聽得湯姆斯奈登呼喊，不由得眼前一亮，頓時鼓噪起來，個個躍躍欲試！

忽然，一聲清越、尖銳的嘯聲穿越人群的嘈雜，直衝寥寥夜空，在這山谷中迴響、激盪。

原本倒在地上奄奄一息的墨珈勉力站了起來，所剩無幾的十數片黑色羽毛飛射開去，迎風一展，居然變得寬大如席！

羽毛上下翻飛，各自飄至眾孩童腳下，將身陷絕境的孩子一一托起！

羽毛隨風而起，托著孩子飄上那高聳的懸崖，逃離眾人的魔掌！風麒麟原本要翻身躍下，前來接應墨珈，見孩童乘坐羽毛翩然而至，慌忙張臂相迎，一一接應。

眾人驚詫不已，墨珈臉上的肌膚則越發慘白，面頰也變得瘦削不堪，轉瞬間已無半點血色。

墨珈見孩子們都已逃出生天，心中再無牽掛，釋然一笑，轉頭看著面前目瞪口呆的眾人，「這裡不會再有寶玉了，再多的寶玉也填不滿你們貪婪的內心……你們因為我的膚色而認定我是妖怪，殊不知妖怪就在你們心裡……。」

話音剛落，墨珈瘦長、孱弱的身軀頹然倒下，眾人下意識地圍了過去，發現墨珈閉目仰臥，肌膚已變成雪一樣的白色，再無半點生機！

黑猿泡泡發出陣陣咆哮，撲上前去，將圍觀的眾人一一驅趕，神情如癲似狂。

面對瘋狂的黑猿，眾人下意識地退避開去，生怕牠狂性大發，暴起傷人。

黑猿泡泡趕開所有人，又飛快跳回墨珈身邊，伸出手指碰了碰墨珈毫無生氣的面容，忽然哀聲連連，如泣如訴。

「都愣著幹什麼？還不去看看這妖怪死透了沒！」湯姆斯奈登早習慣對周圍的人頤指氣使，一轉頭見錢勒德杵在一邊發呆，驀然心頭火起，衝著錢勒德就是一腳，「玉呢？」

錢勒德呆望著墨珈的身體，腦袋一片空白。

湯姆斯奈登不耐煩地提起錢勒德的衣領，伸手自他懷中摸出那塊飽含餘溫的墨玉。

玉石隔著布料仍然溫潤非常，異香撲鼻。

「還不快去搜搜，看有沒有其他的寶貝！」湯姆斯奈登一面向手下呼喊，一面按捺不住心中的急切，手忙腳亂地扯開布料。只見那墨玉光澤絢麗，當真是稀世奇珍！他一邊把玩，一邊讚歎，完全折服於美玉的絢麗，忘記了周圍的一切。

突然，湯姆斯奈登背心一涼，一把尖利的獵叉自他背後穿胸而出！

一個彪形大漢嘿嘿冷笑道：「做你的春秋大夢！有了寶玉，老子哪還要聽你調遣？」湯姆斯奈登認得這刺了自己致命一叉的漢子，只是他手底下最尋常的一個跟班。他緩緩倒下，雙眼仍然不死心地盯著那塊寶玉，只看到另一個利慾薰心的人將手裡的鐵鎬狠狠敲在那使獵叉的漢子頭上！

湯姆斯奈登還沒斷氣，周圍的人群已騷亂一片。沒有一個人可以抵禦寶玉的誘惑，沒有一個人不想將這無價之寶據為己有，頓時爭端四起，搶奪、殺戮、血腥……。

烏有鄉已成為真正的地獄。

瘦削、慘白的墨珈默默沉睡在地獄中，四周的一切醜惡都無法再驚醒他的沉睡。群魔亂舞的地獄中，一個人穿越血腥的殺戮場來到墨珈身邊，彎腰抱起墨珈尚有餘溫的身體，緩緩走向那片陡峭的懸崖，那是一直在崖上接應孩童的風麒麟。

所有孩童都已平安離開了這個人間地獄，而他是回來接烏有鄉的主人。

慘白的墨珈輕如棉絮，似乎隨時都會隨風而去。風麒麟背負墨珈，慢慢爬上懸崖，聽著一旁黑猿泡泡的哀號之聲，不由得哽咽起來。

在所有烏有鄉孩童的簇擁下，風麒麟輕輕放下墨珈，周圍早已哭聲一片。

這一夜分外黑暗，分外漫長，當黎明到來，原本淒厲、喧囂的山谷再度恢復了安靜，燃燒的火焰已然熄滅。

漆黑的焦土中橫七豎八躺著一具又一具屍體，有湯姆斯奈登，還有許多不知名的尋寶者。

風麒麟立在崖上，看著眼前的一切，猶如惡夢初醒。

「咦？」一個孩童揉揉早已哭得紅腫的眼睛，攤開手掌，只見掌中現出一顆米粒大小的墨色玉粒，在初升的太陽下光彩奪目！

「我這裡也有！」孩童們七嘴八舌地言道，紛紛攤開手掌。

風麒麟心知必定是昨夜墨珈護送孩童的黑羽所化，突然心中出現一個念頭——如將墨玉回歸，墨珈說不定會有一線生機……。

他連忙召集孩童，將所有玉粒聚集一處，果然有十餘粒之多。

風麒麟走到墨珈身邊，嘗試著將玉粒放進墨珈胸前的創口，天可憐見，那玉粒一入墨珈體內頓時消逝無形，而墨珈的面色也恢復了一絲生氣！

風麒麟心中歡喜，慌忙將手裡所有的玉粒都放進墨珈胸前的創口，然而玉粒數量有限，墨珈雖然面色改善，仍一直沉睡未醒。風麒麟知道，關鍵所在還是被錢勒德剜去的那一大塊墨玉。

可是昨晚那場浩劫過後，寶玉早已不知下落。

空蕩蕩的山谷中只剩一身血汙的錢勒德呆坐在那裡嘻嘻傻笑，單薄的身子無意識地前後晃動著。

魚姬聽風麒麟娓娓道來，不由歎息連連，「世人無不貪圖世間奇珍，這般出賣、搶奪、殺伐，終究還是一場空。」

明顏轉身言道：「掌櫃的，咱們還是把玉還給他吧。」

風麒麟聽得明顏言語，面露期盼之色，卻聽魚姬說道：「你離開崑崙時尚是去年暮春，四處打聽、尋覓到現在已經一年有半，墨珈身中吐蕃咒術被剜去血晶，身體就像一個破了的酒壺，就算你現在快馬加鞭趕回去，也得兩、三個月行程，再多靈氣也耗盡了。」

風麒麟上前一步，抱拳道：「姑娘既知其中關節，想必是有辦法。」

魚姬搖搖頭，「除非他與世間尚有牽絆，不忍離去，你現在趕回去才來得及。」她將墨玉交給風麒麟，轉身自身後的酒罈中舀出一勺酒漿，走到柴門前，右手食指在酒漿中蘸了蘸，食指如飛，在柴門上畫了一道符，口裡一聲清叱：「開！」

柴門應聲而開，只見外面蒼野茫茫，夜色沉沉，哪裡還是先前的尋常巷陌？

「這是……崑崙山？」風麒麟聽到門外遠遠傳來悠長的哀鳴，認得正是黑猿泡泡的聲音，自墨珈沉睡不醒，泡泡便夜夜哀泣，一心想喚得主人歸來。

「還不快去？」魚姬柔聲催促。

風麒麟如夢初醒，一抱拳，快步走到門口，忽然轉過頭來，「姑娘如此相助，不知當如何報答？」

魚姬認真想了想，「要是以後每當我打開這扇門，都能聽到烏有鄉中的天籟之音，於願足矣。」

「如此便借姑娘吉言了。」風麒麟再次拱手作揖，轉身大步離去，不多時已消逝在蒼茫夜色中。

魚姬含笑倚門而立，片刻後揚聲說道：「聽了這麼久的戲文，也該下來了吧？」只聽哈哈大笑，爽朗非常，一個人影自房頂上掠下，卻是先前的京城第一名捕龍涯。

「不知道龍捕頭是打算出門追捕要犯，還是留在我這傾城魚館共謀一醉呢？」魚姬微笑戲問。

龍涯做了個努力思考的表情，然後答道：「要犯什麼時候都可以抓，要是錯過這良辰美景倒是可惜了。」

明顏自是伶俐非常，不多時早移過酒案、小凳，備妥酒盞、小菜。

三人圍坐小酌，紅泥炭爐溫新酒，自有一番逍遙、自在。

少時，門外的蒼莽山麓細雪飄飛，自院門吹入院中，淺淺覆蓋，非但不覺寒冷，還有幾分溫潤之感。

細雪之中夾雜歡聲笑語，更有清音寥寥，響徹天際。

「可惜只能遠遠聽到，要是可以親眼一見豈不更美？」明顏歎了口氣，無限神往。

龍涯淺酌一口酒漿，回味無窮，「既是烏有之鄉，定是子虛烏有之地。清音、俗世原本就不相容，得以聆聽已是有緣，苛求反而不美了。」

魚姬笑笑言道：「其實只需靜心聆聽，自然心領神會，種種只因每人心中都有個烏有鄉而已。」

第七話

連蟬

驚蟄不久，雨水充沛，春回大地，百花綻放，俗例定在二月十五，視為百花生日，便是花朝節。這一天，不管達官貴人還是市井百姓，家家戶戶均祭拜花神，焚香祝禱之餘更舉家至曠野遊玩，挑食野菜，品嘗時鮮。

閨中女兒則攜點心、祭品去那城郊花神廟燒香、祈福，更剪了五色彩箋，取了紅繩，把那彩箋結在花樹之上，謂之賞紅。

而午後花神廟後山的桃花林中更是佳麗雲集，還有當地鄉紳舉辦的撲蝶會，誰家的女兒撲得的彩蝶最為絢麗，獎金自是豐厚。

平日並無多少機會可以見到這麼多閨中女兒人前亮相，尤其一個個衣香鬢影，鶯聲

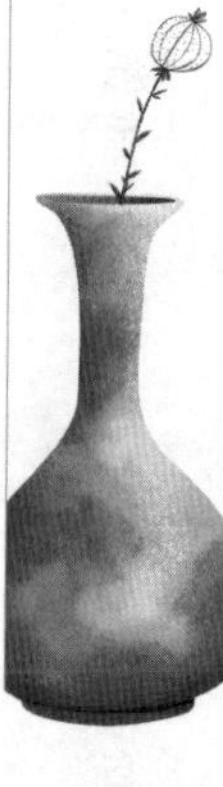

燕語，自然惹得知好色則慕少艾的男人競相圍觀。

眾多文人墨客也會在這個時候傾巢而出，或吟詩作對，或揮灑丹青，極盡風雅之能事。汴京城中的花匠、商販則是看準了時機，四處的店面攤檔無不擺放繁盛花卉，可謂萬紫千紅，爭奇鬥妍。一時間，偌大一個汴京城，花如潮，人如海，當真是熱鬧非凡。

明顏小心護著頭，生怕人群擠掉了鬢上新買的彩花，她拎著一籃子貢果、香燭吃力地向前擠，好不容易從後門進了傾城魚館，只見魚姬依舊坐在櫃檯前撥弄算盤。

「掌櫃的，怎麼你還在算帳啊？」明顏有幾分焦急，「我貢果、香燭都買回來了，你還沒收拾停當，不知道什麼時候才出得了門。」

魚姬抬頭笑笑，「也不急在這會兒，等下到了花神廟，我包你上得頭炷香就是了。」說罷，放下手裡的帳本、算盤，隨手整理了一下衣襟，「可以走了。」

「你就這麼去啊？」明顏看著魚姬沒有任何飾物的髮髻，嘀咕道。

魚姬恍然大悟，信步走到後院，隨手折了枝牆角光禿禿的梅枝，在酒缸裡浸了浸，片刻間禿枝乍現梅朵，繼而吐蕊，寥寥清香四溢。魚姬垂首就著缸中倒影，將梅枝插在髮髻，小心整理一番。

「明顏啊，等會兒的撲蝶大會可大意不得，若拔得頭籌，獎金可有一百兩呢。」魚姬念叨道，一邊使出換景之法，推開後院柴門，探出頭去，看左右沒人，「就趁現在，快過去。」

明顏聞言，三步併作兩步，快步出門，轉眼已然立於花神廟中。聽得外面人聲鼎沸，想是趕來燒香的信眾迫不及待地在催促廟祝開門。

魚姬隨後跟上，柴門隨即在身後關閉，頓時消逝無形。

「嘿嘿，掌櫃的，平日你老說不要隨便使用法力，今個兒倒是不客氣啊。」明顏嬉笑道。

「先燒香的可以先選賞花地嘛……。」魚姬聽得腳步聲響，忙拉了明顏躲在一邊。只見一個顫顫巍巍的老者從身邊走過，到了廟門後輕輕拉開門後的大門閂，人退在門邊，掏出一面銅鑼使勁一敲。

只聽「咣」的一聲，那兩扇沉重的廟門應聲而開，外面的人群如潮水般湧將進來！

魚姬與明顏早有準備，自然跑在最前面，快步跨進花神廟的正殿，兩、三下點燃香燭，擺上貢果。等到後面的人擁進來，兩人早禱告完畢，一人在神案前的大花籃裡抓了支彩箋，快步奔向殿後。

殿後是一片桃花林，此時芳香吐蕊，開得好不繁密。

魚姬與明顏覓了棵花枝甚是婀娜的桃樹，將抽取的彩箋用紅繩綁紮在花枝之上，然後取出籃裡的布毯鋪在樹下。

兩人席地而坐，稍歇片刻，周圍陸陸續續有賞花客至，不多時這片桃林已熱鬧非常，株株桃樹桃花怒放，彩箋紅繩迎風輕擺，更有各家佳麗雲集，鶯鶯燕燕，人面桃花，可謂是相得益彰。

自有不少男兒漢在花間游弋，若是覓得可心的女子，便厚著臉皮上前搭訕，若是姻緣際會，結下金玉良緣也非難事。

明顏一臉新奇，左顧右盼，此時一陣腳步聲響，兩個人走到魚姬、明顏面前，毫無傲兆地坐了下來。這兩人一人身材清瘦，一身白色寬袍，三十左右年紀，士生打扮；另一個身材魁梧、高大，裹在灰布大氅下，看起來風塵僕僕，只是一直埋著頭。

「你們……。」明顏正要說話，忽然吸吸鼻子，眼光落在那個身材魁梧的人身上，不自主地朝後挪了一步，神情甚是驚恐，「掌櫃的……他……！」

魚姬也覺察到了異常，四下看看，只見原本繁茂的桃花頃刻之間居然開始萎縮，一陣風過，花瓣紛紛脫落！

那白衣士生微微一笑，向魚姬拱手施禮，「一別數甲子，魚姑娘更顯丰姿綽約。」

魚姬認得來人，微笑頷首還禮，「哪裡，哪裡，柚兄才是風采不減當年。年前見得令高足，言道柚兄已歸隱世外，而今怎麼來這萬丈紅塵廝混？」

「栩兒這孩子提過，在這汴京城中見過魚姬姑娘，更得姑娘相助，解決了難題，我便尋思要來探望姑娘，敘敘舊。」那白衣士生言語輕鬆，似乎對周圍花朵凋散的異狀視而不見。

「他是何栩的師父，瀟湘上人？傳說中的柚子成——」明顏吃了一驚，一時間口不擇言，又慌忙把後面那個「精」字停住，沒有脫口而出。

瀟湘上人呵呵一笑，上下打量明顏，轉眼對魚姬言道：「你這個小朋友心直口快，倒是可愛得很啊。」

魚姬淡淡一笑，「可是你帶的這個大朋友就不是那麼可愛了……。」

那魁梧男子聞言，抬起頭來看了看魚姬，又很快埋下頭去。明顏看得分明，那人居然有一雙血紅的眸子！

瀟湘上人歎了口氣，「我也知道這等良辰美景，如此有些煞風景，只是別無他法。這位朋友搞成這樣，你我都有責任……。」

魚姬仔細看看那魁梧男子，心中疑惑，「不知上人所指為何？」

瀟湘上人面露難色，「還記得那個回紇三王子藥羅葛雲亂麼？」

魚姬面露驚詫之色，不可置信地望向那個始終低頭的魁梧男子，一時間百感交集！

唐開元二十三年。

玄宗在位，天下大治，四海昇平，萬國來朝。

藥羅葛雲亂為回紇王承宗之幼子，因回紇歸附大唐，憧憬大唐文化，是以委派年方九歲的三王子雲亂由使臣陪同留學長安，學習大唐禮教文化。

雲亂寄居長安城安業坊外的驛館，雖年紀尚幼，然聰慧、伶俐，為玄宗特許，每日入太學學習。

雲亂雖為垂髫頑童，但知求學不易，縱是玩心大起，也知自我約束，時四更則聞雞起舞、修習武藝，五更沐浴、更衣，挑燈入太學習文。兢兢業業，風雨無阻。

冬去春來，雲亂在長安已寄居經年，對大唐的語言已然通曉，只是少有機會外出遊歷，困於驛館後院與太學之中，每日兩點一線，不禁覺得枯燥、乏味。

一日傍晚，雲亂正在驛館讀書，突然聞得幽香陣陣，卻是館外薛苑的玉蕊花開，滿樹瓊枝，花香馥鬱。

那薛苑本是唐昌公主夫婿光祿卿薛鏽的外邸，每逢陽春便舉家來此休閒，那苑中繁茂的玉蕊花樹正是當年公主下嫁之時親手所種。

雲亂本想繼續讀書，突然聽得「啪啪」兩聲，似是有物破損。於是放下書本走到後院，只見牆頭露出一截長杆，正在亂戳，地上裂了幾片青色琉璃瓦，應是適才被那長杆自牆頭拂下。

雲亂好奇心起，縱身飛躍，攀上牆頭，只見牆外的薛苑中有一六歲左右的女童抓著根長竹竿，吃力地在牆角晃動，正用那長杆去搆牆邊花枝上的一隻粉色紙鳶。

那女童雙髻連環，髻頂各飾一棗子般大小的玉蟬，高腰襦裙金絲繡邊，生得粉妝玉琢，只是兩眼含淚，委屈非常；明明身單力薄，還在勉力抓住那碩長的竹竿施為。

遠處的迴廊上臥了一個七、八歲的少年，他高蹺二郎腿，一臉幸災樂禍。想來那紙鳶掛在樹梢，這位少年必是始作俑者。

雲亂見紙鳶近在手邊，於是伸長手臂去把紙鳶摘下，揚聲道：「別再捅了，紙鳶在這裡。」

那女童破涕為笑，伸開雙手想接住紙鳶，正要道謝。

遠處的少年勃然大怒，奔上前來喝道：「你這胡仔，休要多管閒事！」說罷，自地上拾起一塊小石頭向雲亂砸去！

雲亂自幼習武，昔日在西域就時常隨父王放鷹、逐兔，騎馬遊獵，最是擅長這石頭打兔的手段；石塊飛至，已被他劈手借了過去，想都沒想就反擲回去。

只聽哭聲陣陣，那少年捂著破了的頭，邊嚎邊跑了開去，想來是尋大人哭訴、告狀去了。

女童見少年吃了苦頭，心情更是歡暢，拍手笑道：「好也，好也，這個壞蛋竇鼎總算走了。謝謝你啊。」

雲亂看她活潑、親厚，也頗有好感，「下次他再敢欺負你，我還幫你揍他。」

女童喜笑顏開，連連點頭，「好啊。你叫什麼名字？」

雲亂拍拍胸口，「藥羅葛雲亂。」

女童眉頭微皺，「哇……你的名字好長啊。」

「我是回紇人，姓藥羅葛，你可以直接叫我雲亂。」雲亂微笑道。

女童指著自己道：「我叫薛連蟬，蟬兒的蟬。」

在雲亂的記憶中，這是他第一次看到連蟬，唐昌公主與駙馬薛鏽的獨女。

不知為何，薛府中人沒有像以往一樣立夏便回宮中，反而一直在這外邸盤桓。對雲亂和連蟬而言，接下來的一年過得非常快樂。

兩小無猜，相見甚歡，每日相約出遊，長安城各個角落都遍布兩個孩童的足跡。

或許是受連蟬感染，身在異鄉的雲亂不知不覺愛上了這個繁華錦繡的長安城。

第二年春天，玉蕊花再次怒放的時候，薛苑中的嘈雜打破了陽春的靜美。

雲亂爬上牆頭，見連蟬一人坐在樹下哭泣，遠遠迴廊上則有兵士來回奔走，僕役四散，不時還聽到器皿碎裂之聲。

見連蟬哭得悲切，雲亂也顧不了許多，翻身自牆頭一躍而下，來到連蟬身邊，「你怎麼了？」

連蟬抬頭看看雲亂，依然泣不成聲，「皇爺爺下了詔要將爹爹流放，那些人是來抄家的……。」

兩人都是孩童，哪裡知道此時正身處一場太子地位之爭？是年武惠妃深得玄宗恩寵，一心想廢除太子李瑛，改立自己的兒子李瑁為太子。駙馬薛鏽之妹是太子李瑛的正妃，擁護太子的薛鏽自然被武惠妃視作眼中釘，於是指使人誣陷太子與駙馬等人圖謀不軌，太子因而被誅，駙馬薛鏽也被流放。唐昌雖為帝女卻始終不得玄宗寵愛，百般告饒也無法免去駙馬罪責，唯有奉詔攜女回宮，從此與駙馬再無相干。

連蟬年幼，自不知其中凶險，只知從此不得再見父面，也不能再來這薛苑見雲亂。兩個孩童相擁大哭一場，無奈勢單力弱，別無他法。

臨行之時，連蟬摘下了一枚髻上的玉蟬，贈予雲亂作為留念，依依惜別，更是淚化傾盆。

雲亂心頭茫然酸楚，目送連蟬隨母出府，馬車揚長而去，耳邊似乎還聽得到連蟬的嗚咽聲。回頭看看原本顯赫的薛府，朱漆大門上貼著兩張大大的封條，上寫開元二十五年四月。

捏著連蟬留下的玉蟬，雲亂心頭此起彼伏。回到驛館再爬上牆頭，只見薛苑一片死寂，唯有那棵玉蕊花樹開得正豔。

雲亂也知宮闈深深，只怕從此再也無緣得見連蟬，於是將玉蟬隨身攜帶，從不離身，每每睹物思人，心頭都酸楚難當。

然而時間依然一天天過去，不知不覺十數載，中途回紇部族多有變動、征戰，然雲亂未得傳召回國，唯有留守長安，繼續深造。

此時雲亂不再是昔日的回紇小兒，早已長成一名長身玉立的英武青年。

天寶三年，雲亂兄長骨力裴羅聯合葛邏祿部殺頡跌伊施可汗，自立為王，稱骨咄祿毗伽闕可汗，南居突厥故地，建立了包括鐵勒諸部的回紇汗國。

國之將立，急需治國良才，雲亂與多名留學大唐的回紇士生被可汗召回，一一委以重任。

骨力裴羅見幼弟歸來，既秉承回紇驍勇善戰之血氣，又蘊含大唐謙和、大氣之氣度，更是委以重任，封之為左葉護。

次年，雲亂奉命領兵與突厥白眉可汗阿史那鶻隴匐白眉特勒作戰，不久勢如破竹，攻破突厥，擊殺白眉可汗，自此回紇汗國盡有突厥故地，東鄰室韋，西抵阿爾泰山，南控大漠！

雲亂取得白眉可汗首級，獲得王兄封賞，不久受命為回紇使節，攜帶白眉可汗首級獻與大唐，並押運大批貢品入長安。

經過數月的行程，長安城已屹立眼前，還是那般繁華似錦。

適逢花朝節，眾多仕女出遊，長安街頭更是花團錦簇，熱鬧非凡。

回紇馬隊自長安城南面的明德門入，延綿十里之長。長安城中雖車水馬龍，絡繹不絕，如此豪華的馬隊、車隊也非易見，尤其是回紇使節雲亂所乘的雪色駱駝，當真是眾人見所未見，是以寬道兩側圍觀者眾。

舊地重遊，雲亂心思澎湃，胯下的極品雪駝似乎也知主人心事，一路慢行。

大唐民風開化，更何況適逢佳節，長安城民素有狂歡、娛樂的俗例。雲亂本就年少、俊朗，此時身著錦袍，跨乘雪駝，施施然而來，早引得長安城中不少妙齡少女傾心愛慕，紛紛將手中的花枝拋向他，一時間，漫天花雨飄搖而下。

雲亂素知長安民俗，坦然自若，偏偏胯下的雪駝少見世面，受驚之下發足狂奔，沒頭沒腦地撞向右面的人群！

人群原本挨擠密集，哪裡知道那身形龐大的雪駝會直衝過來，只見人人驚呼發喊，四下逃竄！

雲亂心知出了亂子，慌忙力挽韁繩，那雪駝吃痛，硬生生停住了腳步！

然而，受驚人群如決堤之水般沒了分寸。

人群鼓噪中只聽得馬嘶連連，一白馬人立而起，馬背上之人驚呼一聲，倒摔下去，如此這般就算不被馬匹踩中，只怕也難逃四散奔走的人群踩踏！

說時遲，那時快，一個高大的身影閃了出來，將墮馬之人攔腰抱住，方才免去這等慘事。

雲亂原已翻身掠出，見有人搶先救援，便轉身一把抓住驚馬的韁繩。他本就擅騎術，知道如何安撫受驚馬匹，一拉一拽之間，白馬雖嘶叫連連卻也不再狂跳，原地踏了兩步就安靜下來。

雲亂暗自慶幸沒有釀成大禍，稍稍舒了口氣，轉過身來，卻見身後那身材高大的男子大約與自己同年。他青色錦衣，頭戴烏冠，足踏官靴，看其衣著打扮應該是四品以上的武官。

而他懷中那人身形嬌小，身著寬領胡服，面目姣好，驚魂未定，看似十六、七歲的少年，但任誰都看得出是個妙齡女郎。

大唐民風開化，時有女子著胡服男裝遊歷市井街頭，眾人習以為常，只是那女郎身上的衣衫材料考究，料想也非尋常人家女兒。

只見那武官面露關切之色，言語溫柔貼己，「表妹受驚了，有我在此，無人能傷你分毫。」

女郎不多時已回過神來，面對那武官的噓寒問暖似乎頗為尷尬，掙脫他的懷抱後，整了整衣冠，「我自無事，表哥不必擔心。」

雲亂手牽白馬走上前去，「都怪在下一時疏忽，險些讓姑娘遇險……。」

女郎轉過頭來，正好和雲亂四目相對，只一瞬間，兩人心頭都浮起一絲似曾相識的感覺。

青年武官見雲亂目不轉睛地看著表妹，頗為不悅，伸手將女郎拉到身後，「表妹，咱們出來大半天了，也該早些回去，免得娘親惦念。」說罷，劈手自雲亂手中搶過轡繩，拉了白馬和女郎，揚長而去。

女郎與那青年武官一道離去，一路頻頻回首，眼神猶帶幾分疑惑。

雲亂呆立原地半晌，心頭也是茫然一片，只覺那女郎好生面熟。此時身後早有隨從上來，悄聲催促繼續前行，雲亂於是轉身回到佇列，翻身騎上雪駝，浩浩湯湯的隊伍繼續朝前開進。

到得安業坊的驛站，安排手下各自照看馬匹、貨物，驛站中早有回紇驛丞迎上前來，誠惶誠恐。

此時雲亂官拜左葉護，更是以回紇王弟的身分出使大唐，遠非當日尚且稚嫩的小王子。而回紇的驛館也因國力強盛而擴建、修葺，昔日被查封的薛苑則被劃入驛館範圍，後院的玉蕊花樹仍在，蔥鬱、茂盛，花團錦簇，依稀還是當年模樣。

雲亂睹物思人，不免欷歔，旁邊的驛丞早將大唐天子宣見回紇使節的聖旨宣讀，告知雲亂明日午時天子將於大明宮紫宸殿接見使節，隨後安排一干人等休息、飲食。

晚宴之後，夜色漸沉，雲亂遣開隨從，踱步花樹之下。花香馥鬱，似乎深染心田。當年連蟬所贈的玉蟬，一直貼身掛在頸項，早已帶上他的體溫，時常把玩，更顯得溫潤、通透。

仰望樹冠，雲亂心中思量，不知這些年她過得可好。

正在心神恍惚之際，雲亂突然聽得迴廊盡頭影壁外腳步細碎，轉頭看去，只見有人正伸手輕搖花窗，左右晃動後將花窗取下。頓時洞口大開，隨後一隻竹籃被人放上那鏤空花窗。

昔日雲亂與連蟬就是搖下那花窗才偷跑出去遊歷，長久以來居然無人發現這個祕密通道，沒有加以修繕，而重新上過朱漆，更不容易讓人發現。

這等夜色中翻牆而進的自然不是什麼佳客，何況此地已經安置了回紇使節和大量財帛、貢品。

雲亂冷笑一聲，飄然掠到影壁旁，只等來人一現身，就可抓個正著。

不多時，一人翻過窗洞，動作頗為笨拙，身形更是矮小。那人攀住窗洞，小心落在地上，然後伸手自洞口取下那個竹籃。

雲亂上前一步，伸手抓住那人肩膀，只聽到驚呼一聲，那人轉過頭來，神情慌亂，卻是日間在長安街頭看到的那個胡服女郎！

雲亂身材高大，背光而立，那女郎更是惶恐，手一鬆，竹籃便跌落在地，掉出幾張彩箋。

院外侍衛聽到響動，個個腰刀出鞘衝將進來！

雲亂不動聲色轉身擋住那女郎，回手將侍衛遣開，女郎方才稍稍鎮定。

「姑娘深夜潛入我驛館，不知為何？」日間間接造成女郎遇險，雲亂本有歉意，這般近距離接觸，越發覺得女郎似曾相識。

那女郎借著廊下燈火，看清眼前之人正是回紇使臣，忙側身道了個萬福，開口言道：「只因今日適逢花朝，這苑中玉蕊花樹尚無惜花之人相護，故而冒昧攜花箋而來……。」

雲亂聽她言語溫文爾雅，心中不由一動，「護花應節本是好事，為何姑娘不自正門而入，平白添了誤會？」

那女郎柔聲言道：「原本今日也曾來過，只是驛丞言道此地要招待使節大人，不肯放行，所以才會出此下策。」

「原來如此。」雲亂微微頷首，心中尚有疑問，「這長安城中花樹甚多，姑娘為何偏偏對這棵玉蕊花如此眷顧？」

女郎沉默片刻方才柔聲說道：「這裡本是我家故居，那玉蕊花樹乃家母親手所種。前年家母仙遊之後，每逢花朝，我都會來此看顧、憑弔……。」

女郎言語雖輕，在雲亂聽來卻如初春驚雷，心神激盪之下早忘了禮節。他伸手握住女郎纖纖素手，顫聲問道：「你……可是連蟬麼？」

那女郎先是被雲亂的舉動嚇到，本要掙扎，突然聽到雲亂呼叫自己名字，心頭一顫，抬頭仔細打量雲亂面容，只覺眉梢、眼角像極了幼時玩伴，可是分別十餘載，一朝重逢，總有幾分虛幻之感，「雲亂？」

雲亂驚喜交加，連連點頭，伸手探入頸項，取出玉蟬。昏黃燈光下，只見玉蟬光潔、剔透，灼灼生輝！

兩人闊別多年，雖同在一城，卻為宮牆所阻，一直無緣相見。而今重逢，都長大成人，亦非昔日小兒，說及別後之情，其中的感慨、唏噓，恍如隔世。

原來當年連蟬隨母回宮，因駙馬薛鏽之事，唐昌與玄宗父女終有隔閡。何況玄宗子女甚多，對這個女兒素無恩寵，安排她回未嫁時住處定居後，就將這對苦命母女拋諸腦後，雖有人伺候衣食起居，卻少有人聞問，除了同母胞妹常山公主不時前來探訪，唐昌已被人遺忘在深宮禁苑之中。

唐昌命運坎坷，這般深陷深宮更是抑鬱成疾，於天寶三年病逝，臨終前將連蟬託付與常山公主。

唐昌早薨，玄宗方才想起這個女兒，頗為自責，於是應常山公主所求，讓常山將連蟬帶出大明宮，於宮外的常山駙馬竇繹府中撫養、照看。

雲亂白日在長安街頭所見的青年武官，就是常山公主之子竇鼎，前年駙馬竇繹病故，竇鼎便子承父職，官拜衛尉卿，執掌皇城軍衛。

連蟬依常山公主而居，方才結束宮幃樊籠一般的生活，有機會時常出府遊玩。初時也曾回過這薛苑，可惜雲亂奉詔回歸回紇，而薛苑也被撥為擴建回紇驛館所用，種種情狀都已是物是人非。

昔日兩人青梅竹馬相交，只知姓名，不明身分，長大成人後音容變化更大，所以雲亂入城之時，連蟬並不知道那騎著雪駝的回紇使節就是時常掛念的雲亂。

對兩人而言，此番重逢無疑是上天賜予的一段良緣。

兩人一同將花箋繫在玉蕊花樹枝頭，攜手花下，互訴離愁，兩情繾綣。

直到月上中梢，雲亂方送連蟬回常山公主府，一路共乘一騎。

駿馬緩步慢行，雲亂心中卻只願路途更遠一點，可與佳人多聚片刻。

到了常山公主府外，雲亂飛身下馬，將連蟬抱下馬背，府外早有公主府家奴上前掌燈引路。府門洞開，衛尉卿竇鼎立於門口，見連蟬歸來本欣喜若狂，又見雲亂與連蟬神態親暱，心中頗為不悅，無奈忌諱雲亂回紇使節的身分，不好當面發作，所以一張臉拉得老長，黑如鍋底。

雲亂見得竇鼎神情，如何不知他心繫連蟬，然今夜與連蟬重會，已知彼此心意，也不做他想。思慮竇鼎到底是連蟬兄長，於是和顏悅色，報以微笑。

竇鼎心中氣惱，只當這回紇人以此示威，更是不悅，哪裡還顧得上堂堂大唐衛尉卿的風度，鼻子裡重重哼了一聲，轉身催促連蟬回府。

連蟬雖然依依不捨，卻也不願在旁人面前表露，回頭對雲亂莞爾一笑，便緩步走入府內。

雲亂立於街頭，目視府門緩緩闔閉，方才轉身上馬，一路策馬趕回驛館歇息。縱使明日還要入宮拜會大唐天子，但今宵得會佳人，心潮起伏，哪裡還睡得著？啟窗外望，但見月色中苑內那棵玉蕊花樹皎潔如玉，思前想後，覺著冥冥之中就是這花樹為媒，引出他與連蟬的十餘載情緣。雲亂心懷謝意，於是翻身起來，喚驛丞取來絲絹、彩帛將花樹妥善相護，唯恐夜來風疾，折損了嬌嫩花枝。

次日午時雲亂奉詔入宮，朝拜大唐天子，獻上若干財帛、馬匹，以及裝盛於檀木盒中、已經硝製的白眉可汗頭顱。

玄宗龍顏大悅，加封回紇汗王骨力裴羅為懷仁可汗，賞賜金銀財帛，並於含元殿中大宴群臣，雲亂為首的回紇使節也各有封賞。

雲亂幼年時初到長安，便得玄宗青睞，時隔十餘載，曾經的伶俐孩童已成了一方使節，氣度非凡，更得玄宗喜愛，因而留於大明宮中數日，陪伴君王觀看樂舞、對弈，或是一同馳騁校場，馬球為娛。

雲亂雖掛念連蟬，但仍欣然陪伴玄宗，時有談論唐、回兩地風土人情，盡力促成兩地友好聯繫，這也是使節分內之事。

時過半月，適逢玄宗冊封貴妃楊玉環，宮闈大慶。有無雙美人相伴，每日鶯歌燕舞，玄宗漸漸疏於朝政，對雲亂的傳召也不再那麼頻密。出得宮闈，雲亂遣副使將大唐天子的誥封、賞賜押運回國，自己則暫留長安，一面等候大唐天子的傳召，一面也多出時間陪伴連蟬。

雖然每日去常山公主府外接送連蟬，惹得竇鼎異常不快，但熱戀中的情人眼裡通常只看得到彼此，而沒有其他。

結伴出行，或信馬由韁遊歷近郊山水，或雙雙流連西市的胡姬酒肆，在胡旋樂舞中消磨時光。

這般朝夕相對，兩情繾綣，不覺已半年有餘。兩人情意更深，訂下終身之約，然連蟬因母喪需守孝三年，終身之盟唯有等到來年開春守孝期滿才可諧。

雲亂與連蟬約定，守孝期滿便以回紇王弟身分向大唐天子請求和親，既可鴛盟得諧，也可促成唐、回友好佳話一段。於是雲亂修書一封將詳情細數，再招來驛丞，派人快馬加鞭送返回紇。

懷仁可汗得知王弟與大唐宗室出女相戀，自是有意玉成，昔日大唐與吐蕃、突厥都有和親先例，回紇汗國立國尚淺，倘若成就此等佳話便是開唐、回聯姻先河，於大唐、回紇都是百利而無一害。於是懷仁可汗下詔按唐例婚俗備上大批禮金、財帛，交由專人押運前往長安。此時已到秋、冬交替，沿路風沙頗大，比尋常季節入唐要多花許多時日。縱然如此，也可趕得上來年初春。

雲亂身處長安城中，每日與連蟬相對，只怕時間過得太快，尤其最恨天色漸晚，華燈初上之時又要送連蟬回常山公主府邸。

然而每日皆有驛馬帶來消息，告知婚使行程近況，日夜企盼之時，卻又嫌時間過得太慢。

這般患得患失卻是情人們心中最真實的寫照。

另一方面，竇鼎對連蟬也早有愛慕，昔日常山公主應唐昌之託將連蟬帶回府中照顧，本就有表親聯姻之意，竇鼎也把這美貌的表妹當做未來妻子的最佳人選，平日裡嘘寒問暖自是不說，而今憑空跑出雲亂這號人物，心頭自然不舒服。雲亂身為異邦使節，竇鼎終不能對他如何，對連蟬呼喝、制止又怕傷了感情，這般左右為難，在雲亂與連蟬攜手遊歷，笑顏逐開之時，他卻酸楚難當，絞盡腦汁也想不出個萬全之策，唯有求助於母親常山公主。

常山公主如何不知兒子的心意，她對連蟬本就非常喜愛，於是在兒子面前將此事應承下來，苦思良久，心中早有計較。

常山公主駙馬亡於秋末，城郊大慈恩寺中列有牌位，早、晚有僧人誦經供奉，每逢駙馬祭日，常山都會攜子女前往拜祭，盤桓寺中半月。以往常山都未強求連蟬同行，這次卻以病痛、孤寂為由要連蟬陪伴遣懷。

連蟬素來對姨母甚是尊重，不好拒絕，欣然同往。因隨行大多是常山公主府中女眷，雲亂雖知連蟬要離開幾日，也不好跟隨，唯有暫別連蟬，強忍相思。

常山公主一行人在大慈恩寺一住就是大半月，若是往年早已回府，偏偏這一年眼看冬至將近，依然沒有離去之意。

連蟬心中思念雲亂卻無法抽身，只得每日陪伴常山公主賞花、讀經、對弈。竇鼎雖有公職在身，也時常抽時間來大慈恩寺小聚，對連蟬更是獻足了殷勤。

冬至乃是祭天、祭祖之日，每年玄宗都會依例去近郊祭天，一路鳳輦、華蓋相應，侍衛、官宦、妃嬪、宮娥簇擁，隊伍延綿數十里。雲亂得蒙聖寵，也在官員之列，旁證大唐天威浩蕩。

祭天完畢，果然天降瑞雪，吉祥之兆。

玄宗冬至祭天後都會尋近郊名勝遊覽一番，此番更得貴妃楊玉環提議，擺駕大慈恩寺。

其實聖駕蒞臨大慈恩寺並非意外，常山公主常在宮中行走，自然知道玄宗最為寵幸貴妃楊玉環，因此事先奉上奇珍異寶，婉言相求。貴妃也是個伶俐人兒，而今三千寵愛集於一身，她提議要去大慈恩寺，玄宗自然言聽計從。

一行人到了大慈恩寺，寺內僧人紛紛前往迎接，常山對於玄宗到來一點也不意外，便攜竇鼎、連蟬前去接駕。

玄宗見常山公主也在，心想多日未見，正好閒話家常，於是吩咐眾臣在寺外等候，只攜了妃嬪、皇子、皇孫入內。雲亂雖想見連蟬，也只好在外等候，不敢唐突天威。

皇族宗親跟隨玄宗入大殿禮佛，再登大雁塔遊覽遠眺，而後被迎至花廳奉茶。

常山有意在玄宗面前提點竇鼎，提議由竇鼎在廳外做劍器之舞為娛，玄宗見外孫生得英武、挺拔，心中歡喜，欣然應允。

貴妃與常山交換了一下眼色，心照不宣，便提到有舞無樂，總覺有些遺憾。於是常山上前力薦連蟬以琵琶伴奏。

玄宗擅長音律，眾多樂器中最愛琵琶、羯鼓，此時身處佛門清幽地，羯鼓奏來頗煞風景，於是吩咐左近取來平日所用的紫檀琵琶。

連蟬頗為惶恐，手抱琵琶叩拜玄宗，移步廳外，拂弦三聲，只覺手中琵琶音色絕佳，果然是難尋的極品。隨後弦樂叮咚，或急或慢，萬種變化皆在那雙纖纖素手。聞得琵琶聲，竇鼎拔劍起舞，漫天飛雪之中往來翩飛，連綿不斷，如長虹游龍，首尾相繼，又如行雲流水。

聖前獻技，竇鼎自然是卯足了精神，姿勢優美、雄健。隨著連蟬的琵琶聲由急漸緩，竇鼎收劍於身後，結束了這場精采至極的劍舞。

一曲終了，連蟬起身與竇鼎一起叩拜聖鑒。飄搖細雪中，男的豐神俊朗，女的溫婉秀麗，恍若一對璧人。

玄宗龍顏大悅，對連蟬更是讚賞，一問才知是已故唐昌公主之女；思及亡女，心中更是憐惜，見連蟬年已十七還是閨中裝扮，就尋思要為她覓一好夫婿作為補償。

一邊貴妃見得這等契機，哪裡會放過，嬌聲言道：「皇上不見這眼前就是一段金玉良緣，卻還到哪裡找去？」

皇族眾人都覺連蟬與竇鼎甚是相配，又見貴妃開口做媒，焉有反對之理，於是紛紛贊好。

玄宗也覺兩人般配，都是自家血脈，親上加親更是美事一樁，未等連蟬開口已傳旨賜婚，只待連蟬守孝期滿就大肆操辦此事。

連蟬立在當地，有苦難言，想要反對，但天威難犯，如何說得一個「不」字？只能垂首而立，點點珠淚全都嚥進了肚子裡。

常山公主與竇鼎心願得償，自然歡喜，拉了連蟬叩謝皇恩，全然沒看到連蟬低垂的臉上盡是悲切之情。

眾人各自回宮，常山公主也打道回府。雲亂於寺廟外匆匆見得連蟬跟隨常山公主登上馬車，只覺得連蟬臉色慘白，素如縞灰，心頭更是不安，雖不明就裡，但官員隊伍業已起步跟隨聖駕回宮，唯有亦步亦趨。

自此之後，雲亂再沒見過連蟬，每次去常山公主府邸拜會，都被家奴以抱恙搪塞，偶而見得竇鼎，竇鼎則一副躊躇滿志之態，言語間處處透優越之感。

不久便是年關，懷仁可汗派遣的求親使節也到了長安。

雲亂著人安置隨隊而來的彩禮，向大唐天子求見。

玄宗寵幸貴妃，疏於朝政，見得回紇使臣的拜帖，恍然想起許久沒見過回紇王弟雲亂，於是欣然在宮中梨園接見。

雲亂偕同求親使節到得梨園，只見玄宗皇帝正與貴妃歌舞為樂，上前行過君臣之禮，得聖上賜坐。

求親使節伶牙俐齒，先行歌頌稱讚大唐天子的不凡氣度，繼而委婉提出求娶宗室出女薛連蟬為回紇王弟之妻。

玄宗早忘了將連蟬賜婚竇鼎之事，對唐、回聯姻之事也頗有興趣，正要開口應允，貴妃一旁附耳過去輕聲說道：「莫非皇上忘了已把連蟬賜婚常山公主愛子竇鼎了麼？」

聲音雖輕，卻提醒了玄宗。

玄宗思索良久，面有難色，「唐、回聯姻固然有助於邦交，只可惜連蟬已賜婚常山公主府竇鼎。我大唐宗室中尚有許多品貌端莊的女兒，都可為回紇王弟的良配。」

雲亂聞得此言，只覺得世界紛紛繁繁，喧鬧一片，半晌回不過神來。

求親使節見雲亂神情頹然，知道此事不成，忙婉言謝絕玄宗，高聲歌頌大唐天恩，和親之事就此作罷。

雲亂心頭渾渾噩噩，與求親使節一起拜別玄宗，出了大明宮。求親使節趕回驛館，修書將求親被拒之事告知懷仁可汗，雲亂則漫無目的地在長安街頭遊走，不知不覺來到長安西市。

街邊酒肆依舊熱鬧非凡，美貌、多情的胡姬在酒肆中跳著歡快的胡旋舞，隨著羯鼓、胡笛的伴奏，旋動著婀娜的身軀，快得幾乎讓人看不清。

物是人非，昔日與連蟬在此飲酒、賦詩，旖旎情事歷歷在目，可惜大唐天子的一道詔書，硬生生將連蟬變成了別人的未婚妻。此時此刻，如夢初醒，種種甜蜜俱已成空！

雲亂走進酒肆，早有殷勤的胡姬上前侍候，三杯三勒漿下肚，眼前早已迷濛在水氣之中。

恍恍惚惚間聽得一陣琵琶急奏，猶如春雷乍響，又如飛瀑驚泉，突然甩出一聲長長的空鳴之聲，原本喧鬧的酒肆瞬間靜了下來。

雲亂無意識地抬起頭來，只見酒肆東面角落裡，坐著一個手抱琵琶的妙齡女子，旁邊半臥的一個白衣士生，手裡捏著一雙筷子，輕輕叩擊著酒盞邊緣，與那女子的琵琶聲相應和。

那女子見雲亂看向這邊，也微微頷首報以一笑，手中琵琶輕拂，起了一個調子，卻是坊間傳唱甚廣的〈長相思〉。

〈長相思〉出自樂府篇章，調子均一，所配的詞卻不一，坊間歌女傳唱的更是各有千秋。

只見那女子輕啟朱唇，曼聲唱道：

長相思，在長安，
燭盡漏殘闌干冷，玉宇瓊樓難成眠。
昔日垂髫牆頭現，瓊蕊枝頭弄紙鳶。
青梅竹馬花猶妍，豈料朔風掃舊園。
十載秋心托一物，廣寒深宮鎖嬋娟。
漠北鐵馬逐雲亂，玉郎封侯踏雪還。
……

女郎聲音十分婉約，上闋唱罷，又連一陣清音伴奏，琵琶聲聲含情，旖旎到了極致。雲亂細細品味歌詞，覺得似乎在有意無意在敘述自己與連蟬的昔日之事，不覺心念一動，轉眼望向那個女子，心中百感交集。

那女子見雲亂神情淒苦，微微搖了搖頭，琵琶調子已然到了下闋，接著唱道：

明德門開十里煙，綺羅袖舞萬花鈿。
樊籠偶走金絲雀，故籬彩箋惜連蟬。
心曲且付青眼渡，情絲暫借笑顰傳。

只道鴛盟相諧好，誰料錯配緣，淚染鴉巢遍。
泣問有心人，忍教對蟬一半遷？

歌聲由歡暢轉為幽怨，雲亂聽到「樊籠偶走金絲雀，故籬彩箋惜連蟬」一句，心頭驀然一驚，手中杯盞「啪嗒」一聲掉落在地，心頭似乎有個聲音在不斷重複連蟬的名字！

那女子一曲終了，手中琵琶已停，清音仍在反覆吟唱：「泣問有心人，忍教對蟬一半遷？」

雲亂心中豁然清醒，起身將一錠紋銀扔在酒案，人早已狂奔而去。

那女子目送雲亂的身影消逝在暮色漸濃的街角，輕輕放下琵琶，自酒案上掂起酒盞輕抿一口，轉頭對那白衣士生施施然言道：「他會帶那姑娘走，柚兄，你輸了。」

白衣士生臉上依舊帶著笑容，頗有自信，「未必，未必。還未看到結局，魚姬姑娘此言未免說得太滿。」

那名叫魚姬的女子也不強辯，只是抬手整了整額角的秀髮，「那便拭目以待吧，希望柚兄輸了可不要食言。」

白衣士生長歎一聲，坐起身來，正色道：「那是自然，我瀟湘柚子豈會是食言而肥之輩？」

酒肆中依舊是鶯歌燕舞，喧鬧非凡，沒人察覺那女子和士生已然消失無蹤，就像從來沒有出現過一般。

長安雖大，自西市到北城的常山公主府也不過半個時辰的路程。雲亂一路飛奔而去，只覺天色越來越黑，到得公主府門前，見大門緊閉，門前兩個朱紗燈籠在簷下隨風而擺，遠遠傳來更夫悠長的呼喊：「天乾物燥，小心火燭……。」

隨後梆子「咣、咣、咣」響了三聲，居然是報三更的時辰！

雲亂心中微驚，適才出酒肆才過午時，一路奔而來並未停留，從午時到子時，中間相隔六個時辰，居然一晃而過！

事有蹊蹺，但對雲亂而言，當下最重要的卻是連蟬。

眼見公主府外四個守門衛士都靠在門廊邊的柱上，雖依舊站立警戒，但不時頭腦微點，半睡半醒，頗為疲憊。

雲亂轉身閃進公主府旁的暗巷，雙足一點，迅即躍入府內，落在花園牆角。

夜闖公主府本就有違禮法，若是失手被擒，自然逃不了圖謀不軌之罪。但雲亂此刻心中只有連蟬，便是再凶險也是非去不可。

常山公主府庭苑繁多，更夾雜許多花園、水廊，雲亂對府中地形不熟，一時間也不知道連蟬閨房在府中何處。

府中自有侍衛、家奴挑燈巡視，雲亂小心避過巡邏的侍衛，踮起腳尖，快速穿堂過府，直奔後苑。

剛轉過一個花廳，又見一隊侍衛過來，於是將身一縱，攀在迴廊梁下。

眾侍衛、家奴挑燈自廊下走過，一個個精神困頓，不過是按例走走形式而已。

此時突然風起，繼而大雨嘩嘩而下，眾侍衛見風雨大作，紛紛退避，皆道這等風雨之夜，不太可能有人潛入，不多時都走了個乾淨，想必是濕了衣衫，各自回房更換。

雲亂輕輕落在地上，周圍早已無人，只有雨聲淅瀝。如此這般更方便行事。他快步前行，轉過幾個迴廊，只見一個小苑近在眼前，苑中細竹婆娑，在風雨中沙沙作響。

雲亂心中浮起一股奇妙的感覺，他快步走了過去，身上衣衫早已在風雨中淋得精濕，也顧不了許多。

轉過影壁，花木掩映中有一段開敞的圍欄，欄邊的珠簾、紗幔都未落下。房中未嘗掌燈，幽暗中一個單薄的人影靠在圍欄邊的矮榻上，垂首靜坐。天際交織的雪亮雨絲映出那人的臉龐，不是連蟬是誰？

自從上次在大慈恩寺外匆匆一瞥，至今還不到一個月，連蟬已清減了許多。她默默靜坐在欄邊，臉上盡是悲切之色。這等寒冬夜雨，便是裹著被褥也覺寒冷，更何況這般門戶大開、衣衫單薄地靜坐深宵？

雲亂心中憐惜，慢慢穿過花木遮蔽，走到圍欄邊，雨水掉在雲亂身上，濺起更為細小的水花，染濕了連蟬蒼白、憔悴的容顏。

連蟬緩緩抬起頭來，看到面前的雲亂，隔著一道密集的雨簾，卻分不清是現實還是幻覺。

兩人近在咫尺，目光交匯，一時間百感交集，卻說不出一句話來。

「是你麼？」連蟬幽幽問道，臉上已濕成一片，分不清是雨水還是淚水。

雲亂看著連蟬的眼睛，柔聲說道：「我是來帶你走的。」說著，緩緩伸出手去。

連蟬喜極而泣，伸手抓住雲亂的手掌，繼而被雲亂拉進那早已淋得濕透卻依舊滾燙的懷抱！

兩人隔著一道圍欄緊緊擁抱，似乎天地之間只剩下了彼此。原本急驟的雨絲不知不覺也變得溫柔起來，淅淅瀝瀝，在他們沒有覺察的情況下已經停止。

苑中寂靜，只有枝葉上積聚的雨水掉落在花叢中，偶而發出簡短的啪嗒聲。

雲亂與連蟬相擁於幽暗之中，身後的影壁邊不知什麼時候出現了一男一女，卻是白日酒肆中唱曲的魚姬和名為瀟湘柚子的白衣士生。

魚姬面露寬慰之色，轉臉看看身邊的瀟湘柚子，悄聲說道：「他二人情深意重，不久定會雙雙離去，回歸回紇。柚兄是否願賭服輸？」

瀟湘柚子歎了口氣，「我等自然是希望他們鴛盟得諧，只可惜未必會天從人願。」

魚姬聞言，左手微微掐算一番，眉頭微皺，不再言語。耳邊聽得遠處雲亂低聲說道：「今日入宮向聖上求親，才知道已將你賜婚竇鼎。事到如今，我只好冒昧前來，若你應允，我們立即連夜出城，回歸回紇，從此不再分離。」

連蟬聽得此言，心中歡喜，正要開口應允，突然身體微顫，愁眉深鎖，半晌，輕聲言道：「我……不可以跟你走……。」話語未畢，已然哽咽。

雲亂心中茫然，連連追問為何不可，卻聽連蟬言道：「聖上賜婚詔書已下，你若帶我離開，便是抗旨、欺君……。」

雲亂心頭血往上湧，雙手抓住連蟬肩膀，「我不在乎！只要離開長安，他們也不能拿我們怎樣。」

連蟬嘴角浮起一絲悲戚的笑容，「普天之下，莫非王土。就算聖上找不到我們，難道堂堂回紇部族也要和我們一起東躲西藏麼？」

言語雖輕，卻如傾盆大雨，一下子將心神激盪的雲亂澆醒！誠然，忤逆聖旨已是大不敬，何況是拐帶宗室出女？若是攜連蟬私逃，必定觸怒龍顏，發兵追討回紇。

回紇汗國雖已立國，仍是大唐屬國，立國之初東征西討戰亂廝殺，才有如今的安定，豈能因為他一個雲亂，引發大唐和回紇的戰爭？

雲亂心頭此起彼伏，原本緊握連蟬肩頭的手，一點、一點緩緩鬆開。

「不錯……的確不可因我二人之事引發兩國戰事……，」雲亂黯然言道，「不如……不如我再進宮面聖，請求聖上將你改賜於我……。」

連蟬早已止不住淚水，顫聲道：「倘若可以，今日你求親之時早就應允，須知君無戲言……何況……。」

「何況什麼？」雲亂斷聲追問道。

連蟬的臉色更是慘白，「何況賜婚之事是姨母與貴妃娘娘一手促成，就算你開了口去求聖上，她們也不會讓我們如願……。」

雲亂神情淒苦，瑟聲說道：「難道……真的讓你嫁給那個竇鼎不成……？」

連蟬無言以對，淚水滴落在雲亂手背上，帶起一陣刺痛。

「只歎天意弄人……。」連蟬緩緩轉過身軀，不願讓雲亂看到自己哭泣的容顏，「你走吧……天下之大，自然有比我更好的女子，莫要再牽念於我……。」

雲亂心中痛楚，眼見連蟬的背影微微發顫，想是悲泣不能自已，更是難受。「難道你真的可以放下我們的一切？」

連蟬緩緩點了點頭，「緣分已盡……不放又能如何？」

雲亂心知事已至此，早成定局，悲苦難當，澀聲言道：「縱然想放，卻已刻骨銘心，注定糾纏終生了……。」他轉身緩緩離去，行出數步立住身形，「既然你心意已定，雲亂唯有祝福而已……。」話語未畢已快步離去。既然緣盡，多留也只是平添傷心。

連蟬聽他腳步聲漸遠，緩緩走向閨房深處，隱在一片幽暗之中。先前那對神祕的男女再次出現在小苑中，臉上俱是惋惜。

那瀟湘柚子歎息連連，轉頭對魚姬說道：「雖是鴛鴦離散的悲苦結局，但小生與姑娘的賭局已有了結果。姑娘所求之事，小生自然也不能從命了。」

魚姬沉默片刻，開口言道：「柚兄所言差矣，只要未蓋棺定論，就有無限可能。反正尚未到皇氣東移之時，不知柚兄敢不敢將這賭期延長，看看到底誰贏誰輸？」

瀟湘柚子搖頭苦笑，「姑娘好生狡黠，使出這激將之法來；小生若不應允，豈不有失風度？」

魚姬笑而不語，兩人轉瞬而逝，這深苑沒了人跡，更是蕭殺非常。

冬去春來，又到花朝之日，連蟬與竇鼎的婚禮辦得甚是盛大，由玄宗與貴妃親自主持，在紫宸殿中大宴群臣，排場有如公主出嫁一般。

雲亂目送連蟬的八人花輦在人群簇擁中自大明宮移至常山公主府，心中恍如失落了一塊，交代了接替自己的回紇使臣後，便跨上雪駝，一個人離開了長安。

連蟬與竇鼎婚後還算和順。

竇鼎也知嬌妻得來不易，百般溫柔、體貼，時常陪伴連蟬吟詩作賦，畫眉添妝。連蟬既已為竇家婦，便也不作他想，兢兢業業盡著為人妻子、兒媳的責任。唯有在獨自一人之時，總會想起前情種種，黯然淚下。

雲亂在外遊歷兩年之後，接到回紇傳來的消息——王兄骨力裴羅因病去世，長子磨延啜繼位，號稱葛勒可汗。於是結束了自我放逐的流浪生活，回到回紇輔佐新王。

數年後，葛勒可汗在鄂爾渾山谷建立了新都回紇牙帳單于城，雲亂自然隨駕遷入，除每日為朝政殫精竭慮外，每每在鷹飛草長的大漠中看到大唐來的商旅，總會想起那遙遠、繁華城市中的溫婉女子。

天寶十年，恰巧連蟬與竇鼎成婚五載。

雖然連蟬一直努力克制對往事的追憶，但始終抑鬱難遣，所以數年以來身體都不算康健。

最初兩年，竇鼎還對新婚妻子百般遷就，到了後來也漸漸覺得厭煩，不再像先前一般噓寒問暖，溫柔、體貼。

長安城中本就美女如雲，以竇鼎衛尉卿的身分自然少不了路柳牆花的招惹。雖然礙於連蟬和母親常山公主的臉面，沒有娶納妾室進府，但也花錢在府外收了幾個外房，若是對府內聲稱要在宮中當班，則十有八九是去了他處尋歡作樂。

久而久之，連蟬也知道夫郎外面有人，只是心不在竇鼎身上，也不覺如何氣惱，反而竇鼎不回來的時候更為自在。

一天連蟬早起，突然覺得胸中作嘔，尋思前些時候就覺得頭暈乏力，只道是感染了風寒，待到請來宮中御醫診治，才發覺已有三月身孕。

連蟬有孕，竇鼎自然歡喜，那段時間倒是時常留在公主府中陪伴連蟬。

連蟬與竇鼎朝夕相對，雖然彼此心意不通，話不投機，也只有極力勉強自己迎合夫郎，加上孕中身體不適，更覺煩悶，如此抑鬱度日，不免時常淚下。

她身體本就孱弱，孕中情緒不定，有幾次心緒不安，差點造成小產，幸虧有御醫國手及時救治，方才保住胎兒。

御醫言道，連蟬的症狀是為七情所傷，縱有湯藥調理，但心結不開也難根治。

竇鼎對連蟬與雲亂的舊事本就心存芥蒂，但一直隱忍不發，聽御醫診斷，更是無明火起，心想，成婚五載還記掛那胡人，不知將自己這個夫郎放在何地。

這麼一來，竇鼎怒由心生，言語間自然是沒什麼好話，於是故態復萌，時常不回府中過夜，偶而回來，也是冷言冷語，極盡譏諷之能事。

連蟬心中委屈，情緒起伏更為頻密，御醫傾盡心力，還是沒能保住腹中胎兒。小產之時胎兒已有六個月大，這般受創對連蟬原本孱弱的身體來說更是雪上加霜，這一病就病了兩年。

兩年中，竇鼎很少回府，先前常山還在小倆口中間勸慰，到後來也頗為著惱。

常山雖有幾個女兒，兒子卻只有竇鼎一個，自然把香火傳承看得很重，原本指望連蟬可以生下子嗣，事情搞成這樣也只有斷了念頭，唯有寄望竇鼎的外室，所以睜隻眼、閉隻眼，就算竇鼎在外面如何荒唐，也不再加以斥責。

既然連公主和衛尉卿都對這個竇夫人沒什麼好臉色，府中的家奴、丫鬟自然也趨炎附勢，沒將這衛尉卿夫人放在眼中。

連蟬身處常山公主府，處境每況愈下，唯有昔日與雲亂的回憶可以遣懷，暫時忘卻現實中的悲苦。

連蟬的遭遇只是她一個人的坎坷，而整個大唐都沉陷在盛世的榮光中，持續著歌舞昇平。

唐玄宗寵愛貴妃楊玉環，不理朝政，耽於逸樂，更愛屋及烏，對楊氏族人大加提拔。楊氏一族權傾天下，貴妃族兄楊國忠更是身居宰相之位，把持朝政，以致大唐朝堂腐敗不堪。

天寶十四年十一月，身兼范陽、平盧、河東三節度使的安祿山聯合同羅、奚、契丹、室韋、突厥等部族，集結二十萬精兵，以「憂國之危」奉密詔討伐楊國忠為藉口，在范陽起兵。

國家安定已久，大唐軍民久疏戰陣，見得安祿山、史思明所率叛軍，紛紛望風而遁。僅僅一個月，安祿山取下洛陽，而後盡是兵荒馬亂的亂世！

唐軍與叛軍的交戰持續了半年有餘，不敵叛軍來勢凶猛，唯有退守潼關，指望靠著潼關地利抵抗叛軍。

玄宗聽信了楊國忠的建議，想要儘快結束戰事，下令鎮守潼關的將領哥舒翰出關作戰，結果被叛軍打敗！

潼關一失，安祿山的叛軍如入無人之境，直逼長安！

眼見長安即將失陷，玄宗逃離長安，一路西行。

長安城中的人尚在酣睡，不知大明宮中的皇帝出逃，只帶了近身妃嬪、臣子和宮中的皇子、皇孫。

當夜竇鼎在宮中當值，是以隨駕而行，倉皇間甚至沒有回府報信。常山公主作夢也沒想到，自己的愛子居然將老母、妻小一併拋下，一早就走得沒影了！

早起準備入宮議政的大臣齊集宮門外等候許久，才看到宮門開啟，宮門一開，無數宮人倉皇出逃，整個長安城頓時亂成一片！

王孫貴族與平民百姓紛紛出逃，眾多盜匪、流民湧進大明宮中大肆搜掠，就連國庫府都慘遭焚毀。宮中尚且如此，何況長安城中的眾多官宦之家？

許多未來得及跟隨玄宗出逃的王孫公子在長安街頭流離失所，和更為落魄的流民夾雜在一起疲於奔命，稍不留神，就成為野盜的刀下亡魂。

常山公主府也是一樣！

最初是家奴席捲細軟而逃，繼而外面的土匪、流氓也相繼光顧。

常山公主與連蟬藏身府中地窖，方才暫時保住性命。雖隔著一層地板，還可以聽到外面腳步散亂，呼喝、慘叫，不時還有得得馬蹄之聲，卻是野盜們縱馬游弋，在昔日尊貴的公主府中大肆踐踏！

地窖中尚有一些乾糧、飲水，但不知道還可以支撐多久。

安祿山的叛軍尚在百里之外，長安城中早無先前的繁華，宮闕、民居被焚毀的十之八九，昔日亭臺樓閣大都成了一片廢墟。

此時，地處鄂爾渾山谷的回紇牙帳單于城卻是一片欣欣向榮。經過十年的積累、發展，回紇國力日益強盛，與周邊各國往來通商頻密，可汗部下的軍隊更是兵強馬壯。

雲亂貴為王叔，加上一直勤於政務，已受封特勤一職，身居高位。

自安史之亂爆發以來，回紇也陸續收到大唐戰事境況，由於地居偏遠，消息由驛馬傳來，已延誤了十餘天，只知道兩軍尚在潼關僵持。

所以，回紇葛勒可汗既要面對大唐派遣來借兵平亂的使者，也要面對叛軍送來約為同盟的文書。

葛勒可汗雖有趁亂逐鹿中原之意，但得王叔雲亂勸阻，分析利害，方才打消了念頭，只是一時間還沒有拿定是否出兵助唐的主意。

大唐的使節已來了兩撥，更攜來大量珍寶、財帛、歌舞樂伎和工匠，上表之中字肯意切。

葛勒可汗接見使臣之時，雲亂也在君王之側從旁疏導，可汗亦有助唐之意。

大唐使臣獻上珍寶、樂伎，眾樂伎受命御前演練，一時間朝堂上鶯歌燕語，絲竹灌耳，舞影翩翩。

雲亂端坐其位，見得眼前大唐樂舞，心中思緒萬千，一曲樂舞剛罷，又有幾名樂伎手抱琵琶上得殿來。

樂伎們向著回紇可汗盈盈下拜，便要開始演奏。

雲亂的目光偶然瞟了過去，突然停留在中間那個樂伎臉上，手中的酒盞不由自主地落在酒案上！

這個樂伎正是當年在酒肆中吟唱〈長相思〉的那名妙齡少女，最為詭異的是，時隔十年，居然容顏和當年一般無二，就像才從那時的酒肆步入這朝堂一般！

雲亂記得昔日之事，隱隱覺得這少女絕非常人。此時她出現在這裡，恐怕與連蟬頗有淵源。思慮之下，早忘記了朝堂上的禮儀，不自覺地站起身來，移步到那少女面前，目光灼灼。

另外兩名樂伎見回紇重臣走到面前，有些惶恐，唯有中間那名少女盈盈淺笑，稍稍欠身施禮。

葛勒可汗雖說年紀比雲亂還大上幾歲，卻也頗為開通。這個小王叔年逾三十還未有妻室，難怪見得大唐來的美貌樂伎就如此失態，於是哈哈大笑，當場將那少女賜予雲亂，遣人送至特勒府。

雲亂哭笑不得，唯有叩謝王恩，尋思下朝後再對那少女詳加盤問。

待到宴罷回府，已是華燈初上。

家奴上前伺候，並告知可汗送來的美女已送至雲亂房中。

雲亂遣開房門外的侍衛，伸手推開象牙雕飾的木門，只見那少女背對門口，跪坐在房中間那張波斯地毯上，正埋頭在拾掇什麼。

走到近處，卻見地上扔著自己的驢皮馬鞍，鞍上包裹的皮革已被揭了下來。那少女手中一把剪刀正在修剪那塊驢皮，神情專注，似乎就連他推門而入都沒覺察。

想那膠合在木鞍上的驢皮何等堅固，就算最專業的工匠，也不見得能輕易將皮革自馬鞍上整塊剝落下來，更別說是這麼一個嬌滴滴的少女。

雲亂雖覺得有幾分蹊蹺卻不恐懼。他走到少女面前開口問道：「你在做什麼？」那少女抬頭微微一笑，頷首為禮，「魚姬見過王叔，王叔有禮。」表情無比坦然。

「你叫魚姬？」雲亂皺眉問道，「我是否曾在哪裡見過你？」

「昔日長安一別，是否已忘了玉蕊花下的故人了？」魚姬對雲亂的問話似乎充耳不聞，逕自言道，「虧得有人十載相思煎熬，難怪世人皆道男兒薄倖。」

「你……你……！」雲亂心頭一驚，眼前這自稱魚姬的少女所指，自然是遠在長安的連蟬。

雲亂雖然驚訝，但還算鎮定，沉思片刻，開口問道：「姑娘可是為連蟬而來？」名為魚姬的少女淡淡一笑，開口問道：「王叔可知而今的長安成了何等模樣？」

雲亂搖搖頭答道：「單于城地處邊遠，就算驛馬神駿，所收到的消息也延誤十餘天，自然不知如今長安境況。」

魚姬微微點頭，「前夜黎明，大唐國君已然棄城出逃，現在城中大亂，流寇橫行，待到明日叛軍入得長安，只怕死傷更重。」

雲亂聞言更是心驚，「那……連蟬是否隨駕出逃？」

魚姬見雲亂表情甚是緊張，也就不顧左右而言他，直接告知連蟬此時的處境。雲亂得知連蟬身陷險境，心急如焚。然而單于城與長安相距將近萬里，昔日出使之時，路上足足顛沛數月才到得長安，而今得知連蟬境況，卻是遠水救不了近火！

雲亂神色不定，心中既憂慮又追悔萬分，心想，當日若是下定決心帶連蟬離開，想必又是另一番造化。幾番思慮，卻見眼前少女仍在好整以暇地修剪手中的驢皮，心想，這名叫魚姬的女子必定不是一般人，此番趕來預警，必有救人之法，於是開口言道：「而今形勢危急，不知我當如何才可助連蟬脫困？」

「昔日你二人相約私逃，卻因擔憂國事而拆散鴛鴦，而今大唐即將傾覆，你可還會忌諱許多？」魚姬放下手中剪刀，站起身來。

雲亂聽魚姬舊事重提，心情更是激盪，「當日與連蟬分開並非我二人所願，而今若是可以救得連蟬，便是償得多年心願。只是天長水遠，我只是肉身凡胎，如何能臂生雙翼飛去長安？」

魚姬見他依舊惦念連蟬，心中也是歡喜，滿意地點點頭，「不怕飛不去，只怕你無心，既然你有心，自然另有法子。」說罷，亮出手中修剪好的驢皮。

只見那不過一尺寬的驢皮，正好被剪成一頭毛驢的形狀，雖然修剪時間甚短卻唯妙唯肖。

魚姬對著驢皮吹了口氣，驢皮如同沒有重量般飄出手掌，待落到地上，頓時膨脹起來，伴隨強烈的風聲鼓噪，赫然變成了一頭活生生的毛驢！

那毛驢頭大、耳朵長、四肢粗短，肌肉甚是強健。

雲亂對眼前的異變頗為吃驚，轉頭見魚姬示意自己騎上毛驢趕去長安，心中更是確定遇上了仙家，於是欠身施禮，忐忑問道，「敢問姑娘是何方神仙，如此相助在下，實在不知如何報答？」

魚姬聞言，微微一笑，「我不是神仙，只不過是個好事女子罷了……。」

待到雲亂抬起頭來，眼前的魚姬已經如煙般飄散無蹤，冥冥之中聽得魚姬言語：

「救得連蟬即離長安，萬萬不可朝東行！」

雲亂知曉那名叫魚姬的少女已去得遠了，於是翻身跨上毛驢，叱令一聲，那毛驢發足狂奔，朝房門衝了過去！

木門尚且緊閉，眼看就要撞上，雲亂大叫一聲，下意識閉上眼睛，只覺得耳邊風聲呼嘯，更夾雜各種聲音。偷偷睜開眼睛，只見眼前景物飛快地撲面而來，或是鬧市，或是荒原，或是戰場……種種人與物都飛快擦身而過！

雲亂知道是魚姬所施的法術，不敢多看，只是抱緊驢身，閉上雙眼，一路風馳電掣，早穿越萬水千山！

不知道過了多久，耳邊風聲漸漸沒有那麼急切，等到他再次睜開眼睛，只見遠遠一座城池矗立暗夜之中，正是長安！

毛驢進得長安，方才恢復平常的速度。

雲亂騎著毛驢遊走在夜色中的長安街道，只見到處都是破敗的民居，沒有一戶人家掌燈，可以照亮的竟然是幾處起火的房屋。路上偶而看到幾個行人，都是手抱包袱細軟，扶老攜幼逃奔出城，一路上哭聲陣陣。

雲亂何嘗見過繁華的長安變成這般形狀，心中更是擔憂連蟬的安全，便催促胯下毛驢飛奔，趕去東市的常山公主府。路上遇到些許馬賊、流寇，要麼是被雲亂手中的佩刀砍下馬背，要麼是不敵雲亂胯下毛驢的神駿，轉瞬就被遠遠拋在身後。

不到半炷香的時間，已奔到常山公主府外，只見門戶大開，一路上盡是殘敗之物。進得府內，更是慘不忍睹，從花園到大廳，沿路倒著數具屍首，遍地血汙，原本金雕玉砌的廳堂已然起火，昔日的白牆被煙燻得焦黑！

雲亂翻身下驢，自廳中撿起一隻桌腿，胡亂纏上些幔帳，於火中取得火種，沿路照明，在府中搜尋連蟬的蹤跡，一面高聲呼喚連蟬的名字。只是空空院落回聲激盪，更顯得死寂。

雲亂在公主府中四下搜尋，始終無所收獲，最後找到後院廚房，只見地面一個寬約一丈的方洞大開，一條石階直通地下，想來是昔日儲存米粟的地窨，於是小心沿著石階而下，果然見得一個石室。

一個年逾五十的老婦人伏屍於地，身體尚且柔軟，估計死去不到十二個時辰，看其形貌，竟然是昔日尊貴的常山公主！

常山公主咽喉中刀，血染石室，身上的錦繡華服早被進來洗劫的匪人扒了去，猶自面帶驚恐，死不瞑目！

雲亂心中更是驚惶，轉身繼續尋找連蟬，走到石階邊突然踩到一物，俯身就著火把一看，居然是一隻染滿血汙的玉蟬！

看到這個玉蟬，雲亂只覺得眼前一黑，幾乎暈了過去。這枚玉蟬雕工細膩，無比熟悉，與長久以來掛在他頸項的玉蟬本是一對！

玉蟬在此，自然連蟬也曾經在此，而今常山已死，連蟬只怕也遭不幸，如何教他不心驚膽顫？

雲亂緊緊握住玉蟬，一面嘶聲呼喚連蟬，一面飛奔而出，跨上毛驢，在這廢城中飛奔尋覓，只盼天可憐見，可以來得及救下連蟬。

奔到大明宮前，眼見宮門大開，四處人影幢幢，卻是無數流民、野盜在宮中出沒，一個個都只顧著搜刮宮中財物，便是欄杆上的白玉獅子也都教人撬將下來。

雲亂騎著毛驢奔走於偌大的宮殿之中，一面四下環顧，一面高聲呼喚，到得後來早已聲音嘶啞難辨，咽喉腫痛難當，也是全然顧不得了。

時而有人看到雲亂疾奔而過，在這茫茫深宮中苦苦尋覓，都道這人吃了驚嚇患上失心瘋，想這亂世之中，全身自保尚難，又如何找得到失散的人呢？

大明宮雖大，但毛驢神駿，兩個時辰的奔走早踏遍宮中每一處角落，但依舊沒有連蟬的蹤影。

雲亂心中更覺失落，想這等兵荒馬亂，連蟬一個弱女子如何可以逃得性命，只怕早做了匪人刀下亡魂。即使如此，他依然無法停止尋覓。自宮中回到長安街頭，雲亂突然心中靈光一閃，隱隱升起幾絲希望，於是催促毛驢調轉方向，向安業坊奔去。

安業坊外的回紇使館也和長安城中其他地方一樣，就連大門都被拆了一半下來，館中驛丞、隨從早已逃得不知所蹤。

此時天已漸明，雲亂疲憊的雙腳踏入驛館的門檻，一步一步穿過廳堂，所見之處也是牆壁汙損、桌椅碎裂的殘敗之狀。然而，此時他的心頭卻湧起幾分奇妙的感覺，就如十年前在茫茫繁複的公主府感知到連蟬所在一般！

雲亂心中狂跳，加快腳步，轉過過廳的迴廊，來到後院。

只見那棵已繁茂許多的玉蕊花樹下靠著一個女子，娥眉微顰，面色倉皇，正是他心頭思念過無數遍的連蟬！

闊別十年，兩人都各自滄桑許多，在這亂世之中終於相遇，四目相交，思慕感慨之情難以言喻。

苑中影壁的花窗外站了一人，正是昔日酒肆中醉臥聽曲的瀟湘柚子，見這對好事多磨的有情人終於走到一起，心中也頗為安慰。突然覺得背後生風，知道是魚姬到了，於是轉身笑道：「你也來了。」

魚姬莞爾一笑，「柚兄果然大度，明知會輸，還是出手相助弱女。高風亮節，佩服，佩服。」

瀟湘柚子歎了口氣，「小生當然不想輸此賭局，只是當時形勢危急，若是袖手旁觀，讓匪人一刀殺了連蟬，實在於心不忍。」

魚姬見瀟湘柚子一臉無奈，也歎了口氣，「柚兄此言倒顯得我不是那麼光明正大了，若非形勢所迫，我也不會驚擾柚兄的逍遙日子，非要拉柚兄下水……若是柚兄實在為難，你我賭約就此作罷，柚兄也不必為難。」

瀟湘柚子哈哈大笑，「我瀟湘柚子豈是食言而肥之輩？既然應了魚姬姑娘的賭約，自然要願賭服輸。別說魚姬姑娘只是要借我『萬載靈鬚』一用，就算剝了我這身老樹皮，我也不會說半個不字。」

魚姬見瀟湘柚子信守承諾，心中感激，「多謝柚兄成全。只需柚兄助我避過地心烈焰，待我尋得阿鼻大城，柚兄即可全身而退，絕不敢煩勞柚兄深陷險境！」

此時，兩人言語聲調頗為激越，只是苑中的雲亂和連蟬都聽不見而已。

「阿鼻大城？」瀟湘柚子沉吟片刻，開口問道，「小生雖癡長萬載，卻沒聽過這阿鼻大城的說法。阿鼻地獄倒是聽過，據說是最深層的地獄，犯了重罪的人死後靈魂永遠受苦之所。」

魚姬神色凝重，思慮良久方才言道：「阿鼻大城雖與阿鼻地獄有些關聯，但世人所說的地獄並非真正的地獄道，不過是後來人為造成，用以締造新次序的產物而已。柚兄既然修行萬載，數千年前是否見過有專司職務掌控世間萬物輪迴的滿天神佛？」

瀟湘柚子茫然搖頭，「當年的確沒有這等說法，萬物天生天養，輪迴自然。」

魚姬點點頭，「這就是了。自天地混沌初開，滋生天地萬物，所存的只有六道依次輪迴；其中分出天道、修羅道、人間道、畜生道、餓鬼道和地獄道六道，而非如今的滿天神佛等級森嚴。眾生皆要六道輪迴，次序井然，種種福報、惡報都會在所應之道時一一體現，不會因為一時的為善而減少應受的惡報，也不會因為一念為惡而被削減昔日的善業。絕不存在一生為惡，臨死之時放生若干鳥、魚之類，或是日夜供奉神佛香火，就可抵消惡行，再修得一世人身的咄咄怪事。縱然應受的地獄業報如何之重，只要一直轉生為人，就不必領受，正因為成就如此投機的規則，這世間的惡才越來越多。柚兄不見現在世間越來越多寡廉鮮恥、窮凶極惡之輩，就是輪迴不轉，六道紊亂之故。」

瀟湘柚子聽得魚姬言語越發驚訝，「魚姬姑娘所要尋覓的阿鼻大城究竟為何？」

魚姬歎了口氣，「阿鼻大城乃是地獄道中最為殘酷的業報之城，與這人間道本屬不同的世界，只有在人間出現極大浩劫，也就是而今這般皇氣遷移之時，才會比較接近人間，即便如此，也還隱於萬丈地心烈焰之下。」

瀟湘柚子思索許久方才言道：「既是如此凶險之地，姑娘為什麼還要冒險前去？」

魚姬咬咬嘴唇，半晌方才回答：「只因心中有一疑難，唯一可能知情之人沒了蹤跡，我已尋遍六道，唯有這阿鼻大城尚未去過，所以甚是肯定，那人就困於阿鼻大城之中。」

瀟湘柚子聞言，微微頷首，「聽魚姬姑娘這番言語，想來必然有些淵源。小生既然應承了姑娘，一定會護送魚姬姑娘完成此行。」

魚姬神情寬慰，更是感激，「如此先行謝過柚兄。」言罷，轉眼看看苑中的雲亂與連蟬兩人，「他二人既已重逢，只需跨乘皮驢就可脫困，不必再為他們憂心。反倒是時辰將近，我等唯有趕去阿鼻大城現世之所，以免耽誤，又得等上數百年。」

言語之間兩人早已消逝無蹤，這片偌大的荒苑中又只剩下連蟬與雲亂兩人。

雲亂尋得連蟬，雖然有千言萬語想要傾訴，也知這裡並非久留之地，於是攜了連蟬走出回紇使館。才跨上皮驢，就隱隱聽得陣陣馬蹄之聲，更夾雜無數喊殺鼓噪，叛軍已然攻入長安！

雲亂牢記那魚姬贈予皮驢時的叮囑，心知不可向東行，於是掉轉驢頭，向西奔去。皮驢神駿，須臾間已遠離長安，一路上風聲激烈，連蟬偎在雲亂懷中，哪裡敢睜眼細看？

也不知道奔出多少路程，突然聽得前方人聲鼎沸，似乎有千軍萬馬齊聲呼喝一般。

雲亂心驚，慌忙停住皮驢，仔細分辨，卻是無數人在呼喊：「國忠與胡虜謀反！」

雲亂、連蟬兩人對望一眼，心想，莫非這神驢的腳程趕上了數日前出逃的皇帝不成？

就在這時，數支利箭破空而來，簌簌幾聲，插在前方的地面。只見前方山麓轉過幾匹駿馬，馬上乘客都是吐蕃人打扮，背後塵土飛揚，不知有多少追兵！

雲亂見得這般情狀，慌忙驅驢躲在一邊。

那幾個吐蕃人雖極力逃生，但都沒能逃過背後密如織網的箭雨，不多時都被一一射下馬背，恍如刺蝟一般，早就一命嗚呼！

雲亂與連蟬躲在路邊樹林之中，見得這等異變，心驚肉跳，不知前方出了何等狀況。

就在此時，數十匹戰馬奔騰而過，馬上都是大唐的兵將，個個銅盔、鐵甲，戎裝在身，手中兵器犀利無匹，殺氣騰騰！

騎兵縱馬越過那幾個吐蕃人的屍身，追逐前方吐蕃人走脫的幾匹快馬，以確認黨羽都已伏誅。

而後許多步兵跟了上來，圍住那幾個吐蕃人的屍身，突然，有人看見雲亂與連蟬隱於林中，放聲高呼：「那裡還有兩人！」

片刻之間，無數手執兵刃的士兵直奔雲亂、連蟬而來！

雲亂見對方人多勢眾，慌忙催促皮驢奔走，然而，在這林間始終左右受阻，不得其路，好不容易甩開後面緊緊跟隨的追兵，重回大路，卻見得前方矗立數十騎駿馬，正是先前越過的一隊騎兵！

為首一人手執長槍，竟是棄連蟬而去的夫郎竇鼎！

雲亂、連蟬、竇鼎在這樣的情況下見面，三人心中都是一驚！

適才前方的馬嵬驛發生兵變，楊國忠伏誅，竇鼎率兵到此本是為了格殺走落的餘黨，不想在這裡與雲亂、連蟬狹路相逢。

數日前棄下老母、妻小而逃，本以為連蟬已喪生於長安兵禍，不料突然在此地見到，更與那回紇胡人共乘一驢，想來自然是做下了有違婦道的行徑，立刻從驚訝變為嫉恨，頓起殺心！

竇鼎高呼誅殺亂黨，一面挺槍便刺，雲亂自然不能讓他傷到連蟬，慌忙催促皮驢閃避，掉轉驢頭狂奔。但左近都被騎兵堵了個嚴實，稍有停頓，只聽「撲哧」一聲，竇鼎的長槍已扎進皮驢後腿尺許！

竇鼎原本以為傷了雲亂的坐騎，兩人勢必會被吃痛的畜生摔下地來，不料槍一扎入皮驢體內，如同扎進一大桶生膠，緊纏沾韌，哪裡還扯得出來？

雲亂見皮驢受創，也顧不了許多，高聲喝叱，那皮驢猶如離弦之箭般射了出去，載著背上的雲亂、連蟬從馬匹間細微的空隙中穿出，轉眼間已衝過騎兵的圍困！

而緊握長槍不放的竇鼎被挑離馬背，連帶飛速飄起，就如放上半空的紙鳶，被皮驢帶著飛躍崇山峻嶺！

竇鼎心中驚恐，想要呼喊卻只覺狂風猛灌入口，喊叫不得，唯有死死抓住長槍不放。皮驢速度何其驚人，雲亂只覺眼前的事物飛速閃現，什麼野地、城池……哪裡看得清楚！

驀然，眼前大亮，一輪紅日出現在地平線前方。

日出東方！

雲亂大驚，正尋思此番逃避錯走了東方，心頭才覺不妙，胯下的皮驢已然「嚓」一聲碎響，在初升的朝陽光芒中裂為齏粉！

雲亂、連蟬失去皮驢的承載，依然保持慣性向前衝去，片刻間摔落在地，向前滑出十餘丈！

事發突然，但雲亂及時翻身護住連蟬，地面的礫石將雲亂後背劃得血跡斑斑！忽然，雲亂身體一震，頓失重心！

雲亂緊抱連蟬，翻手一扣，胡亂抓住一物，勉強穩住身形；定睛一看，竟是斜靠在一處傾斜的山崖之上，若非抓住崖壁突出的石頭，兩人早已摔將下去！

那邊的竇鼎也是如此，好在有長槍在前穩住身形，雖摔得頭破血流，肢體尚無大礙。半晌爬起身來，只見四周荒蕪，處於一片高地之上，崖下一株巨樹生得甚是豐茂，樹冠延綿一里左右。雖然生於懸崖之下，但樹冠早已高過山崖，葉片碩大如船槳，蔥鬱青翠。

此等奇樹當真是聞所未聞！

竇鼎見山崖不過在身邊十餘丈外，不由暗自慶倖，心想，若是沒有手中長槍，只怕已摔了下去！此時又見一條血跡斑斑的劃痕直通懸崖，忙步履蹣跚地跑了過去，只見雲亂懷抱連蟬靠在岩壁之上，不上不下，境況堪憂。

竇鼎死裡逃生，本當慶幸、釋懷，但見雲亂與連蟬生死相擁，心頭更不是滋味，於是掄起手中長槍就向雲亂沒頭沒腦捅了過去，所幸相距甚遠，一時間還搆不著。

連蟬睜眼見自己與雲亂身懸岩壁，心頭驚駭，又見崖上竇鼎正欲行凶，更怕他傷了雲亂，於是高聲告饒，希望竇鼎看在多年夫妻情分上，莫在此時落井下石。

竇鼎見連蟬維護雲亂，嫉恨更深，顧不上自身安危，攀住岩壁漸漸下滑，只待接近這對男女，就用手中長槍先行結果那個奪他妻子的回紇胡人！

雲亂見竇鼎一手攀附岩壁，一手緊握長槍慢慢靠近，臉上盡是殺意，也知這般僵持岩壁不是辦法，但自己一手抓住岩壁，一手要護衛連蟬，如何生出第三隻手來對抗竇鼎？再看看岩壁，坡度還算平緩，若是兩人一起慢慢攀下去，也未嘗不可，於是將想法對連蟬說出。

連蟬雖蒲柳弱質，不擅攀爬，這時候只得這一條生路，縱然畏高，也顧不了許多。

雲亂一手緊握連蟬手臂，一手探路，一步、一步接應連蟬向下攀滑。連蟬不敢直視崖下，唯有緊貼岩壁，側臉看到雲亂不時傳遞的鼓舞眼神，雖然依舊畏懼，卻不似先前驚慌失措，心中安定不少。

竇鼎見兩人緩緩攀下，哪有就此甘休之理，於是也小心貼附岩壁，跟了下去；只是手中握著長槍，反而不及攜帶連蟬的雲亂輕快。約莫過了一個時辰，雲亂與連蟬終於踏上了崖下的實地，而竇鼎還差十餘丈，仍困在岩壁之上。

雲亂拉著連蟬，方才走出幾步，只覺得背心劇痛，伸手一摸才發現後背血肉模糊，卻是先前摔倒滑行所致。剛才身陷險境精神緊張，倒不覺得，而今卻是痛徹心扉。轉頭看那岩壁上染出一片血色痕跡，想來失血不少，不由得開始頭暈、乏力。

然而敵人近在咫尺，雲亂沒有時間歇息，只能強打精神帶連蟬逃走。跑出一段路途，只見前方矗立著一棵巨樹，樹身足有十餘人合抱粗細，樹皮斑駁，水缸般粗的根鬚糾結、交錯深紮地下，也不知是多少年的歲月光陰才可以造就。

雲亂、連蟬二人驚詫之餘聽得腳步聲響，卻是竇鼎手持長槍快步追了上來，一聲喝叱，長槍快如游龍！

雲亂慌忙推開連蟬，旋身自腰間拔出佩刀，倉促應戰！若是平日，雲亂武藝本勝一籌，而今身受重傷，武功大打折扣。手中腰刀翻飛之際，每每動彈，背心就如火燒一般。

連蟬見兩人鬥在一起，險象環生，無奈身體孱弱又不諳武藝，唯有在一旁憂心如焚。這山谷十分開闊，竇鼎施展長槍不受限制，正所謂一分長、一分強，舞得潑水不入般向雲亂招呼，招招狠辣無比。

雲亂有傷在身又失血過多，行動不如平時靈活、機變，初時還有所保留，不想生死相搏，後來見竇鼎苦苦相逼，便也顧不了許多，下手不再留情！

兩人大戰數十回合，竇鼎依舊無法取雲亂性命，轉眼見連蟬面露憂色，只是關注雲亂一人，心頭不由大恨，心想，你這婦人只顧著姦夫的死活，不將自家夫郎放在心頭，留你何用？

殺心一起，竇鼎躍身來了個回馬槍，槍尖微顫，直取連蟬！

雲亂發現竇鼎意在連蟬，慌忙快步搶在前頭，揮刀劈向槍身，只聽「啪」的一聲，那長槍一分為二，竇鼎手中只剩半截槍桿！

雲亂阻斷竇鼎攻勢，心中釋然，卻聽一聲短暫的呼聲，身邊的連蟬頹然倒下，那半截斷開的槍頭已沒入連蟬腰腹，頓時血如泉湧，染濕了大片衣襟！

此變一生，雲亂與竇鼎都是一驚，繼而竇鼎心生快意，哈哈大笑。

雲亂只覺胸中血氣直衝頂門，心中痛楚難當，激怒、悲憤之下更不留情，腰刀脫手而出，自竇鼎頸項而過！

竇鼎猶自快意狂笑，突然覺得喉頭一冷，四周景物天旋地轉一般，卻是頸項被雲亂的腰刀削為兩段，頭顱滾落塵埃，鮮血噴濺三尺之高！

雲亂知道竇鼎已死，心中再無其他，迅即撲到連蟬身邊。只見連蟬身下早已匯成血泊，柔美的面頰也成一片慘白！

雲亂抱起連蟬的身子，想要按住汩汩流出的鮮血，無奈槍頭插入很深，血水自雲亂指縫間流出，哪裡還止得住？

見得連蟬傷勢，如何不知她難逃厄運？雲亂心中不由悲痛萬分，想要哭號，卻像有什麼東西沉沉壓在心頭，痛得幾乎窒息，唯有看著連蟬泣不成聲。

忽然，連蟬唇角微動，依稀是在呼喚雲亂的名字，雲亂忙將耳朵貼了過去，連蟬言語早已氣若遊絲，「雲亂……雲亂……竇鼎可還在這裡？」

雲亂心中悲苦，連忙答道：「他……已經不在這裡了。」

連蟬慘白的臉上露出幾分欣慰的笑容，「……好也……好也……這個壞蛋終於走了……他要是再欺負我……雲亂還會不會幫我……？」

雲亂悠悠記得，這言語正是幼時初見連蟬說過的話語，心中更是難過，哽咽道：「那是自然……下次他……他再敢欺負你，我還幫你揍他……！」

連蟬臉上露出甜甜的微笑，如同回到了幼時的歲月，彌留之際喃喃言道：「看啊……玉蕊花又開了……雪白的……多美……。」話音未落，已然靠在雲亂懷中安然逝去，任雲亂如何嘶吼、呼喚，都無法喚醒她的沉睡。她一生命運多舛，直到此時方才得到安寧。

雲亂心中悲苦難當，輕輕把連蟬放在地上，這世間空曠，似乎只剩他一人，思慮至此，只覺得喉頭一熱，一口鮮血噴湧而出，身子晃了晃，踉踉蹌蹌後退幾步，仰天縱聲嘶吼，早已不成人聲。

恍惚之間聽得大地轟鳴、震動，四周岩壁、石塊簌簌落下，他也是視而不見，充耳不聞。

大地震動，地面現出一條寬逾三丈的鴻溝！

雲亂身下的土地相繼裂開，他身無依憑，頓時摔進那道無底深溝！

就這般飛速下落，身邊無數石塊、泥沙滾落而下。突然，雲亂撞上一段正在飛速上移、樹根樣的物事，那物事想是受不住拉扯，頓時撕裂開來，上面的碧綠汁液噴了他一身，數滴濺入口中，只覺苦澀不堪！

就在這時，雲亂只覺得腳下一緊，似有什麼柔韌之物捲住雙腿，頓時渾身乏力；偏偏被困住的雙腿開始炙熱非常，彷若烈焰炙烤般痛楚非常！

雖說連蟬已歿，雲亂也無求生之念，但身受這等苦痛自是難耐。四周沙石滾滾而下，更籠著厚厚的塵土，呼吸尚且困難，張嘴呼叫也不過是被填上一口泥沙而已。

此時，那僅僅纏繞在他腿上的物事卻開始不斷上移，就像一條無形的巨蟒，在他身上遊走，觸及之處無不如洪爐之火，似乎在逐步吞噬他的身體。

雲亂心中驚慌，伸手亂抓，可是他張開的手掌除了在掙扎間抓到些許泥沙、土石，根本觸及不到那正帶給他焚身般痛楚的異物！

當那物事纏繞到雲亂胸口之時，忽然猛烈地撞向他的胸膛，就像一隻強而有力的巨手在胸口掏挖！

雲亂甚至可以很清晰地感覺到，那物事穿破胸前的皮肉、骨骼，硬生生擠入他的身體，在那一刻，先前所受的焚身之苦乍然消逝，取而代之的是一種很是虛無的撕裂感，似乎有什麼還在不斷地湧入這個身體，將原有的五臟六腑統統擠壓為齏粉一般！

而後眼前忽然亮了起來，先前一直因為泥沙覆蓋而無法睜眼，此時卻渾然不覺，即使是密布的沙塵也無法阻擋他的視線。

在撕裂的痛苦中，他看到半個閃現著詭異紅光的東西正擠進他的胸膛，很快便全都擠了進去，然而，他的胸口全無半點傷口！

一種莫名的悸動在他內心不斷衝撞，就連尖利的碎石在下墜中劃入他的身體，也全然不覺，只是長嘶連連，體內不知自何處生出一股驚人的力道來。他手腳並用地攀住岩壁，飛速向上爬去，手指抓撓之間，就連頑石也拉出道道溝痕，指尖過處，火花四濺！

雲亂心中驚懼，但身體似乎全然不受控制，整個人依舊頂著崩塌而下的碎石、泥沙不斷上移。眼看還有十來丈就可攀上地面，忽然，他口一張，喉嚨裡湧出先前見過、那個閃現詭異紅光的物事，驀然拔高四、五丈，直向地溝之上的青天衝去！

隨著那物事的拔高，雲亂只覺那難言的撕裂感在脖頸處爆發，似乎下一刻就會因為這等撕扯而身首異處！

就在此時，頭頂上方的兩面岩壁開始劇烈抖動，就像一雙正在合攏的巨手，飛快地壓在那正努力逃出升天的紅光之上，而後巨大的山石更是滾滾而下！

那紅光受阻，再難向上攀升、上拔，反而帶著厚厚的泥石朝雲亂壓了下來，夾著沉悶的轟鳴聲覆蓋下來！

這等山崩地裂之勢何其可怕，片刻間，雲亂已深埋數十丈黃土之下，眼前漆黑一片。而後滾滾而下的沙石、土塊越來越多，沉沉覆蓋，將這鴻溝填平，這一切巨變似乎都沒發生過。

魚姬聽瀟湘柚子說完陳年舊事，轉眼看看一邊端坐垂首之人，歎了口氣，「冤孽，冤孽。倘若當日不是我硬闖阿鼻大城，也不會招來城中的怨毒之氣。倘若柚兄不是為了救我性命，也不會傷到『萬載靈鬚』。若非為了鎮住地下尾隨而出的怨毒之氣，我也不會啟用地陷之術，怎知卻連雲亂也一併鎮在厚土之下……。」

瀟湘柚子也是神色黯然，「誰料在破土而出時，雲亂碰巧沾上我傷口溢出的血液，雖然亡故，肉身卻不腐，更令得魂魄困於肉身之中，不得輪迴，也就是成了世人所指的……殭屍。」

明顏聽得「殭屍」二字，身子不由又向後移了幾寸，「不可能的，若是尋常殭屍，不可能這樣一身妖氣……。」

魚姬面露愧色，「想來是被那股尾隨你我、脫困而出的怨毒之氣所侵，再加上這數百年的地氣滋養，早已修成旱魃。難怪方才你二人才到，這裡的桃花就開始凋敝……說到底，的確是為我所連累，十分對不住。」

聽到此言，那一直埋首之人終於抬起頭來，雖然容顏依舊，但血色眼眸中盡是悲切之意。「姑娘一心成全我與連蟬，誰料世事無常，當日若非走避追兵，也不會誤走東方，撞上此等劫數。命數如此，怨不得別人……。」

魚姬與瀟湘柚子交換了一下眼神，心頭憮然，不忍再揭他人瘡疤，但也不得不開口問道：「當日王叔既然被鎮於厚土之下，本當永世沉睡，如何會再臨人間？」

雲亂面露茫然之色，也是不得要領，「種種情形我也不太清楚，只知甦醒時是在一深洞之中。後來順著岩壁爬出才發現，外面世界早已滄海桑田，而我所到之處很快就樹木枯死、水源乾涸……最要命的是，不知道為什麼難以抑制對血食的渴望……。」

魚姬面露憂色，想那地陷封印之術從未失手，按理說，雲亂不可能再回人世，她右手飛快掐算一番，一無所獲，心頭更是忐忑不安。

「你可有傷人性命？」心頭雖不忍，明顏卻不得不問。眼前的雲亂已是旱魃之身，縱然心性本善，卻不見得可以克制妖性。

雲亂搖了搖頭，「死而復生後，我也知道自己和從前不一樣了，更不敢靠近世人居所，唯有躲在山中，獵取野獸獲取血食……可是，很快地，山中樹木焚毀、水源枯竭，野獸也逃離他處，逼於無奈才偶而下山，到村落中盜取牲畜為食，得手就立即返回山中。不料還是被人撞見，當做妖物、鬼怪般驅逐……。」

魚姬聽得此言，心中惻然，想他本是王室貴冑，卻落得這般下場，其中的辛酸、苦楚實在難以為人所知。這等境地還守心如一，不害人性命，足見雲亂心性良善。

魚姬正尋思如何相助於他，就聽瀟湘柚子言道：「月前小栩遊歷至東南群山，正好碰上雲亂，見他寧願自困荒山也不願伐害人命，就飛劍傳書與我，告知此事。我自識得雲亂，他落到如斯地步我也脫不了干係，於是就冒昧帶他來尋魚姬姑娘，希望可以想出個萬全之策。」

雲亂垂首言道：「而今我已是妖孽之身，既不願為害人間，也無寸地容身，更無緣再與連蟬相會，是以懇求瀟湘上人用誅邪劍將我收服，從此不再受那無窮苦難，可上人他卻……。」

瀟湘柚子搖頭嗟歎，「我本有負於你，如何下得手去？更何況你與那股從阿鼻大城逸出的怨毒之氣魂魄糾結，我也沒有十足的把握可以收服於你。」

魚姬面色凝重，看看雲亂身上的破舊大氅，轉頭對瀟湘柚子說道：「他身上這件『柚袈蘿衣』也是你給他的？」

瀟湘柚子苦笑道：「若無這『柚袈蘿衣』，雲亂身上的妖邪之氣早令這方土地赤地千里、民不聊生了。而今來尋魚姬姑娘，不知道魚姬姑娘有什麼辦法？」

魚姬眉頭深鎖，也覺非常為難，於是轉向雲亂問道：「而今你心中有何心願未了？」

雲亂淒然一笑，只覺就此終結也未嘗不可，只是心中還惦念連蟬，於是開口言道：「我別無他求，只想再見連蟬一面。可是上人帶我赴陰司查訪，卻無連蟬輪迴轉生的記錄。」

明顏聽魚姬言語，似乎有出手幫忙收服雲亂之意，心中惻然，便伸手拉住魚姬衣袖，「掌櫃的，他平白受了這麼多苦楚，你可不能真的收了他！」

魚姬見明顏誤會，連連搖頭，正色言道：「他落得這般境地，多少也因我之誤，我還不至於那麼厚顏，在這個時候置身事外。」說罷，對雲亂說道：「那是自然，這世間輪迴早已不轉，萬物轉生全靠陰司造冊，人為操控。若以生死冊上記載，當日連蟬本應死於常山公主府的地窖之中，卻被我和柚兄從中阻擾，鬼差沒能及時勾走連蟬魂魄，而後安史之亂中死傷無數，大量的冤魂都沒能順利輪迴，估計陰司早將這一大筆糊塗帳胡亂了結，連蟬不在冊上並不奇怪。」

「那……連蟬會在哪裡？」雲亂聞言，心中此起彼伏，無半點頭緒。

魚姬右手微微掐算一番，面露喜色，「只要避開日光，魂魄可遊歷三千世界。一時間雖難覓蹤跡，但如連蟬一般心有牽絆的反而不難找。你可記得你二人定情之日？」

雲亂心中豁然開朗，開口言道：「正是花朝之日。」

魚姬拍手笑道：「可就巧了，正是今天，看來也是天意。我曾兩次為你二人斡旋，可惜都事與願違，今日因緣際會，也應成就這段數百年的情緣。」

一旁的明顏也為這對苦命鴛鴦高興，聽魚姬言語，不由介面道：「是也，是也，只不過你這位大媒好像從頭到尾都只有『私奔』這一招啊……。」

瀟湘柚子在一邊早憋不住笑，魚姬瞥了明顏一眼，暗罵一聲貧嘴，而後自竹籃裡取出一個酒壺；揭開壺蓋朝天一傾，壺中酒水直飛天際，霎時化為傾盆大雨。

原本四周花朵凋零，已煞了不少遊客的性子，再一陣大雨傾盆，眾人頓時四下散開，不一會兒，這桃園中只剩魚姬等四人。

魚姬在雨幕中念動真言，除了四人端坐的布毯，四周景物如同走馬燈飛速轉換，更有風聲呼嘯，不絕於耳。

不多時，風聲乍停，只見四周花團錦簇，卻是一個頗為雅致的庭院，苑中一棵高大的玉蕊花樹繁花似錦。此刻天色盡黑，月上中梢，樹上的潔白花朵更顯晶瑩、剔透。

「這裡是……？」雲亂見得眼前景象，心潮起伏，不由自主站起身來。

魚姬放下手中的酒壺，微微一笑，「這裡曾經叫薜苑，也曾經是驛館，不過現在是座道觀，觀名唐昌，得名於昔日種下玉蕊花樹的大唐公主。」

雲亂想要靠近，又怕身上的妖氣折殺了這棵玉蕊花樹，只是徘徊不定，「連蟬……真的會在這裡麼？」

「倘若她如你惦記她般難忘舊情，就一定會來。」魚姬言語非常肯定，言罷，附在明顏耳邊低語幾聲，明顏頓時了然於胸，臉上露出幾分捉狹神色。

一邊的瀟湘柚子忽然輕噓了一聲，眾人凝神靜氣。

那玉蕊花樹枝條隨夜風搖擺，抖落些許花瓣，在風中微微打旋，只見白紗一現，一個素色衣衫的美貌女子突然出現在玉蕊花下，面目依舊，正是雲亂牽念多年的愛侶連蟬。

連蟬與雲亂四目相對，雖然經歷數百年歲月，更穿越生死大限，眼中的柔情蜜意卻是一如當初。兩人淚眼相望，無語凝噎。

魚姬掩口一笑，重重一掌拍在雲亂背後，「發什麼呆啊，還不快過去？」

雲亂只覺得背心一寒，原本抑鬱、苦痛的身體突然一輕，變得無比輕快，邁步之間已然來到連蟬身邊，握住那雙無比思戀的手掌。突然，聽得「噗」一聲，回頭一看，卻見一人倒在地上，看其形貌，正是自己！

魚姬早就手指如飛，凌空畫下幾道咒符，將雲亂肉身層層封印，方才徐徐舒了口氣，轉頭對雲亂說道：「幸好得到連蟬的牽引，我才順利將你的魂魄和糾纏在你身上的怨毒之氣分離，從此你可以不受旱魃之身的禁錮，和連蟬永不分離了。」

瀟湘柚子拍手叫好，卻不防明顏突然伸手自他頭上拔下一撮頭髮，痛得他齜牙咧嘴。

明顏閃身躲到魚姬身後，將手中的頭髮遞給魚姬。頭髮一到魚姬手中，頓時變成兩片翠綠的柚葉。

魚姬對瀟湘柚子拱手笑道：「柚兄莫怪，我只是想代這對有情人再向柚兄討兩件『柚袈蘿衣』而已。」

瀟湘柚子苦笑連連，「罷了，罷了。和姑娘打交道已然吃虧不少，而今就當做個順水人情吧！」

魚姬莞爾一笑。柚葉捏在手心一搓，早成一撮碧綠的粉末，她再對著連蟬、雲亂兩人一吹，熏風過後不留半點痕跡。

連蟬與雲亂對望一眼，頗為茫然，卻聽魚姬笑道：「這『柚袈蘿衣』雖不能讓你們恢復人身，但從此也不必懼怕白日陽光，更可防鬼差拘魂。你們可如常人般在世間度日，全當我這媒人送你們的賀禮。」

雲亂、連蟬相視一笑，俱是溫情，兩人一起轉身拜別眾人，轉瞬化為青煙，散於玉蕊花梢；一時間枝頭吐蕊，芳香四溢，那花樹綻放得比平日更加茂密喜人！

明顏見事情圓滿解決，心頭也是歡喜，轉頭看看地上橫著雲亂的軀殼，問道：「掌櫃的，這具旱魃之身怎麼辦？」

魚姬對瀟湘柚子微微一笑，「煩請柚兄帶回辟妖谷鎮住，我想日後大概另有機緣。」

瀟湘柚子微微頷首，拈指念動口訣，那頗為魁梧的肉身頓時化為一顆龍眼大小的綠丸，收入瀟湘柚子袖中。

瀟湘柚子拱手向魚姬、明顏告辭，行出數步，忽然立足言道：「許久以來，小生一直有個疑問，不知當日魚姬姑娘在阿鼻大城找到要找的人沒有？」

雲亂、連蟬有情人終成眷屬，魚姬本來頗為喜悅，聽瀟湘柚子所問，不由得心頭凝重，微微搖了搖頭，「城深如海，我根本沒能進得去……。」

瀟湘柚子歎了口氣，「魚姬姑娘在這汴京城中盤桓，想必另有所圖，日後若有用得著小生的地方，不妨開口。」

魚姬知他心意，心中感激，唯有輕輕道聲多謝。瀟湘柚子乘風而去，翩然消失在夜色中。

第八話
紅珊

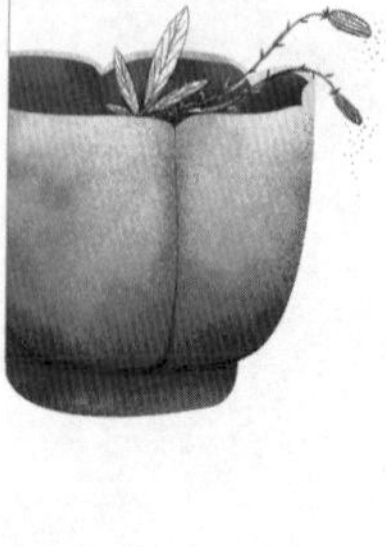

端午佳節。

汴梁城街頭人頭攢動，到處是賣菖蒲、蒿草、艾葉、薰蒼朮、白芷等草藥的攤檔，空氣中瀰漫著藥香，濃濃的，幾乎侵入每個人的肺裡。人們買來這些草藥，通常預留少許懸掛門口，寓意驅邪、除鬼，其餘的則小火熬煮成藥湯沐浴，可防蚊蟲叮咬及熱虐瘟疫。

這一天，汴京城中金明池內龍舟競渡，上至達官貴人，下至黎民百姓，都會爭相觀看，便是那高高在上的天子，也會在宮中的臨水殿上遙望此等盛會，可謂上下同樂。

金明池中波光粼粼，各色彩船無不光鮮奪目，樂船、畫舫、虎頭船、小龍舟等多如過江之鯽，其間更有長四十丈的大龍船，其上雕梁畫棟的閣樓林立，不少樂師吹拉彈唱，自是喜慶非常，更有鼓聲隆隆震九霄，兩側數排長逾十數丈的巨槳劃將開來，自是濤湧浪急，巨大船身載著前後所雕栩栩如生的龍頭、龍尾，如同真龍般好不威風。

汴京街頭的貨郎遊走長街，拖長了聲音吆喝、叫賣，擔子上懸著各式不一的香角子、長命縷，還有各色的「蚌粉鈴」、香囊，草把上還插滿了新上市的艾虎，卻是以金銀絲製為繁纓、鐘、鈴等形狀，懸上騎著虎的小人兒，墜在釵頭顫顫巍巍。

更有攢繡仙、佛、蟲、魚、百獸之形，或者八寶、群花、葫蘆、瓜果之類的樣式，加以幡幢寶蓋，繡球繁纓，配以多種細小、精緻的鈴鐺鉚接成串，被稱作豆娘的頭飾，這般色彩豔麗，各有各的精巧，卻是女子最為鍾愛的小玩意。

文人墨客呼朋引伴相聚，少不得要玩起鬥草這一遊戲來。名為鬥草，其實既不採草也不鬥力，卻是以花草名相對的文鬥，遣詞造句，各有章法，詩詞相對，自是風雅。倘若一時才思不濟，須得自罰三杯，而後另起一個名頭再來；雖紛繁複雜更有一番講究，卻是怡然自得。

而街邊小孩的鬥草之戲全然不同。只是各自採來百草，以葉柄相勾，捏住相互拖拽，誰的先斷，那便是輸了，要賴一番之後若不服氣，少不得要再換一葉相鬥。雖是兒戲，卻也有不少學問，而勝敗全在於人的拉力和所選草莖的柔韌，不少精於此道的孩童也可造就以小博大的輝煌戰績。

有些頑皮孩童厭倦鬥草之戲，便取了火摺子，點燃灌注雄黃的炮仗，扔在牆角或家具下，也不炸響，只是噴出一道黃煙，卻是喚作放黃煙子，用以驅趕五毒。也只有在這個時候，孩童玩火不被大人責難，反而都笑盈盈地看著，待到家中個個死角都被黃煙子熏染了，方才樂滋滋地揭開鍋蓋，取出早已煮好的艾香粽子打賞給孩兒們。

魚姬將油紙藥包中的雄黃粉緩緩抖落酒罈，就著添酒的竹筒拌了拌，原本清亮的酒水混上黃色的雄黃末，色澤也變得十分亮麗。魚姬舀了些許，倒在淺淺的酒碟裡嘗了嘗，覺得微微辛辣，又化了點冰糖摻進去，以緩和酒味。

雖然雄黃酒不可多飲，應節氣總也少不了這一味，尤其是這節氣還有不少未成家的老主顧一時間沒了去處，數天前就嚷鬧要來叨擾，少不得要備下十二紅款待。

所謂十二紅便是帶有紅、黃之色的菜餚、果實，比如玫瑰郎君、月季蜜果、石榴香之類的糖點果子，而紅燜寶鴨、油爆大蝦、香獐子和熗火腿等用於下酒的四熱菜餚更是少不了，零零碎碎，就差點時鮮果子來應應景。

這城裡櫻桃、枇杷之類的鮮果早賣斷了市，是以魚姬早早打發了明顏趕去城外置辦，算算腳程，也應該回來了。魚姬挑起酒簾眺望，果然遠遠地看到明顏釵頭上那支豆娘一路跳躍而來，只是街上人多，一時間還擠不過來。

「掌櫃的，掌櫃的，剛剛我在城門口看到怪事了！」明顏進得門口，還沒放下手裡一籃子鮮果就開始嚷嚷。

冷不防旁邊伸了隻手來在籃子裡撈了兩個大枇杷，明顏轉臉一看，卻是名捕龍涯正嬉皮笑臉地剝著果皮，「明顏妹子見著啥稀奇了？」

明顏忙將籃子推上櫃檯，防備龍涯再不問自取，口裡不依不饒：「掌櫃的，龍捕頭抓了倆，得算三錢！」

龍涯早吃了一個枇杷，將核吐在掌心，「不是吧？我再添五錢都可以買你這一籃子了。掌櫃的，遮莫你這魚館是開的黑店不成？」

明顏撇撇嘴，正要反唇相譏，就聽得魚姬出來打圓場，三人嬉笑、拌嘴一番也就不了了之。而後聽魚姬也開口詢問，明顏方把在城門口看到的怪事說了出來。

原來剛才明顏買了時鮮果品，正準備回魚館，就見遠遠來了一隊官府的人馬，看似官員出行，前、後雖然有不少差役、侍衛開道相護，看起來好不威風，但只是座兩人抬的青布小轎，轎面應是用得久了，有些殘舊。

這汴梁城中的官轎不少，八抬的、四抬的都有，唯獨這兩抬的甚是少見。如此簡陋的小轎，便是一般的商旅都很少用，更何況官場中人。

最最奇怪的是，轎子後面還有四個力夫抬著一具薄皮棺材，那棺材蓋板倒翻，很明顯是口空棺。

沿途有不少人圍在路邊看熱鬧，但轎旁的侍衛個個甚是威嚴，一早就闢開道來。隊伍穿街而過，和這城中的佳節氣氛格格不入。

明顏本想看看熱鬧，想到魚姬等這鮮果等得頗為著急，於是快步搶在前頭，趕緊先把果子送將回來。

龍涯聽得明顏言語，沉吟片刻，開口言道：「我知那小轎中坐著何人了。」

明顏奇道：「龍捕頭，你又知道？」

龍涯點頭道：「定是有『鐵面青天』之稱的監察御史方錚，方大人。」

魚姬聽得方錚之名，微微一笑，「原來是他。明顏，你去後面酒廊把架子後那壇九蒸九釀的山西『竹葉青』取來，等會兒有貴客臨門，莫要失了禮數。」

明顏正掀起後堂的簾子，又聽魚姬高聲喊道：「還有，還有，我房裡五斗櫃第三格裡放的那盒霜糖蓮藕也一併拿出來……。」

龍涯聽魚姬言語，轉頭見她滿面欣喜之色，難免幾分酸氣，「掌櫃的，你這就不對了，別說這方大人未必會來，就算來了，你也不必這般厚此薄彼，連珍藏的酒水、糖果都拿出來了。」

魚姬見龍涯一臉的彆扭神色，不由啞然失笑，「龍捕頭想到哪裡去了，既然有美酒，自然少不了你的一杯，至於那霜糖蓮藕，你這樣的鬚眉男兒也不會吃這女兒家的小點心嘛。」

言語之間就聽得鑼響，街上的人群早分為兩邊，遠遠地，就見監察御史方錚的小轎慢慢行來。

行到近處，忽然街上人群出現躁動，一個佝僂的老者搶到街心，口呼冤枉！監察御史的隊伍停了下來，跟轎邊師爺打扮的中年男子俯首在轎邊片刻，就走到隊伍前，讓侍衛把那攔轎喊冤的老者扶到轎前。

轎中人正要掀開轎簾，原本佝僂、病弱的老者突然目光森冷，手腕翻處已多出一把明晃晃的尖刀，他飛身撲向小轎，身形快捷無比，哪裡還是垂暮之年、行將就木的老人？此變一生，眾人都是一驚，侍衛趕上前去想要攔截，卻哪裡攔得住？

眾人皆道轎中人難逃毒手，轎簾突然翻飛，轎內閃出一條紅色的小腿，腿腳過處，那來勢洶洶的刺客已摔將出去，落在幾丈之外，面露驚訝之色卻身形未停，又一次向小轎掠去！

人尚在中途，忽然「啪嗒啪嗒」兩聲，那刺客雙腿一軟，跪滑於地，兩邊早有侍衛上前用刀架住刺客頸項，將其制住！

那刺客滿臉氣惱，轉頭望向魚館，卻見名捕龍涯正拍著兩手，嘮叨連連：「這枇杷雖大，核也不小，吃一半、丟一半，十分不划算啊。」原來適才正是龍涯順手擲出手中的枇杷核，直取那刺客腿上的環跳穴。

那小轎門簾大開，跑出一個五、六歲的女孩兒，身著紅色綢衫，眉心一點亮彩，生得粉妝玉琢，好生可愛。

那女孩兒見魚姬立於魚館門口，小臉笑靨如花，早奔將過來，伸手撒嬌。魚姬莞爾一笑，俯身將女童抱將起來旋了一轉，柔聲道：「才不過大半年，泉兒又長高了不少。」

言語之間，小轎中出來一人，卻是三十左右年紀。那人一身青衣便服，面容清瘦，眉宇間頗為堅毅，正是監察御史方錚。

方錚見那女孩兒摟著魚姬撒嬌，眉頭微微一皺，「清泉不得無禮。」一面轉頭吩咐手下將刺客先行收押，一面快步走向魚館。

那名叫清泉的女孩兒見父親喝叱，也不敢頑皮，忙從魚姬懷裡掙落下地，奔將過去拽住父親的衣袖，面上盡是活潑、可愛的神情。

龍涯記得，先前自轎中擊退刺客的正是眼前這五、六歲的女孩兒，正想尋常孩童哪有如此手段，見方錚過來，便抱拳見禮。

方錚與龍涯有過數面之緣，彼此性情相投，乃是交淺言深之友，而今見面，自然寒暄幾句。魚姬早已笑面相迎，將方錚和龍涯都迎到館中坐定，一邊明顏早捧出菜餚、酒品，更特地取出一個描金漆盒，盒蓋一開，一股甘香之氣頓時瀰漫廳堂；漆盒裡全是面裹糖霜的糖藕片，片片晶瑩。

明顏將漆盒遞到那名叫清泉的小女孩手上，女孩眉開眼笑，抱著盒子便跑到一邊吃去了。

龍涯心想，原來這糖果點心是專門為招待那小女娃而設。看剛才魚姬和女娃的親暱情狀，想來淵源頗深，又見方錚端坐一邊，於是把酒相敬，兩人對飲一杯後，龍涯方才問道：「方大人此番巡視而回，不知道沿途清掃了多少貪官汙吏？」

方錚微微一笑，「此番西行蜀地，代天巡狩，的確是懲辦了十餘起徇私舞弊案，總算不負聖上所託。只是沿路見民生疾苦，總覺得未能真正掃盡奸佞。」言至於此，不由得眉頭微皺，「適才在城外見汴河畔數百民夫拉縴，正運送江南送至的奇異花石，只覺勞民傷財……。」

龍涯微微頷首，「的確，聖上聽信蔡京之言，大興土木，在宮城東北隅興建壽山艮岳，設應奉局，是為花石綱。所用的奇花異石俱是自南方搜羅而來，朝野、市井怨聲載道卻難改聖意。」

談及國事，方錚憂心如焚，眉宇之間的「川」字紋更是明顯。龍涯聞言道：「適才那刺客不知是何來歷，敢在汴京街頭行刺的自是有恃無恐，方大人可得多加小心才是。」

方錚聞言，哈哈大笑，「這數年間也不知懲辦了多少貪官汙吏，自然得罪不少人，一路受命來取我項上人頭的，也不只這一回了。我之所以抬棺而行，就是告知他人，自己早將生死置於度外，以示決心而已。」

方錚言罷微微思索，繼續問道：「我聽聞，中書侍郎劉逵劉大人遭蔡黨彈劾，已被罷免，是否真有其事？」

龍涯歎了口氣，說道：「此事不假，劉大人已被貶為亳州知州，估計回京無望了。」

方錚聞言，心中更覺憂慮。

一邊魚姬壓酒相勸道：「朝堂之事不在朝夕，縱然有意掃蕩乾坤，也得機緣巧合才成，在我這傾城魚館，不談國事，只談風月，豈不更為快意？」

方錚、龍涯俱是一笑，對飲數杯。

旁邊明顏逗弄清泉，更取來後院百草與清泉鬥草為戲。

明顏本是貓妖之身，自有法力，清泉雖然年幼，但結草拉拽之間，居然可與明顏旗鼓相當，往復數次都是兩草齊斷，不落下風。

先前清泉擊退刺客已讓龍涯頗為吃驚，而今見明顏、清泉兩人鬥草不分勝負，更覺得奇怪，心想，小小孩兒哪來如此天生神力，若是長大了，估計更是厲害。只可惜是個女娃，若是男孩，日後沙場上建功立業也不一定。

方錚見清泉玩樂，天真爛漫，無憂無慮，唇邊浮起一絲寵溺的微笑，眉宇間的愁緒沖淡不少。見魚姬觀看鬥草之戲，也是面帶微笑，心中一個按捺許久的牽掛浮上心頭，沉吟片刻，開口對魚姬問道：「不知……紅珊可好？」

魚姬聞言，放下酒壺，微微歎了口氣。

龍涯見氣氛微妙，一時忍耐不住，開口問道：「誰是紅珊？」

方錚低聲言道：「紅珊是清泉的母親，我的妻子……。」

事情應從七年前說起。

當時方錚新科進士出身，因本是莆田人士，所以放任崖州知縣。

崖州地偏海南，地勢臨海，氣候濕熱，尤其是海濱的不毛鄉一帶，人口不過數百，而土地多為鹽鹼，不宜耕種，當地人多是聚集在海濱的幾個村落打漁為生，天生天養，民生頗為艱難。

方錚到任之時見眾鄉民大多衣不蔽體，目不識丁，不時為熱虐之疾所困，心中惻然。身為地方父母官，自然是把民生記掛心頭，他一面上表朝廷請求減輕當地賦稅，一面派人返鄉延請各類工匠、醫生和先生，前來崖州教化民眾，希望開啟民智，逐漸改變當地貧病交加的現狀。

方錚傾盡心力，但當地條件太過惡劣，不少人到了這裡都受不了濕熱瘴氣，不是病倒就是一走了之，只有少數身強力健的工匠勉強留了下來，而教當地孩童讀書、習文的工作，最後還是落在了方錚這個知縣老爺身上。

是以方錚少有在衙門坐堂，時常去鄉間遊走，一面視察民情，一面教授鄉間孩童讀書、寫字。

說來也頗為辛酸，授課時無有學堂，就在海灘席地而坐；無有書本，就由方錚口授；無有紙、筆、墨、硯，折下樹枝在沙地上畫寫也是一樣。

方錚不時還協助醫生煎熬湯藥，救治病患，眾鄉民皆知遇到了愛民如子的好官，更為愛戴。

方錚雖一心致力於當地民生，究竟勢單力薄，朝廷應允減少賦稅的批示遲遲未見下來，而當地疾病橫行、缺醫少藥的現狀也難以紓解。

時至五月，熱毒更盛，不少人患上無名腫毒，脖子腫脹如巨卵，身體瘦削，嚴重的更有嘔吐、昏迷症狀。

方錚勒令群醫診治，但無人知曉如何醫治，束手無策。

方錚憂心如焚，一面派人赴外地遍尋名醫，一面繼續上表朝廷，希望求得援助。可是一張張奏摺石沉大海，這片邊遠之地猶如被朝廷遺忘了一般。

這晚方錚憂慮重重，難以成眠，索性走去海邊吹吹海風。

月明如鑒，夜色中的潮水也分外平靜，一波又一波輕撫海灘，不時帶起些許海中的貝殼、海藻。

看著和夜色融為一體的海面，方錚內心始終不安，一直回想起日間巡視時眾多病患的呻吟之聲。

這時，只見遠遠的海面上亮起一盞明燈，緩緩向這海岸而來。

方錚尋思，這等深夜難道還有漁民出海不成？駐足觀望之際，那明燈已到了近處，卻是一盞方燈懸在竹筏的桅杆上，那竹筏上堆了一堆黑黝黝的事物，一個身穿紅色紗衫的少女正撐著一根長竹竿姍姍而來。

那少女眉目清秀，頭頂雙髻，耳際各墜一顆緋色垂珠，在夜色中光采奪目！

方錚見那少女一身衣著打扮甚是考究，不似當地的漁家女兒，雖然驚豔於少女的絕世姿容，又忽然想起，這等深夜相見終究有違禮法。正要轉身離去，卻聽那少女輕聲喊道：「方大人，哪裡去？」

方錚聽得少女呼喚，心想，這姑娘怎知我姓氏？於是轉身一揖，問道：「不知姑娘何事？」

那少女停下手中竹竿，竹筏已隨海浪移至岸邊。

少女走下筏子，來到方錚面前，側身道了聲萬福，回道：「小女子家住對面島上，聽得往來的漁人傳說此地腫毒肆虐，眾鄉民飽受其苦。小女子家中有一單方，取得這深海中的翠色昆布作為食材，病人時常服食，腫毒自可消除。」

方錚聞聽少女之言，心頭大喜，顧不得男女大防，上前問道：「姑娘之言當真？倘若如此，姑娘便是我這崖州的救星。」

那少女指著竹筏上那堆黑黝黝的物事言道：「今晚我採了約莫五十斤翠色昆布帶來，方大人可著人取回分給病患，配合肉薑煎湯煲煮一個時辰便可食用，不出三天，腫毒必消。」

方錚聞言，心中原本壓著的大石頓時消去無蹤，「多謝姑娘指教。不知姑娘芳名如何稱呼？」

那少女微微一笑，「小女子名叫紅珊，紅色的紅，珊瑚的珊。」

方錚見她笑面生輝，心想，果真人如其名，豔如珊瑚，又見她為眾鄉民奔波而來，古道熱腸，更為心動，「不知紅珊姑娘何以認得本官？」

紅珊輕聲言道：「這些時日見得大人在沙灘上教授孩童習文，便時常一邊聽課；只是大人心無旁騖，沒有注意到而已。」

方錚聞言，心中思量，若是見得這神仙般的人物，不可能沒半點印象。紅珊俯身在地上撿了一隻貝殼，在沙地上畫了一個「清」字，「前日大人教的這個『清』字我還記得。大人說過，此字意為純淨、無瑕，與『濁』字正好相反，為官者皆當嚴守清廉之志，方不愧對所讀之聖賢書……。」

方錚聽紅珊細數當日授課之事，心中疑慮盡消，本想再與她多對片刻，卻憂心患者病情，尋思還是先將這翠色昆布送回縣衙較好。於是開口向紅珊告辭，而後言道：「不知姑娘住在哪座島上，改日我自當登門拜會。」

紅珊莞爾一笑，輕聲答道：「紅珊家住『虛無島』，那裡潛流暗湧，若非自小在那裡長大，熟悉水流，就算再出色的漁人只怕也容易迷失。此地病患頗多，這點翠色昆布只是杯水車薪，明晚我再運一些來，大人只需著人來此接收便可。」

紅珊之言，方錚聽著萬分欣喜。兩人合力將那堆翠色昆布卸在海灘上，觸手之處只覺濕轆、滑膩，帶著海水的腥鹹之味。而後，方錚送紅珊回歸竹筏，幫忙把竹筏推入水中，紅珊手中竹竿輕撐，竹筏已離開海岸。

方錚見竹筏漂移，一時不捨，無意識地跟出幾步，只聽得「啪啪」兩聲，兩隻官靴全然泡在海水中，就連官服下襬都已濕透，貼在腿上直淌水。

紅珊看他這般失魂落魄，掩口一笑。竹筏乘浪而去，不多時已去得遠了。

方錚呆看著海中一盞孤燈飄然遠去，許久方才邁步跑回縣衙，打發手下衙差用筐子把那堆翠色昆布抬回縣衙清洗乾淨。

廚子把翠色昆布切成小塊，架起爐灶，與肉薑一道放在大鍋裡熬煮；不多時，鍋中熱湯沸騰，傳出一股香氣。

四周衙役圍著鍋子，食指大動。但任誰都沒見過這等物事，一時間竟無人敢率先上前嘗試。

待到燉煮一個時辰，那昆布塊已然粑軟，輕輕用筷子一插就破，香氣更重。

方錚走到鍋前用勺子舀起一碗昆布湯，眾人皆在勸阻，生怕食之不妥。

方錚哈哈大笑，用筷子夾起一塊送入口中，只覺得鮮香四溢，美味可口，遂風捲殘雲，將那碗湯喝了個精光。再靜坐兩、三個時辰，並無異狀，便吩咐衙役將此湯分給那些重症患者食用。由於人數眾多，不多時，偌大一鍋湯已見底。

說也神奇，原本重病纏身的人飲了那鮮湯，頓時胸中不再氣悶，以往一到晚上就輾轉反側難以入眠的，居然很快得以安眠，次日起身，脖頸的腫塊已消了不少。眾人驚喜交加，跑來縣衙尋得知縣方錚，喧喧嚷嚷，歌功頌德。

方錚見昆布湯建下奇功，心中更是感激紅珊，只希望日頭快些偏西，可以再見。越是急切，這時間就過得越慢，好不容易等到月上中天，紅珊的竹筏果然如期而至！

方錚見得紅珊，滿心歡喜掩藏不住，雖然身邊有不少隨從，仍快步上前迎接，卻見竹筏上沒有再像昨夜般堆放著翠色昆布。

紅珊見方錚露出幾分迷惑，微微一笑，彎腰自竹筏盡頭解下一長條黑黝黝的物事。方錚定睛一看，卻是一長條翠色昆布，一端在紅珊手中，一端漂在海面。

紅珊手中發力，不斷將那翠色昆布拉上岸來，只見綿綿不覺，不知道有多長，眼見地上已然積了一堆。

方錚招呼眾人上前幫忙，不多時，這片沙地上已布滿翠色昆布。

紅珊看了看，說道：「差不多也夠了。」

旁邊早有衙役拔出刀來割斷那翠色昆布，說也奇怪，那昆布一斷，落入水中，頓時被海浪沖走無蹤，如有生命一般。

地上攤著的翠色昆布仍是完整的一條，眾人又用刀一一切割，裝在竹筐裡運走。

紅珊目送眾衙役離去，轉頭對方錚說道：「這翠色昆布若是一時用不完，可在烈日下暴晒，晒乾之後加鹽醃製，可以保存很久，用時只需水發即可。」

方錚點頭稱是。夜來風好，兩人也不忙於離去，於是便在這海邊徐行談天，似有無數言語。

自此以後，紅珊沒有再回「虛無島」，而是留下來幫忙照顧那許多病患。

鄉民得紅珊的翠色昆布相助，不出半月已悉數痊癒，海灘生機一片。

眾人敬重紅珊、方錚二人，更是禮遇，不時將打得的魚、蝦送到縣衙，雖不是什麼貴重物事，但眾鄉民拳拳之心可見一斑。

疫情已解，但民生依舊困苦，因土地大多泥泛白霜，根本無法耕種，村民所吃的糧食十之七八是拿魚、蝦到鄰縣兌換。

而潮信有期，並非全年都有豐足的收穫，尤其到了寒冬臘月更是難熬，唯有趁天氣好的時候多多撒網，換得糧食留作過冬之用。

可是，拿錢去買糧食也抵不住商家哄抬米價，若是遇上大荒年，三吊錢都不見得換回一袋米糧。

方錚到任不久，翻閱縣衙中歷代縣誌，隱隱也為即將到來的下半年生計憂心忡忡。

紅珊見方錚愁眉不展也時常勸慰，偶而陪同去漁村查看；兩人朝夕相對，日久生情。

一日紅珊外出半日，突然快步奔回縣衙，滿面欣喜地拉了方錚一同去往海邊。

方錚到得海邊，遠遠看到岸邊一大塊平面礁石，在烈日下泛著白光，走近一看，礁石表面細密地覆蓋了一層白花花的細粒！

「這是……？」方錚遲疑地伸出手指蘸了些許，只覺得顆粒細緻、均勻，放在口中一嘗，入口鹹鮮，竟然是上好的鹽粒。原來是潮水退卻，遺留礁石上的海水蒸發結晶所得！

正在驚詫，又見紅珊招手示意，只見礁石後幾個頑童正架起一口鐵鍋煮水，鍋邊早凝結了一層白霜。紅珊取過鍋鏟就著鍋邊一刮，鏟裡已多了一撮黃白之物，赫然是熬煮而成的鹽晶！

紅珊笑道：「都道靠山吃山，靠海吃海，這裡海岸遼闊，日照充沛，海水取之不盡，用之不竭，便是天然的一片上佳鹽田。若是善加利用，縱然不比四川井鹽、山西池鹽名聲赫赫，假以時日，也可為天下珍饈一味。」

其實當地鄉民也曾以小鍋煮熬海鹽用在日常飲食，但頗費柴火、精力，需得多次熬煮去除雜質，且所得不多，以致沒有人想過利用當地環境大量晒製海鹽，而今聽得紅珊言語，方錚心頭豁然開朗！

這片海岸極為遼闊，若是在沙地設石槽滯留海水，即可坐等海水蒸發、結晶，省去了之前的一番勞碌，事後只需篩選、過濾，熬煮所得便是上好的精鹽！

有大量精鹽出產，則可改善當地民生！

方錚拍手歎道：「好個靠海吃海。若是取得官鹽置辦，鄉民可不必飽受風浪之苦出海漁魚，更不必畏懼寒冬缺衣少食！」言罷，欣然握住紅珊手掌，「紅珊，若是沒有你，不知道還要多久才能解我之惑……。」

紅珊任他握住手掌，心頭甜蜜，莞爾一笑，「那我們還等什麼呢？」

方錚哈哈大笑，「不錯，不錯，立刻回縣衙寫摺子去！」

兩人相視一笑，心中俱是溫馨，一路攜手而行，鄉民見到都微笑目送，皆歎好一對璧人。

方錚依紅珊之法，親手晒製海鹽，精心篩選煎煮所得，約半斤之多，鹽色雪白，顆粒細緻、均勻，成色上佳。他將這半斤精鹽置於錦囊之中，外面重重包裹油布防潮，交由專人，連帶奏摺一起快馬上京，直接交付鹽鐵司。

此番奏摺未經層層上報，直接由鹽鐵司轉陳徽宗皇帝。奏摺中字肯意切，字字珠璣，徽宗本是愛才之人，見隨折附上的精鹽品質上佳，更是大加讚賞，又豈有不准之理？

很快地，批示的文書就下達方錚手上。對方錚而言，這是天大的惠賜，從此便可著手建設鹽田。

有知縣大人號召，當地鄉民自然響應，奔相走告，出人出力。

人多好辦事，不出一個月，海灘的鹽田初具規模，上千個石鑿鹽槽，大的寬如澡盆，小的也有臉盆大小。當地鄉民數百，除老弱病殘都致力其中，雖烈日曝晒，依舊兢兢業業。

方錚身為父母官，更是不落人後，這番辛勞下來，愣是把個白面書生晒成了紫面漢子。工夫不負有心人，一個月下來，產量居然有十萬斤之多！

精鹽由就近鹽茶司派專人押送，而朝廷支付給鹽工的工錢、口糧也頗為豐厚，比之從前，實有天淵之別，自此方可養妻活兒，解決一家老小的生計。

這般巨變，使得當地名聲在外，鄰縣的姑娘也紛紛嫁入此地，一時間喜事頻傳，人丁更是旺盛。

方錚見這等改觀，心中欣喜，於是上表戶部，請求將那不毛鄉的名號改為鹽田鄉。這等政績通達，自然得以應允。

半年後，一塊新界碑立於海灘鹽田之側，上書「鹽田鄉」三字，字跡飛揚、挺拔，乃是方錚親手所書。

這般忙碌之後，鹽田事務步入正軌，以鹽產抵償賦稅，換取工錢，鹽田鄉已然富裕不少。

而紅珊與方錚朝夕相對，情誼更深，方錚也覺應當再進一步，成就兩人的終身姻緣，於是託村中媒婆王三姑向紅珊提親，想要上門拜望紅珊父母。

紅珊只說父母早亡，終身之事可由自己做主，欣然應允了婚事，言道大婚之日，唯有幾個幼時手帕交會來觀禮。

縣民本就對方錚和紅珊頗為愛戴，見縣大老爺要辦喜事，奔相走告，幫助張羅，由漁村到府衙，一路張燈結綵，便是過年也不見得這般熱鬧。

方錚覓得良辰吉日，一路吹吹打打，將紅珊迎進縣衙，全縣道賀。正如紅珊所言，女方賓客只有兩名女賓，一個年方十四，另一個則比紅珊還大上幾歲。

新郎方錚便是在那時第一次見得魚姬、明顏兩人，只覺得都如紅珊般俊秀，不似常人。聽聞魚姬在東京汴梁經營酒館，心想，這天長水遠的還趕來道賀，足見與紅珊感情深厚，自然以上賓之禮相待。

眾人在衙門外的空地宴開百席，飲酒相慶；新娘紅珊被送入洞房，身邊唯有魚姬、明顏相伴，說說姊妹間的體己話。

魚姬遣明顏去房外搬張凳子坐定，打發想要進來鬧房的賓客，明顏自然是刁鑽古怪，滴水不漏，將想要進房嬉鬧一番的喜客們刁難一番。而魚姬與紅珊在房中促膝長談，說的卻是另一件要緊的事。

幾番言語下來，魚姬知紅珊心意已決，便自袖中摸出一個巴掌大的玉壺交與紅珊，「既然你心意已定，要留在塵世與方錚白頭偕老，當姊姊的唯有祝福而已。這裡有瓶新煉製的『障靈酒』，你若服食，可遮罩身上靈氣，避人耳目，免得日後有人追究你混亂三界的無稽之罪。」

紅珊心中感激，將那玉壺收下，口中稱謝。

魚姬繼而言道：「只是，喝了這酒你就不可再使用法力，也會如同凡間女子般逐漸衰老。倘若有一天你有反悔之意，便摔碎這個玉壺，我會自汴京來此，再設法化解。」說罷，歎了口氣，「前途茫茫，總之還需小心。」

言至於此，魚姬起身告辭，出得門外，見明顏還攔著新郎官和一大群好事的喜客百般刁難，於是掩口一笑，上前打圓場。眾喜客擁著方錚擠進新房，房裡頓時呼喝、嬉笑，鬧個不停。

新郎、新娘也只得任由喜客們耍弄，雖各自羞澀，心中均是甜蜜。

魚姬、明顏飄然出了府衙，不多時已消逝在衙門外，眾賓客宴飲正歡，都未察覺。

紅珊與方錚成婚後夫唱婦隨，柔情蜜意，兩情繾綣，一年之後喜得一女，取名清泉，一家三口和樂融融，人人稱羨。

清泉生得粉妝玉琢，甚是可愛，眉間一點亮彩灼灼生輝，且天生神力，蹣跚學步時就曾獨力推倒縣衙門口的鼓架，到得週歲後已可跑、可跳，遠比尋常五、六歲的孩童還要穩健。

縣裡的老少見到，都稱之為神童。

方錚自然心中歡喜，雖然覺得這個孩兒與一般孩童全然不同，也不作他想，越發疼愛這個女兒，就連去鄉間視察鹽田，也會偕同紅珊抱了清泉同往。

清泉到了海邊越發活潑、好動，且不畏懼海浪。方錚忙於公事少看一眼，就奔去水中踏浪而行。雖在浪尖沉浮，卻不隨波逐流，身上衣衫也只是濕了下襬，彷彿那海浪於她就如平地一般！

紅珊見了也不阻攔，知是孩兒天性，不會有何風險。只怕自家相公看到嚇著，於是限定清泉活動範圍，只許在沒膝的淺灘上遊玩。

初時方錚還在反對，但見紅珊一直在一邊看管，也放開心來，任清泉在水中耍樂、嬉戲。

本以為美滿的日子會這麼持續下去，不料在清泉三歲那年發生了一件事情。

這一年，從外地來了一個遊方的道士，帶著羅盤在鹽田附近四處遊走，直道那片鹽田乃是氣吞汪洋的龍口所在，若是覓得龍珠之位下葬先人，則可蔭庇後人，三代之內必定出王拜相，子孫福澤延綿。

鹽工們自不理會這等瘋言瘋語，只覺那道士在鹽田攪局，耽誤活計，於是將那道人趕出鹽田。

那道人當然沒什麼好臉色，指著眾人呼喝、咒罵一場就怒氣衝衝，拂袖而去！

事隔數月，道士去而復返，並帶來幾個商人打扮的人，身邊還跟了數十個凶神惡煞似的近身保鏢。

眾鹽工也不敢上前干涉，只有任由他們在鹽田四處轉悠。

半日之後，來人離開鹽田，直奔縣衙，亮出腰牌憑證，原來是京城派來的官員，且為右丞蔡京所屬。蔡京權傾朝野，手下官員、門生眾多，方錚知曉其中利害，也不敢怠慢。來人甚是倨傲，一來就要方錚將鹽田遷移數十里，原地方圓數十里不得有人煙！

那片維繫全縣生計的鹽田本是辛苦建成，地勢尤為重要，雖然縣中另有邊緣地帶臨海，但受方向所限，根本就不適合晒鹽！何況村民祖祖輩輩棲身在此，倘若遷移便是一無所有，居無定所！

方錚自然不會應允這等無禮要求，唯有請出朝廷發放的官鹽置辦文書，以王命回絕。

那群人討了個沒趣，悻悻而去。

方錚也知蔡黨跋扈作風，擔心還有後著，然而公務繁忙也無暇他顧，唯有暫時打消疑慮，忙於鹽田之事。

是夜，紅珊哄得女兒清泉入睡，見夫郎書房燈火通明，心知他必定還在為蔡黨索地之事煩惱，正要加以寬慰卻見得衙門師爺來報，說是鄉中有幾家的孩童平白無故不見了蹤跡，走遍全縣都遍尋不著。

方錚聽得這個消息自然無法坐視不理，一面勒令縣衙中的差役四處查看，一面著人招來地保，組織人手幫忙搜尋。

紅珊在一旁見得這等景象，心頭湧起幾分莫名的不安。這片土地向來太平，自方錚來此治理後，百姓更是安居樂業，別說走失人口，便是禽畜也是少有丟失。何況經衙門差役查問後陸續得知，失蹤孩童人數已然多達九人之多，五男四女俱是三歲左右。可憐孩童父母無不焦急萬分，個個手足無措，在縣衙大堂嚎啕大哭。

紅珊也是個三歲孩童的母親，自然明白個中滋味，見自家夫郎在堂上安撫一干苦主也不便上前，忽然想起女兒清泉還獨自在房裡睡著，免不了有些不放心，於是轉身回屋看看，不料一看之下卻大驚失色！

原本安臥在小床上的女兒已然不知去向！

有失蹤孩童的事情在先，一下子又不見了女兒，紅珊自會朝那事上面想，看著小床上被褥凌亂，一時間遍體冷汗，心中更是惶恐不安。她驚聲呼喚清泉，卻聽得女兒的哭聲自窗外傳來！

聽得女兒的聲音，紅珊懸在心頭的大石總算放了下來，她三步併作兩步地奔出房去，只見後院花壇邊的蓄水缸倒扣在地，滿地都是水，哭聲正是從那水缸下面傳來的！

那水缸本是原石雕琢而成，少說也有兩百斤重。紅珊而今法力不再，便和尋常女子無異，即使使出渾身力氣，那大石缸仍是渾然不動！

紅珊無奈，高聲呼叫，驚動堂前眾人。不久，總算來了四個差役，好不容易才將倒扣的大石缸翻了過來。只見清泉渾身濕透，赤著一雙小腳丫，趴在地上哭得好不傷心，小臉上滿是驚懼，想是吃了不小的驚嚇！

紅珊慌忙摟住女兒，柔聲寬慰一番，許久，清泉方才停止哭泣。再細加詢問，無奈孩子太小也說不出個所以然來，只是言道有大馬猴抓她，之後就將驚魂未定的小臉埋在紅珊懷中。

紅珊眉頭微皺，將女兒抱起來，一低頭，見女兒手裡攥著什麼不放，定眼一看，卻是一把褐色毛髮連著一小片血淋淋的皮！

方錚小心扳開女兒緊握的手掌，將那帶血的皮毛取來仔細端詳，那皮毛硬如豬鬃，卻遠比豬鬃更長，拿在手裡只覺惡臭難當，卻不知是何等牲畜的毛皮。說不得便是清泉所言的大馬猴所有。

這裡地處沿海，雖林中也有些猴子、猢猻，但從不敢進城裡鬧事，更不可能跑到這人氣旺盛的縣衙來胡鬧。然而看這形勢，清泉似乎是在熟睡之時遇襲，被抱出房後驚醒，便使勁掙扎，想來這片皮毛便是在那時被清泉扯下；而後清泉掉進缸中，恰好推翻大石缸將自己扣住，方才逃過一劫！

紅珊和方錚對望一眼，滿面俱是憂色，心想，那失蹤的九個孩童說不定也和這事有莫大聯繫，若非女兒天生神力，只怕也和那九個孩童般不知去向！

就在此時，縣衙外又有婦人哭號而來，卻是賣糕餅的寡母牛嫂。只見她蓬頭垢面，口口聲聲叫著妞妞的名字，說是剛才有個渾身是毛的怪物自窗子進來，將妞妞抱了去，她一路追趕，轉過街角就不見了蹤影。

眾人皆知牛嫂的丈夫因病去世，只有三歲大的女兒妞妞相依為命；而今這等情狀，只怕妞妞已然成為第十個失蹤的孩子！

此事非同小可，無論清泉和牛嫂看到的那玩意是什麼，很明顯的是，有人帶著某種目的在這裡尋找年約三歲的孩子下手！

方錚暗自心驚，迅即傳令下屬通知全縣居民，尤其家中有三歲幼兒的更要多加留心。他廣派人手四處搜尋，便是荒郊野地也不曾放過。幾天下來，依舊徒勞無功。

紅珊見方錚心憂此事，夜不能寐，雖感擔憂卻也無法寬慰；再細細思量，這幾日來縣內倒是不曾再丟失孩童，然而，那十個消失的孩子依然杳無音訊，是生是死也不知，任憑衙門派出再多人手也是全無下文。

想到那曾對清泉下手的怪物，紅珊隱隱有些疑慮。見那晚被清泉扯下的皮毛還在方錚案頭，於是轉身自廚房取了些白米盛在碗中，又取了一簇毛髮埋進碗中。不多時，只見碗裡白煙陣陣，奇臭難當，一碗白淨米粒統統變了顏色，全都黑敗不堪，猶如積壓多年，發霉、生蟲的陳米！

由此可見，那偷盜小孩的絕對不是被馴養的普通猿猴，而是玄門邪道之物！

一想到這個，紅珊心頭一凜，暗想此事恐怕和先前引來蔡黨的那個無德道士脫不了干係。只是無證無據，那道士也已隨那幾個官員離了此地，就算是要追究也是無從著手。

倘若真是那道士驅使妖物做下這等勾當，不知又是何用意。

這些天來見方錚為失蹤案和鹽田的事情煞費苦心，紅珊深知這般苦無頭緒，也不好驚動於他，唯有拜託縣衙捕頭暗中查訪那道士下落。

不知不覺已然到了月末，那些孩子失蹤了這麼多時日，家中父母、親屬也隱隱覺得尋回無望，縱使哀聲慟哭，也不得不一一接受現實，畢竟，無論如何日子還要過下去。

這日方錚又和平日一樣去了鹽田，紅珊在家中陪伴清泉，見得捕頭神色匆匆而來，言道這兩日鄰縣有人購置了大批香燭、紙錢和三牲，還在碼頭雇了一艘船準備明晚出海。而主事之人的形貌卻與當日來鹽田搗亂的道士一般無二。

紅珊聽得捕頭言語，心頭也隱隱覺得事有蹊蹺。鄰縣碼頭附近的海流恆定，那道士的船若是順流而行，不到三五個時辰便會進到此地海域。既然準備了香燭、紙錢和三牲，想是要做什麼法事，只是不知是否衝著鹽田而來。然而一切皆無頭緒，這等怪力亂神之事亦不方便在方錚面前言明，於是紅珊決定當晚先去海灘一探究竟，而後再做籌謀。

是夜，紅珊獨自一人離了縣衙，去到鹽田之側的山崖之上，那裡視野遼闊，方圓三四里的海域都可看得一清二楚，且怪石嶙峋，自有藏身之處，也不畏懼被人發現。

隨著夜色逐漸深沉，鹽田的工人早已各自回家歇息，偌大的海灘空無一人，而那片海水也是色沉如墨，唯有黑暗天幕上一彎新月如鉤，冷冷清清。

紅珊伏在山崖上耐心等待，看看天上的彎月，方才覺察月末已過，此刻已是這個月的初一了。正在尋思那道士為何選擇這月分更替之時出海祭祀，究竟有何用意，就見遠遠的海上顯出些許燈光，到了近處，卻是一艘大船！

大船上燈火通明，有不少僕役在划槳，船頭上擺放了香案、供品，那道士立於船頭，神情肅穆。

船開到離岸數十丈遠之處便已停止不動，有幾人合力將錨拋入海中，穩住船身。既然船已靜止，負責划船、掌舵的人都閒了下來，紛紛聚在船頭，觀看而那道士開壇作法。

紅珊遠在山崖之上，自然聽不清那道士言語，只見他嘴角翕張，唸唸有詞，幾次法鈴疾搖之後，便開始焚香禱告，一旁早有僕役將供奉的三牲一一投入海中。

說也奇怪，那三牲體積不小，自船上拋進海中本應有動靜，誰料卻是觸水便沉，就連半點水花也不曾濺起！

那船上圍觀的一干閒人，見得這等情狀也甚是驚訝，紛紛咋舌不已。

就在此時，那道士放下法鈴，左手自香案上掂起一支權杖，與右手緊握的桃木劍相互敲擊，三聲之後，那船上圍觀的眾人便如一排木筷般，瞬間全都直挺挺地倒了下去，不再動彈，一時間也不知是死、是活！

紅珊見得這等景象，自是明白那道人是故意放倒眾人，想來定有其他不可告人的勾當，於是一旁冷眼旁觀。

那道士確定船上之人皆已不省人事，面上露出幾分得意之色，而後自袖子裡取出一個小瓶子，拔掉瓶塞放在香案之上，順手把香案上供奉一個五寸見方的小錦盒打開，放在大船的甲板之上。

只見那道士再度打響權杖，叩叩九聲之後，一股黑煙自那小瓶的瓶口噴湧而出，夾雜著陣陣咆哮聲，片刻之間，黑煙凝結成一個人形，高約六尺，渾身毛髮覆蓋，兩眼紅光四射，一張血盆大口，獠牙參差，額中鑲嵌一枚鴿蛋大小的綠色珠子，似人又似猴，樣子甚是嚇人。

紅珊見得此物全貌，不由得暗自心驚，雖說從未見過此異物，但昔日也曾聽得魚姬說過，哀牢山中有種名為「千日猿」的怪物，形容與眼前之物甚是一致。

那千日猿雖不是什麼厲害的妖物，但是性情凶殘，最為喜好吞噬年方三歲的幼兒，將所吃的幼兒元神聚於額間的元嬰珠中，久而久之，元嬰珠由白變綠再轉赤之後，便是可增加道行的玄門靈物，得之勝過千年清修。

是以偶而也有玄門邪道豢養此物為修煉元嬰珠的爐鼎，以無辜幼兒飼養此物，犯下喪天害理的滔天罪行。然而這妖物也為天理所不容，每年必受天雷之劫，偷生於世的已然不多，更枉論可以養成赤色的元嬰珠供人增加道行。

而今見那妖物額間的元嬰珠已經養成青碧之色，想來是那道人偷奸取巧，讓它避過天雷之劫才可養成此等異物。

只見那道人手裡權杖一揮，那千日猿已然浮在船頭甲板外的海面上空，雖然看似無任何支撐，但它站立穩當，張牙舞爪，口角黏液橫流，滴滴答答地垂掛嘴角，大有擇人而噬之勢。

接著，那道人自香案上拿起法鈴，在地上的錦盒上方搖響，盤旋三周後，大喝一聲「出」！

紅珊看得分明，只見那錦盒中爬出一些甲蟲大小的物事，一到甲板之上便迎風而長，變成幾歲幼兒模樣，那千日猿在船頭見到，不由得嚎叫連連，急不可耐！

等到那錦盒中的小兒全都出來之後，一看共有十人之多，五男五女，正是上個月失蹤的那些三歲孩童！

紅珊心頭一凜，心知那道士必定是要拿這些孩子餵那千日猿，用以催熟元嬰珠。若是以前，她早已上前相鬥，縱使不敵那妖道，也可將孩童打落海中再圖施救。而今她全無半點法力，與尋常女子無異，即使有救人之心也是無濟於事。就算此刻奔回衙門搬救兵，只怕也是枉然！

就在紅珊心中焦慮之時，那道士已然再次搖響法鈴，十個幼兒原本立於原地，似醒非醒，此時卻一個個步履緩慢、搖搖晃晃開始朝那千日猿走去。

那千日猿早已躍躍欲試，眼見走在最前面的小兒到了身前，便探抓一撈，將那孩兒抱在懷中，再將頭一側，張開血盆大口朝那孩子的脖頸咬去！

想那妖物口齒何等鋒利，撕扯過處孩子頓時血肉模糊，腦袋血淋淋的耷拉在肩頭，只是兩眼發直，臉上毫無半點痛楚之色！

那妖物力大無窮，雖然塊頭不大，但指爪鋒利，拉扯之間已將那可憐孩子的手臂扯了下來，抓在手裡啃吃，喉間還不時發出滿足的咕嚕聲，待到手臂上的血肉被啃得乾乾淨淨，便順手一拋，扔進海中，而後又扯下另一隻胳膊。

及至吃得只剩頭和身體，那妖物伸出舌頭舔了舔那血肉模糊的身體，伸爪在那屍身的胸腹一掏，頓時五臟六腑畢露！

那妖物發出一聲歡叫，似乎是把最中意的部分特意留在最後享用，是以也不似先前一般狼吞虎嚥，而是慢慢品味、咀嚼，血盆大口邊的毛髮早因為蘸上了屍身內臟碎塊而沾在一起。

末了，那妖物的肚腹高高隆起，血淋淋的手上只剩下那孩子的頭，依舊是眼睛半開半閉，只是早已失了神采。

妖物一口咬在那小小的頭顱上，頓時打開一個偌大的缺口，而後它不耐煩地吐出口裡沾惹的頭髮，伸爪一摳，就像剝雞蛋一般，輕易地揭開孩子的天靈蓋，將那還在微微顫動的腦髓舔食一空。

紅珊遠遠見得一個活生生的孩子被那妖物生吞活剝，只覺得胸中翻騰、作嘔不止，可又無半點辦法，只有眼睜睜看著那妖物把魔爪伸向下一個無辜的孩子。

而那道人卻是面帶詭異笑容，不停地搖著法鈴，將孩子一個接一個送到那可怕的妖物面前。

那妖物的肚子越來越大，身上的濃密毛髮也因為肚子的膨脹而豎立起來，遠遠看去就像只碩大的毛球，似乎隨時都可能被撐得爆裂開來！

到後來，十個孩童全都被妖物吞下肚去，那妖物浮在半空，四肢揮動，聲聲嘶叫，看似痛苦萬分！

道人見得這等情狀，早已放下法鈴，拿起木劍挑了幾幅紙錢就著燭火點燃，幾番揮劃之後，火焰飛離劍尖，落在那早已撐得滾圓的千日猿身上，頓時將那一身毛髮點燃！

千日猿的叫聲越發淒慘，額心的那枚元嬰珠已然在烈焰中由綠變紅，而後紅光大盛，將整片海域照得一片通紅！

就在此時，那水面波濤洶湧，若非大船事先放下巨錨，只怕早被這波浪捲去他處！

只見千日猿下方的海面乍然凹陷，卻是一個巨大的漩渦，激盪、盤旋不已，而後只聽得一聲長嘶，漩渦之中升起一顆與那大船一般大小的頭來；那頭似駝、角似鹿、眼似兔、耳似牛，口旁有鬚髯、頷下有明珠，喉下更有逆鱗，威風八面，不可逼視！

紅珊臉色一邊，自是認得來者正是這海中龍王！心驚膽戰之下趕忙緊貼山崖；倉皇間只見龍王大口一張，頓時海面狂風乍起。那正熊熊燃燒的千日猿早化為一個火球，被龍王吸入口中，而後隨著一聲長嘯，龍王已然隱入海中。波濤驟然停止，一時間海面平靜，只剩天幕一彎冷月相照！

那道士哈哈大笑，好不得意，將剩餘的紙錢焚燒一空，紙灰飄落海面，隨波逐流。而後敲擊權杖，口裡唸唸有詞，那原本倒在甲板上的船夫、僕役紛紛甦醒過來，面面相覷，莫名其妙。

道士揚聲招呼眾人收錨、開船，不多時，大船已然掉轉方向，原路返回。伏在山崖上的紅珊只覺得遍體惡寒，顫抖不已。雖然不知那道士此番舉動是何用意，既然將那龍王也招惹出來，說不得其中必定有極大的陰謀！而今雖知那十個孩兒都沒了性命，卻不知應如何向方錚說明。只有慢慢回返縣衙，見方錚書房的燈光依然明亮，心中卻是千頭萬緒，不知從何說起。

第二天傍晚，鹽田的工人跑來相告，說一早就看見鹽田外的海灘散著不少紙錢，雖然覺得怪異，但都忙著幹活，沒往心裡去；誰料早上潮水退去之後，直到現在都沒有漲潮的跡象，海灘的水位竟然遠離鹽田數十丈遠！

鄉民祖祖輩輩在這裡生活，潮起潮落本有汛期，從來沒有出現過這樣的怪事。

方錚趕去海灘一看，果真如此。那潮水遠離鹽田數十丈，原先一直埋於水下的沙灘經過一天的曝晒早已乾澀，散落一地未隨潮水退走的魚、蝦、螃蟹，早晒得臭氣熏天！

沒有潮水灌滿鹽田中的鹽槽，又如何晒製鹽粒？

憂心忡忡的方錚一直守候在海灘，希望等來潮汐，誰知等到第二天，這潮水依舊沒有漲起來！

早有鄉民請來鄉中的風水先生，那先生現場觀測一番，連連搖頭，言道是有人施展了玄門之中的定海禁術。此術失傳已久，若非施術之人親自解咒，旁人根本無能為力。眾人方才想起那個和官員同來的道人，皆道必是那道士使壞。

方錚雖不信這等怪力亂神之事，而今陷於困境卻想不出任何辦法。說來也是奇怪，海水雖退，但大可挖溝引水至鹽田，只是那海水也似有了自己的主張，無論如何也流不過來，實在難辦。

紅珊自是知道此事必定和昨夜所見有關，但即使說將出來也是於事無補，何況這些年來一直都對自家夫郎隱瞞自己的出身、來歷，如果說了昨夜之事，必然會被追問其他，無異是自尋煩惱。如今既然如尋常女子一般留在這凡塵俗世，又何必多此一舉？

然而對方錚而言，更為擔憂的卻是另一樁大事。

月末就是上繳鹽稅之日，倘若沒有出產，如何應付那一系列賦稅？

眼見日頭高升，再這樣下去勢必耽誤工時，於是下令全縣壯丁挑水灌槽。

眾人一心，在烈日下來回奔走，但人力始終有限，天黑之時，鹽槽依然空著一大半！

這樣三天下來，方產出往日一天的產量，如此下去，到月底，只怕還差一大半，就算勉強對付過去，日後只怕更是艱難！

紅珊攜帶女兒陪伴方錚，為鹽田中忙碌的鹽工送茶水、飯食，眼見夫郎身先士卒在烈日下奔走，滿臉倦容，心中更是不安。

一個念頭在紅珊心中轉來轉去，其間更無數次拿出魚姬贈予的玉壺，然而看看懷中的稚女，看看遠處忙碌的夫郎，卻如何捨得？

月底鹽茶司派專人來驗收鹽產，居然未提本月鹽產不足量之事，而是笑嘻嘻地要查看縣誌、戶籍，而後言道如今鹽田鄉的人口比四年前多出一倍，下月的賦稅因此增長一倍，意味著日後鹽產量需得比現在多出一倍才可應付增長的稅收！

那鹽官臉上的捉狹神色方錚豈會不知，分明是先前前來索取鹽田的官員授意，不敢明目張膽奪走鹽田，便行這等行徑為難於他。

若是他據實以告，那鹽官必定上報鹽田產量減少一半有餘，並要求撤回官鹽置辦權，自此鄉民便不得再自行產鹽買賣，否則就會犯下販賣私鹽之重罪！

若要增產鹽量，而今無有潮汐，又如何可以做到？若無鹽產抵償賦稅，這裡便會被打回原形，成為當初的貧病之地！這幾年所費心血，從此也就付諸東流了。

鹽官揚長而去，方錚呆坐堂前不言不語，眉目之間愁雲密布。

紅珊默默立於方錚身後，見夫郎的肩頭又瘦削不少，原本黝黑、茂密的髮叢隱隱見到幾根白髮，心頭更是難受。

紅珊緩緩上前，伸出手臂圍在夫郎肩膀。方錚知道是她，心中一暖，抬手握住貼在背後的妻子雙手，「夫人，為夫恐怕保不住這片鹽田了……。」

紅珊輕輕言道：「相公莫要灰心，俗話說，車到山前必有路，總會有辦法解脫的。」

方錚搖了搖頭，「雖然為夫不信那些玄門之說，但親眼所見卻不得不信。鹽田的工人言道，那道人數月前已來此地覓得風水寶地，而今更會同蔡黨官員索地，不用多想，必是為奸相蔡京而來。蔡京權傾天下，便是朝中一品大員也未必敢開罪於他，何況為夫只是區區七品芝麻官，就算有心據理力爭，那妖道的法術亦非人力可為。潮水不漲，如何得以足量的鹽產應付賦稅……？」

紅珊的面龐輕輕貼在夫郎耳鬢，眼光落在廳外院落的青石地上，口裡喃喃道：「相公放心，潮水……一定會再漲起來。」

方錚只道妻子是為寬慰於他，心中感激，眉宇微展，心想，得妻如此，夫復何求。是夜三更，紅珊侍夫郎熟睡便披衣下床，轉過側廂，見女兒清泉趴在小床上睡得正香，被子又被踢開了一半，先伸手幫孩子掖好被角，方才悄然出門，一路穿街過巷，向海灘走去。

這等深夜，人們都已安然入睡，海邊顯得很寧靜。

紅珊穿過鹽田，走到遠處的水邊，自懷中摸出那只晶瑩剔透的玉壺，朝著露出水面的礁石砸去！

玉壺觸石即碎，發出一聲簡短、清脆的響聲，碎屑四濺。

一時間水面波動，一分為二，一個女子飄然而來，步履過後海水又再合攏，正是遠在千里之外的魚姬。

魚姬歎了口氣，「要來的始終還是來了，只是沒想到這麼快。」

紅珊苦笑一下，輕聲言道：「還請姊姊幫忙。」

魚姬無可奈何地取出一只琉璃盞，盞中之物青碧流光，在夜色中尤為顯著，「這杯中物可解那『障靈酒』之效。可是你遁世四載，海中部族四處尋找，你若取回靈力，就無法再避開龍王那老泥鰍的耳目，而你與凡人婚配，生下孩兒，更是犯了天條大忌……。」

紅珊低頭言道：「我也知道此行凶險，若是被抓到，必定會受責罰。可那妖道害了十個孩童性命，施術以元嬰珠賄賂龍王之時，我心懷畏懼也無能為力，只有袖手旁觀，長久以來心中難安。而今妖道施法定海，若不作為，鄉民定然失去安身立命之所。此地民生困苦，唯一的希望便是那塊鹽田，若是鹽田不保……。」她言語哽咽，一時說不下去。

「那妖道所為雖非善舉，但也焚香祝禱求得龍王首肯，所以挪動了控制潮汐的潮汐御輪。自輪迴不轉之後，世間萬象皆由天尊提桓布下的法器操控，這潮汐御輪只是其中之一，雖歸龍王所有，負責看守的卻是你們靈珊一脈。你要將其移回原位並非難事，只是你一入海，那老泥鰍如何會不知……。」魚姬搖了搖頭，「民生固然重要，可也犯不上你冒如此風險，我看你還是為了夫郎……罷了，罷了，少不得我陪你走上一遭，幫你擋擋那老泥鰍……但那潮汐御輪是提桓之物，我若觸碰，必會露了痕跡，誤了大事，所以移動潮汐御輪之事，只能由你一人去做。」

紅珊點頭稱是，意甚堅決，魚姬見不能勸得她回心轉意，只有將手中的琉璃盞遞給了她。紅珊仰頭一飲而盡，片刻之間，周身靈光流轉，已然恢復真身！

兩人化作兩點寒芒飛躍入海，不多時海面波濤洶湧，只是夜色深沉，無人見得。

卻說方錚，一覺醒來天色初明，起身才發現妻子不在，料想是在廚房張羅早點，於是披衣、梳洗一番，再去廚房尋她，卻依舊不見人影。正覺奇怪，就聽房中孩兒哭號，卻是睡醒了找娘。

方錚忙回房抱起女兒輕哄，不料女兒越發號哭尖叫，弄著他這個當爹的手足無措。就在此時，聽得外面人聲轟動，歡呼如潮，方錚抱著孩兒出得門來，轉過後院到得廳堂，只見堂外聚集了無數鹽工，一個個歡天喜地！

那些鹽工見方錚出來，歡呼雀躍，圍上來七嘴八舌。方錚聽得明白，眾人所說的乃是同一句話——漲潮了！

這等天大的好消息，對以鹽田為生的人來說，無異於久旱逢甘露！

方錚驚喜交加，手抱孩兒隨眾人趕去海邊一看，只見魚白的天空下，那海水已漫過了鹽田，所有的石槽裡都灌滿了水。

眾人腳下不再是乾澀的沙子，而是淺淺的海水！

困境終於得到解決，鄉民皆道是上天恩澤，無不歡喜，方錚自然不例外，只是這麼早紅珊就不見蹤影，心裡始終有些擔心。

懷裡的孩兒越發掙扎、尖叫，號哭不已！

清泉雖年幼，但天生神力，方錚如何抱得穩？只好鬆手把她放在地上，誰料這孩兒一落地就邊哭邊跑，聲聲喊娘，直朝那大海奔去，身形快捷，十餘個大人都攔她不住！

方錚一下慌了神，忙追將出去，可是那孩兒碰到浪潮，行動更為迅速，反倒方錚在水裡奔跑，只覺得阻力甚大，哪裡趕得上去？

眼見清泉跑進深水，小小身軀一晃就消失在水面，方錚驚得心膽欲裂，顧不上自己水性不佳，也躍入水中搜尋。一陣浪頭打來，口、鼻嗆水，頓時難受非常；縱使如此，方錚還是強打精神朝前撲騰。後面跟來的鹽工將他強拉了回去，不少壯年漢子則紛紛破浪而去，想要救回那被浪頭捲走的孩兒！

這些鹽工多是漁民出身，水性絕佳且人多勢眾，但在這片水域層層搜索，竟全無所獲。還有人架船尋找，可是茫茫大海，哪裡還有那小小孩兒的蹤跡？

眾人皆道是海中潛流不知把孩子捲去何處，想來已無生還之望，但這等言語，又如何忍心在這個為地方事務操碎心的父母官面前說出來？

於是眾人繼續尋找，方錚也隨船出海，一路嘶聲呼喊，可是著眼之處，全是茫茫海水，便是他喊得嗓子都啞了，也依舊找不到清泉。

從早晨一直到傍晚，搜尋的船隻陸續返航，眾人皆知孩子生還無望，唯有對方錚勸慰一番後一一離去。

方錚欲哭無淚，一個人立在海灘，心如刀絞。

過午之時，方錚差人去尋紅珊，欲告知清泉失蹤之事，誰知派去的人尋遍全縣都沒找到紅珊下落！

而今妻女皆不知所蹤，對方錚而言，猶如晴天霹靂，叫他如何受得？

數年間的幸福回憶在腦海中不斷湧現，昨夜愛妻之言言猶在耳，不錯，潮是漲起來了，可是他的妻子、孩子卻去了哪裡？

想到昨夜之事，方錚冷不丁打了個寒顫，心頭隱隱覺得，冥冥之中有所關聯！

方錚呆立海灘，前面黑茫茫一片，早分不清哪裡是天，哪裡是海……。

忽然之間，那片黑暗中亮起一點紅光，由遠及近！

方錚看得分明，依稀是一片木筏，紅光正是木筏桅杆上懸掛的燈籠！

此等場景便如初見紅珊之時一般！

方錚突然升起一絲微薄的希望，一邊呼喊紅珊的名字，一邊揮舞雙臂向海中奔去，奈何海水澎湃，奔跑艱難，那木筏卻乘著海浪，來得飛快！

木筏上立著一個女子，並非紅珊，方錚依稀認得正是昔日新婚時前來道賀的魚姬。

這等情況下看到魚姬固然驚奇，而她懷中竟還抱著個孩兒，不正是被海浪捲去的清泉嗎？

只見清泉雙目微閉，胸口微微起伏，想是睡著了，但小臉上淚痕斑斑。

木筏到了方錚身邊突然停了下來，魚姬彎腰將懷裡的孩兒遞給方錚。

女兒失而復得，方錚自是歡喜，可心中還擔心紅珊的安危，見魚姬在面前，突然開口問道：「紅珊在哪裡？」話一出口，心中卻想，她如何能知道？

魚姬見方錚問及紅珊下落，微微歎了口氣，遙指那片茫茫大海，「她在那裡。」

方錚聽得魚姬言語，本不相信，但內心深處隱隱覺得魚姬所言非虛，不覺淚水順著臉龐而下，滴在懷中女兒的小臉上。

魚姬見他這般傷心，心頭也是不忍，「你放心，紅珊還活著。」

方錚不可置信地抬起頭來，卻聽魚姬緩緩言道：「紅珊本是這海裡靈珊成精，因為傾慕你的風骨，變化人形與你結緣。若非為了解開妖道的定海之術，也不會憑一己之力去移動龍王的潮汐御輪。誰料在與龍王的爭鬥中，潮汐御輪之下的珊瑚礁不小心被龍王震碎，潮汐御輪不穩，勢必導致海中潮汐混亂無章，引發驚濤駭浪襲擊沿海地帶。迫於無奈，紅珊只有留在海底支撐潮汐御輪，而今已經被龍王用『橫洋索』鎖在潮汐御輪之下……。」

方錚聽得魚姬言語，腦袋裡頓時「嗡」的一聲，魚姬之言乍聽之下荒誕不經，但他心中卻知乃是實情！

魚姬伸手摸摸清泉的臉，繼續言道：「這孩子天生神力，居然跑去潮汐御輪之下，想要拉斷龍王的『橫洋索』，可惜年紀尚幼，功力不到。此時潮汐御輪也離不了紅珊的支撐，所以她要我把孩子帶回來，交還於你，望你好生看顧，養育她長大成人。假以時日潮汐御輪也可自行穩固，待到這孩子法力長成之日，就可扯斷『橫洋索』，救紅珊脫困。」

方錚聞得此言，早已淚雨滂沱，唯有抱緊孩兒，心中酸楚難當。

魚姬見他這般傷心，心中也是難過。向方錚辭行後，便駕著竹筏飄然遠去。

方錚懷抱孩兒，遠望大海，雖不見紅珊，卻知那深深海底還有個人在隔水相望。

其年，天生異象，彗星淩空，徽宗以為事出有因，下詔廣開言路，允許臣民直言不諱地評論朝中政事，朝野之中受到蔡京排斥、迫害的大臣們紛紛上書，談論蔡京的奸詐、惡毒。

宋徽宗為了上順天意、下應民心，便於彗星發生不久罷免了蔡京的相位，貶為開府儀同二司、中太一宮使，允許他留居京城。

蔡京宦海浮沉，一心只想著如何討好皇帝，再蒙聖寵，也沒心思放在鹽田鄉這塊風水寶地上。

而身邊的黨羽愛惜羽毛，怕受牽連，無人出頭再來為難方錚。

半年後，因為政績斐然，方錚得上司舉薦，被徽宗委任為監察御史，專司掌管監察百官、巡視郡縣、糾正刑獄、肅整朝儀等事務。此時，方錚唯有臨海告別紅珊，踏上四處巡遊、代天巡狩的征途。

只因當年深受貪官汙吏裙帶聯繫的迫害，深知民間疾苦，方錚對官場徇私舞弊之事更為痛恨，下手毫不留情，一路掃除奸佞，鐵骨錚錚，不畏強權。世人皆道他有前朝包龍圖遺風，所以在坊間也有「鐵面青天」之稱。

方錚與龍涯說起昔日舊事，難免傷懷，卻見魚姬自櫃檯上舀了些許雄黃酒，走到正與明顏玩耍的清泉身邊，纖纖手指蘸取酒水，在清泉額頭輕描一個「王」字，這是端午時節應有的畫額之風，為的是祝禱小兒遠離病邪，健康、活潑。

酒水過處，清泉額頭的亮采越發醒目。

龍涯聽得當年之事，感慨萬千，見方錚神情淒苦，輕聲寬慰：「方大人不必氣苦，而今令嬡已漸漸長大，想來不用多久就可以拉斷那『橫洋索』，救夫人出困，一家團圓。」

方錚微微點點頭，轉眼看看旁邊和明顏鬥草玩耍的女兒，萬分企盼。

魚姬與方錚、明顏、龍涯對飲一杯，言道：「方大人此番回京頗為凶險，還需韜光養晦……。」

方錚淡然一笑，「掌櫃的可是算到本官今後之事？」

魚姬歎了口氣，「世事變幻無常，往往吉凶參半，大人縱有打虎之意，但環視周圍，虎狼之輩多於助臂，太多事情總是難以成就。」

方錚微笑舉杯，「秉承清廉之志，行當行之事，其餘皆隨天意，便是打虎不成反遭虎噬，也是天命所歸，就算只撬得兩顆虎牙，也當無悔。」

幾人再次舉杯，然而美酒醇香終抹不去那一份辛辣的硫磺之氣。

次日朝堂之上，方錚呈交了沿路收集而來關於蔡京黨羽徇私舞弊、相互勾結的證據，更上書徽宗，直呈蔡京心存奸惡，睥睨趙氏社稷，善則歸己，過則推君之事，更直指花石綱勞民傷財，言語懇切。

徽宗甚是不喜，下朝後居然將奏摺直接遞與蔡京。蔡京又驚又恨，慌忙口舌招搖，將所呈之事胡亂推給手下幾個不甚得力的官員，而後在皇帝面前百般唆擺，極盡黑白顛倒之能事。

不久，徽宗下詔將方錚發配嶺南，貶回舊地任知縣。

離京之時依舊是那頂破舊小轎，在梅雨霏霏中回歸故土，卻是來時兩袖清風，去時乾乾淨淨，心中坦蕩。

第九話

青鸞

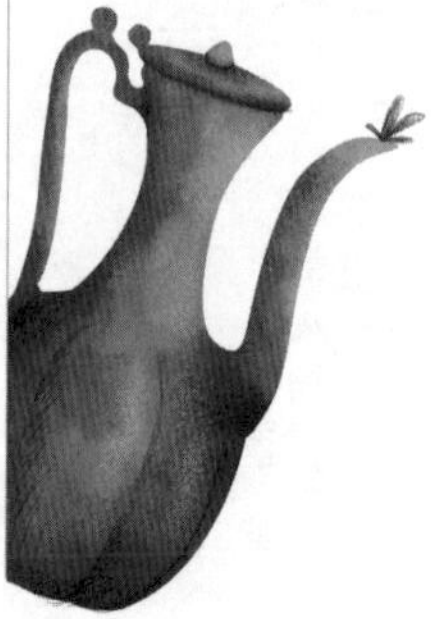

常言道：「六月六，家家晒紅綠。」

每到這一天，上至皇室貴胄，下至平民百姓，都會把家中陳設、衣被搬到向陽通風處曝晒，以防止物什受潮生霉、蟲蛀鼠咬。

所以，這天汴京城中顯得分外熱鬧，林林總總的店鋪外晾晒著各種商品，而尋常百姓家門口卻飄著五顏六色的各式衣裳。

明顏埋頭在閣樓翻了許久，把一樣樣需要晾晒的物事搬到後院，一一擺放整齊；漸漸地，院子裡也沒多少立腳的地兒了。可閣樓的大木箱裡還有不少衣物，唯有在酒廊前的幾根柱子上牽上繩索，作晾衣之用。

待到酒廊也被占據之後，剩下的事物只得朝大門口搬。魚姬手裡拿個雞毛撣子，不時拍打，卻是為了去去灰塵。

明顏幾次來回，加上天氣炎熱，難免有些疲累，等到再回到閣樓上，伸手在箱子裡翻來翻去，卻翻出一樣棉布包裹的物事來。

那物事呈橢圓形，厚度不到一寸，隔著層層棉布，依然感覺得到堅硬、冰冷，似乎是金鐵之物。

明顏一時好奇，拆開包裹一看，卻是一面上好的銅鏡！

鏡寬約一尺，長不到兩尺，拿在手裡卻不是很沉，鏡面光潔，不帶一點瑕疵，最為難得的是，照出的人影很是清晰，渾然不似一般銅鏡的昏黃、模糊，想來鑄磨這面銅鏡的工匠手藝了得，這鏡子自然也是價格不菲。

鏡框的圖案只是很簡單的雲紋，不太像女眷閨房之物，不過雕工圓潤，摸上去清涼入骨，沁人心脾。

明顏見得此物，心中莫名歡喜，心想要是開口向掌櫃的討了去，白天可以對著它梳妝、打扮，而這樣的酷暑，晚上現出原形躺在上面，一定非常涼快，那鏡面大小正合適，好似專為她而設一般，此後也就不覺得暑夏難熬了。

明顏心中打著小算盤，攜著銅鏡下了閣樓，轉到堂前。正要開口，門外原本忙碌的魚姬突然回過頭來，面露焦急之色，「你怎麼把這東西翻出來了？快快拿回去，不要晒著陽光！」

明顏雖不明就裡，還是趕快扯過袖子蓋在銅鏡上，一面問道：「掌櫃的，怎麼了？」

魚姬走將過去，忽然心念一動，右手微微掐算一番，「難怪今年會被你翻出來，原來已是物歸原主的時候了。」

「啊？」明顏心中嘀咕，聽魚姬所言，自然是不必再開口索要了，於是意興闌珊地說道：「都不知道在閣樓上壓了多久的箱底了，還會有人來取這鏡子啊？」

魚姬笑笑，言道：「既然是有人會來，也就不必把它拿回去了，你將它暫時掛在這廳堂南牆上，不被陽光照射就成。」

明顏應了一聲，取過榔頭、釘子，如魚姬所言將銅鏡掛好，卻又心中不捨，一直摩挲，不肯收手。

就在此時，忽聽得一陣爽朗非常的笑聲，「明顏妹子，爬這麼高去照鏡子，真是為難你了。」

魚姬、明顏自然認得來人，雙雙轉過頭去，只見名捕龍涯立於櫃檯前，滿臉嬉笑。

「啊，啊，我道是誰，原來是大宋官家的蛀蟲到了。」明顏沒好氣地回嘴，「我說龍捕頭，你不用當差的麼？天天朝這酒館跑，對不對得起朝廷俸祿啊？」

龍涯也不動氣，擺了個無所謂的姿態，「酒家閒人一個，何況最近京城安定，並無大事，才來掌櫃的這裡坐坐。不是這麼快就要趕人吧？」

魚姬呵呵一笑，「龍捕頭說到哪裡去了，小店營生全仗各位老主顧看顧，哪有趕客人之說。」一面將龍涯迎到酒座之上，轉身張羅菜餚、酒漿

龍涯高大的身形移動之後，方才露出後面一個七、八歲的男童來。他跟在龍涯身邊，爬上長凳坐定，卻是眼觀鼻，鼻觀心，全無幼童的浮躁。

明顏繞著桌子走了一圈，見那個男童面容清雋，一雙眸子清冷如兩點寒芒，而頭頂早早綰了髮髻，並非尋常同齡孩童瀏海附額、耳際垂髻。

雖說年紀尚幼，眼神、氣度卻甚是堅毅，小小腰身挺拔，坐在條凳上雙腳還不能沾地，但自有一番從容與威嚴。

男童腰上繫了把僅兩尺長的木刀，白皙的小手一直按在刀柄之上，蓄勢待發。

「這個……不是你兒子吧？」明顏開口問道，不過很快搖頭言道：「想來也不可能，這孩子生得好生俊俏，和你啊沒半點相像。」

龍涯一時間哭笑不得，開口言道：「洒家雖非俊俏郎君，好歹也是相貌堂堂的男兒漢，怎麼從明顏妹子口裡說出來就覺得上不了檯面似的？你還別說，若非當年差了點緣分，還真可能有這麼個兒子也不一定。」

明顏那張嘴何時饒過人，哈哈乾笑了兩聲，「有便有，沒有便沒有，什麼叫差了點啊……？」

魚姬迎上來嗔道：「好了，好了，還真沒完沒了。」一面打發明顏去堂外晒家什，一邊壓酒，見得座邊的男童，又特地取出些蜜餞、糖點。

那男童點頭道謝，卻沒有動點心，一雙眼睛只是望著店外的街面，似乎在等什麼人。

龍涯嘻嘻一笑，拍拍那男童的肩膀，「不用這般眼巴巴望著，先吃點東西墊肚子，等你娘辦完公事自然會來接你。」

男童聽得此言，方才拿起一塊紅豆糕送到嘴裡。

「這是誰家的孩兒？小大人似的。」魚姬見男童吃得很香，又給他夾了一塊放在碗裡，那男童微微羞澀，原本清冷的面容此時方帶一點孩童的稚氣。

龍涯仰頭暢飲一杯，開口言道：「這小鬼來頭可不小，系出名門。掌櫃的見多識廣，不知道有沒有聽過川西向家？」

魚姬微微一笑，「莫不是有神捕世家之稱的川西向家？傳說自大宋立國起到如今一百五十年間，每一代都是出類拔萃的金牌捕快。」

「沒錯了。」龍涯言道，「遠的就不提了，家中那塊御賜的『神捕世家』匾額，還是他爺爺那輩時，仁宗皇帝所賜。他爺爺、叔伯都是受皇帝嘉許的名捕，最了不得的還是這小鬼的娘親向紫煙，乃是我大宋立國以來第一位女神捕。」

「原來如此。」魚姬含笑看看南牆上懸掛的銅鏡，心想果然是時候物歸原主了。繼而言道：「確實是不易。對了，剛剛龍捕頭說差了點緣分，究竟是怎麼回事？」

龍涯歎息連連，「多年前的糗事，說來逗樂也無妨。大約是十年前，洒家因為與向家長子玄鷲一道破得三起連環官宦滅門案，初得聖上嘉許，受封京城第一名捕，而後受玄鷲邀請去向家作客。事後才知道向老爺子覺得我年少有為，有心招我為婿。」

魚姬掩口一笑，「那倒也是門當戶對，甚是般配啊，為何沒能成就一樁佳話？」

龍涯臉上微微一紅，「說來慚愧，向老爺子膝下兩子一女，次子青鸞和么女紫煙乃是孿生兄妹一胞所出。當日在廳堂見得向家二少爺青鸞——早年聽得傳聞，這二少爺也是名捕，只是在太湖追捕江洋大盜時不慎嗆入冰水，傷及肺腑，而後勞碌奔波緝拿悍匪未及時養息，雖建得功業光耀門楣，卻落下了病根，染上咯血之症，所以一直在家休養。當日一見，向青鸞卻是個俊秀文生，眉目之間英氣非凡，並非外間傳聞的病弱、蒼白。相互認識，擺談了幾句，那向青鸞便提出要切磋武藝。」

外面的明顏早奔將過來，開口追問：「誰贏了啊？對方只是個病君，龍捕頭若是輸了，臉面上可不好看。」

龍涯一時間哭笑不得，「慚愧，慚愧，那一戰洒家不但是輸了，還輸得很慘。先前一直以為向青鸞是個病君，不料他出手迅捷非常，洒家一時不察被點中穴道，僵立當場。被言語奚落一番後，就見向青鸞和長兄玄鷲及向老爺子據理力爭，堅決不肯將妹子配給洒家。」

明顏搖頭歎道：「難怪，難怪。一定是那二少爺覺得你武功低微，看不上你這個未來妹夫。」

龍涯搖了搖頭，「非也，非也。當日堂上鬧得翻天覆地，而後內堂又轉出一人來，伸手拍開洒家身上的穴道，卻又是一個向家二少爺，只是這個二少爺真是滿面病容。」

「啊喲……，」魚姬笑得打跌，「敢情和你動手的那位是西貝貨一件。」

龍涯訕笑道：「的確，後面出來這位是真的向青鸞，和我動手那位是如假包換的向家三小姐向紫煙。他兩人既是孿生，自然容貌相似，別說是我，就連身為父兄的至親，一時也認不出來。」

明顏哈哈大笑，「難怪你沒討成老婆。人家姑娘自是不答應，否則也不必變著法兒來折騰。」

龍涯苦笑道：「妹子這張嘴好不辛辣。當日自是不成事，那向三小姐被老爺子一番訓斥，勒令回房，玄鷲與青鸞倒是一直向洒家致歉，留洒家在府中盤桓半月之久。」

「呵呵，吃癟還留下，想來還是不死心，是吧？」明顏口無遮攔。這也難怪，每次龍涯來這魚館都會調笑、戲弄於她，而今讓她逮到機會，還不有仇報仇，有怨報怨？

龍涯如何不知，也不以為忤，接著說道：「那倒不至於，只因交得玄鷲、青鸞兩位好友，言談甚是投機。至於那樁親事，終究是勉強不得。其實，那向三小姐也並非針對洒家一人，只不過是與老父鬥氣而已。向老爺子生性執拗，說一不二，向三小姐也是一樣，是以向老爺子說東，她決計往西，向老爺子要她不出閨閣，修習女紅，她偏偏隨兩位兄長學得一身好武功，又時常隨兄長外出辦案，機智、果斷不下鬚眉。」

魚姬微笑言道：「這位向三小姐倒非一般女兒，聽龍捕頭的口氣，當年自有幾分傾心了。」

龍涯哈哈大笑，「洒家行伍出身，自不懂那許多情情愛愛，不過向三小姐這樣的姑娘家卻也難得。據向青鸞言道，自及笄以來，向老爺子便多方張羅，為愛女挑選乘龍快婿，無奈越是如此，越激得向三小姐反感，這一拖就拖到花信之期還未出閣。儘管家中父兄皆為之憂慮，這位三小姐卻甚是灑脫，毫不放在心上。」

魚姬掩口一笑，「現在聽來，怕是不止幾分了。龍捕頭為何不多花心思，讓向三小姐看到你的過人之處？說不定也可成就一段美滿姻緣。」

龍涯歎了口氣，苦笑連連，「縱使有心，卻始終少了些許機緣。當時留在向府本有機會，不料向老爺子心中焦慮，時常念叨，那三小姐性格執拗，和老父吵了兩句就離府出走，只把向老爺子氣得吹鬍子瞪眼，卻沒做手腳處。洒家見因自己引出這般風波，也不好再叨擾，加上刑部批准的假期將滿，也該回京就職，於是拜別向府眾人，回歸汴京。」

魚姬歎息連連，「可惜，可惜，這向老爺子也是太過頑固，雖說為人子女應聽從父母之命，但子女既已成人，自有想法、考量，一味緊逼，也難怪向三小姐反應過度。」

龍涯面色漸漸沉痛，繼而言道：「誰料那日一別，卻成永訣。我回到汴京不久，就聽聞刑部接到成都府發來的加急公函，言道眉州眾巡捕一共六十八人，在大宋、吐蕃邊界的沫水之畔圍獵馬賊盡皆暴斃，就連神捕世家的向老爺子和大捕頭玄鷲也未能倖免。據仵作驗屍，眾捕快與馬賊一共一百五十三人，皆無明顯外傷！」

明顏聞言一驚，「一下子死了這麼多人，還都沒外傷，只怕蹊蹺得很。」

龍涯點頭言道：「確實蹊蹺。當時眉州巡捕傾巢而出，無一生還，州內已無捕快可用，唯有暫時從鄰近州縣調集人手，緝拿凶嫌的擔子也就落在已經離任四載、抱病在家的向家二少爺青鸞身上。」

魚姬歎了口氣言道：「病弱之軀，還要擔此重任，真是難為了他。」

明顏此刻早無戲謔之心，開口追問道：「後來如何？」

龍涯搖了搖頭，神色黯然。

川西向家的宅子本不小，雖非雕梁畫棟的財閥貴胄，也算家業殷實。向老爺子德高望重，更有玄鷲、青鸞兩個出類拔萃的好兒子繼承家聲，本當老懷安慰才是，只可惜有三件心病。

一是那性情執拗的小女兒紫煙，女兒家的柔順、溫婉沒學會半點，整日舞刀弄槍，逞強好勝。

這些年來為她物色了不少登對的少年郎，全都被她變著法兒嚇得逃之夭夭。

好不容易遇到個沒被嚇跑的，她倒好，自個兒先跑了。而今天大地大，雖派出人手搜尋，偏偏她自幼就習得追蹤術的精髓，若非她良心發現自己回來，恐怕不太可能有人找到她的蹤跡。

這樣一來，婚事自然告吹了。

第二件，就是抱病在家的次子青鸞。

四年前青鸞染上咯血之症，多方求醫都不見好轉，無法在外奔波，緝拿凶嫌，唯有長留家中靜養。

數年下來，所用的藥渣都可以堆成山了，而青鸞依舊漸漸消瘦下去，在所住的鸞苑中深居簡出；若是近得鸞苑，遠遠就能聞到濃郁的藥味，聽到撕心裂肺的咳嗽聲。

直到半年前將祖上傳下來的護宅靈鏡從神樓移到鸞苑，青鸞才不再憔悴、惡化下去，只是病症頑固，依舊不見起色。

好在身邊還有長子玄鷲，公門中事料理得井井有條，只是公務繁忙，老在外東奔西走，年屆三十還沒娶妻、生子。

一想到這三件事情，向老爺子就焦頭爛額，全無辦法。平常人家到了他這歲數，也都三代同堂，含飴弄孫，可家中這三個子女，忙的忙，病的病，鬧彆扭的鬧彆扭，沒一個遂得他心願，怎叫他不心中鬱悶。

這也難怪，常言道，生兒一百歲，長憂九十九，為人父母者，任他如何英雄蓋世，子女有事自然煩惱不已。

煩惱歸煩惱，公門中的事務也頗為煩心。

適才收到成都府發來的公函，言道近日眉州境內來了一夥馬賊，時常搶掠過路商家、行人，更有甚者，大白天縱馬入市，洗劫多家商鋪、銀號，渾然不把眉州的官差放在眼裡。故而成都府知府出具公函，調動他與玄鷲入眉州，率當地官差捕快一同剿滅馬賊。

這等跨州縣的公務也是常事，是以午後向老爺子就偕同長子玄鷲一道趕去眉州，臨行前吩咐青鸞留在家中好生養病。

青鸞送父兄出門，轉身吩咐管家安排家中大小事務，待到回得鸞苑，早有僕人奉上煎好的藥湯。

雖說這藥湯沒多少作用，卻不能不喝，向青鸞皺眉將湯藥強灌進去，只覺得口裡苦澀難當，心中卻是莫名煩躁，於是揮手讓僕人離去，一個人在書房偏廳的矮榻上閉目養神。

不多時，突然聞到一陣酸甜、甘香之氣，一睜眼，只見一雙纖纖素手托了一碟蜜餞正在眼前，忽然間心情大好，「梓影，你來了。」

叫梓影的女孩子，笑的時候臉上有兩個很好看的酒窩，「是啊，剛剛看到來福端藥湯給你沒有帶送藥的蜜餞，反正現在不當晒，就去廚房給你拿蜜餞了。」

向青鸞微笑道：「那可不得了，廚房的張媽只怕又要焚香拜狐仙了。」

梓影笑得打跌，「還不至於，這次我只揭開罐子取了這一點，她不會發覺的。喏，給你。」

向青鸞坐起身來，自碟子裡掂了一顆放進嘴裡，酸甜生津，也不覺得口中苦澀難當了。然後，手裡接過碟子放在茶几之上，順手拉住梓影的手，「不知道是不是大限快到了，現在看你的容貌越來越清晰了。」

梓影歎了口氣，「又來胡說八道了，堂堂成都府一捕頭偏生如此油嘴滑舌，沒有規矩，若是被向老爺子看到，非得大耳摑子打你不可。還不鬆手？」雖是如此微嗔，卻也不把手收回，任由向青鸞握住。

向青鸞哈哈大笑，繼而言道：「爹爹若是看到，倒不會打我，反而會催我央媒下聘。他老人家早就想家裡添上幾口人，若是看見你，定然歡喜。」

梓影聽得此言，心中雖暖，卻也有幾分失意，「你又不是不知道我的來歷，向老爺子怎會讓個鏡妖做自家兒媳？」

向青鸞搖搖頭，伸手將梓影拉入懷中，低聲言道：「你都不嫌我這將死之人，為何還如此介懷你的身世、來歷？自你守護我向家以來，百多年中幫我向家擋去多少災難、劫數，便是我這條性命，也是因你殘存至今，為何還要如此妄自菲薄？」

梓影淡淡一笑，眉頭微微舒展，「自我化生以來，便一直被封印在鎮幽潭中不見天日，直到百多年前魚姬姊姊將我從鎮幽潭底打撈起來，又將我託付向家，那時曾言道，我命中注定和向家淵源匪淺，本意便是讓我守護向家家宅，並順道了卻這段夙緣。可是歷經多代以來，這家中卻無人可以看到我，若非半年前將我從神樓移到你這鸞苑，也不知道原來你……。」

向青鸞壞笑道：「原來我什麼？」

「原來你是個壞蛋！」梓影言語出口，臉上泛起一片紅暈，早招架不住向青鸞呵癢、笑鬧，連連告饒。

一對情人打打鬧鬧，旖旎非常，驚動了在門外伺候的來福，探頭探腦地在門外張望，卻只見到二少爺一人在那裡嘻嘻哈哈，心中雖疑惑，卻不敢進去打擾。

向青鸞一時忘形，引得咳嗽不已，甚是難受。

梓影伸手輕撫他的背心，向青鸞頓覺胸中舒暢，漸漸停止了咳嗽，只覺得口裡微熱，用手帕一抹，帕子已然紅了些許，卻是先前咳出的血塊。

梓影見向青鸞又咳出血來，心中難過，「終是我不好，不該和你鬧的。」

向青鸞滿不在乎地將沾血的手帕扔在一邊，「生死有命，怎能怪到你頭上？自己的事，自己知道，不過是遲早的事情。要去介懷，豈不浪費我後面的時間？何況這世上有誰是不死的？活著的時候認識你，已經是向青鸞莫大的福氣，苛求太多，只怕老天都不答應了。」

梓影聽得向青鸞言語，心中難過，她空有法力，卻無法解向青鸞頑疾，這半年來朝夕相對，也是借著自身靈力騙過諸多糾纏不清的病魔和前來索命的鬼差而已，向青鸞所受的病痛卻未緩解多少。平日裡見他總是笑口常開，也是故作輕鬆，不想身邊的人為他擔驚受怕。

向青鸞見梓影眉梢隱隱帶著憂慮，如何不知她是在為自己憂心，感念之餘低聲言道：「你放心，我們還有那麼多事情沒有做完，我這條命還得好好留著陪你。」說罷，自榻邊花几的盆景裡撿起一枚鵝卵石，指尖勁力急吐，石子破空而去，正中花窗外的梨樹。

他雖是病弱之身，但一身武藝倒不曾丟失，石子脫手而去快捷無比，擊中梨樹時攜著柔韌內勁，是以梨樹沒有損傷，只是來回晃了幾晃，片片雪白的梨花飄搖而下，就像在這陽春之際下了一場雪。

「你又作甚？」梓影雖愛煞這等美景，卻擔心他牽動內息傷了身子。

向青鸞只是微微一笑，索性俯下身枕在梓影雙膝之上，喃喃說道：「沒有什麼，只不過上次說過等我身子大好了，就一起去塞外看雪。偏偏現在有點心急，就先在這鸞苑裡下場梨花雪給你看，倘若——」

話沒說完，梓影伸手將那句沒說出口的不祥言語掩在他口中，低聲說道：「沒有那麼多倘若，現在你好好的，我也好好的，在一起就足夠了，以後的事情沒必要想那麼多。」

向青鸞移開梓影掩在他口上的手掌，輕輕握住，眼睛看著窗外兀自隨風飄舞的點點梨花，淡淡一笑，「梓影，鏡子裡的世界是什麼樣子？」

梓影不由一呆，言道：「其實也和這裡一樣的，只不過那裡面只有我一個人，沒有其他人。」

向青鸞枕在梓影腿上，心中一片平靜，剛剛喝過的藥湯此刻發揮了作用，漸漸覺得昏昏欲睡，口裡仍喃喃道：「若是我也可以進去，那就不再只有你一個人了……。」話還沒說完，人已沉沉睡去。

梓影低頭看著向青鸞熟睡的容顏，心頭依稀泛起幾分不詳的預感。

向青鸞很少作夢，這一次卻是例外，雖然不記得夢中情形，但額頭、背心大汗淋漓，睜眼起身，依舊覺得無比心慌。

伸手在案几上端起茶杯噙了一口，茶水猶有餘溫，想來半個時辰前來福才進來添過熱水，幸好沒被看到這般驚醒、倉皇的情狀，不然傳將出去倒是落人笑柄了。

正走到擱銅盆的木架邊取下汗巾擦拭額頭的汗水，就聽外面腳步聲散亂，來福帶著哭腔在門外喊道：「二少爺，二少爺，出事了！」

向青鸞心中一驚，人早已掠到門口，門一打開，只見來福挑著燈籠，臉上盡是悲戚之情。

「出什麼事了？」向青鸞心頭也覺得煩躁難當，隱隱覺得有什麼不好的事情發生。

來福扯過袖子拭淚，泣不成聲，「衙門那邊傳來消息，老爺和大少爺在眉州……歸天了……。」

向青鸞一生經歷過無數波瀾，但都不如這次的惡耗驚心動魄！

他心頭血潮上衝，有撕心裂肺之痛，但事情重大，悲傷、號哭也無濟於事，於是揚聲吩咐來福取衣、備馬，打算親自去衙門走一趟。

來福知曉這二少爺生病以來從沒出過大門，而今漏夜策馬趕去縣衙，實在太過勉強，於是極力勸阻。奈何向青鸞心意堅決，哪裡聽得進去，唯有哭哭啼啼奔去房中取出他昔日所穿的官袍、軟甲、紗帽，幫他穿戴妥當。

向青鸞走到書房，自牆上取下四載未曾出鞘的腰刀，快步出門，此時早有僕役牽馬過來。

他翻身上馬，手中韁繩一緊，暗黑夜裡，一騎飛馳而去，後面的僕役大呼小叫，哪裡追趕得上？

一路顛簸，不多時向青鸞已覺得胸中劇痛難當，正在此時，突然背後一暖，一雙素手圍在他腰際，卻是梓影出現在馬後，一貼近他的身體，那份痛楚便消逝幾分，耳邊聽得梓影低嗔：「這般危險為何不叫上我同行？」

向青鸞原本心頭此起彼伏，哀痛交織，而今梓影趕來，心中反而平靜許多，一聲喝叱，那馬匹飛速奔馳，不多時已到衙門。

深夜之中，只見大門洞開，燈火通明，門口站立著幾名衙差。

梓影在向青鸞耳邊輕聲言道：「衙門內有神明庇護，我不方便現身，唯有恢復原形藏在你衣衫裡進去。」說罷消逝無蹤，向青鸞覺得背心一片清涼，觸手一摸，果然是那護宅神鏡。

衙門口的衙差見得向青鸞，慌忙將他迎了進去，入內堂面見當地知州。

那知州官居六品，向青鸞為捕役之職，但受得皇帝封賞，破例賜得七品出身和御賜金牌，可以說與知州平級，是以向青鸞向知州求見成都府發來的緊急公函，那知州欣然應允。

展開公函一看，方才真正確定了父兄的惡耗，向青鸞心中既哀且痛。那公函言道，向老爺子和大捕頭玄鷲帶領的眉州眾巡捕與一干馬賊，都在大宋、吐蕃邊界的沫水之畔離奇暴斃，且無任何外傷！

而今事關一百五十三條人命，自然非等閒之事，向老爺子和玄鷲在外的六十六名捕快是眉州衙門的精幹力量，一朝折損，眉州已無可用之巡捕，一時間流言四起，滿街盜匪出沒，唯有暫時啟用州軍維護治安，再從鄰近州縣抽調人手，重組眉州捕役！

只可惜全無領頭之人，是以成都府發下的另一件公函，便是要抽調七品金牌神捕向青鸞至眉州坐鎮！

知州在此地留任六載，如何不知向青鸞有病在身，是以向青鸞入府之時，正在擬定上呈成都府的文書，婉言推辭，唯恐向青鸞病體誤事。之前已折損了兩名金牌神捕，若是他再有什麼三長兩短，這州府衙門只怕吃罪不起，說到底是怕連累自己的頂上烏紗。

向青鸞得知上命差遣，加上父兄死得蹊蹺，自然不可能置身事外，上前請纓，求知州應允。

那知州雖擔心受連累，見向青鸞言語懇切，又有上命差遣，一番躊躇之後，終於還是應允，改擬了一道文書，但再三強調此番調令並非舉薦，而是上命差遣，希望眉州知州予以配合，無形之中把責任推了個乾淨，唯恐惹禍上身。

向青鸞取得調令文書，出了衙門。來福牽了馬匹，手抱包袱等候門外，卻是管家吩咐準備的軟細、銀兩，以備向青鸞前往眉州之用。

向青鸞見家中事務已打理停當，無後顧之憂，翻身上馬，那來福隨侍在側，主僕二人漏夜趕往眉州。

待進入眉州地界，已是次日清晨，果然見城門邊加派了不少州軍，城樓燈火通明，與尋常大大不同。向青鸞在城門口亮出腰牌，守城的州軍不敢延誤，慌忙放行。

向青鸞以往辦案也曾到過眉州州府，是以輕車熟路，直接前往州府衙門，求見眉州知州蔣定遠。

這眉州知州蔣定遠本是新科進士出身，因拜在宰相章惇門下，頗受提拔，然而到任才半年就出了這等事情，雖說一時間刑部還未追究下來，遲早也脫不了干係，是以發出緊急公文之前已修書交由驛鴿送上京師，指望恩師提攜，避過這等大難。

而今僅一日光景，就見衙差進來稟報七品金牌神捕向青鸞求見，一時間也慌了神，好在師爺提醒，方才鎮定下來。

料得向青鸞會追究其父兄之事，而恩師的指示還未收到，唯恐此時見向青鸞行差踏錯，於是避而不見，讓師爺出去應對。師爺見了向青鸞便推說州中遭遇蟲患，知州會同農官去了鄉鎮田間巡視，數日之後才會回衙門。

向青鸞無法面見知州，唯有向師爺打探詳情。

那師爺與知州自是唇齒相依，當然滴水不漏，直到向青鸞問起父兄遺體何在，方才將向青鸞主僕二人引到城外的義莊。

只因死者人數眾多且死因蹊蹺，是以暫時不許眾家眷領回。遠遠地就看到義莊大院門外許多披麻戴孝的婦孺、家眷，個個悲痛欲絕，哀號遍野。大院周邊圍了一圈州軍，卻是聽從上命，不許苦主入內。

幾人避開苦主，從後門進了義莊，只見地上密密麻麻躺滿了覆蓋白布的屍身，不但是沒有足夠的棺木，更要命的是這百餘具屍身雖為新亡，卻不知為何如同腐屍般惡臭難當！

幾個看守義莊的雜役會同仵作、地保，都挑了火盆，拿了蒲扇，將火盆中燒出的白煙搧到這院落之中的每個角落，想是點燃了細辛、甘松、川芎之類避除屍臭的草藥。院中煙霧繚繞，那令人作嘔的腐敗之氣依舊濃烈非常！

師爺掩著口鼻，會同地保、仵作將向青鸞引到堂上。只見兩具棺木並列而放，向老爺子和玄鷲躺在棺中，早無血色，雙眼圓瞪，臉上仍保持著死前的驚恐表情！

向青鸞見得父兄遺容，心中哀痛萬分，「撲通」一聲跪在堂上，拜了三拜，悲聲言道：「青鸞請求父兄在天之靈庇佑，早日查明真相，為父親及兄長報仇雪恨！」言語之間，悲不可抑，胸中更是劇痛難當，忽然，他喉頭一熱，一口鮮血噴在堂前！

旁人不知底細，受驚不少，來福哭哭啼啼撲將上來扶住向青鸞道：「二少爺節哀，千萬保重身子！」說罷，手忙腳亂地在包袱裡摸出應急的藥瓶，抖出幾顆藥丸。

向青鸞悲痛欲絕，也沒忘記自己的使命，這時只覺得背心一片清涼，胸中痛楚漸消，知曉是梓影在暗中相護，便強行壓下心中悲痛，自來福手中取過藥丸吞服下去，再站起身來，稍稍收拾心情，轉身對仵作問道：「時隔一日，是否驗出眾人死因？」

那仵作神情惶恐，上前回話：「回大人，時間倉促，只是粗略驗過，其中不少馬賊屍首有一些筋骨折斷的外傷，但均不致命，死因……不詳。」

向青鸞聽得言語，再問道：「如無明顯致命傷，是否中毒而亡？」

那仵作躬身回道：「屍身並無變色、痙攣跡象，指甲也未發黑，小人曾用銀針探試屍身，銀針沒有變色，是以判斷並非中毒。」

向青鸞眉頭深鎖，心中疑慮重重。除去父兄，這些捕快就算不是一等一的好手，也是久在公門供職，非尋常百姓。那群馬賊更是時常在外搶掠，身手也差不到哪裡去，有什麼理由會令這麼多人一起丟了性命？

既無致命傷，也非中毒而亡，有什麼辦法可以在這麼短時間之內殺死這麼多武人？

「可有檢查屍首口、鼻、咽喉等部位？頭頂髮髻之內可有細細驗過？」向青鸞沉聲問道。

那仵作心中慌張，顫聲答道：「因為時間倉促，還未來得及……不知何故，這些屍首雖無腐爛之相，卻如已故多日的腐屍般惡臭難當，熏香也不能避除屍臭。小人本還有幾個徒弟，不料染上急症，嘔吐不已，因此人手不足，進展緩慢……。」

向青鸞微微頷首，也知仵作所言非虛，於是吩咐仵作繼續查驗屍首，尤其是人之七竅隱祕之處更要詳加查探，繼而要求師爺帶路，去案發之地查看。

師爺早被義莊的屍臭熏得頭暈腦脹，作嘔不已，巴不得離開這汙穢之地，慌忙前面帶路。兩個時辰後，一行人來到洣水之畔，不多時，又有十餘個捕快趕來，卻是由鄰近州縣調來的，見得向青鸞，紛紛上前見禮。

向青鸞微微頷首，一一記下姓名、來歷，而後帶領眾人四下查看。

案發之地靠近水邊，地面多為沙土、礫石，土質鬆軟。只見地面腳印散亂，很明顯曾經發生過多人械鬥，與先前父兄帶領眾捕快剿滅馬賊的事實相符。尤其是地上不少甚是深刻的馬蹄痕跡，且多是一雙後蹄並列，蹄印後端圓盤位置深陷地面，而後四散他處。照痕跡推斷，應是馬匹受驚，人立而起，繼而四處逃竄；再從大片壓痕和手掌印來看，馬匹受驚之時，被摔下馬背的人為數不少，這也解釋了馬賊屍身上外傷的因由。

查看現場留下的蛛絲馬跡後，向青鸞心頭明朗，轉頭對師爺問道：「不知案發之後可曾見過馬匹的屍首？」

那師爺微微思索答道：「除了之前被圍堵時，撞上預設的絆馬繩以致摔折頸骨而死的一匹馬，案發後並未見其他馬匹蹤跡，想是都跑散了。」說罷，遙指東面的坡地。

向青鸞依言上前，果然見那地上散了些許血跡，想來便是那馬匹倒斃所流出，事隔許久，混在泥地裡早成了黑褐色。旁邊幾隻同樣黑褐色的腳印、手印，歪歪斜斜，雜亂、紛繁，想是那墮馬的馬賊留下。

向青鸞眉頭微皺，沉聲言道：「煩勞師爺吩咐下去，在這眉州城中，如果有人這幾天牽了馬匹來販賣，就著人先行扣留查問。」

那師爺甚是不解，問道：「不知道向神捕有何用意？」

向青鸞指著地面的痕跡言道：「看這幾個血印，手、腳都有，甚是清晰、完整，那墮馬之人定是全身浴血。既然馬匹折斷頭骨而死，創口不大，不可能短時間之內流出許多血來，定是那人趴伏於地多時，未有避讓，才會全身浴血。最初的幾個血印上有不少凝結的血塊兒黏連，說明那人起身時與墮馬時至少相差一個時辰。岸邊沙地上雖有廝殺痕跡，並無多少血跡，說明眾人是在遭遇不久就全軍覆沒，根本沒來得及生死相搏。也就是說，這個墮馬的馬賊根本就沒有立刻起身加入戰團，而是在所有人都倒斃一段時間後才倉皇逃走。此人有可能還活著，而且親眼目睹了當時的情況！既然是與馬匹為伍的馬賊，自然熟悉御馬之術，那幾十匹馬雖是四散而逃，如無意外也會自己回去老巢。那夥馬賊死得只剩一人，也成不了什麼氣候，平白得了這許多馬匹，沒理由不將馬匹賣掉，另謀出路。而今眉州州軍守衛森嚴，料想那人也不敢在這個時候趕著許多馬匹穿州過省，唯有暫時留在眉州，想法子把馬匹都處理掉。倘若有人在此時賤賣馬匹，定是此人，不作他想！」

那師爺聽向青鸞一番言語，不由咋舌，心想，這金牌神捕果真名不虛傳，這點微不足道的手印、腳印就可看出許多門道來。此番隱瞞知州大人的去向，可得多加小心，若是被他看出苗頭來，那就糟糕至極。於是埋頭虛應幾聲，托詞下去著人拘捕那漏網馬賊，實際是一溜煙奔回衙門通風報信去了。

向青鸞在案發現場四處巡視，事隔許久，抬屍體的人已把地面踩了個遍，縱然還有線索也早被破壞，看不出什麼。向青鸞未免有些氣餒，歎息之際抬頭望向對岸，只見一片崇山峻嶺，草木豐沛，甚是險峻，偌大一片光禿禿的山崖上橫挑著一棵幾乎與峭壁垂直的老松——離地二十丈高，樹身足有人合抱般粗細，生長了數千年之久，橫挑江面，姿態頗為怪異、奇險。

向青鸞抬頭注視許久，開口問道：「對岸山嶺地勢險要，究竟是什麼所在？」

旁邊熟悉地形的捕快上前言道，那是被當地百姓稱為老魔嶺的一片山脈，因山勢險要、境況惡劣而聞名。那山嶺周圍土質堅硬、石化，不適合耕種，加上山中多虎、豹、豺、狼，經常下山傷人，是以方圓數十里少有人煙。何況那片土地有一大半歸吐蕃國界，雖無吐蕃駐軍，也無宋人隨意過界，實際是無人之地。

向青鸞心中頗有疑慮，招來船夫駕船渡江，到得對岸一看，果然是一片石灘。再抬頭看看上方那棵老松，對著他的一面，黝黑老樹皮上現出密密麻麻的白色條橫，仔細一看，現出的是白色樹心，整棵樹下方竟然布滿斑駁的巨大劃痕！

這樹身離地二十丈，有一大半橫跨江上，什麼人可以淩空砍下這等痕跡？

向青鸞心中一凜，提氣飛躍，踏著陡峭石壁飛身而上，一個鷂子翻身，穩穩當當落在那樹幹之上，下面的捕快無不咋舌驚歎，心想，這金牌神捕果真是功夫了得。

向青鸞趴在樹身上，伸手觸摸下方的樹皮劃痕，發覺那痕跡深約一寸，粗細有別，不像是刀斧砍下，更像是被什麼東西抓出來的。他順著劃痕走向，手指張開覆蓋上去，竟甚是符合，只是那指爪大小、長度都大過他手掌一倍有餘！

這等巨大抓痕甚是驚人，但也無任何證據證明與那百餘條人命有關。然見所未見，著實不知其來歷，而周圍環境並無異常，向青鸞只得順著岩壁原路返回，帶領眾人重回對岸，繼續在案發地巡視。突然，地保飛奔而來替仵作傳話，說是義莊驗屍又有新發現！

向青鸞帶同眾捕快趕回義莊，進得院落，只覺得那惡臭比之先前還要濃烈，幾個捕快忍耐不住，早在牆角作嘔不止，連膽汁都吐將出來了！

仵作口裡含了薑片，又將麻油塗在鼻下避除屍臭，看上去口、鼻油光發亮，饒是如此，也是面目扭曲，想是幫助不大。此刻，仵作正取了細細的紙撚子在一具馬賊屍首的耳中挑弄。

不多時扯將出來，盡是些黃褐之物，卻是已然乾涸的血跡腦髓！

向青鸞見如此景象，心中不由一驚。人腦藏於顱骨之中，若非被貫穿、絞碎，也不至於被區區紙撚黏染出來。世上有何等武功可以如此精確地不傷顱骨而震碎腦髓？

向青鸞上前仔細查詢，吩咐仵作開顱查看。那仵作從沒聽過此等說法，取過刀鋸，戰戰兢兢，卻不敢下手。

向青鸞無奈，只得喝退眾人，抽出腰刀，刀光過處，半邊頭蓋飛將開去，引得眾人一陣驚呼！

只見那馬賊洞開的頭顱裡空空如也，一顱腦髓竟然不知去向！

這些捕快雖見慣了死人，但從沒見過這等詭異、恐怖之事，霎時只聽嘔吐之聲此起彼伏。

向青鸞眉角也有幾分抽搐，他強壓噁心，繼續查探下一具屍首，卻發現此人也是如此——顱骨完好，腦髓不翼而飛，只是耳道之中殘留些許血跡腦髓，想來是被人自那小小的耳道將腦髓抽走！

這等詭異、恐怖的殺人手法當真見所未見，聞所未聞！

向青鸞一咬牙，伸手在屍身腹部按壓，只覺得頗為沉實，掌上運氣一壓，那屍身一震，一些黑褐之物自口中噴湧而出，卻是大量屍蟲裹在膿血之中，頓時院中的惡臭更濃！

早有幾人不堪忍受，奪門而出，就連那久見戰陣的仵作也驚得面無人色，顫聲言道：「才不到兩天光景，怎生了如此多的屍蟲？怕是……鬼怪作祟……。」

向青鸞既是悲戚又是憤怒，父兄一生忠直，卻死得如此淒慘、詭異，當真蒼天無眼。他緩緩走到堂內父兄棺木之側，喃喃言道：「青鸞知曉父兄去得蹊蹺，卻不知竟然是如此淒慘、詭異，而今在父兄靈前起誓，無論凶手是人、是妖、是魔、是鬼、是怪，也要取它性命，為眾多枉死之人討回公道！」

言罷，伸手拂過父兄圓睜的雙目，也許是英靈不遠，聽到向青鸞誓言，終於合上雙目，遺容安詳。

見得眼前景象，向青鸞長歎一聲，收拾心情，轉頭吩咐仵作繼續查驗，而後擬出詳盡的記錄，只需交由知州案前批示，就可以讓一干苦主領回遺體，各自安葬，免得積放久了愈加腐敗，引發瘟疫擾民。

待到入夜，向青鸞方才到來福訂好的客棧落腳，一番洗漱去除身上的汗穢，打發來福去休息後，自己卻是難以入眠，這時忽然想起梓影，於是捧出靈鏡輕聲相喚。

若是尋常，梓影早已翩然而至，不知為何這次卻全無動靜。

向青鸞心中擔憂，在房中輾轉反側，難以入眠，待到雞鳴天亮，卻又不得不忙於調查命案而疲於奔命，他依舊把靈鏡藏在背後，覺得身體還算輕健，應是梓影法力作用，只是納悶為何入夜還不得相見。

這樣過了三天，梓影依舊沒有露面，那眉州知州蔣定遠也是如此，衙門師爺每日顧左右而言他，詢問什麼都不得要領。

所幸手下一干捕快還算齊心，四下探訪、糾察，終於第四天在市集上捉到一個牽著幾匹馬賤賣的人，下到牢裡稍稍威嚇，就什麼都招了。果然如向青鸞推測一般，此人喚作胡二，正是當日倖存的那名馬賊！

向青鸞到牢房提問胡二，見那胡二神色慌張，滿臉傷疤，右手胳膊上還纏了些繃帶、夾板，想來是數日前墮馬所致。

向青鸞詢問當日之事，胡二臉上的表情更是驚懼！

原來那天傍晚，胡二與他那數十名兄弟一起外出做買賣，本以為會和平日一樣撈到好處，不料還未到城邊就中了埋伏，被一大群捕快圍堵。一群人好不容易逃到沫水之畔，他胯下的馬匹卻踏中了捕快事先設下的絆馬繩，一頭撞向地面！

胡二當即護住頭、臉，但依舊被摔得七葷八素，手臂折了，痛得入心入肺。

聽得那邊兵刃相交，呼喝之聲暴起，兄弟們和捕快動上了手。

此時天色黑盡，只看得到前面人影幢幢，人數多得驚人。

胡二膽子本就不大，見來了這麼多捕快，心想此番凶險，還是趁早溜了的好，可那該死的馬屍還重重壓在他腿上，一時半會兒居然無法脫困，只好暫時趴伏於地，拚命掙扎，好把腿從馬肚子下拉出來。

就在這個時候，他突然發現，遠處的半空懸著一塊隱隱泛白光的物事，仔細一看，那光照出的卻是對岸的山崖和那橫挑江上的老松！

江面遼闊，有二十餘丈寬，那物遠看似只有蒲扇大小，若是到得近處想必頗為寬大。

那物本一直倒懸，靜止不動，突然間猛地一展，變得比先前大了三倍有餘！

胡二看得分明，那物倒懸樹下，兩翼平展，卻是一隻在暗夜中隱隱泛光的大蝙蝠！

胡二見了這蝙蝠，心膽俱裂，那蝙蝠遠看都這般碩大，到了近處，只怕比人還要大出許多！

就在這時，蝙蝠忽然鬆開抓在樹身的兩隻利爪，兩翼生風，直向這邊衝來！

岸邊眾人俱在相鬥，未提防半空來了這等煞星，待到發覺，那巨型蝙蝠已到了戰團上空！

所有人都看得分明，那蝙蝠面目猙獰，口齒雜亂、犀利，那頭足有巴斗般大小，雙翼平展更有五丈寬，遍體銀毫，指爪鋒利！

那些馬匹見到這等巨物，吃了驚嚇，紛紛人立而起，只聽呼痛連連，想來被摔下馬背的人不在少數，而後馬蹄錚錚，馬兒都拋下主人自個兒逃命去了！

岸邊眾人都忘記了剛才的敵對廝殺，下意識地靠近彼此，手中兵器緊握，防備那怪物的突然襲擊！

那怪物在半空盤旋數圈，背對著胡二，面朝那百餘人拍打雙翼，激起勁風激盪！地上有不少人下盤不穩，被那勁風刮得東倒西歪，更要命的是那風腥臭無比，便是遠在緩坡的胡二，背著風聞到也想作嘔！

見那怪物來得凶險，胡二大懼，剛才還想把腿朝外拉，現在反而死命朝馬肚子下面擠，生怕被那怪物發現。那死馬的鮮血汩汩朝外流淌，浸得他一身也顧不了許多。

就在胡二沒頭沒腦朝馬肚子下面鑽的時候，只聽得一聲悠長的鳴叫，那聲音鑽進耳朵難受非常！此時，遠處的人群爆發出一陣撕心裂肺的驚叫，胡二不敢抬頭看，只是捂緊耳朵，將頭深深埋進泥土裡，饒是如此，雙耳也是一陣刺痛，熱流滾滾而下，想來已經開始滲血！

胡二知道形勢凶險，只有緊緊掩耳、抱頭，心知怪叫必然是那怪物所發。即使相隔甚遠，也未正對他而發，都如此厲害，被那怪物攻擊的人想必更是凶險！

大約半炷香後，雙耳不再難受，但腦袋被自己死命捂住，反倒覺得脹痛難當，於是胡二緩緩鬆開雙手，這時。他隱隱聽到啜吸麵條、米粥般的聲音。

胡二大著膽子探頭一看，只見那頭妖物身上的白光隱隱照出滿地倒伏的人來——個個東倒西歪，不知死活！

那妖物立於地，雙翼收攏支撐地面，翼手前端的鋒利指爪正抓著一人的肩膀，側過頭去，口裡一件黑色的物事探入那人右耳。那「嘶嘶」的啜吸聲竟是那怪用舌頭在吸食那人的腦髓，有如旁人用麥管吸食瓜汁一般！

胡二哪裡吃得這等驚嚇，他眼前一黑，頓時暈厥過去。

向青鸞聽得胡二言語，心中哀痛難當，早知父兄亡故甚是蹊蹺，卻不料是折在妖物手裡，便連腦髓都被吸食一空。自己雖立誓要擒殺那害人的妖物，到底只是一凡夫俗子，更有惡疾纏身，朝不保夕，無力與那妖物相鬥，唯有想個妥善的辦法才成。

思慮之間，就聽胡二戰戰兢兢言道：「不知道過了多久，小的醒來時那妖物已經不見了。雖然到處黑壓壓的，但小的我知道滿地……滿地都是死人……早嚇破了膽，全身手軟、腳軟，好不容易才爬起身來逃掉。等回到寨子，才知道這麼多兄弟只有我一個活著回來。這時，看到跑了十幾匹馬回來，小的就尋思把馬賣了，再尋個太平地方討生活，不料就遇上諸位官爺……。」

向青鸞微微頷首，吩咐手下將胡二所言記錄在案並著其畫押，而後依律將胡二下到牢裡，等候發落。

那胡二見還是難逃牢獄，早癱倒地上，哭號不已：「那妖怪一口氣就吃了百多號人，遲早也要飛來城裡吃人，求各位官爺將小的發配得遠遠的，免得這條狗命也送在妖怪口裡……。」

向青鸞眉頭微皺，步出牢房，心想那胡二的顧慮也並非全無道理，只是整件事情太過詭異、離奇，還需尋著那知州大人好生商量，定出應對之策才成，於是又轉去廳堂找師爺打探知州蔣定遠的下落。

誰料到得廳堂，那師爺笑臉相迎，言道蔣大人已然視察回來，正在書房相候。

向青鸞隨師爺進書房見那眉州知州蔣定遠，卻是個三十來歲的文生，眼神不定，給人感覺頗為奸猾。

蔣定遠見到向青鸞，早捶胸頓足，哀歎連連，惋惜向老爺子和大捕頭玄鷩英年早逝，自責連連，又言道因為本州境內爆發蟲災，分身乏術，未能及時阻止向老爺子和玄鷩前去圍剿馬賊的行動，言語之間，已將這次捕役全軍覆沒的干係推了個一乾二淨。

向青鸞久在官場，如何聽不出這弦外之音？於是上前將提審胡二之事和義莊驗屍所得直接言明。

蔣定遠與師爺面面相覷，事情超乎常理，但事關重大，也不敢不信。

蔣定遠藏匿衙門多日，之所以現身見向青鸞，乃是一早收到京師恩師的飛鴿傳書，言明已從中斡旋，只需將責任推脫於已故的向家父子，堅稱是向家父子剛愎自用，自行帶人圍剿馬賊，卻失了計算，導致全軍覆沒。

刑部下達的文書數日就到，他自可置身事外，再反咬向家一口。反正死無對證，這口黑鍋讓神捕世家來背，也說得過去。

不料向青鸞尋得了胡二這一活口，更得出這驚世駭俗的結論來，這倒是他意料之外的事。

向青鸞見蔣定遠神色不定，言語無物，商量不出什麼事情來，心中也在尋思如何擒殺那妖物。

那日山崖上所見老松上的抓痕雖說多是新痕，但也有少許顏色與樹皮相近的老痕，說明怪物在此地出現絕非偶然。

於是向青鸞要求蔣定遠允許他翻閱州志，希望可以在代代相傳的記載中找到相關的線索。

他著人將數百年間的州志搬回客棧，已然堆了一人高，許多書本因為年代久遠而泛黃、發霉，稍稍一抖，就散出書蟲無數。

州志裡詳細記載了過往每一年的大事，向青鸞與來福連續翻閱數本都無所獲，不知不覺天黑了都未覺察，來福難熬肚中飢餓，起身著小二準備飯食，主僕二人胡亂吃了一餐。

向青鸞心中焦慮，食不知味，飯後繼續挑燈夜讀，不知疲累。

來福倒是熬不住了，不多時便伏在桌邊，酣聲漸起。

那州志紛繁複雜，一一詳閱自然需要不少時日，不知不覺又是幾天過去，向青鸞足不出戶，飲食起居好在有家僕來福照料，但這般勞心勞力也甚感疲憊。

這晚向青鸞繼續挑燈夜讀，一直追溯到近兩百年前的後蜀明德年間，方才見到「多人感染瘟疫，一夜之間離奇暴斃」的記載，最為奇怪的是，後面特別批註亡故者皆為男性，新亡之屍臭如久腐，常人聞到無不嘔吐，唯有付之一炬，方才杜絕。

這短短的記錄，情形與向青鸞所見一般無二，心中更篤定了此事與那妖物有關。而這一記載倒是提醒了向青鸞一點，州志中言明死者皆為男性，數天前遭襲的百餘人也全是男子，莫非這怪物襲擊的對象竟然只是男子不成？

而後繼續翻閱，直到唐朝天寶末年，竟然也有類似的記載，此時正值安史之亂，兵荒馬亂、瘟疫橫行也很正常，尤為奇特的也是後面批註了一句：「新亡之屍臭如鮑魚之肆，翌日屍蟲橫行，以火焚之……數日間人丁凋零，無可用之民夫，拉縴、擺渡多為婦人……。」

向青鸞暗自心驚，算算時間，居然與明德年間相隔又是兩百年左右！他闔上書本，心想，莫非這妖物是兩百年出來亂世一次不成？

然而這也只是他的揣測。身入公門多年，向青鸞也見過許多奇案，今次所要對付的卻是這等妖物，難免有些不安。

向青鸞放下書本，揉揉眼睛，見來福睡得香甜，也不避諱，又一次取出暗藏的靈鏡，輕喚梓影的名字，希望她現身相見。畢竟梓影身為異類，對於人世之外的事終究比他了解的多一些。

然而任他如何呼喚，梓影依舊沒有露面。

向青鸞心中焦急，把鏡子放在桌面上，起身立於一側，忽然彎腰捂嘴大咳。

只見靈光一閃，梓影面容出現在靈鏡之上，不多時翩然而出，來到向青鸞面前，神情關切，「你……可還好？」

向青鸞緩緩直起身來，張開手在梓影面前晃了晃，面露捉狹之色。

梓影恍然大悟，知曉是他故意裝病騙自己現身，不由有些生氣，「你這人好生無賴！」言罷，轉身要回靈鏡之內。

向青鸞慌忙上前摟住，在梓影耳邊低聲歎道：「是啊，我就是無賴，若非是賴定你放不下我，也不會使出這無賴招數來見你一面。」

梓影歎了口氣，心裡自然不會真的怪責，只是垂首不語。

見梓影不再堅持要走，向青鸞輕輕鬆開臂膀，只是握住梓影手掌不放，「為何這些天來都不願見我，可是我做錯什麼事情惹惱了你？」

梓影轉過身來，看情郎臉上盡是茫然，幽幽歎了口氣，「並非我不想見你，只是不想你問一些事情。」

「可是關於那專門食人腦髓的妖孽來歷？」向青鸞目光灼灼，直視梓影雙眼，心中已確定了七八分。

梓影見無法迴避，只得開口言道：「既然你猜到了，我也不再瞞你。剛到此地的那晚，我就趁夜去查探過，還在老魔山中尋到了那妖物的巢穴。」

向青鸞吃了一驚，追問道：「你為何不告訴我，也好想辦法誅殺此妖？」

梓影面色為難，搖了搖頭，「那妖頗有來頭，不管你帶多少人手去，恐怕也是白送性命。」

向青鸞聞言沉默，梓影言道：「那妖物名叫天伏翼，本是上古妖獸，生性殘暴，性屬陰，所以偏愛以精壯男子腦髓為食，為天地不容，是以只能入夜之後出來活動。然而，自從數千年前獸尊雰笙涉嫌叛亂，被天尊提桓打下輪迴之後，天地之間的萬獸便無人約束，四處作亂。這天伏翼助提桓平亂有功，受封丹書鐵券，這數百里老魔嶺便是它的封地。此妖物每兩百年甦醒一次，每次甦醒，都會在封地範圍內獵食男子腦髓，而後繼續回巢穴沉睡。此番老爺子和你兄長就是不巧遇上天伏翼出洞，才會遭此厄運。」

向青鸞心中悲憤，「我沒聽過什麼天尊、獸尊，只是想神明應慈悲為懷，哪有縱容妖獸害人之理？」

梓影搖了搖頭，繼續言道：「種種緣由，我所知不多，只是曾聽魚姬姊姊言道，數千年前乃是六道並生、互不干擾之世，由六名神將守護大輪迴盤，天地歲月皆由輪迴而定。不知後來發生了什麼變故，只剩下其中的天尊提桓統領六道眾生，變成現在的局面。那晚我有心誅殺那天伏翼，始終未能得手，還差點將那妖物再次激出洞來，釀成大難。我自知無力除妖，唯有收手，而今那妖物已然入睡，此地又可有兩百年平靜，我唯恐你前去尋那妖物復仇，所以一直避而不見，誰料……還是被你查到了。」

向青鸞聞言沉默許久，說道：「既然那妖物已入睡，此時不正是除妖的大好時機麼？這次我們可以好好部署，一起行動，勢必馬到功成！」

梓影見向青鸞躍躍欲試，只好直言道：「適才我說過，此妖厲害，凡夫俗子哪可以傷害到它半分。當晚我可以全身而退，是因為化生出我的這面靈鏡本是昔日獸尊雩笙戰甲的護心鏡，是以生來便有守護之法力。若是你帶許多人馬前去降妖，驚醒了妖物，那時我也只保得你一人，其他同去的人馬恐怕都會成為那妖物口中之食！」

向青鸞聞言，心頭一寒，「姑且不論私仇，此番傷了百餘條人命，與之前的加起來，何止千萬？而今既然得知詳情，如何可以置之不理？難道……便任由那妖物日後再出來害人不成？」

梓影知他心中悲憤，卻也無奈，「既是天數，也別無他法。」

向青鸞突然心念一動，「時常聽你提起那位名叫魚姬的姊姊，想必是位道行精深的女仙，不知可否求得她出手相助？」

梓影歎了口氣，搖搖頭，「倘若得她相助，自然可以誅殺這害人的妖獸。只是自從百餘年前魚姬姊姊將我託付向家先祖以來，再未見過，我也不知道她現在身在何地。」

聽得此言，向青鸞緩緩坐在桌邊，長歎一聲，不知如何言語，原本緊握梓影的手也慢慢鬆開。梓影知道他心中難受，卻無法勸慰，只是歎息連連，衣帶飄飄，已然隱入靈鏡之中。向青鸞心中思慮重重，一夜無眠。

第二天，天還沒亮，就聽門外有人呼叫，向青鸞起身開門，門外立著幾名捕快，仔細一看，卻是在提審胡二之時見過。

為首的捕快見了向青鸞，頗為焦急，「向神捕，大事不好，昨晚胡二在牢裡暴斃身亡了！」

向青鸞一聽，心頭猛地一沉，顧不上回房帶上靈鏡便快步而出，直奔縣衙，一路上更是疑慮，昨日提審胡二之時都還無事，他怎會平白無故丟了性命？

到得牢獄，見牢門外立著幾名獄卒，老遠已聞到尿騷、便溺的臭味，只見胡二屍身倒在遍布穀草的地上，褲襠濕了一大片，雙手呈爪狀痙攣，面目驚恐、猙獰。仵作在一邊忙碌，見向青鸞到了，忙上前見禮。

向青鸞微微頷首，進入牢中仔細巡視，「死因為何？」

那仵作偷眼見向青鸞表情無異，方才定神回話：「回……回向神捕，這胡二是被嚇死的。」

向青鸞蹲下身去，伸手撥弄胡二的頭面、髮髻，「當真是嚇死的麼？」言語之間頗為威嚴。

那仵作聽得向青鸞言語不善，心裡驚惶不已，戰戰兢兢地答道：「確實……是受驚過度……。」

向青鸞冷笑一聲，展開手來，手指上已是濕漉漉一片。他起身用腳撥開地上的穀草，露出下面同樣濕漉漉的地來，斷喝一聲：「爾等當向某是什麼人？混身公門多年，如何看不出這『金紙糊佛面』的陰損招數來？」

所謂「金紙糊佛面」是指牢獄中處置人犯的一種私刑，乃是以一種自西域傳入的獨特紙張沾水覆蓋人犯頭面，這種紙張是以桑樹皮為原料製作，柔韌、密實，更善吸水。人犯被濕的桑皮紙覆蓋口、鼻，立時呼吸困難，獄卒們繼續把紙一層層覆蓋上去，又有多人按住人犯，令其動彈不得。這樣一層一層累積，便是鐵打的英雄漢都扛不住，頂多打熬到十三、四張，也就一命嗚呼了。

被這等酷刑奪去性命的人體表無任何傷痕，縱是家人追究也無從下手。以往人犯在牢獄中離奇暴斃的，十之八九是折在這招上面，牢獄的黑暗現狀可見一斑。只是獄卒們祕不外宣，外間的人知之甚少；此等伎倆，又如何瞞得過向青鸞的眼睛？

那幾名獄卒聞言紛紛變色，見向青鸞目光灼灼，無法迴避，唯有諾諾以對，不敢言語。跟隨向青鸞而來的捕快相互交換了一下眼色，上前將那幾名獄卒拿下！

向青鸞本要詳細審問，卻見師爺奔將進來言道：「向神捕原來在這裡，有刑部公文到，我家大人請向神捕前去，有要事商議。」

向青鸞心想來得正好，你管下的獄卒對人犯動用私刑致死，原本就應尋你討個說法，於是吩咐捕快將那幾名獄卒和仵作一起關押牢中，好生看管，並快步走出監牢，向衙門內堂而去。

到得堂上，只見那知州蔣定遠正拿著張信函細看，面色看似頗為為難。

蔣定遠見向青鸞到場，起身相迎，一面歎息連連，「適才收到刑部下來的公函，追究此番眉州捕役全軍覆沒之事，本官知道向神捕父兄也是因急於馬賊之患，才會貿然帶人出擊，沒有等本官巡視回府再仔細協商。而今出得這等紕漏也非本官所願，是以正在擬定回復的文書，看如何才能將此事平息，不累及神捕世家聲名。」

聽得蔣定遠言語，向青鸞心中一凜，「蔣大人此言何意？家父、家兄是受大人書函所邀協助剿匪，有調令文書為憑，豈會私自行動？」

蔣定遠面露悲哀之色，言道：「雖是本官出文請求調令，可惜令尊、令兄到本州之時本官並不在衙內，而是去了鄉間巡視未回。想來令尊、令兄也是不忍見馬賊肆虐，才會集結人馬前去剿匪，不想卻失了計算，和馬賊火拚一場，雙方俱亡，實在叫人扼腕——」

向青鸞冷笑一聲，揮手打斷蔣定遠的偽善之言，冷聲言道：「蔣大人休要黑白顛倒。若未得大人首肯出具手令，家父、家兄如何能調動全州捕快？更何況此事尚有活口，昨日提審馬賊胡二知曉此番慘劇乃妖孽所為，就算蔣大人害怕擔上干係，也不用如此辱及家父、家兄聲譽！」

蔣定遠哈哈大笑，「向神捕所言未免太過匪夷所思，這青天白日哪來妖孽作祟？本官體諒你愛惜家聲，言語不慎，但本官清譽也不容誣衊。向神捕所說的證人不知現在身處何處？」

向青鸞驀然心驚，恍然大悟。難怪獄卒會對胡二下手，定是這蔣定遠授意殺人滅口，一心想將此事推在向家頭上，當真是無法無天！

他一生最恨這等以權謀私、草菅人命之輩，自然不再客氣：「雖然有人無法無天，殺人滅口，但昨日提審之時已有胡二畫押的供詞和屍首為憑，且涉嫌殺害胡二的一干凶嫌已下在牢中，只需提審，自可水落石出！」

蔣定遠不慌不忙，胸有成竹，「如此甚好，本官也不妨審上一審，未免有人言私。」

就在此時，師爺跌跌撞撞奔將進來，「不好了，不好了，衙門後院起火了！」

向青鸞心中一驚，飛掠而出，奔向後院，只見後院濃煙滾滾，波及監牢和證物房，許多衙役在那裡撲打救火，院中早亂成一片，適才的捕快、獄卒都在其中，左右奔走！

那火勢來得極快，非人力所能挽救，不多時，眾人已紛紛退出門去，院中烈焰熊熊。

向青鸞明知這場火來得蹊蹺，卻是無能為力，只得隨眾人退將出去，心想這樣一來，所有供詞、證物將付之一炬。這火一烤，就算不將胡二屍身燒毀，勢必也將那牢房烤乾，再也無法證明胡二死因！

轉頭見那蔣定遠滿臉得意之色，只恨不得上前一掌拍扁那張臭臉，可公門中人卻不可如此不計後果。

蔣定遠見向青鸞面色陰沉，只是唉聲歎氣，裝模作樣，「唉，我這眉州衙門怕是流年不利，接二連三遇上這等事情……向神捕，而今一片混亂，不知道能否找到向神捕所說的證據……。」

向青鸞冷哼一聲，也不言語。

蔣定遠接著言道：「事已至此，也無其他辦法，本官唯有盡力斡旋，儘量不讓上面追究到神捕世家……只是事關重大，本官也做不得主……。」

向青鸞心中悲憤交加卻無他法，於是轉身言道：「向某所言句句屬實，不日之內自當設法誅殺妖孽，到那時，是非曲直自有公斷！」

蔣定遠自是不信，便打了個哈哈，「既然向神捕言之鑿鑿，那本官唯有拭目以待，若真是妖孽作祟，自當無人有過。若是……哈哈，本官也只有秉公執法，不敢偏袒你神捕世家。」

向青鸞料到那蔣定遠為推脫責任早有部署，而今父兄枉死卻還要背負這等汙名，當真是蒼天無眼。這般激憤之下，胸中熱血直往上衝！

但當著這虎狼之輩，向青鸞卻是萬分不肯示弱，於是「咕嘟」一聲，又把湧到喉頭的鮮血硬吞了進去，只是對蔣定遠拱拱手，轉身離去。

離開衙門，向青鸞人早已跌跌撞撞。

家僕來福早在外等候，見向青鸞面色不佳，慌忙上前扶住，翻出應急的藥丸給他服食，然後扶他慢慢回到客棧上床休息，一面要去尋大夫來診治。

向青鸞知曉自己的問題，開口阻止，隨便找了個理由打發來福出去，又吩咐關上門窗，不露半點光進來。

等到來福出門，向青鸞方從床上捧起那靈鏡，稍稍摩挲；靈光過後，梓影出現在身後，伸手攬住向青鸞肩頭，向青鸞頓時覺得胸中痛楚減輕許多，微微轉頭，只見耳際露出梓影的嬌美容顏，此時卻甚是悲涼。

「我沒事……。」向青鸞故作輕鬆，輕輕拍拍梓影的手臂，卻惹得梓影淚如泉湧，哀聲嗔道：「我說過靈鏡萬萬不可離身，你偏偏不聽，那衙門之中有神明庇護，我也進不去，要是你有什麼三長兩短……我……。」言語哽咽，卻是說不下去了。

向青鸞輕輕歎了口氣，「是我不好，你我二人原本就應該在一起，永不分離才是。」說罷，轉身將梓影擁入懷中。

梓影微微點頭，將面龐貼在向青鸞胸膛，片刻之後突然言道：「你心裡有事，我聽得出來……。」

向青鸞知道瞞不過她，於是把衙門發生的事情說了一遍。梓影沉默半晌，幽幽言道：「而今你是非去不可了？」

向青鸞點點頭，沉聲說道：「事已至此，不只是為父兄復仇這麼簡單了，那昏官處心積慮毀滅證據，將失責之罪推給向家，我向家的聲譽乃是祖祖輩輩拚搏而來，絕不可以毀在我的手上！」

梓影心知向青鸞病體違和，近日來頻頻發作咯血，雖有靈力相護，長此以往，也難逃油盡燈枯；然而也明白向青鸞所言非虛，此事關乎家聲，勢必無法勸得他就此收手，唯有長歎一聲，輕輕掙脫向青鸞臂膀，走到一邊隱隱抽泣，許久方才言道：「那妖物怕見陽光，都是夜間出沒。十天之後的午時是本年天地交泰之時，有天狗食日發生，若是趁天狗食日之時將那妖物引出洞外，再將妖巢封閉，待天狗食日一過，那妖物縱然發覺，也無法及時返回洞中。那妖物曝晒烈日之下，必定虛弱不少，或者我們有機會將之誅殺……。」

聽得梓影言語，向青鸞面露喜色，「梓影，你既然有此好計，為何不早說？」

梓影搖了搖頭，「雖有此機遇，卻不見得是好事。我也忌見陽光，到那時只能藏於你衣衫之內暗中相護，而你這病弱之身和妖物相鬥究竟有無勝算，也是難說。」言語之間憂心忡忡。事實上，這段時間以來，她內心一直忐忑不安。

向青鸞微微一笑，「我曾聽那胡二言過，那妖物只是體型巨大，可飛翔，而後是嘯聲厲害，若是得你相助，自然多了許多勝算。」

梓影點點頭，「不錯，那天伏翼的嘯聲在十丈以內可擊碎人的腦髓，我與你同往，自然是不懼怕這一點，但是它力大無窮，飛行速度相當快捷，就算你躲過它的攻擊，也不見得可以在它飛天逃遁之前傷到它，需得想法設下陷阱將其困住才行。」

向青鸞聞言微微思索，言道：「妖物的嘯聲如此厲害，此事則不可再讓旁人插手，以免多傷人命。上次去那江岸巡視之時見老魔嶺山勢奇險，古木林立，若是將那妖物引入密林，想必可以將它困住……。」

正在言語之間，忽然聽來福在門外呼叫：「二少爺，三小姐到了。」

自父兄亡故，向青鸞一直憂心命案之事，倒是把那離家出走的小妹忘了，而今聽得小妹回來，總算是這許多時日來的唯一一件好事。

梓影怕見陽光，身影一閃，遁入靈鏡之中。

向青鸞將靈鏡貼身收藏，遂起身開門，只見小妹紫煙立於來福身後，臉上盡是悲戚之色。

兄妹倆在這樣的情形下見了面，自是欷歔。

當日紫煙離家也只是一時意氣，不久在江湖上聽聞父兄的惡耗，便快馬加鞭趕回家中，從管家那裡得知兄長青鸞已到了眉州追查父兄命案，於是跟了過來。

而今見了向青鸞，心中的悲傷、苦痛便化作眼淚全流了出來，繼而問及父兄遺體何在，想要前去拜祭。

青鸞告知紫煙，為免父兄遺體再遭屍蟲所噬，數日前已將遺體焚化，骨灰暫時寄存在義莊。

紫煙無緣再見父兄最後一面，愈加自責，青鸞含淚勸慰一番。兄妹二人一同前去義莊拜祭父兄亡靈後，青鸞方才將整件事情原原本本告知紫煙。

紫煙得知青鸞要去對付那妖物，便言明要同去，助兄長一臂之力。誠然，紫煙雖為女兒身，一身武功卻不在青鸞之下，若是得她相助，自然如虎添翼。

可向青鸞並不願小妹涉險。

父親和長兄玄鷲已亡，他便是這神捕世家的當家人，卻無法無視自己病弱之體存亡朝夕的事實。

此去對付那妖物，原本就是抱著必死之心！

若是小妹有什麼三長兩短，向家從此終結，神捕世家的顯赫家聲就此湮沒，那他無法面對父兄和歷代祖先。

向青鸞也明白同胞所出的小妹性子執拗，若是言明不讓她插手，只怕會反應過度，因此表面上答應，心裡卻一直在盤算如何讓小妹置身事外。

此時離梓影所說的天狗食日尚有十天，要對付那妖物自然需詳加部署，這十天之中，青鸞、紫煙帶著家僕來福深入那層巒疊嶂的老魔嶺，詳細查探山勢、地勢，也曾在梓影的暗中指引下尋到天伏翼妖巢的洞口。

那洞口約有六、七丈寬，高卻只有一人，乃是嵌於山腹的一個狹長裂口，洞口上方懸垂的山壁頗為巨大，洞中黑暗、深邃，不知道有多深，只是偶而洞內刮起陣陣陰風，和外面世界的陽光明媚有天淵之別。

向青鸞在洞口勘查許久，吩咐來福回城中張羅大批火藥、火油和採石工匠。

那天伏翼飽食人腦，在深邃的巢穴內沉睡不醒，縱有數十人在洞外勞作，開石、埋火藥，它也依舊不知。

五天下來，工匠們已在那懸垂洞口的山壁上鑿出無數深坑，填埋了不少火藥，更理出火線，用火油浸泡，擔保稍有火星能一點就著。

向青鸞擔心不夠保險，更懸掛了十餘罈火油在山壁之上，若是山壁塌陷，那十數罈火油自然傾覆下來，形成熊熊烈焰，縱使碎石無法完全堵住那洞穴，這烈焰也可抵擋妖物逃回巢穴！

那洞外的大片參天密林，多是合抱粗的千年老樹，枝葉茂密，蔭庇林間，不見陽光。

向青鸞有心將那妖物困於林間，於是又招來數十名樵夫，將那林中老樹的枝葉砍伐一空，只剩下粗壯衝天的主幹。

這等浩大工程要在不到十天之內完成，的確有些勉強。幸好向青鸞說動了與父兄一起遇難的捕快親人幫忙，到後來，林間往來穿梭何止數百人！

人多力量大，終於在第九天，那林中只留下了許多參天林立的碩大木樁！

萬事俱備，只等天狗食日！

不少苦主想要留下幫忙，都被向青鸞兄妹一一勸走，畢竟對付那僅憑嘯聲就可傷人性命的妖物，尋常人來得再多也是無益。

決戰前夜，向青鸞在房中擦拭腰刀，突然間來福進來拜伏於地，聲聲求懇，希望向青鸞准許他一同前往。

向青鸞心中感動，忙把來福扶將起來，還未開口，就聽來福言道：「來福少年流落街頭，若非老爺見憐，只怕早就餓死，而今大少爺和老爺都被妖怪害了，來福自然要和二少爺一起去對付那妖怪。」

向青鸞微微動容，來福平日裡頗為膽小怕事，不料在這緊要關頭卻這般義勇，倒是小瞧了他，「你的心意我領了，可是你還有老婆、孩子要照料，終不能讓你去冒險。」

來福泣道：「來福知道此行凶險，也知道二少爺一定不會讓小姐一起去冒險，來福若是不去，二少爺一人獨木難支，如有來福埋伏洞口，便可伺機封住洞口，少爺才好心無旁騖地對付那妖怪。」

向青鸞聽得此言，無法回絕。誠然，如無人相助就需要在妖物出洞之後立刻引燃火藥，萬一妖物行動迅捷，也就無法將其引到木樁林中困住，的確少了許多勝算。若是得來福相助，先趁天狗食日時將妖物引到林中，再封住洞口，等到天狗食日一過，怪物醒覺，已然來不及飛回去了。只是，倘若被妖物發現了來福，豈不危險？

來福見向青鸞還在憂心自己的安危，心中感念，便自懷中摸出一個包裹，打開一看，卻是一包棕色的小顆粒。「來福出身獵戶，幼時也曾經為家計去抓蝙蝠賣給藥材店製藥，這類畜生嗅覺、聽覺都很靈敏，若是貿然前去，勢必一逃而空，所以通常需全身塗滿蝙蝠糞，潛伏其巢穴之中，才不易被發覺，等白天蝙蝠群都已入睡，才能夠將其一網打盡。來福想，那妖物雖然巨大，到底還是蝙蝠的樣貌，想來習性應該不差多少。」

向青鸞掂起包裹裡的小顆粒一看，果然是由蝙蝠糞便晒乾製成、被稱作「夜明砂」的藥材。見來福言之鑿鑿，向青鸞頗為寬心，拍拍來福臂膀說道：「既然如此，唯有偏勞於你。不過還需萬事小心，等妖物遠離洞口再行動，更要保重自己的安危。」

來福點頭稱是，下去準備停當。

向青鸞目送來福出門，心中的煩惱消掉些許，不過此刻最為頭痛的還是如何支開小妹，不讓她插手此事。正在思量之間，聽得背後腳步聲響，知道是梓影來了，於是轉過頭去，見她眉目之間仍是頗為憂慮，便笑道：「我們部署得還算不錯，想來是可以一舉成功。」

梓影微微點點頭，伸手取過向青鸞橫放桌面的腰刀，「嗆」一聲佩刀出鞘，只見刀鋒凌厲，「果然是一把削鐵如泥的寶刀。」

向青鸞淡淡一笑，「這刀許久不用，本還擔心已然鈍了，適才細細擦拭一番才發現還算犀利。」

梓影微微頷首，仔細端詳那刀鋒，「刀是好刀，不過要對付那上古妖獸，還差點東西。」說罷咬破中指，那嫩如蔥白的手指上頓時冒出一片血花，而後迅速將血液塗抹在刀鋒之上，頓時寒氣森森。

向青鸞大吃一驚，正要相問，只見梓影左手扣住刀鋒，順勢一拉，指縫間頓時鮮血淋漓，一滴一滴落在雪亮的刀上，發出「嗤嗤」的聲音，就像將冰水滴在火熱的鋼板上一般。

向青鸞哪裡見得梓影如此，忙上前一步，掰開梓影緊握刀鋒的手，「你這是為何？」

梓影微微一笑，依舊把受傷的左手覆在刀身，讓手心滴落的鮮血一滴不漏地滴在腰刀上，言語之間甚是平靜，「這刀雖犀利，終究是凡間之物，不能傷到那妖物，若是以我這鏡妖之血開鋒，卻又不同。」

向青鸞心中一動，心想，你這般自殘身體原來全是為我，情動之下輕輕摟住梓影，顫聲道：「向青鸞何德何能，可得你一心相待……。」

梓影輕輕放開腰刀，手上長長的刀痕片刻間已癒合成一條白線但面目之間頗為疲累、憔悴，她靠在向青鸞胸前喃喃言道：「你心，我心，如此而已……。」

向青鸞聞言，心中一片溫暖，懷中佳人已經化為輕煙回到靈鏡中，那淬過梓影鮮血的腰刀此刻寒光四射，與先前模樣大大不同！

自衣衫之中捧出靈鏡，只見原本光滑的鏡面上多了一條隱隱的裂痕，泛起一絲蒼白。

向青鸞心潮澎湃，輕輕摩挲鏡面，萬般情愫難以言喻。

一夜無眠，天剛亮，紫煙已在門外敲門，向青鸞開門讓她進來，見紫煙一身勁裝打扮，頭上如男子般綰了髮髻，若非兩人之間少了面鏡子，便如一個人在照鏡子一般。

「你這是為何？」向青鸞不是第一次見到小妹女扮男裝，不過，像今天這般刻意裝扮成自己的，唯有上次拒婚龍涯而已。

紫煙在屋裡轉了一圈，笑道：「二哥要引妖物進木椿林，中間距離不短。若是有小妹接力，想來要輕鬆許多。」

向青鸞聞言，微微一笑。雖然小妹想得周到，但此事凶險異常，自身有梓影相護，不畏懼那妖物的奪命嘯聲，小妹雖輕功不錯，但也不可冒險，於是揚聲向紫煙身後道：「來福，你準備好了沒有？」

紫煙聞言，下意識轉頭，忽然覺得脅下一麻，頓時渾身動彈不得，吃驚之下問道：「二哥，你這是為何？」

向青鸞運指如飛，連封紫煙背脊幾處要穴，順勢又封住她的啞穴，讓她無法呼叫，然後沉聲言道：「小妹勿怪，二哥不想你去冒險，才出此下策。你暫且在此休息，十二個時辰後穴道自會解開……若是……二哥可以順利誅殺妖物回來，再向你賠罪。」說罷將紫煙橫抱在手，走到床邊輕輕放下。

紫煙心知向青鸞此去已存必死之心，驚惶無措，情急之下雙目含淚，卻動彈不得，一句話也說不出來。

向青鸞坐在床邊，伸手拭去小妹眼角的淚水，幽幽歎了口氣，「我們向家歷經這麼多代，如今僅剩你、我兄妹兩人，今日一戰關乎我向家家聲，故而非去不可。此去生死難料，二哥只得你這一個妹子，自然無法任你身陷險境。若是二哥回不來，雖無法阻止奸人汙我向家威名，至少向家還留有你這點血脈。日後向家祖業能守便守，若是因父兄之事被朝廷怪罪下來，也不要做無謂之爭，遠遁他鄉便可。此後更要好好照顧自己，別再任性妄為……。」說到這裡，向青鸞有些哽咽，深深吸了口氣，順手放下蚊帳，走出門外，關好房門，吩咐小二不可打攪。

走到院中，卻見來福抱了一罐化開的夜明砂，也不知道他用了什麼法子，先前乾枯、無味的夜明砂變得氣味熏人，便如新鮮的蝙蝠糞一般。

主僕二人一同出城，渡江趕往老魔嶺，到得天伏翼棲身的山洞口，已過了巳時。看看太陽快要升到樹梢，想來將近午時。

兩人再次排查了洞口的火藥、火油，確定一切正常，來福打開裝夜明砂的罐子，把裡面黑黝黝、又膩又臭的膏狀物全身糊了個遍，靜臥在洞口的草叢中，只待妖物遠離巢穴，就點燃火摺子將洞口炸毀。

向青鸞見午時將近，不再遲疑，取過幾罐火油順著洞口傾倒下去。那洞內頗為陡峭，火油順著坡度蜿蜒而下，不多時就只見淡淡的油痕。

向青鸞點燃火摺子扔進洞中，只聽轟隆一聲，那條油痕頓時化為一道火線直衝下去，驚起無數小蝙蝠吱吱亂叫，在洞中橫衝直撞！

忽而勁風一展，洞中的火苗頓時支離破碎，向青鸞知道那天伏翼已然驚醒，忙退後數丈。此時洞中傳來惡臭難當的氣味，更帶聲聲咆哮！

雖然看不清黝黑洞口裡的真相，向青鸞感覺得出它的存在，就在那片幽深的黑暗中怒視著自己！

此時外間烈日當空，那天伏翼不敢出來，向青鸞取出一面銅鑼，在洞外賣力地敲擊。天伏翼在洞中煩躁不安，來回作動，嘯聲連連，但在幽深的洞穴之中不起任何作用！

忽然間天色漸漸暗了下去，向青鸞抬頭，天上的太陽已然缺了一塊，果真如梓影所言，天狗食日依時發生！

向青鸞開始向木樁林方向退去，遠遠地向隱藏在洞外的來福打了個手勢，一面敲鑼一面退走。

一旦日食過半，天黑的過程明顯又加快了許多，最後一度強烈的光照閃耀後，天與地都沉淪於一片黑暗。黑暗中，傳來一陣幽深的鳴叫，天伏翼出洞了！

向青鸞的眼睛由明到暗頗為不適，不過事先曾用磷光粉塗抹在木椿上一周，是以林中的無數光圈也指明了方向，於是提氣飛躍而去，身形快如閃電！

就在此時，背後勁風呼嘯，向青鸞知道是那天伏翼追了上來，於是將手裡的銅鑼一扔，加快了腳步，身形幾次閃避之後，已然遁入那木樁林中。

那天伏翼嘯聲尖銳，奈何向青鸞有靈鏡相護，行動快捷，不受其害，周圍的樹木卻紛紛震裂表皮，一時間木屑橫飛！

那林中巨木林立，對身形靈便的向青鸞而言不失為一個上佳的躲避之所。而對行動迅速卻身形龐大的天伏翼而言，卻是處處受阻，張開的巨翼不時撞上巨大的樹幹，雖然蠻力驚人，不時掃斷些許樹幹，依舊難以行動。

驀然，只聽得一陣驚天動地的巨響，天伏翼巢穴的方向閃現大片火光，來福已點燃了暗埋的火藥，將那狹長的洞口封閉！

事先懸垂的火油罐早摔成碎片，火油遇火，更是燃成一片！

來福早已躲入事先挖好的地道，聽到外面燃得劈哩啪啦的聲音，想來是連山壁上的山草都被點燃了。

就在來福炸毀洞口之時，向青鸞也停止了逃避，手中寒光一現，已多了把寒氣森森的寶刀！

天伏翼本要襲擊向青鸞，被那爆炸聲一嚇，轉眼便失去了目標。忽然間，背脊撕裂一般的疼痛，卻是向青鸞的寶刀自其背後穿胸而過！

天伏翼沒料到這凡人的兵器也可以傷到它，負痛尖嘯、掙扎，兩片巨翼登時將周圍的幾棵巨木拍成數段！

向青鸞本落在它背後，此時翻落在那妖物下方，手中單刀翻飛、旋轉，猶如一股平地而起的颶風！

這一招石破天驚，乃是神捕世家不外傳的絕技——旋風斬。

此招一出，少有人能夠抵擋，只可惜向青鸞久病在身，已無法如當年般發揮出旋風斬十成的威力，一招出手，氣息不覺有幾分散亂，更何況他所要對付的不是人，而是力大無窮的上古妖獸。

縱然如此，這一招也將那妖獸的左翅削了下來！

妖獸無法保持平衡，慘叫連連，自樹頂急速下墜！

向青鸞慌忙躍身閃避，忽然，後背猛地一震，人已經如飛鳥投林般摔將出去，撞上一段巨木，頓時口吐鮮血，卻是天伏翼右翅的利爪拍中他的背心！

「嗆啷」一聲，一直收藏於向青鸞背後的靈鏡從他撕破的衣衫中摔落在地！

就在此時，天空逐漸轉亮，卻是天狗食日結束，太陽正一點、一點顯露出來。

天伏翼忌諱陽光，縱然沒了一隻巨翼，依然一路撲打、衝撞，想要逃回巢穴，反倒無視受傷的向青鸞。林間的巨木雖然茂密、粗壯，也難以承受妖物的拚死衝撞，只見大片、大片的樹木被撞倒、折斷，現出一條寬大的路徑來，而那妖物的黑血塗滿了地上的泥土、殘木，四處瀰漫著濃厚的惡臭。

向青鸞吐血倒地之後，靈鏡離身，身體頓時迅速衰弱下去，原本已無氣力再戰，忽見天光照射大地，那靈鏡完全暴露在光照之下，被陽光照射後嗤嗤作響，不斷震動，冒起陣陣白煙！

向青鸞方才想起梓影見不得陽光，忙強打精神爬將過去，將身伏在靈鏡之上。得向青鸞以身蔭庇，那靈鏡方才停止震動，安靜下來，伸手一探，靈鏡早已被炙得滾燙！

眼見那受傷的妖物爬遠，向青鸞自然不甘放過，扯下衣襟將發燙的靈鏡裹住，牢牢束縛在胸前。有靈鏡在身，向青鸞恢復了幾分精神，手中單刀一緊，飛身追了出去。

在逐漸加強的陽光照射下，天伏翼的肢體開始灼傷、冒煙，痛得撕心裂肺，慘叫連連，好不容易爬到巢穴之外，卻發現洞口被大堆落石封閉，石上還帶熊熊烈焰！

天伏翼畏懼陽光，一心想逃回洞中，也顧不上火焰燒燎，殘存的右爪上下翻飛，不斷抓刨那封閉洞口的石堆。

天伏翼力大無窮，那石堆也多是碎石堆砌，這樣刨得一陣，居然被它刨開一個小洞來，眼見巢穴近在眼前，又被陽光炙得痛楚難耐，動作更加快速、粗暴！

向青鸞追將上來，見此情狀，將身一縱，手中的寶刀再次向那妖物招呼過去，下手狠辣非常，毫不留情！

那妖物吃痛，停止了挖掘，轉過身來，只見它一身燎泡，面目分外猙獰、恐怖，而且臭氣熏天，令人作嘔。眼見向青鸞立於眼前，早已狂暴非常，呼嘯連連，撲了上去！

向青鸞知是困獸之鬥，必然凶險非常，本想施展輕功左右閃避，但那妖物已是拚死一戰，如何會讓他有躲閃的空間？那數丈寬的巨翼往來拍打襲擊，落在地上，砸出一個個大坑，一時間沙石飛濺，遮天蔽日！

向青鸞受了重傷，身形不比先前靈活，險險躲過幾次，還未退開，那妖物的利爪已在眼前，唯有舉刀相迎！

那天伏翼蠻力驚人，利爪橫掃之下，向青鸞已如一片樹葉般被掀上半空，背心向下重重撞向地面！

還未落地，忽然背心一寒，妖物的利爪已嵌入向青鸞背部，將他高高舉起！受此重創，向青鸞血如泉湧，自創口和口、鼻噴射而出，右手也無力再握緊寶刀，只聽「嚓」的一聲，寶刀插落在地！

就在此時，向青鸞胸前白光一閃，靈鏡自衣衫裡飛射而出，在半空不斷旋轉，原本光滑、潤澤的邊緣在烈日曝晒下化為火紅的旋轉刀鋒！

在天伏翼的慘叫聲中，靈鏡齊肩割斷了那妖物的右翼，向青鸞的身體和妖物的斷肢一起跌落於地，終於脫離了掌控。

向青鸞模糊的雙眼看過去，發覺那被曝晒得火紅的靈鏡滾落於地，發出陣陣白煙，知曉是梓影拚死相護，雖斷得妖物巨翼，已是強弩之末，這般曝露在烈日之下，只怕是返魂無術了，於是顧不得身受重傷，一個虎撲躍將出去，將那火紅的靈鏡護於身下！

那靈鏡炙熱非常，向青鸞伏在鏡上，就連胸膛血肉都被炙得焦黑、糾結。

皮肉痛楚雖難耐，最為危險的還是近在咫尺的妖物。那天伏翼被向青鸞、梓影分別斷去雙翼，加上烈日曝晒，早已難以支持，倒伏於地，血盆大口離向青鸞不過區區數尺。

妖物暴怒、疼痛，見仇人近在咫尺，早彈將起來，張開血盆大口，朝著向青鸞咬了下去！

向青鸞避無可避，更無力相抗，眼見利齒越來越近，心想終究功虧一簣，此番就要折在這妖物口裡。

就在這千鈞一髮之際，一片雪亮的刀光席捲成的白色旋風激射而來，正中那天伏翼頭部，刀光旋動之處血肉橫飛，那妖物巴斗大的腦袋已被這刀網交織而成的旋風攪成肉醬！

「旋……風……斬……！」向青鸞含笑咳出喉中鮮血，勉力回頭一望，只見小妹紫煙抱刀而立，面露關切。

向青鸞封住紫煙穴道需十二個時辰才可自由行動，但他久病以來功力也打了不少折扣，紫煙心憂兄長安危，更是竭盡全力運氣衝破被封的穴位，飛身趕來時，正看到那天伏翼襲向兄長，情急之下撿起兄長落下的寶刀，拚盡畢生修為，給了那妖物致命一擊！

那寶刀有梓影之血開鋒，加上這威力無比的向家絕學「旋風斬」，自是犀利非常。天伏翼龐大的身軀頹然倒地，抽搐幾下便不再動彈。

向青鸞見小妹手刃妖獸，心中快慰，再無牽掛縈繫。他俯身緊擁懷中靈鏡，感覺那股炙熱的火燙已然融入心中，似乎永世不可分割。雖然嘴角浮起一絲微笑，卻再也聽不到小妹紫煙撕心裂肺的呼叫。

次日清晨，當太陽再度在這山中升起之時，這片經歷過激戰洗禮的山麓中多出一個碎石累積的石堆，石堆前方立著一把雪亮的單刀，在初升的陽光下閃著別樣的光華！

兩個疲憊而悲傷的身影出現在下山的路上，在朝陽的映襯下帶著義無反顧的堅定！

眉州衙門裡的知州蔣定遠萬萬沒想到會接到成都府發下的停職公文，當那個面容清雋、英氣勃勃的神捕向青鸞將一隻碩大的恐怖利爪擲在他面前，並遵公文手令立案調查他草菅人命之罪時，蔣定遠已來不及向京城的恩師求救。

再看到那年輕神捕臉上冷峻的表情時，蔣定遠方才確信自己惹上了不該惹的人，做下不該做的事，身陷牢獄回想前塵往事，更是追悔莫及。

妖物伏誅，昏官入獄，無疑給了神捕世家光芒萬丈的門楣、家聲添加了極為輝煌的兩筆。

神捕向青鸞的聲名再度響徹江湖，一干宵小、賊寇無不聞風喪膽。

便如她在兄長無碑的墳前所立下的誓言一般，他沒能做到的，她會替他完成，種種只為共同祖先和手足拚搏而得的聲名與榮耀！

或許有人覺得，重出江湖的神捕向青鸞比之當年更加冷峻，手段更加強硬，且讓人更為敬畏。只有緊跟其後、侍奉向家的家僕來福才知道，在那層巒疊嶂的老魔嶺中發生過何等慘烈的戰鬥，這神捕世家的牌匾上凝結著怎樣的犧牲和隱忍，還有那走在前方英氣勃勃的「少爺」所摒棄的脂粉紅妝。

明顏聽龍涯說到向青鸞戰死，感歎、欷歔之餘言道：「那神捕向青鸞以病弱之身對抗妖邪、強權，當真可歎、可佩。不過，既然其妹紫煙誓言繼承遺志，以向青鸞的身分擔起神捕世家的家聲，為何還會成為現在的紫衣女神捕呢？」

龍涯微微一笑，「數年後，紫煙因破得一件驚天動地的大案，暴露了女兒家的身分，當時，聖上不但沒追究其欺君之罪，反而傳旨嘉獎，頒下女神捕的欽命腰牌，從此紫煙終於得以本來的身分行走江湖，監察要案。因為通常身著紫衣，所以人稱『紫衣女神捕』。當然，那又是另一個驚險的故事了。」

明顏壞笑一聲，伸手摸摸桌邊正在吃糕點的孩子的頭，「不過說到底，至少還可以確定一件事情，就是有人相思成空，至今沒著沒落。」說罷，抓起一塊糕點塞在口中。

龍涯長歎一聲，正色道：「明顏妹子這張嘴當真是不饒人。我與紫煙雖不成伉儷，卻也引為知交，不然怎會放心將這小鬼託管我處？沒著沒落也只是暫時，這魚館中美女如雲，說不定什麼時候錦繡良緣就水到渠成也不一定。」說罷看看魚姬，又看看明顏，臉上盡是壞笑。

明顏被他這眼神一看，心裡直發毛，倒抽一口冷氣，卻被口裡的糕點碎屑嗆得大咳不已，彎下腰去。

魚姬在一旁看龍涯戲弄明顏，引得明顏如此反應，笑得打跌，伸手在明顏背上輕撫，「好了，好了，龍捕頭開玩笑的，你這丫頭還真信了。」

言語之間聽得腳步聲響，一個容貌俏麗、英氣勃勃的紫衣女子走進店來。

那桌邊端坐的孩子一見這女子，臉上露出幾分歡喜，奔將過去抱住，「娘，你來接我了。」卻是孩兒撒嬌的天性流露。

向紫煙摸摸孩兒的頭，對魚館中眾人拱拱手，來到桌邊，龍涯急忙一一引見。

魚姬吩咐明顏添了副杯盞、碗筷，眾人對飲數杯後，向紫煙舉杯對龍涯言道：「多謝各位代為照看鐵衣，若是這孩兒為各位添麻煩，紫煙在此先代為道歉。」

魚姬隨即起身還禮道：「向神捕說到哪裡去了。這孩子沉穩、乖巧，哪裡會添什麼麻煩。」

向紫煙點頭稱謝，抱拳言道：「紫煙尚有公務在身，要遠赴他地，各位，後會有期了。」

眾人還禮之後，向紫煙攜了孩子的手，正要出門，卻被魚姬輕聲喚住：「向神捕請留步。」說罷，吩咐明顏自牆上取下那面鏡子，「我與這孩子頗為投緣，而今送個禮物給他，就算見面禮吧。」

那名叫鐵衣的男孩子聞言露出幾分微笑，倒不再似先前初到時一般全無孩童的稚氣，沒等母親開口已奔將過來，接過銅鏡。

向紫煙從沒見過自己兒子這般爽朗，有些驚愕，便輕叱一聲：「鐵衣，不可這麼沒規矩。」而後對魚姬微微一笑，「多謝掌櫃的見賜。」

魚姬微笑回道，「這鏡子本是神捕家中之物，何以竟不認得了？」

向紫煙吃了一驚，走上前來看著兒子手中的鏡子，依稀記得正是原先家中的護宅靈鏡，當年兄長向青鸞去世之時緊抱不放，但已經殘破不堪，故而早就隨向青鸞下葬了。等到她受封女神捕，前去遷墳，卻發覺墳塚中既無殘鏡，也無兄長屍骨，而墳塋完好無損，並無開啟跡象。原本就一直覺得蹊蹺，而今在這裡見到完好無損的護宅靈鏡，如何不叫她驚奇？

魚姬微笑言道：「昔年有對化外佳偶，曾來我館中作客，留下這銅鏡，言明請我代為轉交神捕向家傳人。我放在閣樓中數年，而今向神捕到來，正好因緣際會，了卻了一樁心事。」

向紫煙俯身輕輕摩挲那光滑鏡面，思及舊事，難免有些欷歔，卻聽兒子鐵衣言道：「娘啊，你看，鏡子裡有兩個人呢，一男一女，都在對著我笑……男的長得和娘好像。」

向紫煙聞言，輕輕摟住兒子，卻無法在鏡中看到兒子所說的兩個人。聽兒子鐵衣所言，分明就是已然亡故的兄長向青鸞，想來另外一位女子便是當年兄長提過的鏡中女子梓影。如此一來，多年來縈繫心頭的兄長遺骸下落之謎也就不再困擾心中。

誠然，她更願意相信向青鸞未死，而是求仁得仁，拋卻病弱皮囊，進入靈鏡之中，與愛侶朝夕相伴。

「既然這孩子看得見鏡中人，想必和這靈鏡有緣，必定可得靈鏡庇佑，健康成長，無往不利。」魚姬微笑言語，取過一幅絲絹遞給向紫煙。

向紫煙含淚稱謝，用絲絹將靈鏡包裹停當，告別眾人，攜了孩子離開魚館。

龍涯也隱約猜到了幾分，一邊小酌，一邊言道：「洒家所知是自紫煙而來，看來掌櫃的也有關於神捕向青鸞的另一段故事。」

魚姬微笑言道：「既然那是一面靈鏡，破鏡重圓回歸舊主自有另一段淵源。靈鏡因情而碎自然也可因情而重圓。不知道這麼說會不會顯得俗套？」

龍涯哈哈大笑：「掌櫃的果然是個妙人。」聽得魚姬如此言語，他自然猜到此事和魚姬有關。是魚姬前去青鸞墳前取回靈鏡修繕也好，是靈鏡自己有靈託付魚姬轉交紫煙也好，然而魚姬既未言明，他也沒有追問不休的習慣，想來世間的事情，很多時候過程如何，遠沒有結果重要。既然而今靈鏡重圓，回歸向家，他更樂意去相信魚姬所說的俗套，畢竟在世為人，都不能免俗。

明顏倚在門口，目送向紫煙母子遠去，頗為惋惜地言道：「雖然是該物歸原主，可是不知道為什麼，一看到那鏡子就覺得親切非常，十分捨不得……。」

魚姬笑罵一聲小氣鬼，言道：「這靈鏡和神捕向家尚有十數年因緣，待這因緣了卻，倘若你與靈鏡有緣，早晚會回到你身邊，哪用如此惦念不已？」

明顏聞言不語，覺得魚姬言語話中有話，沉默片刻，突然問道：「為何紫煙看不見，那叫鐵衣的孩子卻看得見呢？莫非這孩子非同一般？」

魚姬微微歎了口氣，「鐵衣雖是普通孩子，不過他將來要背負的不比青鸞、紫煙更輕鬆，路更艱難也不一定。有靈鏡相護，或許會比較容易一點。」

言罷，又攜起酒壺為龍涯壓酒，龍涯淡淡一笑，滿飲此杯，而後言道：「知不知道為什麼酒家總喜歡來這裡盤桓？」

「因為這裡有好酒、好菜？」魚姬淺笑言道。

龍涯微微頷首，「不光如此，還有好故事和好人，況且酒家剛才所說並非全是戲言，不知道這樣說又算不算俗套？」

撲通！

門前的明顏聞言，腳下微軟，在門檻上絆了一跤。

酒桌邊的魚姬握著酒壺，雖仍在笑顏以對，但豆大的一顆汗珠已從額角滾滾而落。

第十話
木相公

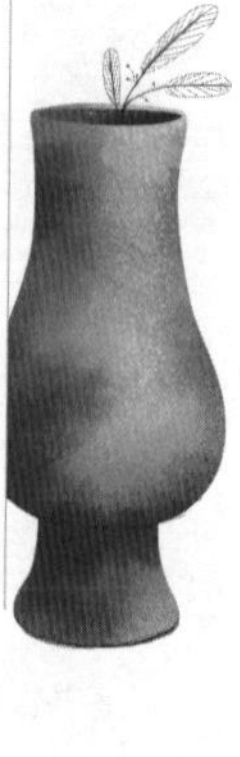

夏至到，鹿角解，蟬始鳴，半夏生，木槿榮。

每到這一節氣，總是炎熱、氣悶，空氣中似乎也蘊含著無窮無盡的熱量，讓人思維凝固，偶而聽到外面有女人打罵孩子的聲音，便知道隔壁經營被褥、棉料生意的老闆娘又在拿自己娃兒撒氣，起因大概也是因為天氣轉熱，少了生意，心情煩躁的緣故。

明顏無精打采地倚在不當晒的角落裡打盹，魚姬也伏在櫃檯前，雙目似開似閉，忽然間，聽得門前竹簾輕響，下意識地起身招呼：「客官裡面請啊。」

聽得來人咯咯輕笑，似乎頗為熟悉，定睛一看，才發現原來是許久未見的辟妖谷傳人何栩。

魚姬見得故人，心情愉悅，微笑道：「一別兩年，小栩可好？」

何栩拱手笑道：「託福，託福，一切安好，煩勞魚姊惦念。」言語之間已被魚姬引到堂中坐定。

明顏早已醒了過來，見得何栩，也迎了上來，「前些時候見到瀟湘上人，說起你正在外遊歷，掌櫃的還在念叨好久沒見，呵呵，不想這麼快就來了。」說罷，快手快腳地張羅些冷盤、瓜果之類的上桌款待。

何栩點頭稱謝，魚姬自櫃檯後面的冰鑒夾取不少冰塊置於一個小木桶裡，接著又從冰鑒裡層取出一隻緊口的平底銅壺，埋在裝滿冰塊的小木桶中，待到木桶放在桌上，已然隱隱現出些水氣，桌子周圍頓時涼快不少。

「小栩來得正是時候，我這酸梅釀剛好開封，正好請小栩品一品新酒。」魚姬說罷挽袖攜起銅壺，從那細細的壺嘴斟出一道細細的淺紫色酒水，傾入三隻淺黃色的藤木酒杯。

那酒水一入杯中，頓時沙沙作響，隱隱泛起些細小、透亮的水泡來，待到水泡浮出酒面消逝無蹤，一股甘酸生津的酸梅果香頓時沁人心脾。

明顏已將菜餚送到桌邊，見斟了三杯美酒，嘻嘻一笑，「看來也少不了我的一杯。」

魚姬笑道：「說什麼呢，好像平日多刻薄你似的，生生叫人家笑話。」

明顏伸伸舌頭，人已經坐到了桌邊。

魚姬舉酒相敬，三人對飲一盞。

那酒水入口全然不帶勁頭，甘香、馥鬱，只是冰涼入骨，進喉之後，卻如瞬間融化的冰山，忽地轉出一抹溫厚，全身毛孔頓開，立即出了一身微汗，感覺體內的燥熱都隨汗水排空一樣，說不出的受用。

「好酒。」何栩掂起藤木酒杯，微微讚歎。

魚姬笑道：「這酸梅釀最適合伏天享用，消暑、去燥，最是適宜。」

明顏看看手中的杯子，不解道：「掌櫃的為何選擇藤木杯？用銀盃、玉杯、銅杯，不是更為涼快麼？」

魚姬笑而不語，何栩掂起藤木杯仔細打量，言道：「小栩猜想是因為藤木杯更能鎖住酒水的溫度，不似銀盃、玉杯、銅杯瞬間就將冰酒的溫度轉移開去。」

魚姬微微頷首，「小栩真是冰雪聰明，的確如此，還有重要的一點就是，藤木杯質地疏鬆，可以吸附、去除這酒中頗為原始的果子生澀味，讓酒味保存得最為雅致。」

明顏介面道：「看來，這木頭倒也不是只能做做家具之類的死物。」

魚姬淺淺一笑，「天生萬物有靈，自然是不可小瞧了它。小栩，你覺得如何？」

何栩聽得魚姬言語，放下酒杯，面色頗為凝重，說道：「看來魚姊已然猜到我此番的來意了。」說罷，自懷中摸出一個絹布包裹的小包，打開一看，裡面是一段物事。

那物事雖不到半尺，卻分為三段，色澤烏黑，溫潤如玉，明顏定睛一看，竟是一截木雕的手指，兩個指關節做得相當巧妙，碰觸之間可如真人手指般彎曲、伸展，唯有指根部位斷面粗糙，似乎是被人用斧子剁下一般，斷面顏色偏褐色，看起來極不協調。以指頭的形狀、長度而論，似乎是比著成年男性右手食指精雕細刻而成。

明顏拾起這根木指來回審視，問道：「雕得這麼細緻，應該不會只有這一根手指而已吧？不知道其他的部分去哪裡了？」

何栩微微歎了口氣，「數月前小栩在明州東湖遊歷時被對頭暗算，受了重傷，幸虧被一對夫婦所救，木指便是那相公留下的。」

「木相公？」明顏聞言稱奇，不覺提高了聲調。

事情要從當日何栩在東湖遇到三絕道人申道乾說起。

那三絕道人申道乾本是何栩同門，為人急功近利，心術不正，其功力在昔日辟妖谷門人中也算出類拔萃，若非一早被瀟湘上人看穿他的心性，將其逐出門牆，原本也是傳承瀟湘上人衣缽的不二人選。

申道乾自離開辟妖谷便來了這明州，以昔日所學精深法術在當地闖下三絕道人的名頭，更勾結當地權貴，修建三絕觀，廣納信眾，受世人香火禮拜，手下門人何止三千。原本也算功成名就，但申道乾心中對辟妖谷的憤恨一直揮之不去，尤其在見到身佩誅邪劍的何栩時，更是憤恨不平，於是在何栩乘舟渡湖時暗下毒手，驅使湖中精怪鑿穿小舟，打算奪取代表辟妖谷傳人身分的誅邪劍。

何栩雖入門時間不到二十年，沒與那申道乾打過照面，不知道其中的淵源，但她天資聰穎，得瀟湘上人傾囊相授，早已繼承瀟湘上人衣缽，是以這等鬼祟伎倆倒是害不了她。人一入水，何栩便驅使誅邪劍格殺水中精怪，不料接踵而來的還有數十名精通水性的刺客！

何栩的誅邪劍對付妖孽、精怪威力無窮，對血肉之身的人來說，卻與尋常木劍無異。何栩武藝再高強，也抵擋不住刺客的車輪戰。

待到筋疲力盡，何栩不但誅邪劍被來人奪了去，背上也負了傷，緩緩沉向湖底。那群歹徒見寶劍到手，也不在乎何栩是生是死，紛紛破浪而去，向主子邀功請賞去。

也是何栩命不該絕，那湖中潛流暗湧，居然奇蹟般將她捲向湖岸。她勉力爬上堤岸，傷重昏厥，不省人事。

醒來之時，她發覺自己伏在一張雕刻得十分細緻、樣式卻十分樸實的木床之上，屋子整潔而簡樸，家具都是溫潤的黃楊木所製，散發著原始的木香。

背上的傷口已被處理妥當，但是動一動還是會很痛。

何栩勉力爬起身來，走到窗邊，外面也是個尋常人家的小院，圍了籬笆，種了些豆角之類的菜蔬，一個角落豢養著幾隻雞、鴨，一個二十六、七的少婦正在拋撒小米餵食家禽。廊前的紅泥爐灶上煨著一個瓦罐，未開的罐口浮動著陣陣白色水氣，微風捲來一股香味，卻是雞湯的鮮香氣味。

何栩依稀記得自己爬上堤岸，不知何以會到了這裡，下意識地走出門去，正要和那少婦打招呼，少婦已然轉過頭來，說道：「姑娘醒了？」言語輕柔，說不出的溫婉。

何栩應了一聲，抱拳問道：「敢問這位嫂嫂，這是何地？」

那少婦微笑言道：「這裡是我家，姑娘昨天暈倒在湖堤上，是我家相公把姑娘帶回來的。」說罷轉過身來，雙手摸索而行，竟然是個雙目失明之人。

何栩忙伸手攙扶，這般接近才發覺那少婦眉目秀麗，雖帶些許風霜之色，也是相當貌美，她一雙手上帶著不少傷痕，想來是摸索行路擦掛而致。

「嫂嫂小心。」何栩見廊邊靠著根細棍，想必是少婦平日探路之用，忙拾了過來遞到那少婦手裡，問道：「嫂嫂夫婦不知如何稱呼？他日何栩也好報答兩位的救命之恩。」

那少婦輕聲言道：「姑娘不必多禮，那般情況之下自當援手，莫要再提什麼恩情。我姓桑名柔，我家相公名叫晏時，是個木匠，現在到三絕觀做工去了，想來也快回來了。」

何栩見她談吐文雅，倒不似尋常手藝人家的妻房，於是言道：「既然晏家嫂嫂如此說，那麼大恩不言謝，日後需要何栩的地方，儘管開口。」

桑柔聽得何栩言語，掩口一笑，「聽小栩姑娘言語，頗有巾幗英雄的豪氣，既然是江湖兒女，而今在這裡遇到，也就不要再加客套。桑柔癡長幾歲，若是小栩姑娘不嫌棄，不妨姊妹相稱。」

何栩點頭稱是，「既然柔姊姊不嫌棄，今後叫我小栩便是。」

兩人相對一笑，頗為投緣，閒話家常之際，桑柔的相公晏時已回返，卻是個三十左右的青年漢子，濃眉大眼，憨厚、樸實。

何栩拜謝晏時的救命之恩，倒令這老實人手足無措，一番客套下來，也不再生分。何栩重傷未癒，雖然擔憂誅邪劍的下落，也只好暫時留在晏家養傷。

幾天下來，因得桑柔悉心照料，何栩傷勢已恢復七七八八，越發閒不住，便想要去打探誅邪劍的下落。

當日與申道乾湖上鬥法，何栩並不知曉其來歷，這般人海茫茫，不知如何尋覓。誅邪劍是世尊所贈，而今遺失，若是不能尋回，便無顏面回師門恩師座前，每每思慮至此，就心中難安。桑柔、晏時夫婦雖時時勸慰，也難解心結。

這一天適逢集會，桑柔、晏時夫婦要外出採辦物件，也想讓何栩順便出去散散心，於是三人一起外出。走了數里路，到了明州城內，只見到處都是攤販，各色商品琳琅滿目，街上人頭攢動，好不熱鬧。

晏時包裹裡放了十張烏漆描金木盤，是前些日子城裡木器店「琅琊堂」的顧掌櫃所訂之貨，而今就趁趕集的工夫給他送去。晏時平日擔心妻子雙目失明行動不便，而今有何栩陪伴倒是放心不少，於是與兩人分手，約定在城門茶樓相會，便自行送貨去了。

何栩陪著桑柔在街邊閒逛，光顧一些貨郎的小攤，買點胭脂、水粉、簪子、手帕之類女兒家的物事，而後便趕往約定的東城門茶樓。

晏時到得琅琊堂，見顧掌櫃正點頭、哈腰地招呼一個三十出頭的青年公子，他一身商賈打扮甚是考究，想是來頭不小，身邊還跟著幾個五大三粗的僕役，且頗為傲慢無禮。琅琊堂的顧掌櫃也是個說一不二、響噹噹的人物，誰料在這人面前彷若矮了半截，滿面的誠惶誠恐。

晏時見顧掌櫃在談生意，不好上去打攪，於是退在門邊等候。那青年公子眼角的餘光掃了掃晏時，似是見到汙穢之物，皺皺眉頭，展開紙扇遮住口鼻，「老顧啊，怎麼你這店子什麼下九流的人都可以進來？」

顧掌櫃轉頭看到晏時，忙滿臉堆笑地對那青年公子說道：「那是幫我做木器的木工師傅，是送貨來的。楚公子稍坐片刻，老顧去去就來。」

那青年公子不耐煩地起身言道：「行了，行了，好大的窮酸味，哪裡還坐得下去。剛才說的事情就交你負責了，望你好自為之，莫要折了禮數。」說罷，起身招呼身邊的僕役，揚長而去。

晏時雖對那青年公子的傲慢姿態不滿，也知民不與富鬥的道理，眼見顧掌櫃走到櫃檯旁邊，連忙走了過去，「顧掌櫃，你訂的烏漆描金木盤。」說罷，打開包裹。

顧掌櫃低頭一看，只見十張烏漆描金木盤擺得整齊，都用麻布小心裹了，打理得非常仔細。「漆面做得不錯……晏師傅，我定的是二十張，還差一半呢。」

晏時是個老實人，連忙說道：「不好意思啊，顧掌櫃，近日一直在下雨，只有先做的這十個乾透了，另外的還在架子上乾著……要不我先把那一兩銀子退給掌櫃的。」說罷，伸手自懷裡掏出錢袋。

「那倒也不必，大家都這麼熟了，也不差這幾天。」顧掌櫃拿起一張漆盤細細端詳，「嘖嘖，也只有晏師傅的手藝做得這麼地道，這些個描金點花畫得栩栩如生，沒有二十年畫功，想是難以辦到。看晏師傅也不過三十左右，實在難得。」

晏時面上一紅，露出幾分欣喜，「不瞞顧掌櫃，那是我娘子描的圖樣，然後我再翻到木模上。」

「原來如此。」顧掌櫃頷首道，「晏家嫂子定然畫得一手好丹青，想來是家學淵源，不知道是誰家的好女兒？」

「這個……。」晏時面露幾分難色，似乎是心有顧忌，沉吟半晌，岔開話題：「也不是什麼大戶人家，只是她胡亂畫的，倒叫顧掌櫃見笑了……不知道剛才顧掌櫃接待的是哪家的世家公子，端的好大派頭。」

「我呸！」顧掌櫃衝著那青年公子去的方向狠狠吐了口唾沫，「什麼世家公子，不過是個販賣木料起家的暴發戶罷了。那人叫楚虞樓，是柳州大戶，最近幾年生意做到這明州來，把這裡的木料市場壟斷了，要吃這行飯的人，都得把他當老子一樣供著。那混帳小子飛揚跋扈慣了，又和州官拜了把子，便是這明州城裡的土皇帝，終日到處欺男霸女，惹是生非。適才來我這裡，便是要我接下三絕觀新修大殿的祖師像買賣，說要整個真人般大小，全用整塊紫檀木雕琢、打磨，但只給了一千兩定錢。想那紫檀木何等珍貴，真人般大小至少要上千年的古樹才成，他把持明州的木市，紫檀的價格早就抬了上去，這一千兩也只夠買那一般的品色，何況後面許諾的一千兩還不知道會不會真給，以其平日作風，多半沒轍。當真是又要馬兒跑，又要馬兒不吃草，生生兒全計算到我的頭上。」

言語之間憤憤不已。

晏時見顧掌櫃煩惱，開口寬慰：「顧掌櫃不必著惱，不妨給我看看那圖樣，看有沒有可以省料的法子。」

顧掌櫃聽得晏時言語，頓時喜上眉梢，「哎呀，瞧我這老糊塗，怎麼忘了這茬？以晏師傅的手工和經驗，一定可以解決這個難題。」說罷，自櫃檯下取出一個畫軸，展開一看，卻是一個黑面道人，右手背劍攏於身後，左手拈指於胸前，形貌頗為威嚴，一身白色道袍飛舞飄移，猶如迎風而立。

晏時微微思索而後言道：「看這畫軸，人體部分可以用五百年左右的原料雕琢，雙手、雙足可另取兩百年左右的原料雕琢、鑲嵌，只要收口做成內卡，處理妥當，倒是不容易被人看出來。至於這身寬大道袍嘛，本來就是白色的，若是用紫檀油白豈不暴殄天物？與其做成死物，不如購置上好的絲綢縫製一身道袍穿在這木像身上。那三絕觀新修的大殿我也曾在裡面幫工，知道地勢立於山崖之上，山風凜冽，若是道袍可以隨風舞動，豈不更加貼切入神？」

顧掌櫃聽得晏時一番言語，只覺得字字珠璣，難題迎刃而解，不用畏懼那楚虞樓再來刁難，於是伸手拍拍晏時肩膀，「晏師傅言之有理，既然如此，此時還得偏勞，這一千兩定錢，買材料估計也去了八、九百，剩下的便全用作工錢如何？」

晏時聞言，喜出望外，心想，買料所餘至少也有百餘兩，有這百餘兩，也好將現在住的房子買下來，添置些物事，將來有了孩兒，也不至於像現在一般拮据度日，於是點頭應承，立下字據，取了畫卷，說定時候顧掌櫃差人送來木料，就可以著手製作。

正在言談之間，突然見街上幾個閒漢奔走而過，一路吆喝：「打架了，打架了！」

這明州城中閒人本就不少，有熱鬧看哪有不去之理？只見人群紛紛朝東城門擠。晏時本不愛看這熱鬧，但先前約了妻子和何栩在東城門的茶樓會面，於是隨著人潮擠了過去，一路上聽到周圍的人七嘴八舌地言語：「哎呀，打得可厲害了，那姑娘的身手……。」

晏時心想，這世道變了，姑娘家也會當街鬥毆，正在思慮之間，只見前面人群暴退，一個人影倒飛過來，摔在人堆裡，頓時擠倒一大片人！

那人哼哼唧唧爬將起來，晏時定睛一看，正是適才在琅琊堂看到、巨富楚虞樓的僕役之一。

那僕役才爬將起來，又罵罵咧咧撲進人群，奮力擠回戰團，結果又是一聲慘呼，飛將出去！

晏時擠到圈內，看到眼前景象不由得一驚！

在人群中間的戰圈裡，何栩正護住他那驚慌失措的妻子桑柔，對楚虞樓身邊那幾個如虎似狼的僕役打手拳打腳踢，占盡上風。

楚虞樓右邊臉上冒起一隻紅豔豔的手掌印，正氣急敗壞地吆喝下人上前。

晏時沒想到與楚虞樓在街頭鬥毆的人居然是自己的妻子和何栩，忙上前拉開戰團，下意識地護住桑柔與何栩，對楚虞樓言道：「有話好說，小人妻子、小妹無意得罪了楚大爺，小人代她們賠禮、道歉便是。」

楚虞樓見晏時出來打圓場，知道再打下去依舊不敵那丫頭神勇，弄不好還要吃虧，於是捂住臉上火辣辣疼痛的掌印，招呼手下住手。而後瞟瞟晏時身後驚惶失措的桑柔，臉上露出幾分得意，「她……是你老婆？哈哈，婊子也有從良的時候，居然還有這樣的冤大頭當她是寶！」

「你說什麼呢？」何栩怒不可息，又要上前。

楚虞樓吃她一嚇，忙退後幾步，閃在幾個鼻青臉腫的僕役身後，探出頭來吆喝道：「什麼啊，她就是幾年前這東湖銷金舫上的花魁桑柔！裝什麼良家婦女，開苞那晚在大爺身子底下的浪勁去哪裡了？」此言一出，引得圍觀的閒漢哈哈大笑，眾人的目光齊刷刷地投射在桑柔身上！

原本已驚惶不安的桑柔聽得這般齷齪言語，頓時臉色慘白，身子顫抖，雙手在四周摸索，想要逃出這一陣陣刺耳的笑聲，但是雙目失明的她哪裡可以逃出這層層的圍困？一時間種種汙言穢語充斥在她腦海之中，幾乎使她瘋狂！

就算是捂緊耳朵，那陣陣恥笑聲也在心頭不斷轟鳴，不斷放大！

桑柔開始尖叫、掙扎，倘若地上有個裂縫，相信她會擠碎渾身的骨肉，深深躲進去！晏時面色鐵青，緊緊擁住桑柔的身子，對那恬不知恥的楚虞樓怒目而視，「楚大爺也是有頭有臉的人物，休要口舌招搖，毀人清譽！」街邊一個閒漢看得起勁，起哄戲道：「哎喲，原來世上還真有人戴綠帽子戴得這麼舒坦的——」話音未落，痛呼連連，臉上多出一個手掌印。

何栩面如嚴霜，一字一頓地喝道：「哪個嘴賤不要命的，姑奶奶也賞他五百！」周圍人群都見過何栩的本事，哪裡還敢造次，紛紛閉上嘴。

晏時抱著桑柔，揮臂推開人群，何栩緊跟其後，將一干無聊閒人甩在身後。

楚虞樓雖不甘心就此放過，無奈何栩身手了得，不敢造次，但恨得鋼牙咬碎，尋思如何整治這對夫妻。

何栩三人出了城門，見桑柔的情況也無法步行回家，於是雇了輛驢車返回家中。

一回到家，桑柔就如回殼的蝸牛般龜縮在房內，任憑晏時、何栩如何呼叫都不開門。晏時聽妻子在房中嚶嚶抽泣，也是心痛萬分，唉聲歎氣。

何栩也不好相問，不過細細想來，那潑皮所言應是不虛。桑柔文質彬彬，溫婉有度，縱然眼盲，但平日也可提筆描畫，怎麼看也不像是尋常人家出身。但其心性、氣度卻全無風塵味，要說她曾在湖中畫舫賣笑為生，何栩無論如何也無法想像。

這樣僵持了一夜，屋裡的哭聲漸漸停了，晏時生怕妻子有事，正趴在窗口張望，卻聽房門「呀」的一聲打開，桑柔立在門口，雖然雙眼紅腫，卻勉力維持平靜。

「娘子。」晏時奔上前去握住桑柔的雙手，甚是關切。

「我沒事了。」桑柔極力擠出一絲微笑，「天亮了，該做飯了，你還要去上工，不可以餓肚子。」

晏時搖頭道：「今天不去上工了，我就在家陪你。」

桑柔輕聲言道：「我真的沒事了。以後日子還長著呢，權當被惡狗咬了一口，哪裡能夠整得咱們的日子也往壞裡過？」

晏時聽得妻子言語，方才相信妻子當真沒事，稍稍放寬心，「那就好，反正我在顧掌櫃那裡接了一筆大生意，今天就會把木料運來，我就在工房裡做，不用出門。」

桑柔微微點頭，言道：「就算在家做，也得先吃飯啊。」說罷摸索著走向廚房，晏時本想跟去，見何栩上前一步扶住桑柔，心想有何栩這手帕交陪她，也好散散心，於是和何栩交換了一下眼色。何栩自然心領神會，開口言道：「柔姊姊，我幫你擇菜。晏哥先去忙吧，一會兒就有吃的了。」

桑柔低低應了一聲，兩人步入廚房，在灶頭邊坐下開始擇那一簸箕昨日摘的豆角。晏時見桑柔情緒穩定，放心不少，轉入工房仔細收拾，騰出大片空地以備勞作之用。

何栩陪著桑柔擇豆角，見她表情平靜，眉目之間卻是難掩淒苦，心裡也覺不安，想寬慰於她，又怕勾起她的傷心事來，就這麼相對沉默，心中輾轉，許久也沒擇出多少豆角來。倒是桑柔操持家務有道，便是目不能視，手指也是十分靈巧，不多時，手邊擇好的豆角已堆成小山。

這樣持續了許久，桑柔歎息一聲打破了沉默，「小栩，你一定想問那姓楚的所說的是否真有其事。」

何栩聽得此言，連忙說道：「那潑皮口舌招搖，自然不是真的，柔姊姊千萬別往心裡去。」

桑柔苦笑一聲，沉默許久，開口言道：「姓楚的雖是個潑皮，但所言非虛，我沒有遇到相公之前的的確確是風塵中人。我自幼家貧，五歲被賣入東湖銷金舫後，被老鴇看中，聘請專人教授我琴棋書畫，有心要把我栽培成銷金舫的搖錢樹。」

何栩歎了口氣，心想這位姊姊當真是身世坎坷，「在這世上行走，誰都有過去，柔姊姊不必耿耿於懷。」

桑柔微微搖頭，神情淒苦，「一直以來，我都是以所學的歌舞、詩畫娛人，雖然頗受眷顧，但我知道早晚逃不掉和其他姊妹一樣操持皮肉生涯的宿命，所以一直克勤克儉，攢下銀錢想要贖回自由身，眼看數目將滿，脫身有望，不料卻在四年前遇到了那姓楚的潑皮……。」

何栩見她雙目含淚，身子微顫，情緒頗為激動，也猜到了七八分，於是放下手中的豆角，伸手握住桑柔的雙手，「柔姊姊，過去的事情不要再提了。」

桑柔恍然一笑，兩行珠淚順著臉頰滑了下來，「這件事情，我誰也沒有說過，憋在心裡太久，很是難受，而今就讓我一吐為快……那晚是元宵節，楚虞樓來銷金舫尋歡作樂，點中我相陪。老鴇知曉那楚虞樓惡名在外，也怕折了我這搖錢樹，便在中間斡旋、迂迴。不料楚虞樓財大氣粗，指定非我不可，老鴇無奈，只好把我送到了他的小舫上……。」說到這裡，桑柔臉色愈加慘白，似乎眼前再度看到了當年那痛不欲生的景象。

「以往在銷金舫也見過不少尋歡客，卻不知道那個姓楚的……他不是人，是一個禽獸不如的惡鬼……。」桑柔的語調變得急促而驚怖，「我在小舫上不斷逃避，但怎麼也逃不掉，那潑皮用鞭子抽得我一身是傷，還用手掐我的脖子，直到我暈了過去……等到我醒過來的時候，已經……。」她唇角抽搐般抖了抖，「我只覺得全身都疼痛，就連後背都覆蓋著一大片被燭火燒出的燎泡……那時候，我覺得自己不再是一個人……比一隻最低賤的牲畜都不如……那姓楚的躺在那裡睡得正香，我心裡很恨，不知從哪裡來的膽子，撿起地上的髮簪，朝著他袒露的胸口插下去！」

何栩聽得這些言語，不寒而慄，昨日見那潑皮還算人模人樣，不想卻是這等禽獸不如，便是以往收服的凶魔、惡妖，都不比這等寡廉鮮恥的凡人恐怖！

桑柔的眼神很是空洞，語調卻漸漸平緩，「那人有些功夫底子，我還沒有刺到他，就被一腳踢了開去，後腦撞在畫舫的花窗上，窗子被撞得稀爛，而我的頭很痛、很昏，眼前只剩黑茫茫一片……那潑皮見我居然膽敢行刺於他，怒不可息，又狠狠將我折磨一番。本以為我會哀哀告饒，但我只是咬緊了牙關，任憑他如何淩虐都不發一聲，他惱怒之下便將我自小舫推進了湖中……。」

何栩眉頭緊皺，卻無法不動容，伸手攬緊桑柔的肩膀，「早知那潑皮如此喪心病狂，昨日就不該手下留情……。」

桑柔用手背擦擦臉上的淚水，「我在湖裡浮浮沉沉，居然被浪頭捲到岸邊，逃過一死，也就是在那個時候遇到了相公。」說到晏時，桑柔的臉上露出幾分神采，「當時我已經是半死之人，昏昏沉沉，渾身是傷，衣衫不整，相公把我帶回家，傾盡積蓄為我延醫診治，過了兩個月，我才真正甦醒過來，卻發覺再也看不見東西了。」

何栩心中沉痛，不知如何寬慰，但憑女兒家的纖細心性也感知桑柔的情緒漸漸舒緩，尤其是說到相公晏時，就如同在支離破碎之中覓到重生的希望一般。

「那時候我心中傷痛難當，加上眼盲，時常無理取鬧，只想讓這個撿我回來的男人心生厭倦，任我自生自滅。不料他原來是天下最好的男人，縱使我如何無理取鬧，也依舊溫厚待我。有段時間沒有工做，生計艱難，他寧願自己不吃，也沒讓我挨餓，更出去接下石匠的體力活計，掙來微薄的工錢……。」桑柔輕輕歎息一聲，「我不解地問他，為何要待我這低賤女子如此好，他只是憨厚地笑笑，說世上人沒有高低、貴賤之分，還說他老家有一種野菊花，每每開敗之後，就會腐朽在原地，但到暮春時分，又會從腐朽之中開出好看的花來……再後來，這個男人成了我的相公，雖然我一直沒真正見過他的模樣，但沒了眼睛，似乎是比以前看得更為清晰了……。」

何栩微微頷首，心想柔姊姊能夠歷劫之後遇到晏哥，也算苦盡甘來，劫後重生了。

「相公從來沒問過我的過往，只是對我百般呵護，我也下定了決心，無論有如何不堪的回憶也要撐下去，和相公相濡以沫，好好度日。」桑柔嘴角露出一抹滿足的微笑，「所以，小栩你可以放心，我不會為那些汙言穢語就自尋短見。畢竟一輩子這麼長，只要和相公一起，沒有什麼坎過不去。」

何栩點頭稱是，心有戚戚。

桑柔微微一笑，「其實，我一直有個不切實際的想法，希望上天垂憐，可以給我片刻光明，讓我看看相公的臉，此生也就無憾了，不過相公請了那麼多大夫來看過，都說沒辦法，只好作罷。」

何栩聞言稍稍思量，「聽柔姊姊適才所言，這眼疾大概是因為後腦碰撞，血瘀閉塞所致。我家師尊對醫理、藥理頗有研究，日後我回返師門，必定求得他老人家出手相助，相信一定可以讓柔姊姊雙眼重見光明。不過……，」轉念間又想到那失落的誅邪劍，不由滿面愁容，「要是無法尋回誅邪劍，我也沒面目回師門……。」

兩人言語之間，突然聽外面車輪滾滾，有人在院外呼叫：「晏師傅，木料到了！」

在工房的晏時聽得呼喊，忙走出屋來，只見外面一輛大車上橫綁了幾根巨木，幾個拉車的力夫旁邊立著一名老者，卻是琅琊堂的顧掌櫃。

晏時上前和顧掌櫃打招呼，協同幾名力夫把原木搬進工房，仔細擺放規矩。

顧掌櫃打發幾個力夫先走，臨出門前叫住晏時，再行拜託客套一番，言道：「昨日你走之後，姓楚的突然去而復返，向我打聽你的事情，那人不是什麼好人，你可得多加小心，莫要開罪於他。」

晏時點頭稱是，將顧掌櫃送出門去，雖心中隱隱憂慮，看到妻子剛剛恢復精神，也就沒有告訴妻子，以免她再受刺激。心想自己與那人井水不犯河水，多加小心，應不至於再惹上麻煩。

而後的個把月裡，晏時便在工房之內擺弄那些紫檀木料，按計畫所定，逐漸琢磨、細化，初時還只是粗糙的模子，到後來接上手腳等部件，初具規模。

他匠心獨運，那木人身上數十處關節部位無不暗藏玄機，所有關節皆能如真人般彎曲、伸展，而介面密實，從外觀看渾然天成，半點拼裝、鉚接的痕跡都沒有。

那木人遍體烏黑，溫潤、光滑，歷經無數次細心打磨，全無半點瑕疵，只是始終沒有雕刻頭臉，大概是晏時眼見畫軸上的黑臉道人面相頗為凶惡，所以特意留在最後。

這段時間，何栩也時常在外奔走，打聽誅邪劍下落，可是人海茫茫，全無半點頭緒，偶而回來也是長吁短歎。桑柔唯有軟語寬慰，但也是無補於事。

這天，何栩傍晚才回返，見晏時在收拾墨斗、木刨等工具，似乎要出門，於是開口問道：「而今天色已晚，晏哥還有事要出去麼？」

桑柔一邊幫晏時拂去身上的木屑，一邊開口言道：「適才三絕觀的趙工頭來了，說前些時候一起修的大殿橫梁有些問題，明日就要點香上頂拜魯班了，需得今晚弄好，才不會耽擱明天的活計。我本要他吃了飯再去，他卻怕人家等得著急……。」

何栩應了一聲，正要進院，借著傍晚的餘光見晏時印堂隱隱泛出赤色，非福蔭之相，正在思索之間，晏時已經大步出門。何栩心想，多半是夕陽餘暉所致，也就不以為意。那邊桑柔正在招呼開飯，於是快步上前幫忙端飯菜上桌，兩人一起用了晚飯，稍微收拾，外面天色已然盡黑。

桑柔拿了掃帚前去工房打掃白日裡打磨掉下的木屑，何栩自然不會閒著，於是掌了燈火，也拿了掃帚前去幫忙，進得工房，就聞得木香撲鼻，溫和、潤澤。

紫檀木得來不易，這些細碎木屑也帶著濃濃木香，是製作檀香的上好材料。那些木質密實且較重的細木屑，乃是檀香木木心部位所出，賣與製香店作為製作檀香的原料，也可幫補家計，只是需及時密封，若是走了香氣，只有淪為灶房引火之用了。兩人連掃了兩簸箕木屑，用麻袋裝盛，小心密封。

何栩見工房中間立著個高出自己兩頭的物事，心想便是這段時間來晏時一直忙活的木像，一時興起，把蓋在木像上的油布掀開一看，忽然臉上一紅，只見一尊真人大小的男子身軀，肌肉紋理起伏，腰上裹著油布，其餘部位無不袒露，只有頭部還只是模糊的五官。整個木人和真人無異，右手背劍攏於身後，左手捏指於胸前，檀木香味縈繫遍體，烏黑之中帶著幾分紫色，確實鬼斧神工，渾然天成。

何栩讚歎連連，仔細觀摩，當看到那木人背後的木劍之時，不由一陣驚呼——那木劍與她多日前遺失，一直遍尋不著的誅邪劍極為相似！

何栩把木劍自木人手裡取出來，反覆端詳，確認無疑，再取過木工臺上的設計卷軸展開一看，畫中道人所持的，正是誅邪劍！

何栩暗自心驚，把其中的關鍵對桑柔一提，桑柔也是吃驚，於是告知何栩這畫軸乃是琅琊堂顧掌櫃定製木像的樣板畫。何栩心想，既然和琅琊堂的顧掌櫃扯上關係，總算是一個線索，若順藤摸瓜，一定可以找回丟失的誅邪劍，於是告別桑柔，隻身出門，辨別方向，奔明州城而去。

桑柔見相公和何栩都出門辦事，於是關好院門，回房歇息。

適才何栩出門頗為匆忙，桑柔也有些擔心，相公不在身邊，也無人商量，唯有乾著急而已，這樣輾轉反側，折騰到四更天也未睡著。這般失眠倒是與晏時成婚以來從未有過，只覺莫名的心悸與不安。

萬籟俱寂中突然聽院門被叩響三聲，微微停頓，又連接三聲，桑柔知曉是相公回來了，於是起身披衣，取了個燈籠前去應門。

柴門一開，只覺得一陣勁風撲面，似乎有人從身邊快速走過，接著工房的門「呀」的一聲被人推開，而後迅速關閉，只聽工房內刀具叮咚，雕琢之聲鑿鑿作響。

桑柔知道是自家相公又在星夜趕工，關上房門後走到工房外柔聲言道：「相公，天晚了，還是先歇息，明日再趕吧。」

工房內忙碌之聲不絕於耳，只是沒聽到晏時應聲。

桑柔無可奈何地搖搖頭，挑亮燈籠掛在簷前，又柔聲道：「相公還沒吃飯吧？我先把飯熱熱。」

工房內依舊無人應答，只聽得雕刀遊走，木屑簌簌而下的細微聲響。

桑柔心想，相公今天大概是太過忙碌，也就不再打擾，轉身摸索去廚房，把預先留下的飯菜熱了熱，用竹籃裝了碗碟送到工房門口。她長期雙目失明，這深夜之中操持家務和白天也沒什麼區別。

放下竹籃，桑柔又揚聲對工房裡忙碌的相公道：「飯菜在門外，趁熱吃了再忙吧。」

這次依稀聽到屋內的相公隱隱應了一聲。

桑柔也不去打擾，轉身回房，而今相公回來了，桑柔心裡總算安定了許多，不再像先前一般惴惴不安，不多時便進入了夢鄉。

依稀之間聽得腳步聲響動，知道是晏時忙完回房了，翻身正要起來，卻聽晏時低聲說道：「你——睡——吧！我——就——想……看看你。」聲音低沉，一字一頓，和平日裡不太一樣。

桑柔微笑道：「看了這麼多年，還看不夠麼？」說罷卻有些羞澀，下意識轉過背去，就聽一陣輕微的器物摩擦聲，而後便籠罩在一股濃烈的檀木香味之中，想來自己的相公正坐在床邊。「你啊，又忘了把工具袋取下來了，別又像上次一樣，背著袋子找袋子。」桑柔聽覺很靈敏，也早習慣了自家相公忙碌起來就丟三落四的性情，柔聲嗔道。

晏時的語調依舊是平緩非常，一字一頓，「以後不會了……娘子，這麼多年來讓你陪著我吃苦，一直覺得好生對你不住。」

「相公怎麼突然說起這等話來？」桑柔聽得這番言語，轉過身來想要拉住自家相公的手，卻拉了個空，正要相問，只聽窗外幾聲雞啼，腳步聲響，自家相公走到門口去了，「相公哪裡去？一夜未眠，而今天都亮了，還不好好休息？」

「我還有一點事，你再休息一陣吧。」晏時的聲音未絕，人已步出門外，聽聲音走向，似乎又去了工房那邊。

桑柔覺得今天的晏時處處透著古怪，心想是這些日子做工辛苦，尋思要弄點東西給他補一補，於是也起身梳洗，走向廚房。路過工房門口時，桑柔忽然踢著個什麼東西，差點摔著，俯身一摸，卻是那個竹籃，裡面的碗碟都已打翻，冷了的湯水、飯菜撒了一地。

桑柔心中奇怪，平日相公的飯量不小，為何勞作一夜也未動這飯菜？於是揚聲招呼相公，卻無人應答，似乎相公已經出門去了。

桑柔先行收拾好那竹籃裡的碗碟、飯菜，而後推開工房的門走將進去，鞋底木屑滾動，想來是昨晚打磨下來的，於是摸索著取過簸箕、掃帚打掃一番。正在忙碌間，聽到何栩在院外呼叫，於是放下簸箕、掃帚前去應門。

何栩回來之後，語氣頗為不快，一問之下才知道，昨晚她連夜趕去明州城中找到琅琊堂的顧掌櫃，那畫軸中人原來是三絕觀的觀主三絕道人申道乾。

何栩入門遲於申道乾出戶，但也曾在師尊那裡聽過申道乾的名諱，自然也就明白了其中的關鍵，誅邪劍被申道乾派人奪了去，想要尋回誅邪劍，還得從三絕觀入手。

桑柔聽得何栩言語，言道：「雖然此事八九不離十，但那三絕道人在本地名聲顯赫，和許多官宦、巨富都有來往，且門下弟子人數眾多，小栩你貿然前去，人生地不熟，只怕要吃大虧。不如等我家相公回來了，好好商量一個萬全之策。雖然我們只是平常人家，幫不了你什麼，至少相公曾在三絕觀做工，對那裡的布局還算清楚、明白，可讓小栩你少走一些彎路。」

何栩雖心中焦急，但也知桑柔言之有理，於是點頭稱是，左右看了看，開口問道：「晏哥還未回來麼？」

桑柔回道：「昨晚上四更才回來，連飯都沒吃，一直在工房裡忙，等到天亮，又不知道去什麼地方了。」

何栩應了一聲，轉頭看看工房，卻發現那門窗鏤空格後除窗紙外又在裡面襯了一層油布，不由得有幾分奇怪，「晏哥幹麼要把門窗封得密不透光啊？黑漆漆的怎麼做工？」

桑柔雙目失明，自然沒有覺察，聽何栩言語也是一驚，「是啊，為什麼要封起來呢？平日裡相公總說在明光下打磨出的木器光澤最佳，晚上趕工出來的都算不得上品，今個兒怎麼……？」

何栩下意識走進工房，四下打量，問道：「柔姊姊，那尊檀木雕像不見了，莫非晏哥已經完工，送去交貨了？」

桑柔聽何栩所言更是一驚，「不會吧？昨晚他回房之時並未說起完工之事，那木雕是他心血所注，若是完工，不可能隻字不提。小栩，你好好看看，木雕當真不見了麼？」

何栩聞言也頗為著急，四下巡視一番，再拉開門扇，笑道：「原來是虛驚一場，晏哥把木像搬到門背後了。黑漆漆的不見光，一時間也沒看到。」說罷，伸手解開覆蓋在木像上的油布，忽然間神色一凜，揚聲喊道：「柔姊姊莫要進來！」

桑柔原本想進屋確認那木像果真還在，聽何栩聲音有異，心裡更是驚惶，「出什麼事了？」

何栩瞪大了眼睛，看著油布下的木像，木像身上穿了身粗布衣衫，先前未曾明朗的臉部明晰起來，卻非畫軸上的道士容貌，而是與晏時一般無二！

最為詭異的是那木人雙眼含悲，滲出些檀木的白漿，面容淒苦，一雙眼睛卻如真人一般轉來轉去！

何栩十六歲出師後便隻身行走江湖斬妖除魔，如何看不出這木人之上附有魂魄、陰靈？未免木人暴起傷人，何栩抬腿將門扇關上，以免桑柔進來投鼠忌器，然後右手快如疾風，一把扣住木人的咽喉，左手捏了個法訣，點向木人胸膛！

人形之物本就容易招來孤魂野鬼附體，何栩所持的咒法乃是具有天雷之威的雷咒，尋常陰魂被這咒術打中，立刻便會被打散魂魄，無法害人。

那木人也不躲避、掙扎，只是雙手抓住何栩緊扣咽喉的右臂搖撼，雙目流淚，面帶求懇之色。

何栩也感覺出那木人並未用力，見得這般情狀不由心生狐疑，雖然左手雷咒未解，扣住木人咽喉的右手卻漸漸鬆了開來。

木人見何栩已無殺意，也鬆開雙手，伸手在旁邊的土牆上刻畫。那指頭為木製，在這土牆之上勾畫不費半點力氣，一時間塵土飛揚而下，牆上顯出四個潦草的字跡。

我是晏時。

何栩見得這四個大字，幾乎不敢相信自己的眼睛，轉眼看看木人，見木人連連點頭，淚如泉湧！

此時門外的桑柔也莫名擔心，在門外拍門呼叫，急問何栩出了什麼事情。

何栩呆立片刻，方才回過神來，心想無論虛實，此時都不應讓桑柔知道，免得嚇到她，於是退後一步答道：「沒事，剛剛有隻大耗子，已經趕跑了……。」

那木人扯過油布，再度覆蓋在自己身上，不再動彈。

何栩定定神，開門對門外的桑柔說道：「大概是檀木太香，把耗子引來了。」

桑柔也舒了口氣，「原來如此，鄉野地方難免有這些小東西。那木像沒被咬壞吧？」

何栩出門扶住桑柔，有意將她引去堂屋，「柔姊姊放心，我看過了，木像沒事，等會兒我去放上兩個鼠夾便是。」

桑柔聞言，不疑有他，便隨何栩一起回堂屋裡，因為尚有不少家務活計需要操持，也就如平常一般忙碌。

何栩藉口要去三絕觀附近打探，大步走出院外，又如蜻蜓點水般悄無聲息掠回院中。見桑柔在堂屋的織布機前穿梭走線，心無旁騖，也就放心地閃身進入工房，悄悄闔上房門，那工房立刻隱在一片幽暗之中。

何栩的目力本就不差，只見那木人再次揭開覆蓋在身上的油布，又扯過袖子拭了拭雙目流下的白漿，檀木香氣更為濃烈。

「你果真是晏哥？」何栩低聲問道，心中也極不好受。昨天傍晚晏時離家時還生龍活虎，不想一夜之間竟然成了依附於木人的孤魂野鬼！

那木人點點頭，脖子關節處發出隱隱的摩擦之聲，神情激憤又悲苦。

原來昨日傍晚，晏時應趙工頭之約去了三絕觀，等到了山崖大殿工地，卻發現空無一人。別說是趙工頭和其他工友，就連守夜的人都沒有，只看到梁下掛著幾盞燈籠，忽明忽暗。

晏時本為趕工而來，而今四下無人，自然有些不安，突然間聽得一陣狂笑，新砌的牆後轉出兩個人來，一個身著白色道袍，面如鍋底，看形貌似乎就是那畫軸上的三絕道人申道乾，而另一人衣著考究，神情囂張，正是當日在明州城中與何栩相鬥的巨富楚虞樓！

晏時先前曾聽顧掌櫃說過，這楚虞樓有可能與自己過不去，狹路相逢，自然心生戒備，但對方也只是兩個人，理應不必害怕。晏時見狀，轉身想要離去，卻聽得那三絕道人陰惻惻地說道：「想走？只怕你來得去不得。」

晏時心知凶險，加快了腳步，只聽得一陣風聲鼓噪，轉頭一看，那道人手裡浮起幾張紙片，上下紛飛，一碰到地面，頓時變成幾條尖牙、闊口的巨獒，一個個口角流涎，眼睛血紅，大有擇人而噬之勢。

晏時驚恐不已，轉身狂奔，只聽得身後咆哮連連，巨獒已如跗骨之蛆般追了過來，咆哮聲中傳來楚虞樓和那三絕道人的笑聲，甚是快意！

此時天色黑盡，晏時被身後巨獒追得驚慌失措，哪裡還看得清楚路？到得一個山坡邊，頓時一腳踩空，合身滾將下去！

那山坡上尖石頗多，晏時只覺得胸前劇痛，生生兒穩住下落的身形，聽得身後咆哮聲越來越近，忙爬將起來，閃身躲進旁邊的灌木叢！

遠遠看到那幾條巨獒奔到近處，晏時原本驚得魂飛魄散，生怕被巨獒聞出自己身上的味道，不料那幾條巨獒並未過來，只在剛才晏時摔倒的地方來回走動，狂吠不已。不多時，尾隨其後的楚虞樓和三絕道人也到了近處。

晏時大氣也不敢出，只是蜷身灌木叢中瑟瑟發抖，不敢再看，卻聽得那三絕道人唾了一口，「本想拿這賤民來祭道爺的神獒，不想卻這般不濟！」

而後聽那楚虞樓介面道：「然也，這死窮鬼倒是死得乾淨，躲了那零碎苦頭。算了，道兄且隨楚某回去，待楚某多敬道兄幾杯，算是酬謝。」

而後兩人轉身離去，也不知那道人施了什麼法術，一旁來回走動、號叫的巨獒頓時消失不見。

晏時臥在原地不敢動彈，估計那兩人去得遠了，方才從藏身的灌木叢裡爬出，站直身軀時卻覺腳下虛浮，只道是受了驚嚇腳步不穩，不料轉身一看，卻見那地上伏著個人，走上前去一看，只見一塊尖石穿胸而過，自那人的背心冒了出來，鮮血早汩汩流了一地！

晏時見出了人命，心中更是慌張，湊近一看，那人身揹木工袋，一身粗布衣衫，臉歪在一邊，再仔細一看，正是自己！

這一下猶如悶雷乍響，驚得晏時心驚膽戰，低頭一看，自己胸前也是一個碗大的窟窿，方才認識到自己已然喪命、魂魄離體的現實！

這般恍恍惚惚，似癲似狂地在山間呼喝、喊叫，但已無任何人可能聽到他的聲音。驚慌失措下，晏時只有一個念頭，那就是回家，於是腳下生風，疾奔而回。到了家門外待妻子桑柔前來應門，就趁開門之際，從桑柔身邊飛奔而過，躲進了那間他最為熟悉，在裡面待得最久的工房。

當看到那半成品的檀木人時，晏時不由自主地依附上去，才算覓得一處安身之所，幸好事前製作木人時考慮到關節部位的構造，所以那木人也可如常人般活動手腳。聽妻子桑柔在門外呼叫，晏時雖想回答，但木人面目尚未完工，無法開口，於是又拿起雕刀木鑿，連夜完成了臉部的塑造。

待他逐漸熟悉了這副新的身體，心中卻在考慮如何讓妻子知道自己亡故的事實，幾經思慮之後進了房間，卻無論如何也開不了口。眼看雞啼天明，開始本能地畏懼天光，於是又躲回了工房，並將工房的門窗都用油布密封，鐵釘鉚接，總算避過這見光便魂飛魄散的厄運。不想，還是被何栩發現了端倪。

雖然現在桑柔還不知情，時間一久，如何隱瞞得下去？一想到妻子從此無依無靠，晏時就悲痛難安，淚水全化為木漿滾滾而落！

何栩聽晏時說起這段遭遇，心中既傷且痛，怒不可遏，心想那姓楚的潑皮當年害得柔姊姊雙目失明，身心傷殘，而今竟然勾結申道乾那妖道傷了晏哥性命，當真是窮凶極惡，無法無天，此等惡人不除，只怕天道有虧！然而縱使整治了那兩個惡賊，晏哥的性命也無法挽回，長此在世間飄蕩下去，遲早難逃魂飛魄散。

思前想後，何栩打定主意，對晏時說道：「晏哥，小栩知你不捨得柔姊姊，可是長此下去，只怕難逃魂飛魄散。不如讓小栩送你一程，早些輪迴投胎，或許……你與柔姊姊還有見面之日。」

晏時聞言連連搖頭，脖頸的關節咯咯作響，「小栩也知娘子雙眼已盲，若是我就此離去，她日後何以為生？」言語雖是木訥平穩、一字一句，但字字苦澀，撕心裂肺之痛溢於言表。何栩雖知他依附木人留在人間並非良策，卻無法回絕晏時的聲聲求懇，唯有答應暫時替他隱瞞此事。

但楚虞樓和三絕道人申道乾的所作所為卻是不可姑息！

何栩知曉那三絕道人並非善類，奪回誅邪劍刻不容緩，又憂心那楚虞樓趁晏時亡故來對付桑柔，於是取過一張白紙，就著工房的墨斗描了一頁隱身咒符交付晏時，囑咐他倘若沒等到她取劍回來便橫生變故，就拉緊桑柔，再扯破咒符，自有神通可助他們逃生。

向晏時問清三絕觀中布局後，何栩飄身出門，腳下生風，一路飛奔而去，卻未覺察到桑柔立於工房與堂屋的薄牆後，淚水涔涔而下！

桑柔眼盲後聽覺分外靈敏，更何況晏時、何栩言語之間情緒激動，不知不覺放大了聲音，那工房與堂屋只有一道薄牆，哪裡瞞得住她的耳朵？

隔牆聽得這番言語，桑柔早已五內如焚，悲戚萬分。

何栩不知桑柔已然知情，只想早點尋回誅邪劍。據晏時所言，那三絕觀頗為寬大，以山腰老道觀的大殿為中軸線，兩邊皆是一干門徒的住所和課室，殿前為庭院、廂房，供香客盤桓所用，大殿後的高樓乃是那三絕道人棲身之所。

這般白日天光想要潛入倒是不太容易，何栩躍身入觀，抓住兩個掌管掃灑的道童，打昏一個扒了道袍，穿在自己身上，而後拿匕首頂住另一個道童後腰，逼他前面帶路。

這樣扮成道童在三絕觀中行走，倒是不易被人覺察，等到穿堂入室，進到三絕道人申道乾所居的苑館門廊後，那道童卻是說什麼也不朝前走了。

何栩無奈，只得一掌將其擊昏，扔在迴廊邊的花叢之中，而後捏緊匕首，一溜碎步快速奔了進去。

這苑館雖為三絕道人申道乾一人居住，但修造奢華，不亞於官宅府邸，眼看前方三層高樓聳立，雕梁畫柱，好不氣派。樓外隱隱罩有一層紅光，想來是那妖道布下結界，若是自樓外入內，恐怕立刻就驚動了妖道。唯一的進口是那洞開的大門，想來裡面必定設有厲害的機關，大意不得。

何栩確認樓中無人守衛，閃身入內，只見一個正方的大堂，堂中擺設考究非常，大堂中間光潔地面上嵌了一個巨大的鐵八卦。何栩指尖拈了一枚小石子，彈射入那廳堂之中，只聽一聲轟鳴，石子已碎成微塵，散落於地！

何栩見狀冷笑一聲，難怪這裡無人守衛，原來一早布下了玄門之中的五雷陣。倘若有人誤入此陣，陣勢發動，則可驅使天雷將來人轟成齏粉，魂飛魄散。

此陣雖然威力無窮，對她這辟妖谷傳人卻不值一哂。她辨明方位，腳踏七星，在堂中迂迴而行，避開死門，自生門穿出陣外，到達五雷陣盡頭的樓梯處，右手一揚，一張咒符脫手而出，封在堂中間的鐵八卦之上，只見火花飛濺，「噌」的一聲，鐵八卦一分為二，以後也只是兩塊廢鐵而已，無法再起陣害人。

何栩破得天雷陣，快步上了二樓，只見二樓空盪盪的廳堂裡懸了不少畫軸，上面畫是些妖魔鬼怪，頗為猙獰，整個廳堂之中邪氣四溢，而唯一上三樓的樓梯卻在對面的牆邊，要想通過，就非得從懸掛著數十幅妖怪畫像的廳堂裡穿過。想來那畫軸絕非尋常之物，定是那三絕道人將馴服的妖物封存在畫軸之中，作為二層樓的守衛。

何栩心想，這個臭道士收藏了這麼多山精、鬼怪在畫軸之中以供驅策，貿然上前，進到樓梯外的結界之中，那些雜碎妖怪全都湧上來，倒是不易打發，要是驚動了妖道，反而壞了大事，於是暫時停留樓梯之上，思索如何衝過此關。

正在思慮之間，卻見臨近樓梯口懸著的畫軸上是一隻大肚餓鬼。這大肚餓鬼乃是六道中餓鬼道常見之物，雖不見得如何厲害，但肚大可容萬物，見著什麼都可以囫圇吞下肚去，饑不擇食。

何栩見得此物，不由心頭竊喜，手中捏了個法訣，左手暴長數尺，一把扣住那畫卷中大肚餓鬼的脖子，勁力急吐，清叱一聲，已將那大肚餓鬼從畫軸之中扯將出來！

那大肚餓鬼拚命掙扎，但已被何栩扯出結界之外，縱然張大血盆大口，也是奈何不了何栩半點。

何栩閃身避到大肚餓鬼身後，左手依舊牢牢扣住大肚餓鬼的後頸，右手匕首則順勢在自己的左臂拉劃一下，匕首的邊鋒上已染上自身的鮮血。

而後何栩猛地上前一步，推著大肚餓鬼踏進二樓的結界。果不其然，只聽呼嘯陣陣，懸掛的畫軸黑霧瀰漫，片刻之間，前方聚集了數十隻山精、鬼怪，一個個張牙舞爪，想要擇人而噬！

何栩緊扣大肚餓鬼的左手忽然變抓為掌，將大肚餓鬼朝前一推，那大肚餓鬼脖頸一鬆，又見前方許多妖魔，本能地張開大嘴，只聽一陣抽吸之聲，已將一干妖魔統統吸進了腹中！

那些妖魔不是好相與的，一個個在大肚餓鬼體內拚命掙扎，眼看就要脫困而出！

何栩哪會放過這等良機，左手捏了天雷訣，覆在右手鮮血開鋒的匕首之上，身形快如閃電，霎時已自大肚餓鬼背後穿胸而出！

匕首過處帶起一道炫目的白光，大肚餓鬼體內的一干妖魔慘呼連連，皆難逃被天雷擊斃的命運。

何栩衝到對面的樓梯口，手持匕首轉過身來，只見廳堂中再無半點邪氣，一卷卷懸掛的畫軸全變為白紙，頃刻之間便燃燒起來，化為一地灰燼。

何栩舒了口氣，心想這次總算僥倖過關，只是不知道三樓又是什麼在等待自己。她扯過半截袖子，將左臂的傷口紮好，右手緊握匕首，小心走上樓梯。

三樓是一個淨室，擺的只是尋常生活用具，東面牆上有一供桌，牆上懸的正是何栩遺失的誅邪劍！

何栩見到自己的佩劍，滿心歡喜，正要上前，忽然聽得咆哮陣陣，眼前卻沒有半點異物出現，不由有些慌亂。此時，忽然想起晏時提過由紙片化成的巨獒，心中已然有數，便將身一躍，撲向頂上的橫梁，「咄」的一聲，匕首深深插入橫梁，何栩借力懸在半空，前後搖擺，待到方位合適又鬆開手來，借著拋甩之勢穩穩當當落在供桌之上，抬手之間，誅邪劍已重回手中！

有誅邪劍在手，何栩如虎添翼，眼光流轉之處，已可以看見影影綽綽的巨獒身形！

何栩下手奇快，出招既準且狠，劍鋒過處，只聽慘嘶連連，不多時，那些巨獒已在誅邪劍下一一倒斃，黑煙消散，再無半點痕跡！

何栩挽了一圈劍花，輕飄飄地落在地上，卻聽樓梯響動，不多時，一個黑臉道人持劍奔了上來，滿面驚詫，怒氣衝衝，正是三絕道人申道乾。

敵手見面，分外眼紅，兩人鬥在一處。都是辟妖谷門下出類拔萃的弟子，一時瑜亮，難分勝負！

兩人對拆了百餘招，依舊不分上下！

忽然間，何栩一陣心悸，知道是晏時撕開了臨行前交付的保命咒符，想必已經遇險！這一分心，申道乾乘機加大攻勢，招式越發毒辣！

何栩被他纏住，一時半會兒無法趕去救援，不由得憂心如焚，下手也不再客氣。十餘招之後，何栩飛身上前，故意賣了個破綻。

申道乾哪裡肯放過？挽劍橫削直取何栩咽喉，本以為可將何栩格殺當場，不料何栩只是將頭一偏讓了開去，與此同時，誅邪劍直拍申道乾持劍的右腕，申道乾只覺得手中一麻，那原本緊握的利劍早已脫手而出，釘在牆壁之上尤自微顫！

申道乾面色一變，聽得何栩冷聲言道：「你不是我的對手，還不就此封劍退隱，今日暫時放你一馬！」

申道乾鋼牙咬碎，恨聲道：「你這乳臭未乾的黃毛丫頭好生托大，此番定叫你識得道爺的手段！」

何栩心憂晏時、桑柔的安全，無心與之纏鬥，只是一個翻身，飛快地向樓梯口掠去！忽然間，只覺得一物破空而來，陰氣大盛！何栩不敢小覷，只是飛快地閃身避過，轉眼一看，不由大吃一驚！

只見申道乾面目青紫，原本持劍的右臂全然籠在一片黑霧之中，而自那片濃墨也似的黑霧中，探出的物事卻盤旋、扭曲，猶如蛇身，表面粗糙、起楞，帶有不少利刃也似的小角，席捲而至之時，尖端乍然如分裂成五條兒臂般粗細的蟒蛇，一個個張口吐信，獠牙凸現，一時間腥氣大盛！

何栩雖是吃驚，但應變奇快，一連三個側翻閃過那五條蟒蛇的突襲，一縱身又退到供桌邊，只見那申道乾滿臉獰笑，得意非常。

「你居然把五頭怪蟒養在自己身上？」何栩面色一變，橫劍胸前。而那申道乾怪眼一番，右手寄養的五頭怪蟒又朝何栩飛襲而去，雖被何栩即時避開，位於她身後的供桌早被抽得支離破碎！

而後那五頭怪蟒同時掉轉頭來，長嘶一聲，只見五道黑氣噴射而出，直取何栩面門！

說時遲，那時快，何栩左手一揚，一道靈光自手中飛射而出，迎上那幾道黑氣，頓時飛速擴張開來，化為一張碩大的金邊綠色柚子葉，將那黑氣全然兜住，繼而朝五頭怪蟒壓了過去！

申道乾見得這等景象，不由也是一驚，心想，瀟湘柚子那個老不死的當真對這丫頭偏心，連護身用的金絲柚盾都傳給了她，有這金絲柚盾，自己的五頭怪蟒只怕不能敵，於是立刻長嘯一聲，勒令五頭怪蟒回體！

何栩見申道乾有避忌之意，哪裡會放過？一聲清叱，誅邪劍化為一道靈光激射而出，緊追五頭怪蟒而去，闖入那片濃墨也似的黑霧之中。頓時只聽得慘嘶連連，靈光翻捲之中，早將那五頭怪蟒斬為數段，殘肢還未落地，已然化為黑色膿血，惡臭難當！

誅邪劍斬殺五頭怪蟒之後，其勢不絕，又朝申道乾飛捲而去。申道乾躲閃不及，正中右臂，只聽他慘呼一聲，三絕道人捂住右臂，滾落在地，哀號連連。

誅邪劍對常人而言不過是尋常木劍，理應不至於傷到他的血肉之軀，何栩微微思索，已明白其中關鍵。申道乾浸淫妖法太久，遍體邪氣，與妖物無異，撞上這逢邪必誅的誅邪劍，自然難逃寶劍神威！

何栩見申道乾在地上來回掙扎，神情痛苦，原本不忍再加戕害，然而一想到這妖道泯滅天良，無故施放妖物傷人，害得晏時丟了性命，桑柔從此無依無靠，卻無法就此放過。為免他再施妖法害人，何栩劍尖直點申道乾左臂，只聽一陣嚎叫，劍光所到之處頓時黑霧沉沉，待到黑霧散去無蹤，申道乾的左臂也如右臂一般乏力垂在身側，終其一生都無法再用那雙罪惡之手結咒害人！

大事已定，寶劍也已尋回，何栩走到窗邊，卻見外面夜色濃厚。

自她入此樓到成功取回寶劍，感覺不過一、兩個時辰；進來之時尚是午時，此時再看天色，居然夜已過半，接近三更！想來是這高樓之中設下的結界所致。若非廢了申道乾一身妖法，只怕此時還渾然不知外間變遷！

何栩惦念晏時、桑柔這對苦命鴛鴦，也不在這三絕觀中多做停留，將身一縱，自這三層高樓之上掠了下去，飛身趕往晏時家，希望為時未晚。

何栩腳程雖快，畢竟晏時家離三絕觀也有十餘里路程，待到她趕回去，天色漸漸開始明朗，似乎已過四更天。

那院落柴門大開，院中、屋裡的家什都被砸得稀爛，散落一地，地上腳印散亂，想來有不少人曾來過此地，但晏時與桑柔早已不知去向。

何栩木劍歸鞘，順手抽出護身匕首，小心進屋巡視一番，依舊未有頭緒，想來晏時已攜了桑柔隱身脫困。何栩微微鬆了口氣，轉進工房，忽然間腳下踩到一物，俯身拾起一看，竟是一截烏黑、亮紫的木雕手指！

那木雕手指維妙維肖，正是晏時所附身的木人之物，但斷口粗糙不平，泛出的木漿早已乾涸，似乎是被人用斧子之類的利器劈下，然而屋子裡並無任何利器，想來已被人隨手拿走。

何栩見得這節斷指，再也無法鎮定自若，順手將它塞入衣包後，一面揚聲呼喚，一面奔波尋找。走出半里路，便聽遠處人聲鼎沸，銅鑼鳴響，抬眼望去，只見遠處的山林火把游弋，不知道有多少人正一路吆喝，朝那片茂密山林之巔趕去！

何栩見這等異狀，快步跟了上去，只聽四周人聲嘈雜，卻是在喊「捉妖怪」！

這一帶素來有三絕觀坐鎮，便是真有妖怪，也被那三絕道人納為羽翼加以約束，少有在外現形之說，此時突然聚集這麼多鄉民一起呼喝、壯膽，圍堵捉妖，實在是咄咄怪事。

何栩正憂心此事與晏時有關，就見前面一個漢子正眉飛色舞地和一干鄉民吹噓：「那木怪被我家公子剁下一根指頭，已傷了元氣，就算躲進這山裡，咱們只要把它抓來燒死，就能為這一方保太平……。」

何栩認得那漢子正是當日在明州城中和自己動手的幾個潑皮之一，想來他口中所說的公子爺就是那姓楚的惡人。當時留下隱身符給晏時護身，便是考慮到那姓楚的可能會來找桑柔的麻煩，不料果真如此。唯獨沒想到此人居然如此能耐，可煽動這麼多不明真相的鄉民與晏時夫妻為敵！

而今天色將明，待到天光普現，魂魄之身的晏時如何逃得過這等劫數？只盼山中尚有避光之所，不然只怕是回天乏術了！

何栩心中焦急，加快了腳步，縱身自山路飛躍，將路上的鄉民紛紛甩在身後，只望能趕在這些人之前找到晏時、桑柔夫婦，再圖施救。

路上的鄉民本一個個興致高昂，忽然見一個少女在山間彈跳、飛躍，不由得驚呼、吶喊，蔚為奇觀。

何栩輕身功夫絕佳，不多時已奔上山巔，只見前方一片密林外已圍了不少人，嘈雜中還帶著聲聲犬吠，想來那楚虞樓處心積慮要將晏時夫婦置於死地，非但煽動不少鄉民，連獵戶巡山的獵犬也牽來不少！

晏時棲身的木人以紫檀雕琢而成，檀香濃郁，便是人的嗅覺也可明顯分辨，如何瞞得過那些獵犬的鼻子？

看來晏時與桑柔被困在這林中無疑。

何栩勉力推開人群，便聽有人高聲言語，原來那楚虞樓正立於山崖邊的一塊大石之上，字字鏗鏘，卻是煽動鄉民點火燒林！

「鄉親們都知道，這山頭上就只這片林子，林子那面便是懸崖，只要咱們在這邊點火，那木怪必定無處可逃！」楚虞樓揚聲喝道，言語間頗為激動，「雖然這片林子都是楚某名下產業，但……為了替一方除害，也只好將這林子付之一炬……。」說得無比正義。

何栩如何忍得他這般指鹿為馬，惺惺作態，於是躍出人群，揮舞雙手，揚聲喝道：「鄉親們休要聽這廝黑白顛倒！林子裡的是做木匠的晏時——晏師傅和他的妻子桑柔，不是什麼妖怪，大家千萬不要受人唆擺，害人性命！」

此言一出，引得人群竊竊私語，一時間都不知應聽誰的好。

楚虞樓見得何栩，惡向膽邊生，指著她對眾人說道：「這妖女和那木怪是同夥，大家不要受她迷惑！倘若真如她所言，楚某為何還要捨出這片林子？這林裡的木料雖不見得如何珍貴，至少也值個數百兩，如非為了除妖，楚某何必拿自己的銀子燒著玩？」

此言一出，鄉民不由譁然，都覺得楚虞樓言之有理。

楚虞樓暗自欣喜，繼而高聲喝道：「這妖女來路不明，不是明州人氏，咱們明州的事用不著外鄉人管！」

這一干鄉民祖祖輩輩在這片土地生活，把籍貫傳承看得極重且普遍排外，楚虞樓這挑撥之言倒是說到這些人心坎裡去了。殊不知那楚虞樓也非明州人氏，只不過這些年來在明州聲名鵲起，無人不知，無人不曉，是以，他的言語鄉民倒是全聽進去了。一時間，人群鼓噪，更有不少楚虞樓的心腹僕役在地上撿起石頭擲向何栩，呼喝、驅趕，惡言相向！

何栩見群情激動，心知無法阻攔，將心一橫，「爾等要受小人擺布，我也無話可說。而今我便進林去，倘若你們要燒，便連我一起燒，看看有何人可以擔待三條人命！」說罷，飛身掠入林中，高聲呼喊晏時、桑柔。此時天已開始發白，再僵持下去，只怕晏時會被天光所傷，魂飛魄散！

何栩這一破釜沉舟之舉，倒是使得許多人投鼠忌器。楚虞樓所言的木怪沒幾人真正見過，面前這條人命倒是鮮活活的，稍有顧忌，也就不敢造次，唯有一小部分楚虞樓的手下還在虛張聲勢，只是此時反而沒幾個人應承了。

話說當晚楚虞樓帶人來尋桑柔，本想折辱一番再將她賣回青樓，推搡之間，桑柔被撞倒在地，傷及頭部，頓時昏厥過去。晏時不忍見妻子再受傷害，自工房裡衝將出來。他雖不諳武藝，情急之下仍以命相搏，舞動實心檀木製成的手足，便如揮舞著幾根粗實的木棍，一連打倒幾個惡奴。

不料那楚虞樓練過幾年功夫，糾纏之間扯過斧頭，剁掉了晏時的右手食指，雖然被他劈手奪過斧頭，仍在呼喊、吆喝，躍躍欲試。

晏時自知處於劣勢，唯有掄著斧頭護住桑柔，繼而想起何栩臨行前贈予的隱身符，於是撕開咒符，背著桑柔一路逃亡。

雖有何栩給的隱身符護身，一身檀木香氣卻難以藏匿。晏時想要安頓好桑柔再獨自將追兵引開，卻被楚虞樓的人一路堵截，追兵越來越多，四面受敵，不得已便躲入山中。楚虞樓不依不饒，集結更多人手，漸漸將晏時和桑柔夫婦逼入這山巔密林。

晏時揹著桑柔逃到林子盡頭，方才發現已到懸崖峭壁的絕路！正是前無去路，後有追兵，眼看天將泛白，晏時頓時萬念俱灰。但若就此捨下眼盲的妻子，又叫他如何捨得？

隱隱聽到林外人群呼喝，說要放火燒林，晏時更是悲憤交加。四下草木豐沛，倘若當真付之一炬，自己固然魂飛魄散，妻子桑柔只怕也會在這山火中香消玉殞。憂心、悲憤之下，晏時靈光乍現——倘若事先留出些許不毛之地，即便山火如何猛烈，也可保桑柔一線生機！

打定了主意，晏時不再徘徊、猶豫，他將妻子輕輕放下，卯足力氣砍伐山崖邊的雜亂樹叢。而今晏時已非血肉之軀，不知疲累，一陣忙碌下來，已在山崖邊清出一丈見方的空地。待到他把砍伐下的雜枝、樹葉扔下山崖，將桑柔輕輕抱到空地上放下，打算再把空地拓寬一點，才發現那斧頭刃口被砍得飛捲起來，只怕是沒用了。

遙看天邊隱隱泛出魚白，晏時只覺得萬分不自在。不久天色一明，世間就不再有他這個人。垂首看看昏迷中的妻子，萬般不捨都化為檀香濃郁的白漿，自雙目滾滾而下，落在桑柔臉上。晏時未想自己須與灰飛煙滅的慘況，所思所慮只有苦命的妻子如何度過以後的艱辛歲月。

此時原本昏厥的桑柔悠悠醒來，只覺得頭痛欲裂，而後聞到一股濃烈的檀香味，知道已化為木人的相公就在身邊，不由慌亂地伸出手去，想要拉住自己相公的手。

這一次，晏時沒有再躲閃。

桑柔觸到的是一隻過於光滑、硬韌的木手，而後她緊緊擁住丈夫，擁住那個沒有心跳、沒有血肉，但依舊帶著牽絆和不捨，瀰漫著檀香的木人身軀。

看到妻子全無驚異、恐懼的表情，晏時明白，她到底是知道了。儘管心中酸楚難當，卻不知如何向她言表。

「相公……，」桑柔雖然不清楚晏時將要遭遇的慘況，但她感覺得出，這副木人軀體中的相公有種種不捨與牽掛，此時，密林外呼喝放火的威脅無法再恐嚇這個弱女子。「我不怕死，只想在死前可以睜開眼看看相公，可是……老天都不答應。」

晏時苦笑一聲，輕輕擁住懷裡的妻子。他不敢太用力，怕堅硬的臂膀會傷到她。他的眼光移向旁邊的懸崖，只見崖邊的灌木叢中隨風搖曳著幾朵不知名的野花，於是伸手採下，微微哽咽：「娘子，要活得好好的。記得以前我說過故鄉有種死而復生的野菊花麼？原來這裡也有。」

桑柔思緒澎湃，腦中似有無數血流在往復遊走，不適中驀然一睜眼，只見眼前出現一絲亮光，亮得炫目！

桑柔不可置信地眨眨眼睛，逐漸適應這許久不見的光亮，伴隨著劇烈的頭痛，眼前漸漸顯現出幾抹桃紅！

桑柔的眼中滾落幾滴淚水，低低言道：「相公也有騙人的時候。這不是野菊花，只是這個時節最常見的映山紅而已。」她抬起頭，迎上晏時驚喜交加的眼光，而後伸出手去輕輕觸摸晏時僵硬、木訥的臉龐，「不過，相公的模樣和我想像的一般無二……。」言至於此，嘴角浮現一抹甜蜜的微笑，淚流滿面。

淚眼婆娑中，天光大亮，晏時附身的木人在這片炫目亮光中漸漸褪去木質的顏色，點點磷光漸漸歸於虛空，唯有那關懷備至的神情深深銘刻於桑柔心中，而桑柔的心似乎也永遠停在了天亮這一刻！

「收！」

何栩一聲斷喝，手中飛出一道閃著靈光的咒符，搶在那片磷光完全消散前封住些許。咒符靈光一閃，飛回何栩袖中，待何栩奔到桑柔身邊，卻發現這個可憐的女子只是仰頭望天，臉上帶著甜蜜的笑容，周圍的一切似乎都不再與她有關。見得這般景象，何栩心中難安，唯有先將桑柔帶出這片林子再做打算，於是俯身將她扶起。

桑柔依舊含笑望天，癡癡傻傻，何栩伸手一帶，也就慢慢跟著她朝前走去。

何栩小心牽著桑柔走出那片林子，只見外面的人群還未散，楚虞樓依舊立於山崖邊的大石上，繼續遊說鄉民放火燒林，驀然見何栩與桑柔一同走出林子，不由一呆。鄉民見得眼前景象，竊竊私語，都道那外鄉女子所言不虛，林裡果然還有大活人。

見到楚虞樓，何栩心頭悲憤難當，扶定桑柔走到楚虞樓面前，伸指指向他，厲聲喝道：「你這奸險小人，勾結三絕觀的妖道謀害晏時在先，煽動鄉民妄圖戕害桑柔在後，而今大家都看到我將桑柔從林中帶出，可有一人見過所謂的妖怪？你這潑皮草菅人命，有心陷鄉親於不義，竟還有臉在這裡口舌招搖？」

何栩一言引得眾人交頭接耳，議論紛紛，將眼光齊刷刷地投在巨石上的楚虞樓身上。

楚虞樓見形勢不對，正要隨口抵賴，卻聽得一陣咯咯笑聲。

何栩詫異地轉過頭去，只見身後的桑柔正仰頭嬉笑，腳步蹣跚，緩緩朝前走去。何栩心知此時她受了莫大的打擊，神智混沌，於是伸手相攔。不料桑柔依舊是面帶呆滯地笑，緩緩前行，縱使何栩伸手拉住她的手腕，也被輕輕拂開，那般義無反顧的架勢，教人無法阻攔，何栩唯有跟在桑柔身邊，亦步亦趨。

楚虞樓見神情呆滯的桑柔越走越近，莫名地覺著有幾分恐慌，尤其是她的雙眼一直死死盯著自己，更是沒來由地一陣惡寒，便不由自主地轉頭張望。背後只是空曠的懸崖，哪裡有什麼教人覺得不適的物事？

然而，越是空無一物，桑柔那空蕩蕩的眼神，更讓楚虞樓越發恐懼，不由向後退了一步，一面虛張聲勢加以威嚇：「你們想作甚？休得再過來！」色厲內荏之態再也掩飾不住。

桑柔充耳不聞，保持著呆滯的微笑，一步一步朝楚虞樓走去，再緩緩爬上巨石，而後與楚虞樓臨風而立，相距不過丈許。

何栩生怕桑柔一時想不開，和那楚虞樓生死相拚，同歸於盡，於是將身一躍，落在兩人中間，再度伸手攔住了猶自朝前行走的桑柔。

那楚虞樓見何栩也到了近處，更是發慌，耳邊充斥著桑柔的笑聲，心驚膽戰，不覺又後退了幾步。

正所謂疑心生暗鬼，在這青天白日、朝陽初升之時，原本不用畏懼任何鬼怪，只是楚虞樓做多了虧心事，又見一貫柔弱的桑柔這番神情，難免心中畏懼，這般驚慌失措下更怕與桑柔接近，驀然一步踏空，整個身軀便向那萬丈深淵墮去！

一時間慘呼聲乍響，周圍民眾也是驚呼連連，奔到崖邊一看，只見下方約二十丈的峭壁上斜生著一段犬牙狀的山石，楚虞樓墮將下去，正好跌在那犬牙石上，石尖穿胸而過，自背後露出，死狀淒慘無比！

何栩見惡人終遭天譴，心頭憤懣漸平，細細想來，這惡人的死法和晏時被害如出一轍。掛在這上不著天、下不著地的陡峭山崖之上，便是家人有心收殮遺體也是無法辦到，除非骨肉盡腐，散落在地，休想入土為安。想來也是這姓楚的惡人壞事做盡，當有此報！

楚虞樓乃是自己失足墜崖而亡，與桑柔、何栩無關，見得事情經過之人均可為證，是以當何栩攙扶桑柔離去之時，並無一人攔阻。

回到家中，何栩一面著人張羅尋回晏時屍身，辦理後事，一面為桑柔延醫診治。奈何心病難解，數日下來桑柔依舊癡癡傻傻，何栩見狀也只有唉聲歎氣，不知何解。

當日晏時被天光所照，魂飛魄散，何栩曾用「斂魂符」收得些許殘存的魂魄，暫用法術定在當日晏時被砍下的那節木指中，卻無法收回其餘已然消散無蹤的魂魄。

晏時魂散，桑柔心結難解，何栩思前想後，忽然想到遠在汴京的魚姬，便將桑柔暫時託付地保照料，千里迢迢投奔汴京，將這點微末希望全數寄託在魚姬身上。

魚姬聽何栩言明前因後果，也是嗟歎不已，接過木指細細端詳，言道：「其實小栩此時最應該找的人不是我，而是你的師父瀟湘上人。」

聽得魚姬言語，何栩心頭浮起一絲希望，「師父？」

魚姬點點頭，「辟妖谷中水土皆有靈性，既然晏時託體於木人，只需將這斷指帶回辟妖谷培植，必可令其生根滋長。待到植株長成，若晏時對這世間仍有羈絆，散失在大千世界的魂魄必定會被此木吸引，返魂並非無望。倘若他還心繫桑柔，不忍離去輪迴轉世，少不得還要向瀟湘上人索要一件護身的『柚袈蘿衣』，否則也是枉然。」

聽到魚姬這番言語，何栩方才放下心中大石，心想，無論如何也當求得師尊首肯，於是告別魚姬，準備趕回辟妖谷。

臨行之時，魚姬自櫃檯後取出一個翡翠瓶交與何栩，言道：「這瓶裡的酒水有凝神聚氣的神效，待檀木長成，不妨以這酒水澆灌，不無裨益。」

何栩點頭稱謝，拱手告辭，不多時腳步如風，已去得遠了。

明顏見得何栩遠去，低聲問道：「掌櫃的，又要一件『柚袈蘿衣』，那不是又要拔那瀟湘柚子頭上的毛髮？上次見時已然不甚豐茂……。」

魚姬無可奈何地搖搖頭，「柚兄向來急人所急，若是聽得這段緣由，想來也不會推辭才是。」

明顏微微點頭，言道：「想來不久之後就可以救回晏時，桑柔也可恢復正常，總算是不幸中的萬幸，日後相互扶持，此生也不算難捱。話說回來，自我跟隨掌櫃的在這萬丈紅塵廝混以來，見過不少負心忘義之輩，對盲妻不離不棄的木相公倒甚是罕見。」

魚姬淺淺一笑，拈起手中的藤木杯微微抿了一口酒漿，「所以才覺得人真的很有趣，種種只因彼此的牽絆而定，歸根結底唯有一句不捨而已。」

第十一話

竹夫人

仲夏之夜，雖不似白日豔陽高掛，如火如荼，但白日裡吸納的熱氣此刻卻開始自青石地面翻出來，熱烘烘的，捂得人一身細汗。

此刻的汴京不似白日裡人頭攢動，喧囂卻是不減，隨著在外納涼、宵夜的人漸漸增多，四處的瓦子勾欄裡絲竹聲聲，說書、唱曲，卻是另一番熱鬧。

明顏汲了半桶井水，正準備在魚館門口的青石階上灑掃一番，去去暑氣，忽而聽得一陣嬉笑、呼喝，轉頭一看，卻見幾個公門中人打扮的年輕人正擁簇一起，朝這邊而來，仔細一看，是名捕龍涯和時常跟隨他身邊的幾個小捕快。只不過此時一個個勾肩搭背，皆帶幾分醉意，全然沒有平日裡上下等級森嚴的派頭。

明顏將身探進館內，吆喝道：「掌櫃的，醉貓來了！」

魚姬自後堂走將出來，笑問：「哪個醉貓來了？」

「還有哪個？不就是稍微多灌兩口就鬧著要討老婆的那個……。」明顏長長吁了口氣。「這次還把小的們帶來了，怕是不耗個通宵不會走人了。」

魚姬聞言笑得打跌，「我道是誰，原來是龍捕頭。明顏，去後院把井裡浸的那只寒瓜抱去剖了，也好給那哥兒幾個醒醒酒。」

言語之間聽得竹簾響動，龍涯醺醺然微紅的臉出現在門邊，看樣子已有七、八分醉意，見了魚姬、明顏頓時眉開眼笑，「掌櫃的，明顏妹子，洒家又來叨擾了。」

魚姬笑臉相迎，擺下酒菜、杯盞相待。

明顏微微應了一聲，便向後院去了，奈何她耳力通神，縱是在後院也清楚聽到堂內眾人言語，那幾個小捕快的竊竊私語一句不漏地溜進她耳朵。

一人悄聲問道：「醉仙樓那邊佳餚、美酒無一或缺，還有戲文、唱曲相娛，頭兒幹麼還非得來這家小館子……。」而後痛呼一聲，想是被人在頭上拍了一記。

另一個壓低的聲音言道：「噓，小聲點，別讓頭兒聽見，不然有得苦頭吃。你才來不知道，頭兒一說起這小館子就眉飛色舞，想是為人來的，只不過大夥兒還猜不出是為大的，還是為小的。說不定頭兒氣壯山河，大小通吃……。」話語中夾雜著幾個小子的哄笑聲和龍涯的醉言醉語，頓時吵得不可開交。

「沒救了，這群醉貓。」明顏歎了口氣，彎腰收提吊在井裡的竹籃，籃子裡裝了個十來斤重的寒瓜，翠綠皮兒，渾圓、光亮，想來瓤紅汁甜。早上就浸在井水中，必定更是甘甜、消暑，一想到要拿這瓜去餵那群醉貓，就覺得是暴殄天物。

剛把那冰涼沁人的寒瓜抱在手裡，就聽身後放酒的角落窸窸窣窣作響，明顏想也不想，清叱一聲：「看瓜！」

偌大一只寒瓜破空而去，繼而一陣慘呼，角落裡一人應聲倒地，明顏定睛一看，只見那人一身白衣，領後滾了一圈相當不合時宜的狐裘，臉貼在地面，已經昏厥過去，而頭上立著那只大寒瓜，瓜破開少許，紅豔豔的瓜湯淌了那人一頭一臉。

明顏走上前去搬開寒瓜，將那人的髮髻提起一看，居然是許久未曾露面的狐狸三皮！

「這沒長進的，一回來就偷雞摸狗，被寒瓜砸成白癡也是活該。」明顏沒好氣地嘟囔道，一手提著三皮的頭髮，一手左右開弓，幾巴掌下去把三皮搧得跳將起來，原本俏麗的面頰也腫成兩個大包子。

明顏見三皮捂臉叫痛，停下了手腳，將地上的寒瓜搬將起來，把完好無損的一面擱在身邊酒缸的大木蓋上。

廳堂中人早聽得後院響動，一窩蜂奔將進來，眼見三皮雙頰腫脹，不由得爆笑連連。魚姬極力忍住笑，開口問道：「喲，三皮什麼時候回來的？這滿臉桃花的，唱得哪一齣啊？」

三皮又羞又臊，不知如何開口。

龍涯雖醉，眼卻未花，走上前來繞著三皮轉了兩圈，而後倒抽一口涼氣，彷彿那巴掌是搧在自己臉上一般。他伸手捂住自己面頰揉了揉，對明顏笑道：「妹子好重的手……。」

其餘幾個小捕快見狀，交頭接耳低聲言道：「這小妞如此潑辣、凶狠，頭兒定是相中大的那個。」

正在竊竊私語，便聽魚姬笑道：「回來就好，虧得我們還時常惦念。對了，之前欠下的舊帳未清，這幾個月下來，利滾利也已不少，加上剛剛砸碎的這只大寒瓜，少說也得多做個三、五、七年的雜役才算清帳。還杵在這裡做什麼?快去把寒瓜切了，給各位客官醒酒?」起初言語還頗為親厚，說到後面卻是毫不客氣，頤指氣使!

旁邊的小捕快見得這般景象，不由得面面相覷，繼而看龍涯的眼光也帶著無上的敬仰，皆道小的凶狠、暴躁也就罷了，大的更是喜怒無常，翻臉比翻書還快。這樣的女子長得再標緻也是難以消受，頭兒果然非常人。

三皮聽得魚姬言語，本想回嘴，卻因忽然想到一事，頓時失了氣焰，而後嘟嘟囔囔，抱起那裂開的寒瓜，埋頭奔廚房而去。而後聽得身後捕快們笑聲一片，忍不住惡向膽邊生，心想，索性撒些巴豆粉在寒瓜裡，拉得這群不知死活的混球腳耙、手軟。

明顏心中奇怪，這小潑皮向來天不怕、地不怕，而今被這般使喚，就算不反抗，至少也要討點口頭上的便宜；明明都跑掉了，還巴巴地回來做小伏低，也不太合常理，於是心懷疑問看看魚姬，卻見她微微一笑，似乎已胸有成竹。

眾人嬉笑一番，回堂裡重整杯盞，繼續飲酒作樂，魚姬、明顏一旁壓酒相勸，眾人耳酣面熱之際恣意放歌。行伍中人大多五音不全又不著調，偏偏又是藉著醉意扯著嗓門唱，歌聲怪異，頗為驚悚。

街上行人聽得這段，都知是有人大醉胡鬧，一個個避得遠遠的，生怕惹上這群醉鬼。

魚姬眉頭微皺，淺笑勸止：「各位爺臺，再鬧將下去，只怕鄰人都有意見了。」

龍涯哈哈大笑，揮手止住捕快們放歌，笑道：「也好，我們不唱——換掌櫃的來一段……。」小捕快們聽得這番言語，紛紛起哄，鬧得魚姬哭笑不得。

三皮端著切好的寒瓜自堂後轉出來，見得這般景象，也是暗自好笑。

就在這時，一陣幽幽的簫聲徐徐而來，似乎相隔遙遠，又似乎就在這廳堂之內。

說也奇怪，聽到這陣簫聲，原本笑鬧不休的捕快們頓時眼皮發沉，不多時便一一倒地，酣睡不已，便是有京城第一名捕之稱的龍涯，也是雙手抱頭，倒伏在桌面之上。

三皮聽得簫聲，臉色一變，把裝寒瓜的大盤往桌上一放，將身一蜷，貓腰鑽進酒桌下，系列動作一氣呵成，如同事先排練過一般。

「掌櫃的……。」明顏也覺察有些不對，轉眼望向魚姬。

魚姬微微頷首，手裡拈起一隻酒壺，壺嘴裡傾出的酒水繞著眾人畫了一個圈子，而後稍稍理了理衣裙，面向街面。

街面上已然倒了不少夜遊的行人，附近的瓦子勾欄也不再聽到飲酒作樂之聲，似乎在一瞬間，這片區域的人都陷入了突如其來的沉睡之中。

另一處街角遠遠行來一個女郎，身材纖長、妖嬈，一身青衣，容顏頗為俏麗，只是眉目間隱含暴戾之氣，讓人感覺不太妥當。

那女郎到了近處，直接掀開竹簾走進魚館，四下張望一番，開口問道：「那遭瘟的死狐狸躲到哪裡去了？」

明顏見那女郎一開口就詢問三皮下落，心想，這小潑皮莫非在外惹下什麼風流孽債，才會回魚館躲難？她上下打量著美貌女郎，心中沒來由地酸楚難當，揚聲回道：「什麼死狐狸？沒見過！」一面毫不客氣地一腳踹在藏身桌下的三皮屁股上。三皮吃痛，卻不敢出聲，只是死死捂住嘴趴伏著。他打定主意，別說是腳踹，就算是用刀捅也不出來。

女郎並不相信明顏的話，那狐狸的妖氣仍殘餘在這店堂，可是偏偏不得見，定是被眼前這兩個女子使了障眼法藏了起來。這東城的人聽了她的催眠簫聲都沉沉入睡，偏偏這兩個女子仍然清醒，尚能言語，想來也非常人，於是不再拐彎抹角，「冤有頭，債有主，今天我來只是尋那死狐狸晦氣，與旁人無關，若是爾等再包庇、隱藏，休怪我下手無情！」話音剛落，廳堂裡憑空出現了若干懸浮空中的竹葉，如被颶風席捲般在廳堂裡旋轉、紛飛，每每觸及簷頭、牆面及木作家具，便如開鋒的利刃，刮出若干細長的劃痕來！

魚姬轉眼看看四周飛舞的竹葉，手裡的酒壺朝天一傾，一汪清冽的酒水直飛天棚，散作水汽，在廳中暈開來，那些鋒利如刀的竹葉頓時消逝不見，連先前在這廳堂中留下的無數劃痕也似從未出現過一般。

女郎見得眼前景象，不由臉色微變。魚姬淺淺一笑，「姑娘何必這麼大火氣？有話不如坐下來喝杯茶再慢慢說。那狐狸的確討人厭，若是他當真做了傷天害理的事，我等也唯有幫理不幫親。」說罷，瞟了一眼桌下的三皮，只見豆大的汗珠自他額頭滾滾而下，想來是坐如針氈，不得安寧。

那女子聞言，怒氣稍歇，微微點頭。

魚姬抬手將女郎引到一旁坐定，吩咐明顏送上茶水。明顏轉身下去，心頭卻始終不舒服。

那女郎在桌邊坐定，開口言道：「我本是終南山中修行千年的竹精，小字青奴。今年初春終南山山神華誕，我費盡心機求得『五華金蓮』一朵，歷經百日悉心培植，眼看就要結出可讓我脫離妖身、化身為人的『五華蓮心』，誰料那遭瘟的死狐狸趁我不在，將那還未綻放的『五華金蓮』啃吃得一乾二淨……。」

明顏端茶進來時聽得這番言語，心頭微微放寬。原來不是惹上風流孽債，而是偷雞摸狗的老毛病又犯了。只是青奴之言頗為蹊蹺，於是開口問道：「既然你都修了千年，相信不久便可修成仙道，幹麼還要借那『五華蓮心』修個人身？這不是太匪夷所思了麼？」

青奴聞言，垂首不語，神情頗為抑鬱。

魚姬微微搖頭，歎道：「那潑皮狐狸又行這等勾當，確實該打！不過，他啃吃『五華金蓮』對你而言倒未必是禍事。那『五華金蓮』性屬至陽，與你秉性相沖，你若服食，有可能會成功轉為人身，但更多的可能是未得人身反受其害，千年道行就此盡喪。難道終南山山神賜你『五華金蓮』時，沒有跟你說過其中的利害關係？」

青奴此刻方才抬起頭來，眼神堅定無比，「我自知道，只是……既有這個契機，寧願一試。」

魚姬沉吟片刻，繼而言道：「你甘冒奇險，捨棄仙道求取人身，想來是為了某個凡人。不知我這猜想可為真？」

青奴抬起頭來，見魚姬面色柔和，不由得心中一寬，長久以來在心頭縈繞不去的種種抑鬱之念，不知為何在這初次見面的陌生女子面前竟有一吐為快之感。

過了良久，青奴盈盈抬頭，櫻口輕啟：「你猜的不錯。我捨棄修仙之道，的確是為了一個男子，他姓蒙名翰，原是山西鹽鐵司蒙舒的二公子。」

事情要從去年中秋時節說起。

山西鹽鐵司蒙舒病故不久，夫人陳氏一直鬱鬱不展，蒙府二公子蒙翰事母至孝，於是攜九歲侄兒俊兒一道，陪伴母親入終南山的三清觀小住養生。

終南山造化神秀，氣候宜人，蒙翰生性優柔、文弱，每日侍奉母親修讀《道德經》，倒是很少外出，但那頑皮、好動的小侄兒卻是難有定性，鎮日在山中遊走、嬉戲。有一次，那俊兒頑皮，見山中獵戶布下的獸夾困了隻野兔，便動手去扳那獸夾。可惜他年幼力弱，獸夾稍開些許便力有不繼，唯有拿腿、腳壓住。獸夾咬合力甚大，反彈回來，俊兒的腳掌也夾在了裡面。

俊兒吃痛，大哭大叫求救，但沒引來看護他的家僕，倒驚擾了在山中修行的青奴。

青奴見俊兒哭得可憐，動了惻隱之心，一改往日不在人前現身的慣例，飄然出現在俊兒面前，不但幫他扳開獸夾，更採來山中草藥救治，末了還一路揹負孩子回到三清觀。

便是在那個時候，青奴第一次見到蒙翰。

一個是玉樹臨風、滿腹詩書的翩翩公子，一個是嬌俏喜人、不沾凡塵的世外美人，兩廂遇見自然是相互傾心，不久便時常結伴在山中遊歷。

蒙翰也曾問起青奴的身世、來歷，但青奴害怕蒙翰知道自己身屬異類，推說是山中獵戶的女兒。兩人朝夕相對，情愛日漸深邃，山盟海誓更是喃喃呢呢。

青奴本以為這般逍遙、快活的日子可以一直持續下去，不料蒙翰時常外出被其母看出了端倪，查問得知兒子正和一個山中獵戶的女兒打得火熱，陳氏心中著惱，多番勒令蒙翰不得再見青奴。

雖然母親不斷施壓，但越是施壓，越是使得蒙翰更加眷念青奴。到後來便如所有熱戀中的年輕人，再難像初時般發乎情，止於禮。

青奴到底是妖身，一身妖氣對蒙翰肉體凡胎有百害而無一利，不久，蒙翰便病倒在三清觀。

三清觀的道人頗有眼力，看出端倪，便告知蒙翰之母陳氏，陳氏知曉愛子病倒乃是親近妖物所致，不久就偕蒙翰和俊兒離開終南山，回了山西。

青奴知曉是自己害得愛郎病倒也自責不已，於是破例離開終南山，前往山西探視。好不容易尋到情郎時，蒙翰早已痊癒，乍然見到青奴，一時間百感交集。感慨一番之後，蒙翰告知青奴，經過這些時日，已然知道青奴並非凡間女子，人妖殊途，縱使再難捨舊情也是無法。何況母親已為他定了一門親事，乃是新任鹽茶司之妹。母命難違，他雖對那家姑娘無意，也只得接受母親的安排。

這段情事來得快，結束得也快，青奴雖心有不甘，卻無法改變自己是妖非人的事實。回到終南山後，她大病一場，思前想後，便動了棄修仙道而入凡塵的念頭。是以趁終南山山神華誕，在山神面前苦苦哀求，終以一片癡心求得「五華金蓮」。

山神也曾鄭重相告，此番行事凶險非常，若不成功，她那得來不易的千年道行將毀於一旦。奈何青奴心中只念著要與愛郎再續前緣，什麼也不在乎了，每日裡悉心照料那「五華金蓮」，眼看百日之期將滿，豈料憑空跑出三皮這潑皮狐狸。

三皮雖懎懶成性，倒也有些眼光，見得那含苞欲放的「五華金蓮」，知是難得一見的仙家寶物；何況他乃狐狸化身，雜食成性，那「五華金蓮」對他並無妨礙。於是趁青奴外出採集澆灌「五華金蓮」的朝露，跑去將那株「五華金蓮」連花帶葉啃吃了個乾淨。

青奴回來發現，自然怒不可遏，對那三皮一路追殺。

青奴修行千年，道行遠比三皮為深，無論三皮如何躲藏，都會很快被她找到，有幾次險象環生，還差點丟了小命。三皮東躲西藏了幾個月，想來想去，還是跑回了傾城魚館，心想，有魚姬、明顏在至少可保周全，是以見到魚姬頤指氣使、明顏拳打腳踢也不反抗，聽之、任之，做小伏低。

青奴說過這般前情，對魚姬言道：「我與蒙郎再續前緣的唯一契機便是那『五華金蓮』，而今卻被吃了去，倘若不把那狐狸揪出來煎皮、拆骨，我這心中之氣如何能消？」

魚姬聞言，微微頷首，「不錯，的確不該放過。不過，就算你把那狐狸煎了、煮了，也不可能讓他把吃了的東西吐出來。我倒有個折衷的辦法。」而後揚聲吩咐明顏去把酒架上第五排、第一瓶酒漿取來。

明顏手腳靈便，很快就回到桌前，將一個紅泥小瓶放在青奴面前。

青奴面露狐疑之色，不解地看看魚姬，卻聽魚姬言道：「那『五華金蓮』我是沒辦法討來還你，但我這瓶『輪迴釀』倒也有相似的效果。只不過會讓你重入輪迴，要再與你的蒙郎相會，至少也得十來年的光陰，不知道你願不願意等這十來年？再者，若轉生為人，你千年修為也就從此盡喪。你可要先想明白了。」

言畢，伸腳擦去先前灑下的酒痕。那一圈酒痕本是結界所在，擦去一點，結界頓時消失，圈中的人和物立時顯現——桌下的三皮渾身發抖，面露恐懼。

青奴見到三皮，忍不住要上前，卻聽魚姬說道：「三皮就在這裡，要是你實在心有不甘，要煮、要炸，悉聽尊便，只不過這傢伙還差我不少酒錢，給我留條尾巴抵債，也就兩清了。」

青奴聽得魚姬言語，心頭此起彼伏，半晌方才開口：「只要可以再見蒙郎，區區十來年我還可以等，若能達成心願，放過這狐狸也不是問題。」

三皮聽得此言，如獲大赦，頓時舒了口氣，自桌下爬出來，「這就對了，凡事好商量，動刀、動槍的也沒什麼益處。」

明顏一旁見三皮絲毫沒有悔意，抄手笑道：「你當現在風頭已經過了麼？讓掌櫃的拿這酒水來贖你性命！也不想想以後尾巴還是不是長在自己身上。」

三皮聞言一驚，轉眼看看笑而不語的魚姬，剛才魚姬所言言猶在耳，想來還在惦記著狐尾圍巾，這一認知當真非同小可，不由得臉色一變，慌忙賠笑道：「瞧顏妹說的，掌櫃的向來好心腸，再說這伏旱天氣，要圍巾幹麼？」

魚姬歎了口氣，「現在是用不著，不過很快地夏去秋來，待到秋風起，冬天也就不遠了。」

三皮乾笑道：「秋風起，山蛇肥，進補最為適宜。哈哈，看這廳裡亂的，想來我不在，掌櫃的和顏妹都忙不過來了。」說罷，裝模作樣地扯過袖子在桌上抹了抹。

青奴看看桌上的紅泥小瓶，對周圍的言語全不上心，她伸手拿起紅泥小瓶，問道：

「是不是把這裡面的酒喝下就行了？」

魚姬微微點頭，只見青奴揭開封口，仰頭將酒水一飲而盡，嘴角浮起一絲不易覺察的笑容。

那酒水入口無味，青奴只覺得舌頭發麻，腦中一片混沌，眼前的一切開始模糊，逐漸歸於漆黑！

正在惶恐間，耳邊聽得魚姬的聲音，甚是舒緩、輕柔，「現在你朝前走，不久會看到一條長長的巷子，巷子右邊的牆上有很多扇鐵門，一扇就是一年光陰，你想在什麼年紀見到想見的人，就推開那扇門……。」

青奴用心記下，在一片幽暗中朝前走，不多時，果然見到一條巷子。正如魚姬所說，這條深不見底的巷子右邊，排列著許多烏黑的大鐵門，巷壁上每隔幾丈便有一盞如豆的油燈，全賴這微弱的昏黃燈光才可依稀辨明巷中事物。

這時，不知何處傳來一陣陣轂轆滾動之聲，在這條幽暗、昏黃的巷子裡迴響。

青奴心中既是急切又是忐忑，數著右邊巷壁上的門，一步、一步往前走。

一扇……兩扇……三扇……。

那沉重的轂轆聲在耳邊迴盪，疊加著無數回音。青奴在這條巷子裡待得越久，就越覺得心浮氣躁，煩悶不堪，於是加快了腳步。走過第十五扇鐵門的時候，她猶豫了一下，心想，與蒙郎分別之時他二十有五，若是自這扇門進，屆時那蒙郎剛剛四十出頭，倒也算般配。正打算推開那扇鐵門，卻發現前方的巷子投射出一道極強的亮光。

青奴一時好奇，便朝前走去，又數了十四扇鐵門，發現第三十扇門虛掩，亮光便是自門內發出，而那轂轆滾動聲也是自這門內傳來。

青奴心想，既然門虛掩著，不妨偷偷看上一眼，也好知道三十年後是什麼狀況，回到蒙郎身邊也多幾分把握。

於是她緩緩靠上前去，正想透過縫隙朝裡看，卻覺得那道白光帶著一股無法抗拒的強大吸力，頓時失去平衡，朝著那道光亮而纖細的門縫擠去！

伴隨著青奴的驚叫聲，眼前忽又暗了下來，青奴抬眼，看到一盞掩著翠紗的宮燈，上面繡了些竹枝、竹葉的紋樣，被燈光一映，便向四周投下淡淡竹葉紋樣的影子。

青奴發現自己正斜倚在一張檀香榻上，房間相當雅致，重重紗幕低垂，家什俱是上好的沉香木製成，四下瀰漫著若有似無的幽香。

青奴坐起身來，房間的一角立著一張花案，案上一面碩大的銅鏡正在幽暗的燈光中浮動著光影。

青奴走到鏡前一看，自己臉上帶著乍醒的惺忪睡眼，眉目間卻是從未有過的慵懶風情，看似三十左右年紀。

青奴恍然大悟，心想必定是被那白光拉進了第三十扇門，頓感後悔莫及，但此刻腳踏實地，卻是從未有過的沉實。於是伸手在臂上掐了一把，一陣劇痛襲來，她揉了揉手臂，開始慢慢習慣這得來不易的血肉之軀，並且心心念念想要快點見到蒙翰。

這廂心潮起伏，卻聽那紗幕之外一個稚嫩的聲音在呼喚：「夫人可起身了麼？刺史大人的轎子快到了。」

青奴低低應了一聲，隨後那低垂的紗幕被撩了起來，外面的花廳光線微沉，想來已是傍晚，兩個小丫鬟捧著銅盆、面巾，垂首入內。

青奴一時搞不清楚狀況，只是任由她們服侍梳洗、上妝。那兩個小丫鬟甚是伶俐，想來也是做慣了這等活計，不到半個時辰已幫她收拾停當。青奴看著面前銅鏡中這個風華絕代的貴婦人，和印象中的自己全然不同，似乎從頭到腳都虛幻不真。

「刺史大人……是何人？」青奴開口問道。

一個小丫鬟掩口笑道：「夫人怎生忘了？蕭關刺史蒙大人是夫人的夫郎，半月前回京述職，今個兒回來。剛剛六兒去探過，大人的轎子剛過東門，想來這會兒也該到了。」

青奴聞言，心中一喜，原來早與蒙郎相會，還結為連理，那酒館中的女子所言當真不虛。思慮之間聽得外面一個青年男子的聲音在呼喊：「夫人，大人到了，請你花廳相見。」

青奴早就期盼此刻重逢，哪裡顧得上許多，伸手拉起拖地長裙的下襬，早已快步出門。那兩名小丫鬟也跟了出去，見得門外立著小廝打扮的青年，便嗔道：「六兒，愣著幹麼？還不前面帶路？」

那六兒見夫人奔將出來，也是一驚，心想，平日裡夫人舉止端莊，怎生變得這般急切？想來是大人離家日久，太過惦念。聽得小丫鬟斥責，忙前面帶路。

青奴緊跟其後，穿過花苑、迴廊，心想終於可以重遇蒙郎，更是百般滋味在心頭。

迴廊盡頭便是花廳，隱隱聽得裡面有人說話。

青奴心知跨進前面那扇門便可見到魂牽夢縈的愛郎，卻不知為何反倒慌亂起來，於是轉頭問緊跟身後的小丫鬟：「我這般打扮可還妥當？」

那小丫鬟甚是伶俐，微笑答道：「夫人向來風姿綽約，儀態萬千，豈會有不妥當的時候？」

聽得此言，青奴深深吸了口氣，稍稍平復心情，邁步進入那幽雅、別致的花廳。只見廳上茶座邊正坐了兩人，一個老態龍鍾，背脊佝僂，額頭微禿，瘦弱、單薄，臉上皮膚鬆弛，擠出幾絲刀刻般的深紋，看樣子六十左右，相貌、神情卻全無老者應有的矍鑠，反而舉手投足間都顯出些許猥瑣、浮華。

另一個則長身玉立，身著官服，面容俊朗，不是愛郎蒙翰是誰？雖說當日山西一別到現在不過半年光景，但輪迴之中已是三十年光陰，雙方變化都是不少。

青奴由妖化人，固然是天差地遠，那蒙刺史也非當年的柔弱文生，統兵、守關為一方刺史，自是充斥尚武之氣，雄姿英發，且此刻蓄了三鬚美髯，比之當年的翩翩少年又多了幾分沉穩、持重。尤其本身英俊不凡，駐顏有術，渾然不似已過五十之人，看那精神，彷若不到四十。

「夫人來了。」蒙刺史起身相迎，見夫人姍姍而來，很是體貼地伸手相扶，「為夫不在這些時日，家中大小事務都是煩勞夫人費心，夫人辛苦了。」

青奴見得愛郎，欣喜若狂，聽愛郎這般溫柔言語，開口答道：「夫君休要如此客套，這本是妾身分內之事，只怕力有未逮，何來辛苦？」

夫婦相視一笑，萬般情愫皆在不言中。而後青奴聽夫君開口道：「這位是為夫嫡親叔父，早年外放他處，是以夫人雖入門十餘載也未見過。此番回京述職碰巧遇上，便請他老人家來家中盤桓數日，煩勞夫人代為安排、照料。」

青奴忙向那老者道了個萬福，寒暄幾句便揚聲吩咐丫鬟、小廝打點客房，準備膳食，為夫君和叔父接風、洗塵。

那老者回禮時，一雙混沌老眼便在青奴身上轉來轉去，青奴心中不喜，但礙於夫君臉面也不好如何，只任由夫郎引到身畔坐定，閒話家常。

言語間青奴才知那叔父本在益州為官，不料宦海沉浮，因錯判冤案，被朝廷派下的御史革職查辦，此番進京便是帶了銀錢和珠寶前去疏通、打點，希望可以官復原職。不料吏部的人不好說話，此事沒了結果，正好碰到夫君回京述職，於是順便來這蕭關散心。

青奴聽得堂上言語，只覺這叔父滿腹的世俗油滑，行這賄賂手段更算不上什麼正人君子，想蒙郎少年時便溫文爾雅，此時又如斯穩重、內斂，與那猥瑣老者沒半點相像，若非蒙郎親口所言，只怕她也不信。

不久，晚膳已準備停當，蒙刺史起身邀約叔父入席，青奴自然起身尾隨夫郎身後。見夫郎氣派大方，謙恭得體，越發覺得為愛郎放棄千年修為換得人間百年相伴甚是值得。

席間閒談之時，青奴覺著那叔父的眼神始終在自己身上逡巡，頗為無禮，但畢竟是家中至親，又是客人，也不好給他難堪，唯有移開眼神，少有接觸。何況經歷這許多波折方才和愛郎成就良緣，眼中也看不到其他。

晚宴之後，眾人小聚片刻，也就各自回房歇息。

青奴坐在妝臺前，卸下髮髻上的花簪、步搖，看著鏡中頗為陌生的神態、容顏，雖然心願得償，但憑空大了好幾歲，難免有些失落。見夫郎面露溫存立於身後，於是微笑轉過頭去。

「別動。」蒙刺史輕輕扳住青奴的肩膀，伸手至她耳畔摘下一隻耳環，輕輕放在妝案上，再順手摘下另一隻，「夫人在看什麼看得入神？」

青奴輕撫面頰，歎了口氣，「我在看自己比上次見你之時老了多少。」

蒙刺史伸手環在青奴腰間，自身後擁住她，面頰貼在她光潔如昔的粉面上，低聲言道：「才不過十數天時間，夫人怎會老去？為夫心中，夫人永遠都是如此儀態萬千、國色天香。倘若夫人真老了，那為夫自然也垂垂老矣……。」言語百般溫存。

青奴靠在夫郎胸前，伸手捋了捋他的三鬚美髯，「我是說，和我們初見之時相比，似乎都不太一樣了。」

蒙刺史笑道：「這世上凡人哪有不老的？夫人今天怎麼這般感慨？」

青奴抬眼看著眼前的夫郎，沉默許久問道：「那夫君可還記得初見我時的情形？」

蒙刺史歎了口氣，「自然記得。自與夫人成婚以來，便始終覺得自己很有福氣，可以娶到這樣秀外慧中的好夫人。」而後臉上浮起幾絲壞笑，「要是夫人可以早些為我蒙家生下一男半女，後繼香火，此生也就別無牽掛了。」說罷，伸臂將青奴抱了起來。

青奴滿面通紅，依稀記得往日在終南山中與愛郎的恩愛、纏綿。好不容易得來人身，為愛郎生兒育女也是分內之事，日後雙雙老矣，也可看到子孫相傳。

一番雲雨之後，蒙刺史摟著青奴怡然入夢，青奴俯在愛郎胸口，聽著愛郎心跳，卻難以入睡。

床前的翠紗宮燈光線暗啞，把蒙刺史熟睡的臉映得也是一片怡人的幽暗，剛才的歡愛歷歷在目，青奴心裡卻泛起一絲不可名狀的害怕，真要說是什麼緣由，卻又說不上來，只是下意識地抱緊夫郎，生怕一鬆手，眼前一切又成空，迷迷糊糊之間入夢，卻也不安寧。

第二天天明，蒙刺史聞得雞啼便起身，循例要去衙門處理公務。青奴也無心睡眠，著丫鬟打水梳洗，陪夫郎用過早點後，待他離家去了衙門，青奴卻有些百無聊賴，便在花園稍坐片刻。

忽然間，身後有人伸手拍了拍她的肩膀。青奴吃了驚嚇，忙站起身來轉過頭去，卻見昨日裡見過的那位叔父站在身後，笑容頗為古怪，「老夫見侄媳肩上沾了些灰塵，便順手拍了去，可是驚到侄媳了？」

青奴雖心中不快，礙於長輩的身分也不好翻臉，只是開口答道：「那倒沒有。不知叔父用過早膳沒有？侄媳也好著人置辦。」

那老者只是乾笑兩聲，「不急，不急。往昔總聽人說侄兒娶的這房夫人溫柔、賢淑，持家有道，老早就想來見上一見。昨日裡匆匆忙忙，都沒好好閒話家常，今日大有閒暇，不如坐下來聊聊。」

青奴雖覺不妥也不好回絕，唯有揚聲呼喚丫鬟前來備下酒菜伺候，這樣多一個人在，總不至於顯得尷尬。

席間那老者東拉西扯，盡是不著邊際的言語。青奴硬著頭皮在一旁聽著，不時虛應一、兩聲，心中大為煩躁。

忽然間聽那老者笑問：「昨日裡見得侄媳，總覺得頗為面善，又一時想不起在哪裡見過。我聽家裡人說過侄媳娘家姓祝，不知道閨名為何？」

青奴聽得這番言語，臉色一變，此人雖是自家叔父，到底男女有別，哪有直問閨名之理？自古以來男女大防，最為忌諱的便是倫常之亂，這般舉止已是壞了綱常。以前在山中修行，當然可以不管凡塵的規矩，但既已為人，則自當遵從為人的道理，若是應對不當，只怕難免招人輕賤。

於是青奴招呼丫鬟斟酒，將話題岔開，那老者非但不覺失禮，眉目間還頗有得意之色。青奴見得這般情狀也頗為頭痛，心想，初來乍到不明周圍人事也就罷了，而今憑空跑出來這樣一個為老不尊的叔父，許多事情著實不好解決。記得往昔和蒙郎相好之時，從來沒聽他提過這樣一個叔父，以往擔心和蒙郎家人相處不當，也是擔心無法取悅婆婆，想不到事隔三十年，沒了婆媳不睦之虞，又出了這等麻煩事，想想做人的確為難，煩惱更是不少。

青奴覺得再杵下去只是尷尬，於是起身，託詞要去帳房看看家中銀錢支出，暫時離開。心想好在那叔父不可能在府中長住，這等風言風語，唯有當做從沒發生過，等他離去也就好了。

這般過了兩個月，青奴與夫郎情愛深邃，可那叔父一直沒有離去之意。青奴只好不厭其煩地虛與委蛇，每逢夫郎不在府中便深居簡出。不見面也少了不少是非。同時青奴也向家僕打聽了府中的人、事狀況，對這日後安居之地總算多了幾分了解，漸漸地也開始著手一家主母應盡的職責，總算是將這個新家治理得井井有條。

蕭關位於大宋、西夏交界，乃駐軍重地，以往還算太平，只是近日來了夥西夏遊民組成的馬賊，時常在蕭關外活動，神出鬼沒，手段凶殘，蒙刺史主事蕭關一方，為此也頭痛不已。

青奴聽夫郎提起這煩心的公事，倘如從前有一身法力，自可助他一臂之力，而今轉為人身，便與尋常婦人無異。偶而興歎，卻又自我寬慰，得償所願，放棄千年修行也是意料中事，此時再為此惋惜，豈非太不知足？

這天，青奴遠遠看到夫郎端坐書房桌前，眉頭緊鎖，心知夫郎又在為公務憂心，正尋思送上香茶助其凝神靜氣，卻見府中管家神色匆匆而來，心知必有家中事務，於是上前叫住管家詢問一二。

一問才知是城外的地保前來，前幾日城中運去的稻種發放到戶前就被西夏馬賊劫了去，眼看耕種時節將過，再無稻種播種，便會誤了今秋的收成。

蕭關地處偏遠，賦稅卻不比其他地區輕鬆，收成若是不好，佃戶們自然無法繳清年關賦稅。而蒙府在蕭關一帶尚算富庶，倉廩殷實，是以佃戶們便託地保來向蒙刺史求懇，暫借一千斤稻種應急。待度過這燃眉之急，日後可拿收成還上所借的稻種。

青奴心知夫郎一貫看重民生，何況對蒙府而言，借出一千斤稻種也不是什麼難事，見夫郎正為公務煩心，無謂再讓這等事務分心。她既為蒙府主母，這等小事也可作準，於是吩咐管家調配。

管家得令下去安排，不多時已安排人手打開倉庫，將稻種稱量裝袋，忙活了半日，總算將一千斤稻種統統裝車。青奴見後院停靠的兩輛糧車也頗為欣慰，只待明天天亮，就著人押送出城，也算了卻件心事。

誰料晚飯後小廝六兒忽然找來，對青奴言道，適才在後院見有人在動那糧車，他過去查看，見地上散了許多陳年老米，都已霉爛生蟲，覺得心裡不踏實，便來說與青奴定奪。

青奴聽得此言，也是納悶，起身到後院糧車處，叫六兒隨意開了一麻袋稻種，果然如他所言，已非白日裡看到裝包的上好稻種，而是霉爛的陳年老米！

這一發現當真非同小可，稻種對城外的佃戶何其重要，被換成這霉爛的陳年老米，自然是無法播種、結實，幸好六兒機靈，及早發現，不然等明日稻種送到佃戶手裡，不是給自家相公落下為富不仁的臭名麼？

青奴心中惱怒，差六兒將管家招來詢問。一問之下，才知此事是那叔老爺授意。

原來白日裡叔父見蒙府家丁在糧倉忙碌裝袋，正好順便也清理出不少積壓多年、霉爛無用的陳年老米。管家本想將這批無用的陳年老米處理掉，卻聽那叔父一番言語，說道陳米扔了可惜，不如直接當稻種運去城外，反正蒙刺史貴為一方大員，佃戶也不敢來追問，再不甘願也只有硬著頭皮收下。而換下的上好稻種可以運去城中糧店出售，換個五百兩銀子不是難事。

管家聽信了那叔父的蠱惑，也想二一添作五，和叔父一起發筆橫財，所以才著人偷天換日，原本以為神不知、鬼不覺，不料被六兒發現了端倪，鬧到了夫人那裡。

管家自知理虧，哀哀告饒，青奴雖氣憤難平，也不好對為老不尊的叔父發作，只是喝斥了管家幾句，著人將那管家逐出門去，又見六兒頗為伶俐，通曉文墨、帳目，可堪重用，於是將其破格提升為管家。

青奴夜間安寢時將此事告知夫郎，但並未在他面前訴病叔父唆擺管家、中飽私囊之事，只是微微提了提。蒙刺史也不是不明事理之輩，自然稱讚青奴處事大方、得體。至於那叔父，以子侄的立場也確實不好加以責難，唯有不再提及此事。想來趕走管家之事，那叔父也已知曉原由，此後應有所收斂。

事情雖然解決，青奴還是不太放心稻種之事，打定主意第二天和六兒一道押送稻種去城外，見夫郎頗為疲憊，也就任他安睡，沒有提及。青奴自個兒思量，在世間為人妻室，種種瑣事也得多方揣度，倒是比起從前在山中修行要難上許多。

次日清早，蒙刺史又和往常一樣，早早去了衙門。

青奴用過早點，見六兒已安排好七、八個家丁護送稻種，便招來轎夫，帶了個小丫鬟隨侍，加上領路的管家六兒，一行十三人，一路徐行出了城門。

自入人世以來，青奴此番還是頭一遭出得城門，舉目望去，只見遠遠的一片黃沙厚土，與城中的繁榮截然不同；近處倒是有不少農田、瓜地，離城門越遠就越顯得荒涼。

路上遇到兩隊巡邏的騎兵，循例上前查問一番。管家六兒上去應付，騎兵們得知是刺史夫人出城辦事，紛紛上前見禮，叮囑一番，提醒眾人小心西夏馬賊出沒。

青奴見騎兵們來的方向正是糧車要去的方向，倒是不以為意，心想，縱使這片地方不算太平，剛剛才有騎兵巡過，想來也不會有什麼問題。

又行出幾里路，遠遠見得些個村落，看起來頗為簡陋，等進了村落，轎子和糧車都停了下來。「夫人，到了。」六兒在轎外輕聲言語。青奴掀起轎簾，只見四周破屋裡出來了許多村民，六兒正與一個老者言語，想來便是當地地保。

青奴見村落破舊，心想幸好及時發現稻種被換之事，不然那些陳年老米運到這裡，豈不是誤人麼？於是揚聲吩咐六兒指揮家丁將糧車上的稻種卸下，分發各戶。

眾鄉民千恩萬謝，有管家六兒和地保主事，約莫兩個時辰，已將兩車稻種發放妥當，六兒整理好各戶借貸稻種的字據，方向青奴稟報。青奴見事情順利，心中歡喜，眼見日已過午，便吩咐六兒準備回城。

一干鄉民受此恩惠，大力挽留眾人吃頓便飯再走，青奴見眾人盛意拳拳，也不好推辭，一行人便在村中叨擾了一頓，待到離去之時，日頭已然開始偏西。

兩輛糧車空了出來，行路也輕便不少，十餘里路已然過半，遠遠可以看到高聳的城門關卡。離城近了，眾人也都鬆了口氣，不再像先前般小心在意，連言語說笑也大聲起來。

就在此時，忽然聽得一聲呼哨，道路兩側的緩坡上出現了數十匹高頭大馬，馬上俱是剃髮、結辮的凶頑之輩，個個手持刀刃、斧、棒！

「壞了，是西夏馬賊！」六兒大驚失色，跳下糧車奔到轎子邊，眾人俱是驚惶。此地距城門不過數里之遙，那一干西夏蠻人埋伏在此，自是膽大包天，不懷好意！

青奴在轎中聽得六兒言語也有些慌張。今非昔比，若是從前，別說是小小馬賊，尋常妖魔也不見得可以傷她分毫，而今這副凡人身軀既無氣力也不靈便，自籌難以和孔武有力的馬賊一爭長短。

正在慌亂無措之際，只聽得怪叫連連，那夥馬賊縱馬從兩邊緩坡疾奔而下，朝著糧車和轎子衝了過來！

一干家丁只是尋常漢子，糧車之上幾把鐵鍬、筢子，算不得什麼趁手的兵器，拿在手上也沒什麼用處。

六兒只得招呼眾家丁圍定轎子，保護夫人。眼見周圍的馬賊縱馬游弋，四處塵土紛紛，馬鳴蕭蕭，更夾雜著西夏蠻人的呼喝、笑聲，怎不叫眾人心驚膽戰？

六兒也怕得要命，但護主心切，硬著頭皮對眾馬賊喊道：「我們是送糧的車隊，沒有什麼值錢的物事，望各位大王高抬貴手，放我們過去。」他用漢語和西夏語各喊了一遍，倉皇間，前面的馬匹突然讓出一條道來，一個面相頗為凶惡的獨眼漢子促馬上前。看周圍馬賊的神情頗為敬畏，定是這夥馬賊的頭領。

那頭領縱馬繞行一圈後開口問道：「轎子裡的是什麼人？」說的卻是漢人言語，想來也是常年在大宋與西夏邊界廝混的人物。

六兒顫聲答道：「轎子裡的是我家夫人，求大王高抬貴手放行。糧車雖然是空的，拉車的兩匹馬倒還不錯，權當是小的們孝敬大王的。」

那頭領哈哈大笑，「你這肥羊還想討價還價？馬匹自是老子的，你這幾口肥羊也自是老子的，一個個身健、年輕，賣做奴隸也可抵一匹馬的價錢。至於女人嘛，老子倒想多留兩天，犒賞、犒賞自家弟兄！」言罷，周圍的馬賊紛紛呼哨怪叫，得意忘形，躍躍欲試。

青奴聽聞在轎中再難坐定，簾子一掀走了出來，「爾等休要胡來，我家相公乃是蕭關刺史……。」

「蒙俊是你相公？」那頭領眼光一寒，面露凶悍之色。

青奴聞言一驚，「什麼蒙俊？蒙翰才是我家相公。」言畢卻見周圍的家丁、丫鬟都面露驚詫之色，不由心中一沉，隱約浮起一絲不好的感覺。

「哈哈！笑話，笑話，世上居然有這樣的傻婆娘，連自家漢子都會弄錯。」那頭領瞇著獨眼上下打量青奴，露出幾分不懷好意的怪笑，「雖說腦子不清醒，樣子倒是不錯，那姓蒙的豔福不淺。正好，前年姓蒙的射瞎老子一隻眼睛，今個兒老子用用他老婆，也是天公地道。」說罷揮手一聲斷喝：「統統拿下！」

左右的馬賊早就躍躍欲試，聽得頭領號令更是亢奮非常，怪叫連連，揮舞手中的繩套，拋甩間已套住了幾個家丁，接下來更是一擁而上！

青奴驚惶難當，倉皇之間只覺得身子一輕，已被那頭領擄上馬背，任憑她如何掙扎，都無法逃出掌控，恍惚間聽得有人嘶聲呼救，卻發覺是自己在竭力喊叫。轉頭看去，只見近身的丫鬟也被另一馬賊抱上馬背，連轎夫在內的十名家丁一律被五花大綁，繩索一端捏在馬賊手裡，便如被牽出來的一群羊。

混亂中只有管家六兒還抓了把鐵鍬四處撲打，想要衝過來救青奴，但到底勢單力薄，不多時，一個馬賊揮舞鋼刀在六兒背上劈了一記，六兒頓時倒地不起，鮮血染紅了地上的黃土塵埃，眼見是不得活了！

那頭領見壞了口肥羊，吐了口唾沫道：「好生晦氣，生生兒少了二十兩銀子。」繼而肆無忌憚地伸手在青奴身上摸索。

青奴又羞又氣，極力掙扎相抗，那頭領要穩住坐馬，一時未能得手，末了滿臉快意的淫笑，「好在沒走了這匹悍馬，這般潑辣倒是夠勁！等回去再收拾你，叫你知道老子的手段！」說罷一聲呼哨，縱馬而去。

其餘的馬賊尾隨其後，呼喝聲中，那十名家丁被馬賊繩索拖曳，一路奔跑，跌跌撞撞，稍微走得慢了就被拖在地上，慘叫聲頻傳！

青奴心急如焚，知道那馬賊頭領並非隨口威嚇，若是被他擄回老巢，勢必難逃厄運，這廂極力掙扎，卻抵不過馬賊頭領孔武有力。眼見離城門越來越遠，一顆心也漸漸沉了下去。若非這人身累事，哪會將這一干馬賊放在眼中？而今身處劣勢，唯有企盼上天垂憐，降下個救星來。

約莫行了三十里，早進了西夏地界，只見荒漠黃沙，路上偶而倒斃了些馬匹、羊羔，都被成群的禿鷲啄食一空，只剩下些許殘軀、遺骨，而天色也已轉黑，殘陽如血。

一干馬賊沿路放歌，呼喝高亢，青奴雖不懂歌詞含義，也可想像這些西夏匪人何等意氣風發。轉頭看看後面被縛住的十名家丁，一個個疲憊、惶恐，已被折磨得有氣無力。另一匹馬上的小丫鬟早哭號得聲嘶力竭，伏在馬背不動，想是已昏厥了過去。

轉過兩個土丘，只見一個黃土矮城，牆上斜立了一圈防備騎兵衝擊的拒馬，都是削尖的木樁綁紮而成。不少木樁尖上還穿插著一些物事，走近一看，竟然是死去已久的屍首，看衣物，俱是宋人打扮，稍稍近了，便聞得一陣令人作嘔的屍臭！

再近一點，馬蹄聲、人聲驚起一大片黑壓壓的黑點，卻是無數依附木樁上啄食腐屍的烏鴉，更帶起一陣教人心驚膽戰的鴉聲！

被擄的人見狀更加惶恐不安，那些見慣了的馬賊，倒無半點不適，個個興高采烈。

城門打開，早奔出些個小嘍囉，伸手將綁縛家丁的繩索接了去，一路吆喝、踢打，拖到城中的馬廄綁定，便如對待牛馬、畜生一般。

那頭領哈哈大笑，跳下馬背，伸臂將青奴扛在肩上，大搖大擺走進城去，引得城中的嘍囉們歡呼、笑鬧。

青奴一路踢打、掙扎，但那頭領甚是孔武有力，任憑她如何也難傷他分毫。轉眼間見人群中立了幾個女子，俱是蓬頭垢面，眼神空洞、呆滯，且衣衫殘破不堪，上身赤裸，頂多也是圍了塊破舊羊皮禦寒，想是之前被擄來的漢家女兒。

青奴暗自心驚，遲疑間已被那頭領扛進一個帳篷，重重摜在鋪了厚羊皮的地上。青奴摔得頭昏腦脹，仍飛快爬起身來，閃身躲在一邊。卻聽那頭領吩咐了幾名漢女好生看管，揚長而去，外面頓時笑鬧一片，想是正與手下嘍囉宴飲慶功。

青奴聽得外面的嘈雜、呼喝，惴惴不安，順手自頭上拔下一支釵子握在手心，心想若是那匪人進來糾纏，唯有以死相拚。

那幾名漢女倒沒為難於她，只是在帳篷門口坐定，一個個看著青奴，呆若木雞。

青奴被那幾名漢女看得發慌，轉眼看看帳篷外，只見城中的空地上早點上篝火，烤上了一隻全羊，一干西夏匪人都圍在篝火邊嬉笑、豪飲，一袋袋酒漿下得肚去，愈加亢奮。火光搖曳，越發顯得那幫匪人面目凶惡、可怖，教人心中不安！

青奴內心惶恐，卻不知為何想起那西夏頭領的言語來，言明相公曾發箭傷他一隻眼。想蒙郎一向文弱，哪裡會這等手段？

大宋向來重文輕武，為防「陳橋兵變」之事再度發生，都是任用文人統兵，且從無連任，三年任期一滿便會平調他處，是以青奴對於自家相公以文人之身任刺史一職並無懷疑，反而覺得理所當然。

而今遇得這等大難，青奴方才疑竇叢生。

為何那匪人言道自家相公姓名並非蒙翰，而是什麼蒙俊，且言之鑿鑿，煞有其事？

倘若真如那匪人所言，相公曾發箭傷了他一隻眼睛，斷然會記恨在心，不太可能將相公名字記錯！

可是相公音容、笑貌依舊，她又怎會連自己的愛郎也認錯？而這些時日來夫妻情深，更是半點不會作假。

想到這裡，青奴心裡驀地泛起一陣惡寒，而後自欺欺人地告訴自己，一切皆是那西夏匪人信口招搖，況且而今身陷狼窟，應當想法子盡快脫身才是，怎可在這時胡思亂想？

就在青奴心中此起彼伏之時，那西夏匪人頭領高壯的身影出現在帳篷門口，卻是帶了五分醉意，一見青奴，伸手抓住她的手腕，拖曳之間，生生兒將她拖出帳外，拉到篝火邊，一面呼喝青奴斟酒，一面哈哈大笑，好不得意。

旁邊的匪人也將那些先前被擄進城中的女子叫到一起，一人摟上一個，豪飲之餘上下其手，不堪入目。

青奴見得這等野獸行徑，早驚出一身冷汗，但仍強作鎮定，將那支釵子藏在袖中，伸手拿起一個牛皮酒囊給那頭領倒酒。

那頭領倒是不曾想到青奴如此服帖，先前見這女子頗為烈性，到底也只是個無知婦人而已，而今想是被嚇破了膽子，雖說有點意興闌珊，倒也省下不少工夫。那頭領坐得久了，覺著肩膀有些酸痛，於是揚聲讓青奴按摩、捶捏一番，鬆鬆筋骨。

青奴心中早有計較，表面上甚是順從。

一干西夏匪人見才被擄來的女人這般聽話，哄笑、喧鬧，對頭領大加恭維。那頭領聽在耳中，自是得意。

青奴起身在那頭領身後輕輕捶打幾下，見那頭領眉眼微瞇，甚是愜意，乘其不備，左臂自那頭領身後扼定咽喉，與此同時，右手的釵子已緊緊頂在那頭領右邊太陽穴上！

此變一生，眾人都是一驚，任誰也料想不到一個嬌怯怯的女子會使出這等手段來。

那西夏匪人頭領雖不畏懼青奴扼在頭項的左臂，卻無法忽視頂在太陽穴上的那支尖利的釵子。

須知太陽穴乃是人腦部最為薄弱的一環，倘若激怒了這剛烈女子，金釵貫腦而入也並非難事，而今性命盡握在這女人手裡，卻也不得不開口告饒：「蒙夫人手下留情，有話好說，何必如此？」

青奴冷笑一聲，「少說廢話！叫你手下把抓來的人全都放出來，若有遲疑，休怪本夫人手下無情！」言語之中自帶幾分威嚴，那頭領知她所言非虛，於是揚手呼喝手下的嘍囉放人。

不多時，先前被一起擄來的家丁、丫鬟都聚到青奴身後。青奴心中稍定，揚聲威逼匪人打開城門，繼而吩咐家丁各自取了刀刃，更牽走所有馬匹。

一干匪人雖不甘願，但頭領還在青奴手裡，投鼠忌器，不敢不從。不多時，只聽大門「吱呀」作響，果然開啟，門外夜色如墨，早已看不清道路。

夜色之中難辨方向，青奴卻知再耗下去更是不妥，見那城門是向外開啟，易守難攻，於是高聲呼喝那一干匪人不得跟出城來，隨後關閉城門，再招呼家丁把門前的木樁拒馬搬將過來，掉轉方向抵住城門，雖說不是長久之計，抵擋一時算一時。

而後除了留下代步的十二匹馬，其餘的馬匹一律趕走，這樣一來也算斷了匪人的後路，就算這城門困不住城裡的西夏匪人，沒有馬匹，也無法追趕他們。

唯一難辦的是一直被她挾持的匪人頭領。青奴無心殺人，又懼怕這頭領武功了得，權衡之下吩咐家丁取來繩索將那頭領綁定，扔在城門外，而後十二人騎上馬匹，絕塵而去。

這蕭關地處西夏與大宋交界，此地居民多以馬匹代步，騎馬逃生對他們倒不是難事，唯獨青奴，雖說得來這個人身還算靈巧、機變，但素來不諳車馬，馬背顛沛對她而言頗為困難，也唯有咬緊牙關，緊緊抱緊馬脖子，生怕被顛下馬背來。

一行人奔出十餘里路，四周暗黑不辨，哪裡知曉身在何地。縱使如此，也都紛紛言幸，皆道此番虎口逃生實為不易。

這般行了幾個時辰，依舊是方向不明，忽然間聽得幾聲呼哨，那十二匹馬立時發足狂奔，任憑青奴等人如何喝叱勒馬也不停歇。此時前方大亮，卻是一片乍現的火海，生生攔住了眾人的去路！

馬匹吃了驚嚇，紛紛人立而起，將馬背上人拋下鞍來！

有幾名家丁摔得過重，頓時昏厥過去！

青奴也被顛下馬來，好在不曾傷到筋骨。好不容易爬起身來，只見背後的野地裡驀然多出些火把、馬匹、人影，一個個怪聲呼喝，正是先前擄劫他們的馬賊！

好容易才逃出賊窟，不料終是難逃賊手！

火光照耀之下，一騎施施然而來，正是先前的獨眼匪首。

那匪首面帶獰笑，上下打量青奴，「你以為趕走馬匹，我們就沒法趕上？告訴你，只要在這大漠之中，任憑馬跑得再遠，老子一聲呼哨也可以把馬匹召回。你看，現在不正是你們騎的馬把你們帶回來的？」言語之間頗為快意。而後對青奴言道：「老子本以為你一介女流，不小心才著了你的道兒，現在你倒是猜猜看老子打算如何？」

青奴咬唇不語，既已激怒匪首，又落在他手裡，自知無幸，手一翻，又取下頭上的釵子握在手中，釵尖對準那匪首，只是心中氣憤難平，雙手微微發抖。

那匪首玩味地看著青奴臉上的表情，飛身下馬踱到青奴面前，全然沒將這威脅放在眼中。反倒是青奴深知此番正面交鋒全無勝算，為對方氣勢所逼，一步一步向後退去。

那匪首的神情就像逮到老鼠的惡貓，獰笑道：「老子縱橫大漠多年，還沒有人膽敢這般算計老子。原本只想將你樂上一樂，再轉賣換錢，現在……自然是不會如此了事！」

說罷出手如電，抓住青奴的兩隻手腕一握！

青奴手腕纖細，哪裡受得這等巨力，只聽得咯咯作響，雙腕頓時劇痛！

青奴痛得滿頭大汗，哪裡還握得住手裡的釵子，被那匪首用力一摜，早摔在地上，雙手再無力氣，想來臂骨業已折斷！

還沒等她爬起身來，那西夏匪首已撲了過去，上下其手，動作粗暴！

周圍的匪人無不哈哈大笑，也樂意觀看這等活春宮，更有甚者在一邊吆喝助威。

就在青奴羞憤交加之時，只聽得「嗖嗖」一陣連響，無數箭矢激射而來，那夥站立圍觀的匪人頓時慘呼連連，鮮血四濺，倒地之時已如刺蝟一般！

那匪首也是一驚，抬眼望去，火焰照耀下的迷離夜色中寒光四溢，等到看得清楚，才發覺身陷重圍，周圍人影幢幢，俱是鐵甲騎兵，觀其服飾，卻是大宋守軍！

這一認知當真是非同小可，那匪首轉眼看看四周，己方人手在經歷飛箭襲擊後已所剩無幾，數十匹馬四散逃逸，嘶鳴連連！

那匪首眼見身處劣勢，應變奇快，伸手將青奴拉了起來，擋在胸前，一手扼住她的咽喉，一邊高聲呼喝：「這女子可是爾等蕭關刺史的夫人，倘若再不退開，休怪老子手上沒輕重！」倉皇間難以控制手上力道，居然把青奴扯得雙腳離地！

青奴落在那匪首手裡，頓時呼吸困難，暗道這世間現世報來得果然快，自己剛剛也是這等對付那匪人，而今卻也如此落在那匪人手上。只是那匪人生性凶殘，未必會留自己一條活路，思慮間越發氣息不接，胸悶欲裂，心想此番難逃一死，只恨天意難違，居然無法和蒙郎廝守終生。

就在這生死一線間，眼前寒光一閃，扼在喉頭的那隻手忽然一鬆，身體頓時失了依憑，摔倒在地。雙眼模糊中只見那匪首仰面而倒，滿面驚恐之色，那原本僅存的眼睛裡插著一支長箭，箭身貫穿顱內，只留了段一尺長的箭尾在外。

青奴轉過頭去，只見那片黑壓壓的騎兵中，一人雄踞馬上，手持彎弓，面色剛毅，正是自己的夫郎！

那一箭正是蒙刺史所發，箭上勁力雄渾，若非如此，也不會令那匪人一箭斃命！

青奴死裡逃生，乍然見得愛郎，本應欣喜若狂才是，只是這石破天驚的一箭，卻讓她完全愣在當場，心頭紛紛繁繁，一片茫然，連夫郎策馬而來也似乎全沒看到。

蒙刺史策馬來到青奴身邊，輕舒猿臂，欠扭狼腰，伸手將跪坐於地的青奴攬上馬背，抱於懷中。身後的騎兵見得這般本領，無不呼喊叫好。

青奴神情呆滯，茫然聽著自家夫郎朗聲呼喝收兵，一路馬蹄聲聲，不絕於耳。雖然夫郎強健的手臂就挽在腰間，青奴心中卻是空白一片，眼前無數次閃現那石破天驚、一箭命中匪人眼睛的畫面！

這等超然的騎射本領自是經歷多年的磨礪，哪裡是一個文弱書生可能達到的境地？她嫁的這個雄姿英發的男人，當真是當年在終南山中和她海誓山盟的那個蒙翰麼？這般思緒雜亂，就連雙腕骨折的痛楚似乎都半點不覺。

蒙刺史不知懷中的夫人此刻心中此起彼伏，只道夫人受了驚嚇，一時神智混沌，於是促馬疾奔，入得城中，回到府邸，一面招呼家僕前去延醫救治，一面飛身下馬，將青奴橫抱在臂彎，快步奔回內堂。

剛入內堂，便見叔父迎了上來。蒙刺史一心憂慮青奴，只是稍稍和叔父打了個招呼，便將青奴抱回房中。

那叔父見青奴衣衫不整，面上露出幾絲鄙夷的神色。先前夥同管家中飽私囊，雖未被追究，心中卻對青奴頗為憤恨，而今見得這般情形，自有幾分幸災樂禍。

蒙刺史將青奴輕輕放在床上，伸手拉過薄被蓋上，親撫青奴面頰，柔聲相喚，卻見她依舊神情呆滯，眼神空洞，不由得異常憂心。

不多時，大夫跟著家僕進來房中，一番診治之後替青奴接好折斷的腕骨，上了些活血化瘀的膏藥，又取來夾板固定，而後開了些凝神靜氣的定驚藥物，囑咐蒙刺史好生照看。

蒙刺史吩咐僕人下去抓藥煎煮，見青奴這般情狀，憂心如焚，在房中來回踱步。

青奴在床上躺了許久，雙腕所塗藥膏開始發揮效用，斷骨傷處隱隱發熱，疼痛的感覺比之先前更為強烈，不由得一身大汗淋漓，面頰微微顫動。

忽而額頭一陣溫潤，卻是夫郎用絹帕就著銅盆中的溫水，正為她擦拭額頭的大汗。抬眼看去，只見他雙眼盡是憐惜之色，心中不由一動，心想夫君待自己這般情重，為何還要胡思亂想，自尋煩惱？思慮至此，珠淚不覺滾滾而下。

從救回青奴到現在，蒙刺史一直忐忑不安，而今見她流下淚來，不再那般呆滯、無神，才鬆了口氣，伸手輕輕撫慰青奴面頰，柔聲道：「都是為夫去得晚了，累得夫人平白受得這般苦痛。」

青奴輕輕搖頭，想要起身，卻被他細心扶起來，擁入懷中，「幸好六兒拚死跑回蕭關報信，不然為夫還不知道夫人身陷險地。倘若夫人有何閃失，叫為夫何以自處？」

青奴微微歎了口氣，「身陷賊窟之時，本以為九死一生，不想老天見憐，可以回返府中，得夫君如此厚愛，已是天大的福分……六兒可還安好？」

蒙刺史低聲言道：「六兒的傷雖重，但救治及時，理應無恙。倒是夫人雙腕的傷損，少不了要挨些苦楚。」

青奴淡淡一笑，「生還已是萬幸，這點苦楚也算不了什麼。」

蒙刺史搖頭歎道：「四肢骨損，可大可小，為夫幼時也曾受過骨傷，若非救治及時，只怕也無法像現在一般行走自如，鞍馬隨意。夫人需得好生休養，切記少動，待骨損早日癒合，也算了了為夫一件心事。」

青奴聽得此言，心頭一凜，「夫君何時受過骨傷？」

蒙刺史笑道：「為夫以前提過，夫人怎生忘了？約莫是九歲時在山中嬉戲，不小心陷在獵戶的獸夾之中，現今早已痊癒，只看得到腳背上一排泛白的齒印而已。」說罷扯下右足靴、襪，果然見那寬闊腳背上隱約留有一些白點，不細看也不易發覺，難怪青奴與他同床共枕數月也沒發現。

只是這道不易覺察的舊痕，在青奴看來便如晴天霹靂一般。

愛郎蒙翰腳上是沒有這道傷痕的，有這道傷痕的是蒙翰的小侄兒，青奴依稀記得那個孩子似乎是叫俊兒，那天她揹負著孩子返回三清觀，那孩子稚嫩的雙手一直圍在她的頸項，小臉靠在她肩頭，足傷徹骨，卻不吵也不鬧。

而後遇見蒙翰，牽扯出這場情孽，這個被她偶然救起的孩子，卻早已不記得了。

等她幾經波折，穿越三十年光陰而來，卻陰差陽錯成了當年那個孩子的妻房，而一心念念不忘的愛郎蒙翰卻不知下落如何。

「夫君可還記得你我初次見面是如何情形？」青奴尚存一線希望，開口問道。

蒙刺史雖覺得青奴突發此問有些奇怪，但見她滿面企盼，於是柔聲言道：「自然是記得，那是十五年前的中元燈節，為夫隻身赴任江陵知州途中，夜宿江上客船，氣候炎熱，為夫水土不服，中暑病倒，幸虧遇到當時正舉家遷往江陵的夫人救助，整治湯藥，更以自用納涼的竹夾膝相贈，才讓為夫恢復精神。為夫還記得，當時夫人笑語嫣然言道：『贈君無語竹夫人。』莞爾一笑便隨家人換乘小舟離去。當時便教為夫魂牽夢縈，心甚嚮往。本以為萍水相逢再無相見之日，不料數日後在江陵城中再遇夫人，於是速速央媒前往，幸蒙夫人垂青，成就你我夫妻緣分。」雖說平日裡沉穩、持重，說起當年的緣遇，蒙刺史也不由得感歎萬千，言語溫柔。

可是這段蒙刺史心心念念的昔日情事，對青奴而言，卻彷若另一個人的記憶，種種情狀，皆指向眼前這個溫柔、體貼的郎君並非當年的愛郎蒙翰！

思慮至此，青奴不由得打了個冷顫，如果面前這個溫存、體貼的夫郎是當年的俊兒，那麼她費盡心機，捨棄千年道行前來尋覓的愛郎蒙翰，難道就是那為老不尊的猥瑣叔父？

這一認知突現在青奴腦海中，一顆心也隨之沉淪深淵，再難言語，情緒激盪下身子微顫，卻是一陣熱、一陣寒，倒在蒙刺史懷中昏厥過去！

蒙刺史原本見青奴情況好轉，心中微寬，不料她突然間面色慘白，更昏厥過去，不由心頭發顫，揚聲呼喚家丁、丫鬟前去把剛才送走的大夫請回來，一面緊掐青奴人中，連聲呼喚。

好半天青奴才悠悠醒來，一睜眼便見蒙刺史滿面關切之色，然而此時卻教她坐立難安，唯有輕輕掙脫他的懷抱，顫聲道：「妾身無恙，只是太累，想要休息片刻。」

蒙刺史見她這般言語，小心扶她躺下，扯過薄被替她蓋好，「既然如此，夫人且先安歇，為夫尚有事要辦，就不吵夫人了。」說罷穿上鞋、襪，起身走出門去。

青奴聽他腳步聲漸遠，心頭酸楚方才盡數氾濫出來，枕邊早濕了一大片。回想起數月來的夫妻恩愛，兩情繾綣，恍如一場春夢，乍然驚醒，旖旎春夢卻成了無法衝破的夢魘！

夫郎是蒙俊而非蒙翰，她又該如何去面對這個並非昔日愛郎的夫君？

還有那承載她所有思念的翩翩公子蒙翰，為何成了而今這個猥瑣、世俗，甚至其身不正的老頭子？難道三十年時光當真可以改變一個人的心智，以至於這般南轅北轍。

這般思緒起伏，不覺一夜過去，窗櫺上方已透露出幾分天光。

青奴思前想後，輾轉反側，最終還是勉力自床榻坐起。既然知道那所謂的「叔父」才是真正的蒙翰，就算而今姻緣錯配，倘若他還記得當年之情，也不負她艱辛入世一遭。

雖然心中明白問清事情也於事無補，可是這念頭鬱鬱心中卻如骨鯁在喉，不吐不快，無論如何她都想問上一句，才算對自己凡塵之行有個交代。

這般近似於偏執的信念支撐著青奴強忍雙腕傷痛，披衣出房，進了花園。遠遠見蒙俊正在書房中和叔父蒙翰言語，神情頗為激動。

青奴熟知蒙俊對叔父向來尊重，從未見過這等爭執，好奇心起，轉過迴廊，走到書房窗邊，卻聽蒙俊言道：「侄兒一向敬重叔父，希望叔父自重，休要這般胡言亂語，毀我夫人名節。」言語之間頗為激憤。

青奴乍然聽得這番言語也覺得莫名其妙，而後聽蒙翰言道：「叔父便是當你嫡親的侄子才有此一說。想那女子落在賊人手裡好幾個時辰，只怕早已失了貞潔。你當著許多人的面射殺匪首帶她回來，眾人縱然當面不說，背後也是議論紛紛，恐怕不久坊間就會有無數說法。」

「清者自清，蒙俊並非耳軟、智昏之輩，旁人的唆擺、謠言，豈可放在心上？」蒙俊正色道，面露不悅之色，「何況此事乃是蒙俊家事，不敢煩勞叔父費心。」

蒙翰歎息連連，「叔父並非好事之人，現在連不該說的也只有說了。其實打第一天看到那個女子，叔父就心存疑惑。此女容貌、言語和當年叔父年少時誤交的妖女甚是相似，當時一時糊塗，差點被妖女所迷丟了性命，好不容易才斷了往來，得保周全。我看那女子一身妖嬈之態，絕非——」

蒙俊不耐煩地打斷蒙翰的言語：「叔父休要再拿這些怪力亂神之說來搪塞於我。夫人與我成婚十餘載，一直恪盡婦道，待我更是情深意重，絕不是叔父所說的妖女。倘若叔父再不自重身分，侄兒也唯有請叔父返回通州家中，恕不接待！」說罷起身拂袖而去，將蒙翰晾在當場，半點言語不得。

蒙翰鬧了個沒趣，心中也頗為著惱，正端起几上的茶盞灌了兩口，卻聽得腳步聲響，轉頭一看，只見青奴滿面哀慟、悲憤地立於書房外，臉色素白如紙。

蒙翰適才說過青奴閒話，突然間遇上，倒覺有些尷尬，「我道是誰，原來是侄媳。」

青奴雖知面前之人世俗、猥瑣，本以為是多年俗世廝混所致，聽得蒙翰剛才的言語，忽然發覺自己傻得厲害。原來一直以來他便視她為鬼怪、妖物，當日在山西以父母之命推搪於她，並非如他所說的身不由己，而是從骨子裡就對她厭倦、畏懼，唯恐她糾纏不休。虧得她還如鬼遮眼一般，為了這個猥瑣小人，甘冒風險化為人身。這一切努力、犧牲，便如一個天大的笑話！

這般念頭在心中縈繞，青奴只覺心如刀絞，卻不甘在這負心小人面前表露出來，只是轉身快步離去，穿過條條迴廊，想一直這般走下去，而天大地大，卻似乎無一處可容身。

府中家丁與丫鬟見青奴這般惶惶無主、跌跌撞撞模樣，俱是不解，忽然間，眾人齊聲呼喝：「小心！」

青奴猛醒，卻發現身子一歪，已朝著花園中的水池摔了下去！

此變一生，青奴驚叫一聲，不顧雙腕骨折，胡亂向周圍抓去，忽然間，掌下按住一物，總算穩住身形，定睛一看，四周哪有什麼花園、水池，家丁、丫鬟？

她的手掌按住的是一張溫潤的花梨木桌面，所在之處卻是數月前前去尋狐妖三皮晦氣時待過的那個小酒館！

青奴錯愕地看著眼前含笑側坐的魚姬和身後的明顏、三皮，以及桌邊或倒或臥的一干沉睡酒客，只覺得一身衣衫汗濕，所處之所還是籠罩在夏夜的溫熱之中。而原本折損的雙腕卻全無半點痛楚，似乎那幾個月俗世中的種種皆是黃粱一夢，全然沒發生過一般！

「這是……怎麼回事？」青奴開口問道，「全都只是一場夢嗎？」

魚姬微微一笑，「是夢，也不是夢。你所見、所感俱是來自於你的本心，我的『輪迴釀』不過是幫你看到將來可能發生的事，正視一些其實你心裡早已明瞭卻無法正視的事。倘若你無心抽離，也可以在這場夢裡真的度過一生。可是，你終究還是選擇了正視那些原本不願相信也極力說服自己不要相信的事實，那麼，夢也該醒了。」

「也就是說，我看到的是真的未來？」青奴澀聲問道。

「準確地說，是無數未來中的一個。」魚姬歎了口氣，「未來太過虛無縹緲，人的本心卻是實實在在，無論是蒙翰、蒙俊，亦或你自己。以後的抉擇如何，至少你可以多幾分把握，這點把握換三皮的小命，可還算公道？」

青奴沉默片刻，坦然一笑，「不算公道，因為還是我占了便宜。至少我已經知道什麼人值得，什麼人不值得。」

「那你有什麼打算？」一旁的明顏忍不住開口問道。

青奴輕輕歎了口氣，「我打算再向山神求一朵『五華金蓮』，然後十五年後去江陵等一個值得我放棄千年道行的人。」說罷釋然一笑，轉身走出門去，不多時已消逝在夜色之中。

明顏看著青奴離去的方向微微發呆，開口問道：「掌櫃的，為什麼她還是要選擇放棄仙道？難道短短數十載的情緣當真如此重要，值得她義無反顧？」

魚姬淡淡一笑，「人生自是有情癡，她生就這等情懷，人道才是她最好的去處，強求仙道反而不美。」

話音未平，忽而聽得一陣低笑，原本一直伏在桌面的龍涯抬起頭來，全無半點昏睡後的睡眼惺忪。

三皮後知後覺地拉開嗓門：「原來龍捕頭一開始就捂住耳朵裝睡——」話未說完，已被明顏在頭上敲了一記，「囉唆什麼？還不快去打盆水來，客官都橫七豎八躺在地上，莫非好看不成？」

三皮聽得明顏言語，忍氣吞聲地下去，卻聽龍涯對魚姬笑道：「不知道掌櫃的『輪迴釀』還有沒有？」

明顏咧嘴一笑，「怎麼著？龍捕頭也想去看看有什麼人值得，什麼人不值得？」

龍涯微微歎了口氣，「值得不值得，洒家早看得分明，只是有點貪心，想要知道未來究竟有沒有你……們。」那個「們」字一出口，龍涯面帶微笑，看著桌子對面的魚姬，眼中滿是溫暖的笑意。

魚姬張張嘴，卻不知應如何言語，微揚的眉目間說不清是喜還是憂。

國家圖書館出版品預行編目

魚館幽話. 一, 相思藤 / 瞌睡魚游走著.
-- 初版. -- 新北市 : 悅智文化館, 2018.09
400面 ; 14.7×21公分. -- (山海 ; 1)
譯自 : 魚館幽話
ISBN 978-986-7018-28-1(平裝)

857.7　　　　107010366

山海 1

魚館幽話之一
相思藤

作　　者 / 瞌睡魚游走

總 編 輯 / 徐昱
主　　編 / 黃谷光
編　　輯 / 趙逸文
封面設計 / 古依平
執行美編 / 古依平

出 版 者 / 悅智文化事業有限公司
地　　址 / 新北市板橋區板新路206號3樓
電　　話 / 02-8952-4078
傳　　真 / 02-8952-4084
電子郵件 / insightndelight@gmail.com
粉絲專頁 / www.facebook.com/insightndelight

戶　　名 / 悅智文化事業有限公司
郵政劃撥帳號 / 19452608

本書中文繁體版由四川一覽文化傳播廣告有限公司代理，經楊潔授權出版。

2018年09月初版一刷　定價320元